ハヤカワ文庫 NV
〈NV1537〉

エージェント 17

ジョン・ブロウンロウ
武藤陽生訳

早川書房
9131

AGENT SEVENTEEN

by

John Brownlow

First published in the English language by
Hodder & Stoughton Limited.
Translated by
Yosei Muto
First published 2025 in Japan by
HAYAKAWA PUBLISHING, INC.
This book is published in Japan by
arrangement with
HODDER & STOUGHTON LIMITED, LONDON
through TUTTLE-MORI AGENCY, INC., TOKYO.

敵をつくることの大切さを教えてくれた母に

目次

エージェント17

登場人物

ジョーンズ……………………17《セブンティーン》の偽名。殺しのスペシャリスト
サム・コンドラツキー………16《シックスティーン》のペンネーム。17の前任者
ハンドラー……………………17の取次担当《ゲートキーパー》。調整役《ハンドラー》
コヴァッチ……………………女性工作員。殺しのプロ
オスターマン…………………コヴァッチの調整役《ハンドラー》
ジューンバグ…………………17の母の通称。本名はジューン
デイヴィッド…………………青少年矯正施設の看守
ディアンジェロ………………刑事。ジューンバグの事件の捜査責任者
ヴァーン………………………ミルトンのガソリンスタンドの老人
バーブ…………………………同ガソリンスタンドのコンビニの店員
キャット………………………モーテルの二十代なかばの女主人
トミー・ハンボルト…………レバノンの元ＣＩＡベイルート局長
ヴィルモシュ…………………暗号解読のエキスパート
ダイクストラ
バーニエール ｝………………フリーランスの暗殺者

第一部

1

スパイというのは君が考えているような仕事じゃない。

つまらない仕事だ。

つまらないといっても暇って意味じゃない。

頭がぶっ飛ぶほど、ケツがぎゅっとするほど、歯ぎしりするほど退屈って意味だ。

君はパーティションで仕切られた部屋にいて、百ある無個性な狭いベージュ色の檻のひとつに座り、オフィス用のシャツ、オフィス用の靴、オフィス用のネクタイという格好で、エアコンのうなりを聞き、今日の食堂の日替わりはなんだろうとか、午前十一時半を過ぎたらノンデカフェをキメてやろうとか空想しながら、生後半年になるアゼルバイジャンの新聞を穴があくほど見つめ、どんなくだらない断片でもいいから、首都バクーの政治的ヒエラルキーの底辺同士のいがみ合いのなかに、何かつけ込める情報はないだろうかと一縷《いちる》の望みを抱いている。

余談だが、バクーはイカれてる。それもとんでもなく。ステロイド漬けのドバイみたいなものだが、もっと腕っぷしが強い。彼らは紅茶にジャムを入れるし、ポロに似た国技チョガンには生演奏がつきものだ。でも君はそんなことは知らない、なにしろ行ったことがないから。

なぜなら、それは君がスパイであり、あるいは、毎年悪くなっていく人事評価のたびに自分の肩書きを見て思い出すように、〝分析官〟であり、連邦議会が首をケツに突っ込みっぱなしのために予算が通らず、新品を買えないせいで、半年前からパッドが擦り切れたままの政府支給の安物ヘッドフォンを着けて耳を痛くし、現代の制汗剤がどれだけ先進的かを知らない同僚からほんの一メートルしか離れていない席に根を生やしているからだ。

そのようにして、タクシー運転手のオマールと果物売りのフセインがオフサイドトラップの相対的利点について延々繰り広げている会話の低音質な録音に耳をそばだて、今はトロントに住み、ふたりにNHLホッケーの魅惑の世界を教えたオマールの義理の兄がどうして突然、君の今の年棒もしくは生涯年棒よりも多くの金を銀行口座に持つことになったのかについて、ふたりがうっかり漏らしてくれるのではないかと、だんだんしぼみゆく期待を抱きながら、君の人生は鼓動のたびに過ぎていく。

といっても悪いことばかりじゃない。エリトリアやモンゴルの砂漠の衛星画像を、眼から血が出るまで精査させてもらえることもある。これまでのところ君のキャリアで最もエキサイティングだったのは、朝鮮半島の北側に建設中のミサイル格納庫を発見したと思い、上司のところに持っていったら、それは下水処理施設だと指摘されたときだ。

でもまあ、がんばってるほうだ。

何が言いたいかというと、テレビや映画で観るようなスパイがいるだろ? エキゾティックな国に旅して、まばゆいエキゾティックなスポーツカーを飛ばし、オートマティック武器の銃撃にさらされながら屋根の上をパルクールで駆け抜け、いろんな肌の色をしたグラマラスな女と寝て、ときに相手がほんとうに味方かどうか疑い、いわくありげな人物の頭をサイレンサーつきの銃でぶち抜くが、その理由は第三幕まで明かされず、そのときには敵が仕返しをしようと牙を剝き、君のケツめがけて襲いかかってきているような。

そういうのはない。

文字どおりない。

かけらもない。

君が俺じゃないなら。

2

ブガッティ・ヴェイロンはやりすぎ《オーバーキル》だが、今回の仕事はことに気前がよく、もし俺にひとつモットーがあるなら、こういうことになる――行き先は馬に任せろ。

今日の馬はレモンイエローの体をしていて、ミュンヘンからベルリンに向かう高速道路《アウトバーン》A9の、ちょうどニュルンベルクから出たあたりの追い越し車線を時速二百四キロでいないている。俺のなかのもうひとりの俺はここから少し東に向かい、ニュルブルクリンクに寄ってサーキットを二周ほどしたがっているが、お楽しみの果実は残しておかなきゃならない。最高速度の半分にも達していないが、絶対に必要な以上にはケツ穴野郎と思われないようにしている。

なぜなら、今日はケツ穴野郎でいることが絶対に必要だからだ。

自分が他人からどう見えるか、その考え方についてはふたつの派閥がある。

見えるか、見えないかだ。

中間はない。

見えないというのはこういうことだ。君は中年女性で、ハンドバッグとスターバックスのカップをお手玉しながら保安検査場に向かって足早に歩き、手探りで身分証を探している。もしくは君は英語が苦手なハゲかけの用務員で、テーブルのまわりをモップで拭いているが、ちょうどそこにハーヴァード特別待遇《レガシー》のふたり組がいて、あの島に渡るには水上飛行機とヨットのどちらを借りるのがいいかと話し合っていて、邪魔な足をどかそうともしない。それか君は地下鉄に乗っている地味な男で、髪は脂《あぶら》ぎり、肘にパッチを当てていて、ツキに見放された失業中の骨董商のように、古本でいっぱいになったビニールの買い物袋をさげ、隠れ家で本の折り込みに蒸気を当ててひらくと、新しい身分証明書類が出てくる。

タルの足跡は残さない。クレジットカードは使わない。プリペイドのスマホを使い、るいはもっと頻繁《ひんぱん》にスマホを変えるが、まったく使わずにすむのが理想だ。郵便サの秘密の受け渡し場所《デッド・ドロップ》まで、可能なかぎり物理的な手段を使って情報を伝達する。界にあって、アナログでありつづける。たないことによるセキュリティだ。

れの何が問題か？

うまくいかない。このご時世じゃもう。

生体認証が悪さをする。どこにでもある自動顔認識だけじゃない。紙袋を頭からすっぽりかぶっていたとしても、歩き方、脚を組むときの癖、回内足《かいないそく》、偏平足、腰の傾き、ケツの揺れ具合といった特徴から、ＡＩが君を判別する。まだ生体認証を取り入れていない国、たとえばロシアといった国で発行されたパスポートを持っていないかぎり、国境を越えられるかどうかは運任せだが、そういう国のパスポートは、それはそれで必要以上の注目を集めてしまう。

もうひとつの派閥？

くそ目立つことによるセキュリティだ。

だからブガッティ・ヴェイロン。

人がスーパーカーを見るとき、見るのは車だけだ。

運転手に注意を払うやつはいない。せいぜい未公開株式投資界《PEファンド》のむかつくトカゲ野郎、ドットコム系の若造、サウジの無名な王子、犯罪者から成りあがった中央アジアの大富豪《オリガルヒ》の、ボトックス注射でしわを取ったトロフィーワイフが見えるくらいのものだ。誰も眼を合わせようとはしない。むしろ眼を逸《そ》らす。

俺はそのどれにも当てはまらないが、ブレザー、ロレックス、開襟シャツ、サングラス、オールバックの髪型といった特徴から、人々は勝手に物語を組み立て、それにしたがって品定めしようとする。

君も俺を品定めしようとしている、それを感じる。眼を逸らしたくなったはずだ。

それでいい。

効き目があるってことだ。

ベルリンでの壁の残骸見物はまたの機会に見送ることにする。冷戦時代は今じゃほとんど隔世の感がある、気球で壁を越えようとした決死の人々、下水道を通って逃げようと膝まで汚物に浸《つ》かった人々、内壁と外壁のあいだの殲滅地帯《キルゾーン》で血を流して死んでいった人々、東ドイツの監視塔から狙撃されて命を落とした人々、悪いニュースが広まらないうちに死体を片づけようと焦る、覆面パトカーに乗った秘密警察《シュタージ》の役人たち。

皮肉なのは、東ドイツの領土は西側の外壁よりも外にはみ出していたということだ。壁は国境じゃなかった。東ドイツは必要に応じて壁の西側を補修できるよう、数メートルの緩衝地帯を設けていて、そこは西ドイツにもひらかれていた。西ドイツ当局はそこに対してなんの権限も持っておらず、一種のパーティゾーンに、真のノーマンズランドに、いかなる法もおよばない地帯になっていた。当時、後頭部に銃弾を撃ち込まれた死体がそこに捨てられたという逸話がある。CIAは自分たちが殺した犠牲者をフランス管轄区域に捨て、フランスの情報機関はイギリス管轄区域に捨て、イギリスの情報機関はアメリカ管轄区域に捨てたという、その逸話からは、冷戦まっただなかの西側核保有国間の外交関係について、政治学の学位を四年かけて修めるよりも多くのことがわかる。

観光客がひしめく検問所《チェックポイント・チャーリー》C跡を過ぎ、ポツダム広場から少し離れたところにそびえる、ガラスと鋼鉄でできた巨大な柱のような銀行の地下駐車場におりる。ブガッティを眼にするやいなや、駐車係が詰所から飛び出してくる。彼は俺にほとんど気づかず、自分がこの車を運転できるということしか頭にない。年齢はどう見ても六十歳を超えていて、自分バケットシートの輝くほどしなやかなレザーの上に身を滑らせた瞬間、その表情から察するに、ここ十年で初めて自然に股間が反応したらしい。

「キズはつけないでくれよ」俺は言う。疵《きず》がつこうと知ったことじゃないが、緊張して手汗をかいてくれれば、鑑識が彼の指紋を採取しやすくなる。俺は仔牛革のドライビンググローブをしているから、その下から俺の指紋は出てこない、それでも念には念を入れたほうがいい。

チケットを取り、駐車場のエレベーターに向かう。

俺がそれをごみ箱に捨てるのを駐車係は見ていない。

彼が車を出し、俺はブガッティを最後に一瞥《いちべつ》する。

そして思う。ああいう車は虫唾《むしず》が走る。

3

まだ俺の名前を言ってなかった。なぜって、それはもう俺の名前じゃないから。今じゃほかの誰か、かつて俺だった誰か、とうの昔に俺がそいつであることをやめた誰かの名前だ。そいつのことを覚えていて、まだ生きている人間は十人といないだろうが、それは俺が彼らに何かしたからじゃなく、そいつは無、何者でもない者、ゼロ、意味を持たないセンテンスだからだ。

俺はそいつを置いてきた。俺がそいつを懐かしむことはないし、そいつが俺を懐かしむこともない。

毎日顔を合わせる人々にとって、俺は彼らが〝こういう人間であってほしい〟と考える誰かだ。これは演技の問題じゃない、演技が演技の問題じゃないのと同じで。これは存在に関わる問題だ。ほんとうのアイデンティティを持たないこと、固定された人格を持たないことの利点は、古い貝殻の家でシンクに食器が溜まりに溜まったとき、いつも新しい貝殻に滑り込むヤドカリのように、ひとつのペルソナから別のペルソナへ、するりと引っ越しできることだ。

業界の人間は俺を一語で表わせる。

マドンナ、シェール、ペレ、ビヨンセ、ミケランジェロ、プラトン、サインフェルド、そのすべてがひとつになっている。

俺は17《セブンティーン》。

君が思っているより若い。

身なりが整っていて、派手で、ときに少々眼に余る。

どこの訛りか特定しづらい、典型的なアメリカ訛り。

多少不愉快。

いや、ちがうな。くそ不愉快。

君が俺をいけすかない野郎だと思ってるなら、それでいい。好かれることはこの仕事では重要じゃない。

なぜ17《セブンティーン》かといえば、俺よりまえに16《シックスティーン》がいたからだ。

番号をつけられるのは名誉の証だ。第四十五代アメリカ大統領、第二十代ミス・ユニバース、あるいはボクシングの世界ヘビー級絶対王者になるようなものだ。簡単にいえば、君が一番ということだ。最も力があり、最も美しく、最も強く、俺と先代の16の場合は、最も殺傷能力が高く、そのため最も恐れられている。

初代が誰だったのか、はっきりと知る者はいない。俺はシドニー・ジョージ・ライリーあたりが怪しいと思っているが、飛び出た君の目玉が通りを転がっていくのを追いかけてくれる人がそばにいるなら、ググってみるといい。

ウィキペディアで見つかるのは彼だけだ。二代目は子供で、両親を皇帝《ツァーリ》に殺されてホームレスになり、第一次世界大戦勃発時にドイツ情報機関に誘拐されて諜報活動と破壊工作の訓練を受け、その後サンクトペテルブルクの街に戻って軍隊の動きを報告していたが、主人であるドイツをひそかに裏切り、二重スパイになった。どれも十二歳になるまえの話だ。

3《スリー》から15《フィフティーン》までは死亡が確認されている。窓からの転落（7《セブン》の場合）やボーイング737からの転落（13《サーティーン》の場合）を自然死に含まないかぎり、そのなかに自然死した者はひとりもいない、と聞いても君は驚かないだろう。

俺の先代である16は未知の存在だ。彼はただ行方をくらました。誰にとってもまったく不可解な理由により、キャリアの絶頂期に引退した。石のように静かに消え、以来、誰にも姿を見られていない。

俺？　俺は彼の貝殻に滑り込んだ。

4

エレベーターが俺を上に運ぶ。それは建物の外にあり、上昇するにつれてベルリンがなめらかに遠ざかり、国会議事堂《ライヒスターク》、ティーアガルテン地区、シャルロッテンブルク宮殿、そのすべてが視界のなかで一堂に会する。七階で停まり、ファイルの束を抱え、青いペンシルスカートに白のブラウスという格好の若い女が乗ってくる。見たところイタリア人で、黒髪を耳のうしろでピン留めしている。彼女は俺に向かってほほえみ、一瞬、俺はこんなところで性欲旺盛なマスかきどもに囲まれ、いずれそういう連中のひとりにプロポーズされ、結婚し、仕事を辞めろと言われ、そして、獲物を待つ虎ばさみのように街のぐるりを取り囲む巨大な石造りの建て売り豪邸で、レプリカントの子供を育てろと要求される彼女に同情する。

俺は彼女の手を一瞥《いちべつ》する。そいつはすでにプロポーズをすませていて、立派な婚約指輪が光っている。

君は俺が口からでまかせを言っているだけだと思うかもしれない。たぶんそうなんだろう。しかし、世界というのはそういうふうにまわっている。銀行、プライベート・ファイナンス、ベンチャー・キャピタル、そういった場所は機会均等と呼べる遊び場ではない。彼女の婚約者が誰であれ、俺が今から殺そうとしている人間のひとりかもしれない。

エレベーターがチンと鳴る。彼女の階だ。彼女は降りる。

俺は彼女が行くのを見ている。

彼女のために、婚約者がそのうちのひとりであることを願う。

受付デスクには別の女性がいて、分厚い化粧と模造真珠で飾り立てている。注意しなきゃならないのはこういう人種で、彼女たちは賢い。リアルな世界に住んでいる。配達人から国家元首まで、ありとあらゆる人間を相手にしている。比較的若いアソシエイト社員たち、今も週八十時間働き、毎日午前三時まで企画を考えているような男たちは、実家の両親に紹介するつもりはいっさいなしに、そんな彼女たちを捕食している。

受付の女は近づいていく俺を見ていて、俺がサングラスを外すまえから、品定めされているのがわかる。彼女はほほえむが、その笑みは、職人が仕上げた俺の革靴、ズボンのしわ、ネクタイの柄、大金をかけて一直線にそろえた白すぎる歯にいたるまで、俺の何もかもが気に食わないと言っている。

俺はすでに彼女を好きになっている。

彼女はガラスのように礼儀正しいが、そう振る舞うために、ありったけの精神力を振り絞っているにちがいない。俺は午後三時にゲルハルト・マイヤーさんと約束があると伝える、それはほんとうだ。マイヤーは金融商品を売る側で、つまりは俺のようなゴマすり鼠が一日じゅう彼の巣穴に出入りしているということだ。俺はトロントを拠点にする教員年金基金の代表者を装っていて、マイヤーはそんな俺にぽんこつ私募証券を売りつけて、その手数料を三度目の離婚費用に充て、すでにずっぽりヤっているエグゼクティブ・アシスタントに乗り換えようと考えている。

マイヤーに会ったことはないし、これからも会わないだろうが、そういう連中のことなら知っている。

強欲《マモン》の邸《やしき》の待合エリアでは、膝にアタッシェケースをのせたスーツの請願者たちが頭を寄せ合い、腋を緊張で湿らせ、今回の融資相談が、これまでの九回とちがい、貸付限度額という軛《くびき》を取り払い、破竹の勢いで資金減少中の不良ベンチャーが、〝残金ゼロ〟という不動の障害物に衝突するのを防いでくれるのではないかと望みを抱いている。

マイヤーのアシスタントがやってくる、若い黒人だ――ソマリ人か？　ありえないほどほっそりしていて、頬骨が高く、グレーのパンツは腰元が引き締まって完璧にフィットしている。親切そうだ。マイヤーはこいつとヤってるのか？　だとしたら思ったよりもいい趣味をしている。

アシスタントの名前はバシル。殺すのは忍びないので計画を少し変更し、ターゲットがいる会議室のまえを通り過ぎ、案内されるままマイヤーのオフィスに向かう。マイヤーは立ちあがって俺に挨拶し、手を差し出す。彼は口ひげを伸ばし放題に伸ばしているが、それについては語らなくていいだろう。バシルがコーヒーはいかがですかと俺に尋ね、俺はなるべく長いあいだ彼に席を外しておいてほしいから、ダブルエスプレッソ・マキアートをお願いしますと言い、手洗いの場所をマイヤーに尋ねる。

マイヤーは俺に教える。警察があとで発見できるようアタッシェケースを置いていくが、なかにはデリダの『グラマトロジーについて』が一冊入っているだけで、それは中身がちゃんと入っていると思わせる重しとしての役割も多少はあるにしろ、もっと大きな理由として、手がかりを残すならできるだけ意味不明なもの、無意味なものにしたほうがいいからだ。

　俺はオフィスを出る。


　手洗いで、鏡のなかの自分を見る。

　俺は一キロ先からでも同業の男を見抜ける――女はちがう、女は別物だ。目印になるのはジャケットの背がぴんと張るほど広い肩幅。軍隊式の歩き方。あるいはナイロンの編込みベルトのように目立たない特徴、折れた鼻のように目立つ特徴。入念に伸ばされた軍人式の髪型や、中央アジアの砂埃舞う裏路地でティーンエイジャーの喉をやけに楽しそうに裂いてきた特殊作戦部隊兵ならではの無精ひげと死んだ眼つき。なかでも最も危険なのが、こちらが不安になるほど泰然とした態度だ。そういう連中は基本的に指輪をしていない。その理由を知りたければ、〝デグロービング損傷〟で画像検索してみるといい、もし胃腸の強さに自信があるなら。

　俺にそういう特徴はひとつもない。

　俺は実際よりもかなり華奢に見えるが、それは金をかけて仕立てた服が、針金のようにしなやかな筋肉組織を隠しているからだ。髪は軍隊の新人キャンプで剃られたことがあるようにはまったく見えない。背丈は君の眼をまっすぐ覗き込めるくらいの高さがあるが、こっちにその気がないかぎり、威圧感があるほどの高さではない。鼻は三度折れているが、そのたびにビヴァリーヒルズの整形外科医に大金を積み、元どおりにリセットしてあるから絶対に気づかれない。肌は見栄で保湿しているわけではなく、まあそれもあるが、砂漠の陽射しと極地の風の影響を隠すためだ。

右手の薬指に飾り気のないシルバーの指輪をしていて、内側に刻印がしてある。もう少しお互いをよく知るようになったら、どんな言葉が刻んであるか教えてやろう。

俺はジャケットの内側に手を入れ、隠してあるホルスターから銃を取り出す。

5

アマチュア写真家はカメラの話に眼がない。プロの写真家はたいてい、カメラなんてなんでもいいと思っている。もちろん好みはあるが、プロはベイクドビーンズの空《あ》き缶でつくったピンホール・カメラでも撮影できるし、それで撮った写真は君が、つまりアマチュアが世界一高価なカメラで撮れるどんな作品よりもすぐれている。

それでも、もう少し深く掘ってみると、そんなプロにとっても魔法の力を持つカメラがあることがわかる。アンリ・カルティエ＝ブレッソンのような味が出るズミルックス35mm f1.4 Pre-ASPHをつけた〈ライカ〉Ｍ２がそうかもしれないし、ヒトラーが使っていたような、昔のローライフレックス二眼レフがそうかもしれない。機械仕掛けでレンズが首を振り、百五十度のパノラマ写真が撮れるワイドラックスがそうかもしれない。もしくは……まあ、このへんにしておこう。

そのすべてに共通しているのは？

機械式ということだ。オートマティックなところはひとつもない。君がやれと言ったとおりのことをし、それ以上でもそれ以下でもない。いうなればカメラ界のＭＴ車だ。

そんなわけで〈ブリュッガー＆トーメ〉ＶＰ９ウェルロッド９ミリの話になる。

スイスメイド、マニュアル操作、ボルトアクション、内蔵式サプレッサー、ほんとうに静かな消音ピストルはめったにないが、これはそのひとつだ。ハリウッド映画級の静音性。ＶＰは獣医用ピストル《ヴェトリナリー・ピストル》の略で、もともとは獣医が近隣住民を不安にさせることなく動物を殺処分するために使われていた。いやはや、この感触。きらびやかなところ、派手なところはいっさいない。ただ黒々と完璧ななめらかさで鎮座し、こう語りかけてくる。何をやらなきゃいけないかはわかっている、私がやってやろう、なに、君が善人だろうが悪人だろうがかまわない。

これがカメラだったら、俺は大した写真家になっていただろう。

6

手洗いを出る。会議室の場所はわかっている、バシルに連れられてまえを通ったからというのもあるが、それだけじゃなく、六週間前にこのビルの設計図を手に入れていたから、すべての階を隅々まで把握している。会議室に向かいながら、横隔膜を使って大きく息をする。吸う、止める、口から吐く。心拍数はできるだけ抑えておきたい。

調子がいい日なら、難なく五十までさげられる。

手首に指を当て、脈を診る。十秒。八拍。

四十八。

曇りガラスのドアを押しあける。

なかにいる面子《めんつ》はすでにわかっているし、組織図から序列もわかっていて、誰がどこに座っているかはおおかた目星がついている。ありがたいことに、ウェブサイト上の組織図には重役の写真しか載っていない。俺は誰かから昔、アシスタントにはいつも親切にしておけと言われたことがあり、親切にするというのは、絶対にそうしなければならないかぎり、彼らを殺さないことも含まれる。

セキュリティガードがいないこともわかっている。なぜいないか？　ここは彼らの庭だからだ。

君は金が、つまりリアルなカネ、くそ食らえなカネ、スイス銀行個人口座を潤《うるお》しているカネ、武器取引の利益《アガリ》や国がバックについたクーデターのアガリ、企業体がマトリョーシカ構造をしているせいで徴税や法執行に多少なりとも関係する人間に怪しまれることなく、洗浄《ロンダリング》する必要のないカネが、どのように世間に出まわっているか知っているだろうか？

ビットコインを介して、じゃない。

説明しよう。君は億万長者、それも自分の手を血に染めた億万長者で、カネをＡからＢに移したいと思っている。君はＳＣＩＦ《スキフ》のなかで部下のひとりと会う。ＳＣＩＦというのは完全隔離情報施設《セキュア・コンパートメンテッド・インテリジェンス・ファシリティ》の略、ファラデーケージに覆われた部屋のことで、電磁放射を通さず、音響的、電気的、空間的に外部から隔離されている。まじな話、億万長者ならそういう部屋を持っている。

君は部下に指示を与える。部下はチューリッヒの番号に電話をかけ、スーツを着た小人《ノーム》がプライベートジェットに乗り、十二時間後、スイスのプライベートバンクの銀行家が君と一緒にスキフのなかに立っている。君はカネをAからBに移したいこと、それから額面を伝える。銀行家はまたプライベートジェットに乗ってチューリッヒに引き返し、君の口座を管理しているアホほど強固なコンピューター・システムで資金の移動を実行する。それはどんなハッカーでもクラックできない暗号のようなもので、というのはクラックすべきものが何もないからだ。

ただし弱点はある。

小人《ノーム》だ。チューリッヒ空港からオフィスへの帰り道、小人《ノーム》の乗るリムジンに車が突っ込む。覆面の男たちが彼をどこかの倉庫に連れていき、この業界で〝ゴムホース暗号〟と呼ばれる技術が使われる。なぜそう呼ばれているかといえば、ゴムホースが最も原始的な形で使われ、パスワードを吐くまで打たれるからだ。

迅速、暴力的、きわめて有用。

俺のように。

要するに、もし君が億万長者なら、リスクを取るのは自分じゃないということだ。君が仕事をする場所、ガラスと鋼鉄の塔は安全な空間だ。

君の家、もしくは家と言われる場所は、誰が何をいつ相続するのかしか頭にない、言い争いばかりのどら息子、どら娘、それから君をもっともな理由で忌み嫌っているものの婚前契約を破棄できず、目下のところは南棟の屋根材としてイタリアからどんなスレートを輸入すべきかを一心不乱に考えている配偶者でいっぱいだ。

早い話が戦場だ。

装甲板で守られたリムジンの豪華な黒革の上に身を滑らせると、君はようやく肩の力が抜けてくるのを感じるが、屋内駐車場の入口をくぐるまでは、ほんとうの意味では安心しておらず、そして——ああ！——専用エレベーターに乗り、洞窟のように広々とした最上階のペントハウス・オフィスという楽園《シャングリラ》へ、そこは悪趣味なココボロ材のデスクや、近未来どころか《宇宙家族ジェットソン》を思わせる二〇世紀なかばの小物、独裁者が好きそうな金ぴかの家具、もしくはなんであれ、自分がいかに重要人物であるか、もしくはいかに若々しいかを見せつけることのできる——と君が考えている——何かで彩られている。

そこは君の城、宮廷、王国、君が王となる場所、君の言葉が法となる場所だ。

たまに重役会議やプレゼンのために姿を現わすと、通り過ぎる君の脇で小作農たちがひれ伏す。君は自分が求められている、愛されていると感じる。

そのせいでガードが緩む。

俺にとって好都合なことに。

7

ふたをあけてみるとセキュリティガードがいる。さっきまえを通ったときは室内にいたのだろう。

大した問題じゃない。自分がまちがっていたとわかるのはいいことだ。

男は巨大で、筋肉の塊、ワンサイズ小さいスーツからテストステロンがあふれていて、髪は短く刈り込まれ、ピンク色をした豚のような耳の上には、こういう男たちが着用必須と考えている、あの最悪のタクティカル・サングラスをかけているが、実際には勃起《ぼっき》不全と喧伝しているようなもので、屋内で俺のような人間を相手にするときには視界の邪魔にしかならない。

ターゲットは六人いて、ＶＰ９の弾倉には五発しか入らないから、どのみちリロードしなきゃならない。俺はまっすぐセキュリティガードの横を通り過ぎ、立ち止まり、振り向いて「おい！」と廊下の後方にいる誰かに声をかける。セキュリティガードは誰がいるのか確かめるが、実際には誰もおらず、俺はそんな彼のこめかみに弾を撃ち込む。血がロールシャッハ・テストの染みのように会議室のスモークガラスに飛び散る。男に対して申し訳なく思う自分もいるが、君がこのゲームに参加している以上、このゲームに参加している。

死体をまたぎ、会議室に押し入ると、誰もがすでにパニックになりつつある。

残り四発。

三人の副社長は全員が男、全員が三十代、彼らは主要な物理的脅威であり、顧客から金をむしり取るために、もしくは自分の妻ではない女から下着をむしり取るために、あるいはその両方を同時に実行するために、無限のディナーとカクテルに耐えなければならず、その埋め合わせとしてマウンテンバイクとクロスフィットに精を出している男たちだ。

ぱす、ぱす、ぱす。死んだ、死んだ、死んだ。

視界の端っこに、二十代くらいのアソシエイト社員が壁沿いを這《は》い、ここから逃げようとしているのが見える。震え、怯えている。この男の頭すれすれの壁に一発撃ち込む、おまえはとんでもなく愚かなことをしようとしていると知らせるためだが、どのみちリロードしなきゃならないからでもある。彼は胎児のように丸くなり、俺の意見を聞き入れる。

いい子だ。

リロードする、この動きは俺の体に染みつきすぎていて、眠っていてもできるし、それを知る立場にある人々から、実際にときどきそうしていると言われたこともある。

俺は今、組織図を駆けのぼっている。会計監査役は五十代で、お袋といった感じの女だ。彼女がお手玉し、偽っている数字が戦車とヘリとオートマティック武器を意味し、それらが第三者と偽造輸出許可証を介して、そもそも国民の利益と福祉にとっての最善など頭にない政権のもとに輸出されていることを知らなかったら、もう少し気が滅入っていただろう。

俺のしていることのほうがよほど公共事業だと言いたいわけじゃないが、行動には結果がともなう。

最高経営責任者は六十代前半の男だ。すでに心臓発作を起こしているように見えるが、こいつにとってはこれが五回目か六回目だろう。事前のリサーチによると、この男が資金調達を手伝ったブラジルの鉱山が崩落し、現地の作業員約百人の命が失われた。獣医用ピストルで安楽死させることは奇妙にもふさわしく思える。

これで残るは〝ご隠居〟だけだ。

こいつは大物だ。俺はこいつを崇拝しているといってもいい。

君もアドナン・カショギを覚えているだろう。一九八〇年代に四十億ドルの資産を持っていた武器商人で、当時の四十億ドルといったら現実離れした大金だろう？　イラン・コントラを仲介し、フィリピンのイメルダ・マルコスとずぶずぶの仲だったが、一文なしで死んだ。それだけの金はどこに消えたのか？　君はそう訊くだろう。

その答えは俺の眼のまえに立っている。

今では八十歳を超えているが、怯えてすらいない。この瞬間が来ることを何年も、おそらく何十年もまえから知っていたのだろう。

彼がほほえむと、黄ばみ、歪んだ歯が見える。無から成りあがった金持ちはみんなそうだ。彼らはプライドの証として汚い歯をしている。自分がどこから来たのかを忘れないために、自分がどんな人間かを決めつけようとする連中に〝ファッキュー〟を突きつけるために。

俺にはわかる、よくわかる。

「若いの」彼はドイツ語で言う。「君がいくらもらってるか知らんが――」

言い終わらないうちに、胸に二発撃ち込む。

どういうわけか、クレイジーなことに、それでは足りない。

彼はまだ動いていて、口から血があふれる。

俺は残っている最後の一発を脳天に埋める。

8

すべてが終わるまで十秒とかからない。俺はスマホを取り出し、死者の写真を撮り、そうこうしているうちに俺が生かしておいた連中の泣き声やうめき声が聞こえることに気づく。会議室を出る。

人々がオフィスから出てきている。誰かがここで起きていることに気づき、俺の背後から悲鳴がする。俺は銃をまわりから見えるように、だが下に向けたままにしておく。銃を手に持ち、六人を殺したばかりの男を止めようとするやつはいない――いや待て、七人だ。オフィスを通る際、立ち去ろうとする俺をマイヤーが見つめるが、彼は事態を呑み込めていない。正面のキッチンからバシルがエスプレッソ・マキアートを手に出てきて、ちょうど飲みたかったところだが、今はそんな時間じゃない。俺は業務用エレベーターに向かうが、エレベーターに乗りたいからではなく、その横に業務用階段があり、下に向かう選択肢として、現時点ではそれがベストだからだ。

今のところ、想定外のセキュリティガードがいたことを別にすれば、すべてが計画どおりに進んでいる。

それがどうしようもなく俺をぴりぴりさせる。

そのとき、それが起きる。何かが聞こえる。このくそ野郎、という女の声が。振り返ると、誰かの血しぶきを浴びてワグナー的な激情に駆られたスーツの女が、俺に向かって走ってくるのが見える。何かを手にしている。一瞬、なんなのかわからないが、それは会議室にあったスピーカーフォンで、彼女が文字どおりテーブルから引っこ抜いたものだ。会議室の場面を脳内で再生する。彼女はクロスフィット男のひとりの左側に座っていた。俺が入ったとき、彼女はその男にほほえんでいた。彼女の左手は見えないところにあった。くそ。

左手を男の腿にのせていたのだ。

俺は彼女の眼のまえで恋人を殺してしまったのだ。

プロとしてのアドバイス：そんなことはほぼ絶対にしないほうがいい。

女は俺に迫っている。反射的に銃を持ちあげるが、彼女は一般人で、敵とみなす理由を探す時間も、今回だけは例外とする理由を思いつく時間もなく、おまけに彼女の武装はスピーカーフォンと虐《しいた》げられた女の正当な怒りだけだから、自衛本能も勘定に入らない。

それに、俺は弾を撃ち尽くしている。もともと予備は三発の計画で、通常の状況ならそれで充分以上だが、一発はセキュリティガードに、一発は壁に、そして一発はご隠居に対して余分に使っている。

俺は思いつく唯一のことをする。つまり、キッチンを通り抜けざま、コーヒーポットをつかみ、彼女に向かってぶん投げる。まさに同じ瞬間、彼女も俺に向かってスピーカーフォンをぶん投げる。ふたつの物体が空中で交差する。コーヒーポットは彼女の胸に見事に命中し、コーヒーが体じゅうに飛び散る。といってもオフィスのコーヒーだから、大した火傷にはならないだろう。

かたやスピーカーフォン。この女がどこの誰かは知らないが、悲しみと怒りが彼女にメジャー級ピッチャーの腕を授けている。それはまるで大きすぎるプラスティック製手裏剣《シュリケン》か何かのように回転し、コードの渦を巻きながら飛んできて、俺の額のどまんなかに命中する。

意識が飛んだのはほんの一秒程度だが、床に倒れるには充分な長さで、今や人々があらゆる方向から俺に向かって駆け、もはや誰も俺を残忍な殺し屋とは思っておらず、プロフェッショナルな女に生ぬるいコーヒーポットを投げるだけの雑魚《ざこ》と思っている。

急いで立ちあがる。こうなったら階段は論外だから、俺にできるたったひとつのことをする。業務用エレベーターに乗り、ボタンを押し、VP9をかまえ、誰も（a）俺が撃った弾の数を数えていないこと（b）VP9がどんな銃で、装弾数が何発かを知らないことを祈る。

俺を追ってきた連中はドアのまえで立ち止まり、銃を見る。にらみ合いだ。どうすべきなのか、誰にもわからない。

なぜドアが閉まらないんだ？　俺はもう一度ボタンを押す。

そのとき、恐怖し、憤《いきどお》った群衆の背後から声がする。郵便仕分け室のにきび面の馬鹿助手か何かの声だ。

「その銃はVP9だ」彼はドイツ語で言う。「弾は五発しか入らない。そいつは十発撃ってる」

全員が俺に向かって突進する。

彼らの体は閉まりつつあるドアに激突する。

9

盗んだ用務員のつなぎ姿でビルを出て、額の傷口に青いペーパータオルを押し当てる。ドイツ警察と対テロ部隊がすでにポツダム広場でサイレンを鳴らしている。

こういう場合は、目立たないことによるセキュリティも必要になる。

今回のは最高の仕事ぶりとはいえない。それでもターゲットは死に、一般人に危害は加えられていない。というのはセキュリティガードを勘定に入れなければの話だが、俺は勘定に入れないし、三人のクロスフィット男たちについては、はっきり言って俺がみじめな状況から解放してやったようなものだ。脈拍を確かめる。九十、こうしている今もさがってきている。

きっと万事問題なしだろう。

俺はすでにホテルの部屋を、シャワーを、寄り道して買うつもりの清潔な服一式を、ディナーを、バーを、なんであれこの夜が提供してくれる快楽と冒険を空想している、そのときスマホが鳴る。地球上でこの番号を知る人間はきっかりひとりしかいないから、誰がかけてきたかは画面を見なくてもわかる。問題は、そいつはまじのまじのまじに、今電話をかけてくるべきじゃないということだ。

電話に出る。

「なんだよ。わかってるだろ、今は――」

「黙って聞け」ハンドラーが言う。ハンドラーが黙れと言うときは本気で言っているから、俺はそうする。「今どこにいる？」

「ベルリン」

俺はわざと曖昧に応じる。これは生後一日の使い捨てスマホで、すべてが終わってビルから出るまで、電波が入らないようにしていた。追跡されているはずはない。だが、念には念をだ。

「ベルリンにいるのは知っている。ベルリンのどこだ？」

「中央区《ミッテ》の中心だ」

「ちょうどいい。新しい依頼だ。たった今入ってきた」

「誰だ？」

「君に関係あるのか？」

「いや、俺が訊いたのは依頼主のことじゃなくて、標的は誰かって――」

「詳しいことはわからない。男、ひげ、百七十五センチ。国籍はわからない」

「おかげでだいぶ絞れるよ」俺は言う。「すぐに取りかかる」

「この男がティーアガルテンですれちがいざまの受け渡し《ブラシ・パス》をすることになっている。現地時間で十八時〇〇分から十九時〇〇分のあいだに」

「そいつは渡し手、受け手、どっちだ?」

「後者だ」

「ブツは?」

「不明だ。少なくとも、依頼主は言わなかった」

「渡し手についての情報は?」

「女だ。双子を乗せたベビーカーを押している。ホルダーにスターバックスのカップが入っていて、そこにNから始まる名前が書いてある」

俺はいっとき立ち止まり、周囲を確かめる。誰かに尾行されている様子はない。見たところ、完全にクリアだ。なのに頭のなかで警報が鳴り響いている。

「なあ、ハンドラー。そいつはガセだ」なぜならガセだから。「今は一九八五年じゃない。ベルリンでブラシパス? そんなスパイ映画みたいな真似をするやつがいるか? やるなら霧のチェックポイント・チャーリーでヴィサージの曲を流して、とことんやるべきだ」

電話の向こうに沈黙。俺は彼を怒らせた。まあいい。

「仕事が欲しいのか、欲しくないのか」

「とくには」

「報酬額を聞いてもそう言えるかな」

彼は額を言い、俺は感情の昂ぶりとしか形容できない瞬間を経験する。

「聞いているのか？」ハンドラーが尋ねる。

「何をすればいい？」

「クライアントはブツを必要としている。以上だ」

ハンドラーは電話を切る。俺は時間を確かめる。すでに十七時三十分だ。

10

ティーアガルテンは不規則に広がる巨大な王立テーマパークで、王族がノイローゼから回復するために民衆ではなく雄鹿を狩っていたマドリードのレティーロ公園のようなものだ。ティーアガルテンで会おうという約束は、オハイオ州で会おうという約束と同じくらい有意義だ。

しかし、ブラシパスには肉体的な接触が必要になる。ふたりの人間がすれちがいざまに接触し、紙か何かをポケットに滑り込ませたり、アタッシェケースを渡したりする。これはその場にほかの人間、それも多くの人間、てんでの方向に歩いている人間がいないと成立せず、そういう状況においてのみ、一瞬の肉体的接触が人目をひかない。

この公園にそれができそうなロケーションはふたつある。ひとつ目は動物園。昼間は学童、団体旅行客、カップル、シーズンチケット持ちの高齢ベルリン市民であふれ、奥まったアルコーヴ、陰になった場所、生態展示施設、ヘビ館を利用すれば、気づかれることなく受け渡しができる。が、考えれば考えるほど、あまり好ましくないように思えてくる。動物園は午後九時まであいているが、午後六時は誰もが帰りはじめる時間、家で何かをつまんだり、バーで恋人と会ったりする時間で、客の姿はほとんどない。君がなんらかの疑いをかけられているのなら——だからこそブラシパスをするわけだが——ほかのみんなが帰ろうとするこの時間に動物園に行ったりすれば、あらゆる危険信号が灯《とも》ることになる。

「なあ、セルゲイ、我々は一日じゅう君を尾行していた。で、どうなったと思う？　君は動物園に行った。これまで一度も自然界に興味を持ったことのない君が、どういう風の吹きまわしか、いつもどおりの帰り道を通らず、午後の六時にベルリン動物園に行こうと思い立った。インターネットの検索履歴も調べさせてもらったが、君が確認したのは動物園の営業時間だけだった。どういうことか説明してくれ」

君は適当なつくり話をしてごまかすだろうが、こういうのは五課の屈強な男たちと交わしたい会話じゃない。

もうひとつのロケーションは戦勝記念塔、ティーアガルテンのまんなかに屹立するトーテムじみたコロニアル様式の男根で、ローマ神話における勝利の女神ヴィクトリアの像が、プロイセンの金ぴかの精液のメタファーのごとく先端から飛び出している。

受け渡しがそこでおこなわれるという保証はないが、こっちに賭けることにする。

ティーアガルテン通りを渡っているあいだに、考える時間ができる。どうしてわざわざ物理的な手段で受け渡しをするのか？　デジタルで安全にやり取りする手段はごまんとある。暗号化されたProton Mail、Tor、Signal……いやいや、このご時世、ＺｏｏｍですらＥ２Ｅ《エンドツーエンド》の工業グレード暗号化サービスを提供している。それでも現実空間における時代遅れな受け渡しにこだわる強固な理由もある。

そのへんのドラッグ密売人、資金洗浄者、武器商人、小児性愛者にとっては、商用暗号化サービスでもおそらく充分だろう。しかし、君が何か大それた悪事、誰かの国家安全保障にとって真の脅威となるような何かを企《たくら》んでいて、そうした誰かのレーダーに映ってしまうリスクがあるとしたら――その場合、話はまったくちがってくる。厳然たる事実として、一個人に過ぎない君が国家の情報機関を出し抜くことはできない、彼らは何十億ドルという予算と世代最高の頭脳をほしいままにし、商用利用可能などんなテクノロジーよりも十年先をいくテクノロジーを使っている。

最も簡単なのは君のスマートフォン、コンピューター、アップルウォッチといったデバイスに遠隔操作可能なツールを仕込むことで、それがひそかに、すべてに対する完全なコントロール権とアクセス権を彼らに与える。もしくはサイドチャネルを高度に悪用することで、君のデバイスが実行しているコードがメモリー内に残す情報の痕跡を読み取る。あるいはネットワーク接続されたコンピューター一式をキーボードのケーブルに仕込む。それか……まあ、そんなのは氷山の一角ですらない。

手書きの紙をブラシパスするだけで、そのすべてを回避できる。実際、かなり有効だ。

もうそろそろ着く。ティーアガルテンが実行場所に選ばれたのもうなずける気がしてくる。どんな西側の首都もそうだが、ベルリンは監視カメラ網で覆われており、カメラの大半はネットワークで中央システムに接続され、ナンバープレートや生体情報を自動的に追跡している。民間利用できる範囲は厳密に規定されているが、情報機関にそんなルールは関係ない。アメリカ国家安全保障局《NSA》は世界の主要なインターネット・スーパーハイウェイを監視しており、君が映っているすべての監視カメラ、ファイルに記録されている君の生体情報にアクセスできる、と聞いたら君はそんなはずはないと思うだろうが、じゃあ命を賭けてそう言い切れるだろうか？

ティーアガルテンにはほとんど監視カメラがない。

だからある意味では完璧に理屈が通っている。とはいえ、そうなると、ブラシパスをしようとしている連中はとことんガチな連中で、そいつらがしていることは数百、ひょっとすると数千の命をおびやかす危険を秘めているということになる。

だとするとまた別の、もっと面倒な疑問が浮かんでくる。

いったい、どうして俺が？

確かに俺は優秀だ。それにちょうどここにいる。しかし、俺は国家を持たない獣《ビースト・オブ・ノー・ネイション》であり、ベルリンは世界有数のスパイの首都だ。ここはかつて冷戦という槍の鋭い穂先だった。世界の主要な全情報機関がまだベルリンに支局を持っている。そのうち少なくとも八つの組織が、ここに完全なチームを十分以内に到着させることができ、うち三つの組織は上空からも監視ができ、おまけにすべてのリソースを自前で賄《まかな》える。

俺に支払われる報酬の額を思えば、そのほうが安あがりでもあるだろう。

もう眼と鼻の先だ。ハンドラーに電話することも考えるが、したところでどうにもならない。

仕事は仕事、は仕事だ。

11

戦勝記念塔は巨大な円形交差点の中心に立っていて、そこでベルリンの五つの通りが交わっている。歩行者専用道路は四つの地下道につながっていて、地下道のうちふたつは中央の島部分に出口があり、それぞれ島の東側と西側に出られる。

ブラシパスを正確な時間に実行することはできない。受け手、渡し手のどちらも自分が尾行されていないことを確かめなければならず、それにどれくらい時間がかかるかは誰にもわからない。必ず一方が先に到着することになるし、そいつは人目をひかずに待てる場所を探さなくちゃならない。

ここにそういう場所はひとつしかない、それは塔そのもので、ティーンエイジャーやカップルが塔のコンクリートの土台のそばにたむろし、子供たちが鬼ごっこをして走りまわり、ぐったりした旅行者たちがどこで夕食を食べるべきか、トリップアドバイザーで店を探している。

だからそこに行く。途中で買った煙草のパックを取り出すが、煙草を吸いたいからではなく、そのへんに座ってあたりを見まわす口実になるからだ。俺はまだ用務員のつなぎを着ていて、街という下着についた染みのひとつとして周囲に溶け込んでいる。

二十五分待つ。ひげの男たちがいるが、彼らはきょろきょろすることなく、まっすぐに通り過ぎていく。双子を連れた女も現われるが、子供たちはベビーカーに乗っておらず、五、六歳といったところ。スターバックスのカップもないし、夫が一緒にいる。

ほんとうにここでよかったのだろうか、そう思いはじめたころ、男が現われる。灰色になりかけの髪、五十代、手入れされたひげ、髪はおかっぱに整えられ、子供のような、もしくは三ばか大将のモーのような奇妙な見た目。

男は塔に向かって歩いてきて、俺の真横に腰をおろす。クレバーだ、俺でもそうする、俺を間近で確かめられると同時に、俺からのあからさまな視線を防いでいる。俺は煙草を勧める。男は手を振って断わるが、おかげで男を観察できる。そわそわしていて、人差し指と親指を絶えずこすり合わせている。男は金属縁の眼鏡を外し、ネクタイで拭《ぬぐ》うと、またかけ、あたりを見まわす。

この男が誰を待っているにしろ、これまでに会ったことがない相手ということだ。俺たちは十分のあいだそこに座っている。俺はもう二本吸う。男は腕時計で三度時間を確かめる。

最初に男が彼女を見つける。なぜわかるかといえば、指をこすり合わせるのをやめたからだ。

視線の先を追うと、そこに彼女がいる、地下道の斜面、ちょうど暗がりから出て光が当たっているところに。二十代後半で、黒髪をポニーテールにしていて、中東か南ヨーロッパの人間、〝BEBE〟とシークイン刺繡されたピンクのトップス、ジーンズ、ヒジャブ、白のスニーカー。双子用ベビーカーを押し、双子を乗せている。彼女は光の下で立ち止まると、ホルダーからコーヒーカップを取り、飲み、スターバックスのロゴとそこに書かれた名前――ナスリン――の両方が見えるようにする。

モーが立ちあがる。階段をおり、双子を連れた女のほうに向かう。俺はそのまま行かせる。見事なものだ。女は地下道の出口のまんなかに立ち、ほとんど道をふさいでいて、だから男がそばを通っても自然に見える。通り過ぎざま、男は眼でぎりぎり追えるくらいの速さでスターバックスのカップを取り、地下道の暗闇のなかに消えていく。

ばれては困るので、俺は待つ。数秒後、女はベビーカーを押して去り、俺は急いで階段をおりて地下道に入る。眼が慣れるのに一瞬、その一瞬で男を見失ったような気がするが、次の瞬間には見え、男は今、イギリス庭園《エングリッシャーガルテン》に向かっている。

さっきまでカモフラージュになっていた用務員のつなぎが、今では負債になっている。準備の時間が数分でもあれば、今ごろベースボールキャップだかジャケットだか、とにかく何かしらをバックパックだかメッセンジャーバッグだかに突っ込み、それを引っぱり出してこの場で服を着替えていたはずだ。が、そうはなっておらず、今この瞬間は、通行人を脅して身ぐるみを剝ぐかボクサーパンツ一丁になる以外に手はない。

　モーは公園内のティーハウスのまえを通り、まだ北に向かっている。俺は距離を取り、あとを尾ける。男は有能で、一度もうしろを振り返らず、もうそわそわしている様子はない。ここでは人目がありすぎて何もできないが、男は十中八九鉄道《Sバーン》のベルヴュー駅に向かっていて、そこなら無限のチャンスがある。

　そのとき、芸術アカデミーの建物、小さなキューブ状のブルータリズム建築のまえを通り過ぎようとしていたモーが、予想外のことをする。立ち止まり、子供の遊び場で雲梯《うんてい》にぶらさがっている子供たちを眺めたのだ。だが、実際にはそうすることで尾行者がいないか確かめている。俺は二百メートルほど後方にいるが、つなぎ服が、男がさっきまで隣に座っていたつなぎ服が、火を見るよりも明らかに物語っている。男と眼が合い、勘づかれたことを俺は即座に理解する。

　くそが。

　男は眼を逸《そ》らさない。それどころか、俺の眼を見据えたまま、実に慎重な手つきでスターバックスのカップからふたを外すと、中身を飲み干し、カップをごみ箱に捨てる。

12

ほんとうの問題？

なりたがりども《ワナビー》だ。

自分こそが18《エイティーン》にふさわしいと考えるケツ穴どもだ。

俺は暗い穴ぐらのなかでそんなことを考えているが、穴ぐらというのはさっきチェックインしたブティックホテルのバーのことで、あとこれは可能なかぎり早くなんとかしたいが、服は上から下までGap、シャワーを浴びたばかりで、それなりに満足のいく夕食を胃に収めたあと、三杯目のダーティ・ジン・マティーニの包み込むような火照《ほて》りに身を委ねている。一日が始まった時点では9ミリ弾十発でエレガントに終わらせると考えていたことを思うと、なんだか笑える。

ホテルのロビーはナイトクラブに変わり、DJの音楽が響き、フロアはサッカー選手とその取り巻きたちであふれ返っていて、その一団には東ヨーロッパの頬骨を持ち、ハンドバッグと十五センチのヒールの、ありえないくらい細い女たちが大量に含まれている。ドアの向こうを見ると、高いところに飾られたシャンパンボトルの列が手持ち花火の光に照らされていて、VIPエリアの大馬鹿野郎がボトルの給仕係に二千ドルをやり、同じくらい大馬鹿野郎な友人たちに金持ちアピールをしている。

批判しているわけじゃない、俺もやったことがある。

バーはとても暗く、両手がかろうじて見えるくらいだ。手は今ではきれいに洗われ、ブラックライトに照らされ、外の808キックドラムがフロアを震わせている。ふだんの俺は用心のため、出口に顔を向けているが、今日という日が俺をぼろかすにし、それでバーにいる。

玉座を狙うワナビーが俺のタマを取りに来ようと、くそ食らえだ。

カードが落ちる先はカードに任せよう。

これまでのところハードな一日だ。スピーカーフォンのせいでまだ頭痛がするし、どういうわけか、あれをぶん投げた女の顔に刻まれていた悲しみと憎しみが、どれだけ振り払おうとしても脳裏を離れない。おかしなものだ、あれが今日起きた最悪の出来事じゃないことを思えば。

ホテルの自室の金庫に、封をされた小さなクッション封筒が入っている。封筒の中身はジップロックの袋。さらにそのなかには六十四ギガバイトのメモリーカード、大きさは指の爪ほど。まだ血に覆われている。そして今ごろ、地下鉄《Uバーン》九号線の終点に向かうどこかで、線路上で見つかったばかりの死体、五十代でひげを生やし、三ばか大将の髪型をした男の死体をまえに、ドイツ警察が頭を抱えている。列車に轢《ひ》かれて首がなくなっているが、男はそれ以前に首を絞められ、胃を切りひらかれ、中身を取り出されていて、そうでなければまた自殺かと片づけられていただろう。

　殺ったのは俺じゃないと白《しら》を切ることもできるが、君には多少なりとも真実を話さなきゃならないだろう。

　あの任務のすべてが喉に引っかかっている。物理的な受け渡し《ドロップ》だったという事実。ぎりぎりの時間に電話がかかってきて、考える余裕を与えられなかったこと。まさに必要とされるタイミングで、俺がたまたまベルリンにいたという偶然。俺に捕まることは自らの死刑執行令状にサインするのと同じだと悟った男が見せた、メモリーカードを飲み込むというクレイジーな覚悟。血と体内のガスが、線路の電流で発生したオゾンの刺激臭と合わさった悪臭。俺がナイフで男の胃をひらき、手を突っ込むと、まだ温かい中身。だが、何よりも引っかかっているのは、俺の後方百メートルの、プラットフォーム上のナトリウム灯に顔を照らされた男が、俺から逃げようと地下鉄の線路をあとずさりながら言った言葉だ。

男はそれを何度も口にし、俺が距離を詰めると、その意味が通じることを期待するように、ますます必死に繰り返した。

パラシュ、ート。パラシュ、ート。パラシュ、ート。

俺が反応せずにいると、男は踵《きびす》を返して走った。俺は追いかけて線路を走り、男の脚めがけてタックルした。VP9がどれだけ静かでも、銃はリスクが大きすぎた、というのは俺がやらなきゃならないことは時間がかかりそうだったし、無用な注意をひきたくなかったから。だから絞め殺した。

首を絞めているあいだも、男は言おうとしていた。パラシュ、ート。パラシュ、ート。パラシュ、ート。

両眼から命が消えるまで。

13

音楽はあまりにうるさく、バーはあまりに暗く、俺が初めて彼女に気づいたとき、彼女は俺の隣に座っている。

ビジネススーツを着ていて、二十代後半か三十代前半、洗練された出で立ち、髪は実にシンプルできっちりしていて、三桁の中間くらいの料金がかかりそうなカット。メイクをしているが、ほとんどわからない。手はほっそりしている。爪のひとつが割れている。彼女はジン・マティーニを超辛口《ベリードライ》、オリーブの漬け汁入り《ダーティ》、氷なし《ストレートアップ》で、オリーブを添えて頼む。

「奇遇だね」俺は英語で言い、自分の飲みものを示す。

「だから何」アクセントは中央ヨーロッパ。チェコあたりか？　だが彼女には、俺のようにひとつのことしか頭にないケツ穴と話をするつもりはない。俺はそんな態度に勇気づけられて言う。

「ひどい一日だった？」

返答なし。グラスを持ちあげる彼女の手がかすかに震えていることに気づく。

「こっちもさ」

俺は自分の飲みものに戻る。

バーの頭上にテレビがあり、音は出ていない。しかしそれはニュース映像を、ポツダム広場付近の建物の外を映していて、そこは救急車、警察車両、メディア車両に囲まれ、おまけに対テロリスト指揮所まで設営されている。

彼女は一秒ほどそれを見てから言う。「わたしもあの部屋にいるはずだった」

「あの部屋？」

「あの人たちが殺された部屋。わたしもいるはずだった」

俺は彼女を見つめる。見覚えのある顔ではないから、あの組織図に載っていなかったことは確かだ。とはいえ、アシスタントでもない。そんな年齢では全然ないし、服は高級すぎるし、全身からエグゼクティブの空気が発散されている。

「それで？　どうして現場にいなかった？」

「転属になったばかりだった。重役の付き添いとして。でも、出勤中にどこかの馬鹿にうしろから追突された。警察と保険会社への対応で四十五分も足止めされて。ウーバーで代わりの車を頼んだころには……」

声が消え入りそうになる。

「くそ」俺は言う。彼女の手が震えているのも当然だ。「知り合いはいたのか？　殺された人たちのなかに」

彼女は首を横に振る。「二週間前にストラスブールから来たばかり。だから重役たちとはまだあまり交流がなかった」

テレビは今、家族と写った犠牲者の写真を映している。

「あの人たちがどうして殺されたのか、心当たりはある？」俺は訊く。

彼女は俺を見つめる。

「あのご隠居、息子たち……みんな手を血に染めてる。もちろん、自分の手で誰かを殺したわけじゃない、直接じゃない。でもその報いを受けた」

「なのに君はそこで働いてる」

「働いてた、かな……」

「別のキャリアを探せという、神なりのお告げだろう」

「神は信じてない」

「俺もさ」俺は言い、ふたりでお代わりを頼む。

14

彼女の名前はアデラで、ほんとうにチェコ人だ。苗字のネポヴィムは、〝言うつもりはない〟という意味だ。チェコ人の苗字はみんなそんな感じらしい。彼女の昔のボーイフレンドの苗字は〝堆肥とドライブする〟だった。俺の仕事に興味があるようなので、政府関係だとお茶を濁し、想像の余地をできるだけ多く残しておく。

晩の終わりに、ひとりでいたくないと彼女が言うので、ふたりで俺の部屋に行き、もう少し飲んでからベッドに入る。終わったあと、心地よい沈黙のなか、しばらく並んで横になり、俺は彼女の背中のくぼみあたりにある小さな傷の意味を考える。

一時間後、それは起きる。ベッドの反対側にかすかな動きを感じ、片手で彼女の手首をつかむと、そこには俺がバスルームに行った隙に彼女がハンドバッグから取り出した、刃渡り十五センチのセラミックブレードが握られている。俺はもう一方の手で、彼女が入れ替わりにバスルームに行った隙に俺が枕の下に忍ばせておいた拳銃を取り、彼女のこめかみに突きつける。

「ナイフを捨てろ」と俺は言うが、彼女はそうしない。より強く拳銃を押しつけると、彼女はそうする。俺は起きあがり、彼女をベッド脇に歩かせる。彼女はそれが自分を守ってくれるとでもいうように、シーツを体に巻きつける。

「名前は？」

「コヴァッチ」

「どこで訓練した？」

「ベラルーシ」

「で、なんなんだ、オスターマンの手の者か？」

彼女はうなずく。奇妙な沈黙、ふたりともそこに座り、俺は全裸、彼女はシーツに半分くるまれ、互いに命の行く末を考えている。

「どうしてわかったの？」ようやく彼女が問う。

「射出創の感触で」俺は言う。

それはほんとうだ。見事にだまされていた。彼女は俺に対する恐怖心を、本物の感情に満ちたつくり話に変えて利用し、完璧な茶番を演じた。傷に触っていなければ、今ごろ俺は死んでいただろう。

「現場仕事をしてどれくらいになる？」

「そろそろ十年」

「オスターマンにはなんて言われた？」

「わたしもそろそろいい歳だから、すぐにこういう仕事はできなくなるって」彼女はベッドを指し示し、セックスの意味だと伝える。「少なくとも、これまでのように簡単にはできなくなる。でもわたしには18《エイティーン》になれる素質がある、心の底からなりたいと思うならって」

俺は彼女の手がまた震えていることに気づく。

「殺さないの？」

「殺すべきだ」俺は言う。が、彼女はどこかはかなげで、俺をためらわせる何かがある。たんにベッドをともにしたからじゃなく——少なくとも、それだけじゃなく。それは彼女の恐怖心だ、と俺は思う。

「わたしが男だったら殺してるでしょ」彼女は言い、おそらくそれは正しい。

「君が男だったら、そもそもこうして一緒に座ってない」俺は指摘するが、正直なところ、絶対とは言えない。

彼女は今ではぶるぶると全身を震わせ、自らを守るように両腕で体を覆っている。

「非常用の蓄えはあるのか？」俺は訊く。

彼女はうなずく。

「非常用パスポート、未使用の身分証、そういうもろもろは？」

またうなずく。

「取りに行けるのか？」

「行ける」

「なら好きにしろ。服を着て、ここから去り、誰にも見つからないどこかに行け。オスターマンは君が仕事をドタキャンし、行方をくらましたと思うだろう。俺は君がゲームに参加していることすら知らなかった。そういうことにしよう」

彼女はうなずく。そして静かに「ありがとう」

彼女が服を着る動作のひとつひとつが、敗北感にあふれている。

ドアのまえで彼女は二の足を踏み、振り向く。

「ねえ。もし何か必要になったら……もしわたしに連絡したくなったら……」

彼女はバッグに手を入れ、何かを探す。

「いちおうこれを――」

彼女が三八口径の超短銃身《スナブノーズ》をバッグからほんの数センチ出したところで、俺は撃つ。

15

彼女の死体を浴槽に入れ、ハンドラーに電話して清掃チームを頼む。午前三時に俺が部屋を出るころには、清掃チームはすでに廊下にいて、彼らの頭のなかにあること、彼らがやろうとしていることは通常の家事代行業者となんら変わらないが、彼らは全員が男で、君が思っているよりも少しだけガタイがいい。もうひとりがランドリーカートを押して、そのうしろからやってきた。彼女の腋の下に両腕を入れて持ちあげ、約五十キロの彼女の重みを感じるのは、ほんの一時間かそこらまえ、俺たちの肌が今と同じように触れ合い、そのときはまだ彼女が生きていたことを思えば、奇妙な感じがした。

16

ハンドラーは抜け目がない、それは俺も認めよう。

俺が何かにサインするときに適当な名前――今は〝ジョーンズ〟で通している――を選ぶのと同じく、ハンドラーというのも本名ではない。ただし、俺とちがって彼の本名はまだ何がしかの意味を持っていて、というのはハンドラーがソノマ郡に所有している千エーカーのカリフォルニアワイン用ブドウ園にその名が使われていて、ブドウ園は彼にとって、生きているか死んでいるかを問わず、地球上のどんな存在よりも大切なものだからだ。

俺たちはパリにいるが、そこはセーヌ左岸《リヴ・ゴーシュ》のカフェテラスという目新しさのかけらもない場所で、どの席も錬鉄製のビストロテーブルにチェック柄のテーブルクロス。ハンドラーはデカフェのラテをオーツ麦のミルクでと注文し、すでに店員の不興を買っている。店員の表情から察するに、もしかしたらケチャップも入れるよう頼んであるのかもしれず、彼は富と権力をみなぎらせていて、そのまえではパリのウェイターすらおののく。

ハンドラーは五十代前半、グレーの上品なイタリアンスーツに、いかにも保湿剤と角質除去の世話になっていそうな、つるつるのピンク色の肌。そして、きっとお高いんでしょうと思わせるのにちょうどぴったりな量のコロンをつけている。同年代のほとんどの男は、こめかみの白髪を見せびらかすビジネスライクな短髪を好むが、ハンドラーは奇妙なページボーイカットで、染みひとつない襟のあたりで髪がくるりと内側に巻いていて、まるで自分のビジネスは死と裏切りだが、アーティストとしての一面も忘れていないと主張しているようだ。

ハンドラーは君と話をしながらも、もっと重要な人物が通りかかった場合に備えて君の肩越しに眼を光らせるという、ハリウッド映画のスパイのような癖を持っている。なぜそんなことをするかといえば、もっと重要な人物が通りかかった場合に見逃さないようにするためではなく、たとえ彼が心にもないお世辞で君を言いくるめようとしているときでも、いつなんどき、もっと重要な人物が通りかかるかわからないと君にわからせるためだ。

ハンドラーは脳裏に思い浮かぶだけで気分が落ち着かなくなる相手で、俺にとってそんな人間は地球上にきっかりふたりしかいない。以前は三人いたが、それは大昔の話だ。

　ハンドラーは〝御殿〟に住んでいて、これは本人が好んでそう呼んでいる。俺は行ったことはないいし、俺のような人間が彼のような人間の家に招待されることはないが、どんな家なのかは隅から隅まで思い描ける。それはカリフォルニア州南部のコーチェラ・バレーに、おそらくはパーム・デザートとテニスの世界的首都ラ・キンタのあいだのどこかにある。彼は自宅をイタリア風アールデコの邸宅と考えているが、実際には八〇年代マイアミのショッピングモール以外の何ものにも似ておらず、豆電球で一本残らず飾りつけされたヤシの木、ピンク色の大理石、寝室の二倍の数のバスルーム、車両二十台分のガレージ、インドアとアウトドアのシンクつきミニバー、人工滝があり、敷地内のどこを探しても本棚はひとつも見当たらない。それから高さ三・五メートルの壁と、二十四時間体制の武装した民間警備員、といっても、予想はつくだろうが、ものものしい印象は受けない。どうやら制服は元〈ヴェルサーチ〉のデザイナーが手がけたものらしい。

　ハンドラーのセクシュアリティについては、どう考えていいかすらわからない。そもそもそんなものを持ち合わせているかどうか。眼を閉じ、彼の閨房《けいぼう》を想像してみると、天井が鏡張りになっているが、それは自分の姿を見るために過ぎない。

　ハンドラーの自宅のセキュリティは基本的に見かけ倒しで、というか、たんに体格がよく、部族風タトゥーにレイバンのサングラスをした、ＩＱふた桁台のガチムチ男たちを家に置いておくのが好きなだけかもしれない。職業柄、彼は奇妙な泡に包まれていて、誰にも手出しができない。だから俺たちはお互いに録音機材を恐れてSCIF《スキフ》のなかで膝を抱えたりせずにすみ、こうして外でパリの陽光を浴びながらコーヒーを飲んでいる。ハンドラーは非常に特殊な類いの専門的技術——俺が持っている専門的技術——の取次担当《ゲートキーパー》であり、おかげでハンドラーにとって脅威となるかもしれないあらゆる人間が、腫《は》れものに触るように彼を扱っている。もしハンドラーが見込み客から監視されていると感じたら、まして脅されていると感じたら、そいつは彼のサービスを受けられなくなる。そうなると競争上不利になるから、暗殺と背信の世界ではあまり例を見ないことだが、ある種の紳士協定により、彼らはハンドラーに手出ししない。

俺はハンドラーにとって非常に優先順位が高い存在だが、もっと優先順位が高い存在がいないと考えるほど愚かでもなく、彼は機会があるごとにそれを思い出させようとしてくる。ハンドラーとクライアントの関係はつねに霧に覆われている。表向きでは、調整役《ハンドラー》というのはクライアントのために働き、分け前をもらうものだが、ことがそう単純だったためしはない。ハンドラーがいなければ、有能な暗殺者——つまり俺——もまったく機能しないか、組織犯罪のしょうもない鉄砲玉に成りさがり、法執行機関の長期的な監視対象にならざるを得ないが、ありがたいことに、俺の今の活動はそうした面倒とは無縁だ。

殺し屋のキャリアには四つのステージがある。

1　ジョーンズってのは何者だ？
2　ジョーンズを連れてこい！
3　ジョーンズみたいなやつを連れてこい！
4　ジョーンズってのは何者だ？

今この瞬間、自分の感覚では俺たちは2と3のあいだのどこかにいるが、こうした状況はあれよという間に変化するものだ。

ようやくハンドラーのデカフェ・オーツミルク・ラテが運ばれてくる。

「それで？」

俺はスマホを渡す。彼はフリック操作で写真を次々に見ていく。例の〝ご隠居〟の写真で指が止まる。指二本で拡大し、確かめる。

「トラブルは？」

「話すようなことは何も」

俺にスピーカーフォンをぶん投げた女の顔が視界にちらつき、俺は額を、まだ痛みの残る額をこするのをやめなければならない。

「もうひとつの仕事の首尾は？」

俺はポケットに手を伸ばし、ジップロックとメモリーカードが入ったクッション封筒を取り出す。それをテーブルの反対側に滑らせる。彼は中身に何かがこびりついて凝固しているのを感じたのか、嫌そうな顔で封筒を持ちあげる。

「写真は？」

「そんな時間はなかった。ベルリンの鉄道警察が血まなこで俺を捜していた。けど、あんたの依頼主はそいつの中身からDNAを抽出できるだろ。出どころを確かめなきゃならないっていうなら、簡単に一致するはずだ」

彼はほほえむ、うっすらと。「君は冷血なマザーファッカーだな、ちがうか？」

「だからみんな大金を払う。あんたと俺の両方に」

「今のは悪い意味で言ったんじゃない」

「ところで、メモリーカードには何が入ってるんだ？」俺は訊く。

ハンドラーは妙な眼で俺を見る。「なぜ気にする？」

「たんなる好奇心さ。あの男はブツを手渡すより、胃を切り裂かれるほうを選んだ。それにまさにその晩、俺を殺しに来たやつがいる。ってことは、そこに入っているのは家族写真なんかじゃないんだろう」

「私にもわからん」

ハンドラーは元CIAで、そういう連中は自分の癖という癖を把握し、それを隠そうとする。しかし、ハンドラー自身はありとあらゆる相手にありとあらゆる嘘をつくことに慣れすぎているため、真実を話しているときは逆に不機嫌になる。結果として、ふつうの人間とちがい、真実を話しているときには見分けがつき、コーヒーカップの側面をこつこつと爪で叩く。

彼の爪はコーヒーカップの側面を叩いていない。コンフォートゾーンの内側にいる。それはつまり、嘘をついているとまではいえないが、まちがいなく、真実を言ってもいないということだ。

だからさらに追及する。「コヴァッチもこれと関係あると思うか？」

ハンドラーは俺を見つめる。「どうして彼女が？」

「あんたが偶然を信じないのと同じくらい、俺も偶然を信じないから。彼女は俺がベルリンにいると知っていた。あの日あった殺しのことを知っていた。そのメモリーカードについても知っていたとしたら、俺の動きが全部筒抜けだったことになる。もっと言えば、あんたの動きが一から十まで筒抜けになっていたってことだ。怖くないのか？」

ハンドラーは肩をすくめる。「私の知るかぎり、彼女はプラハを拠点にしていた。ベルリンでの殺しはどこからどう見ても君の仕業だったし、一時間後にはメディアで報じられていた。ヘリなら一時間の距離だ。夕方の早い時間には現地入りできただろう。それなりに有能なやつなら、君が好みそうな場所くらい察しがつく。そこで、ロビーで立ちんぼしてる売春婦が高級なほうから順に、ホテルのバーをしらみ潰《つぶ》しにまわった。そして三軒目あたりで君を見つけた。そんなところか？」

口のなかが急に酸っぱくなる。ハンドラーは俺の過去を知っている。返事をすればこいつの思うつぼだ。

「それにだ、もし彼女がメモリーカードのことを知っていたなら、ブラシパスのことも知っていたはずだ。君が殺してメモリーカードを奪った男は、君よりはるかに狙いやすいターゲットだった。その男を始末すればすむ話なのに、どうしてわざわざ17《セブンティーン》に真っ向から挑み、すべてを危険にさらさなきゃならない？」

そのとおりだ。理屈に合わない。が、ハンドラーの指はまだカップの腹を叩いていない。そして今、俺の肩越しにどこかを見ている。例のハリウッド映画の眼つきで、まるで誰かを、誰でもいいから誰かを見つけて、この話題を終わらせる口実にしようとしているかのように。ただし、俺のほうはまだ終わらせるつもりはない。

「〝パラシュート〟ってのはどういう意味だ？」

彼は心底驚いたように俺を見返す。「なんだって？」

「受け手だ。俺に殺されるまでずっと繰り返していた。パ、ラ、シ、ュ、ー、ト。パ、ラ、シ、ュ、ー、ト。パ、ラ、シ、ュ、ー、ト。俺にとってなんらかの意味があるというように。そうなのか？」

「いや」

彼の指がカップを叩く。真実だ。

「でも、あんたにとっては意味がある」俺は言う。

指がカップを叩くのをやめる。

「いいかね」ややあってハンドラーは言う。「あの仕事にずいぶんこだわっているようだが、あれはどうでもいい仕事だったんだ。君はたまたま、ちょうどいい時間にちょうどいい場所にいた。それだけのことだ。コヴァッチとは関係ない。君の動きも私の動きも、誰にも筒抜けになっていない。〝パラシュート〟？　なんの意味もない言葉だ。もしかしたら、〝パラシュート〟と言ったわけですらないのかもしれんな。君の耳にそう聞こえただけで。ペルシャ語で〝くそったれ〟とか、〝殺さないでくれ〟の意味かもしれない。それか、〝私がそんなこと知るはずないだろ〟とか。〝パラシュート〟？　まったく意味がわからん。それにどうだっていい。終わったことだ。とっくに。小切手は決済ずみだ。すべて問題なし。忘れるんだ」

怒気を含む彼の眼つきが、俺が受け取るのはこれで全部だと物語っている。俺にふさわしいのはこれだけなのだろう。ハンドラーの世界では、俺はただの雇われのお手伝いだ。そう、確かに俺は17かもしれないが、この世界のどこかに18《エイティーン》がいるということは、ふたりともよくわかっている。俺のような看板娘は代替可能な資産であり、減価償却が始まり、維持費がかさむようになるやいなや、清算される定めにある。

17

ハンドラーはしばらく俺を見つめ、俺は彼がこの仕事をこんなに得意としている理由を理解する。ハンドラーにとって、これは人間相手のビジネスだからだ。もちろん清掃チーム、文書、支払い、移動といった活動の逐一《ちくいち》の手配もしているが、それらはただの家事だ。彼の真の能力は心理的なもので、誰にどれくらい要求できるかを見きわめ、そいつがぐらつきはじめていたらそれを察知し、自信を取り戻させ、言いくるめ、必要とあらば見切りをつける。

「何か引っかかっていることがあるのか？」彼はようやく言う。「このメモリーカードに関する与太話以外で」

「どうして何かあると思うんだ？」

「いいんだぞ」

「どういう意味だ？」

「私たちは長いつき合いだという意味だ。何か引っかかっていることがあるなら、正直に言ってくれたほうがありがたい。それなら解決できるからだ。解決できないものなら、なおさら知っておく必要がある」

ハンドラーは正しい。何かが引っかかっている。あのメモリーカードにどれだけとんでもないものが収められているとしても、それだけじゃない。

「俺は彼女を見逃した」しばらくして俺は言う。

「オスターマンの差し金のことか？　清掃チームには料金を払ったぞ」

「いや、すぐには殺さなかったって意味だ。殺すべきだったが殺さなかった。彼女が何者かはわかっていた。けど、明らかに怯えていた。オスターマンは彼女を締めあげ、やらなきゃキャリアは終わりだと脅したんだ。コヴァッチがいったい何を考えていたのかはわからない……俺を殺す準備はできていなかった。俺は彼女に伝えようとした。耳を貸してくれると思った。でもそうはならなかった。俺は正しいことをしようとして、彼女はそれを弱さと解釈した」

ハンドラーはこれを咀嚼《そしゃく》する。

「君はまちがいを犯した」彼はようやく言う。「そういうこともある」

「俺にはない」

「いいか。肝心なのは、それに心をかき乱されないようにすることだ」

そう言いながら彼は椅子の上で身じろぎし、俺は自分たちの関係に小さなほころびを、フロントガラスに石がぶつかってできたような欠けを感じていて、その欠けは隅っこのほうでひっそりと目立たず、数週間、数カ月、数年のあいだ、ただそこにあり、いずれ髪の毛のように細いひび割れとなり、亀裂となり、やがては全体に広がって、フロントガラスを跡形もなく粉々にする。

「あれがまちがいだったのかどうかもわからない」

「正しいことをするのはいつだってまちがいだ」

ハンドラーもその欠けを感じ、透明なプラスティック樹脂で埋めて見えなくしようと、崩壊を食い止めて完璧な状態に戻そうとしている。「君がそいつらを生かしておけば、また戻ってくる。わかっているだろう。より手ごわく、よりうまく、より速くなって。彼女を生かしたままドアの外に逃がしていたら、戻ってくるところだった。友人たちを引き連れて。もし本人が戻ってこないとしても、ほかの誰かが来る。まったく、こんなの言うまでもないことだろ」

「ほんとうのところを言えば、俺は彼女がかわいそうになったんだ」

「そんな話は聞きたくない」

「あんたに関係する話じゃないだろ」

「もちろん、くそ関係あるに決まっている」彼は身を乗り出し、興奮し、モップ髪が乱れる。「君を売り込んでいるのはこの私だ。17《セブンティーン》はまだやれる、ハングリーだ、その仕事を遂行できるのは17しかいないと言ってな。私が営業してる。いいか、これはパフォーマンスなんだ、ひと言ひと言が本心からの言葉じゃなくちゃならん。私の評判が、ブランドがかかっている。君がへまをすれば、私が泥をかぶることになる。結果は私にそのまま影響する。だからもちろん関係がある」

ハンドラーは椅子の背にもたれ、乱れた髪を直そうとする。そのとき髪の生え際がちらりと見えるが、本来あるべき場所よりも後退していて、俺はハンドラーがフェイスリフト手術を受けていることを、なんの驚きもなく理解する。

「いいか」しばらくして彼は言う。「もし君がその、なんだ、やっていけるかどうか自信がないというのなら……」

これは俺がまったく望んでいない展開だ。不意に渦を巻いて制御不能になる夫婦間のやり取りのような。夕食は何にするかという話をしていたつもりが、いつの間にか二十年のあいだ溜めこんだ恨みつらみのぶつけ合いになり、気がついたら離婚届を出しているというあれだ。

「そんなことは言ってない」

「……ふたりでなんとかしようじゃないか」

「だからそんなことは言ってない。勘弁してくれ、ただ……言ってみただけだ。何か引っかかっているのかと訊かれたから話した。こんな話、ほかにいったい誰にしろっていうんだ？」

「甘えるんじゃない」

甘える。やれやれだ。御殿に住み、オーガニックなワインをつくる男が。

「甘えてるんじゃない。悪かったよ、変な話をして」

「私もだ」

俺たちはまるで年寄り夫婦だ。嫌でもそのイメージが湧いてくる。俺はポロシャツ、腰まで引っぱりあげたゴルフパンツ、白のフラットキャップ、それからふつうの眼鏡の上に、奇妙なラップアラウンド・サングラスをかけている。ハンドラーはレーズンのようにしわくちゃで、白い髪をヘルメットに包み、鉤爪のような紫色の爪をしている。

「で、次の仕事は？」俺は言う。このイメージを早く頭から追い出したい。「仕事はあるのか？　何かくれ。なんでもいい」俺は金属のテーブルをどんと叩き、彼のカップがソーサーの上で跳ねる。

なぜか唐突に、ハンドラーが頭のなかで《スクラブル》の文字を並び替え、新しい単語をつくろうとしている気がする。たぶん彼がつくりたい単語じゃないが、単語は単語だ。

「ああ」ややあって彼は言う。「ひとつある」

18

ハンドラーはジャケットのサイドポケットに手を入れ、小さなマニラ封筒を取り出して、テーブルの上に滑らせる。ベロはあいている。なかには写真が一枚、いつも写真が一枚。

写っているのは四十代後半の男、もっと歳上かもしれない。陽に焼け、風雨にさらされてきた肌。短い白髪は薄くなり、おっさん特有のハゲ頭になりつつある。金物店によくいるタイプで、加圧処理されたツーバイシックスの木材を買い、さまざまなデッキ専用ねじの利点について、オレンジ色のエプロンをつけた女性店員にべらべらとまくしたてているような男、見るからにコンプレッサーとトルクレンチを所有している男だ。

俺は封筒を押し返し、テーブルの反対側に滑らせる。

「絶対にお断わりだ」

「選り好みはできない」ハンドラーは言う。

「聞こえただろ」

「どうしたんだ、ただの老いぼれだ。何年もまえに引退している」

「俺も引退を考えるべきかもな」

それは会話のくそのようにテーブルの上に垂れる。だがほんとうのことだ。俺の隠し銀行口座には残りの一生を遊んで暮らせるだけの金があり、ハンドラーはそれを知っている。

彼は俺を見つめて言う。

「何が問題なんだ？」

俺はもう一度封筒を取り、写真を引き抜き、彼の眼のまえに掲げる。

「これが誰か知ってるのか？」

「知ってるに決まっている」

「名前を知ってるのか？」ハンドラーの顔に写真を突きつける。

「もちろん名前を知っている」

「なら言ってくれ。さあ、言ってくれ」

ウェイターとほかのテーブルに着いている上品な着こなし《ボンシック・ボンジャンル》のマダムたちがこちらを気にしはじめている。ハンドラーが嫌いなことがひとつあるとすれば、それは注目を集めること、少なくとも自分が完全に制御できていない状況で注目を集めることだ。

「私が知っているように、君も知っているはずだ」彼は鋭く言い、身を乗り出す。

「いい、いいから！」

ハンドラーはため息をつく。「彼の名は――」

俺はそれを遮《さえぎ》る。

「死だ。この男の名は死」

19

それは彼の名前ではない。俺は彼が長年にわたって使ってきた偽名をいくつも並べることができる。今の彼がどんな名前で通っているかは誰にもわからないが、それはどうでもいいことで、なぜならこの写真はまちがいなく、明らかに、疑問の余地なく、先代の16《シックスティーン》だからだ。

彼は二十年間、ほかの誰よりも長くゲームの王者として君臨した。殺しをしくじったこと、へまをしたことは一度もなく、一瞬の良心も弱さも見せたことがなく、ある日突然姿を消し、知られているかぎりのあらゆるつながりを断ち切った。まるでこの惑星を去り、なんの痕跡も残さず、石が波紋ひとつ立てずに深夜の湖の黒い水に呑まれたかのように。

今の俺があるのは彼のおかげだ。俺は彼を研究した。歴史をはるかに遡り、ほかの人間たちのことも研究したが、俺にとって16はジミヘン、ビートルズ、パブリック・エナミー、スリーター・キニー、2《トゥ》パック、バカラック、マーヴィン・ゲイ、ケンドリック・ラマーがひとつになった存在だった。君は自分に影響を与えたものを身にまとい、大きくなってそれを着られなくなると、今度は否定し、やがて彼らを愛するか憎むようになるが、決して逃れることはできない。彼らは君とともにありつづけ、皮膚や骨と同じように君の一部になる。

ハンドラーは俺の手から写真を取り、封筒のなかに戻す。

「君は最高の殺し屋だと思っていたが」

「俺は最高だ。現役のなかじゃ」

「彼を恐れているのか」ハンドラーは言う。その指がまたカップを叩いている。「そういうことか?」

俺は答えない、もちろん彼を恐れているからだ。恐れていないとしたらとんだ愚か者だ。16について考えるとき、俺はオスターマンの差し金の、あの欠けた爪をした女になり、バーの戸口に立ち、俺の隣に座る勇気を奮い起こそうとしていて、心の底では、こんなことはせずに立ち去るべきだ、夜の闇に消え、そこに何が潜んでいようと、そちらに賭けたほうがましだと理解している。

「なあ」ハンドラーが言う。「考えてもみろ、君はラッキーだったんだ。自分で勲章を勝ち取らなくてよかったから」

「俺は自分の力でのしあがった」

「そうだな。リトルリーグから大リーグへ。決勝戦までのぼりつめた。なのに彼と対戦したことはない、ちがうか? 彼が行方をくらましてくれたおかげで、君は自分が正当な所有者だという顔をして彼の靴を履くことができた。それでも、そいつは今も彼の靴だ」

俺は居心地悪く座り直す、借りものの貝殻のなかのヤドカリ。

「七年間——」

「八だ」

「八か。なんでもいい。八年間、君はのんべんだらりとやってきた。八年間、君は他人の靴を履いてふんぞり返っていた。だが、とうとう自分の靴を買うときが来た。この仕事を引き受けるか、でなければ——」

「でなければ、なんだ？」

「でなければ、ほかにできるやつを探す」

「たとえば？」

「ダイクストラ。腕が立つ。期待の新星だ」

ハンドラーはわざと俺を挑発しようとしている。

「ダイクストラは血を好む。アマチュアだ。勝ち目はない」

「少なくとも腰抜けではない」

ほら来やがった。もう隠そうともしていない。ハンドラーが俺にこんな口を利いたことはない。彼の懲罰的なところ、期待外れとみなした者に対する悪意については話に聞いたことがある。が、俺がそれを味わわされるのは初めてだ。それは金属の、いや、血の味がして、まったく気に入らない。

「君が恐れをなしたという噂が広まったらどういうことになる？　今この瞬間、君は誰も自分に手出しできないと考えている。実際そうだ、ダイクストラやほかの全員の頭のなかに君がちらついているから。しかしこの仕事を断われば、彼らはこう噂しはじめる。17《セブンティーン》はヤキがまわりはじめている、、、、、、、、、。そして仕事を干されるようになるが、最悪なのはそこじゃない。最悪なのは、彼らが君をつけ狙うようになることだ、シロアリのようにぞろぞろと、おまけにもう君を恐れていない」

口のなかのあの味。吐き出してしまいたい。

「オスターマンの女。どれくらいの腕だったか知りたいか？　世界クラスだ。君と同じくらい？　そうかもしれんし、そうじゃなかったかもしれん。それは関係ない、彼女は自らの恐怖に首を絞められたから。彼女は恐れていた。君のほうが腕が立つからじゃない、君の評判を恐れていたんだ。でも、彼女がそんな噂を、君が仕事を断わったという噂を耳にしていたら？　17《セブンティーン》も結局は人間だったという噂を。たぶんまったくちがう展開になっていただろう」

俺の隣に座っていたコヴァッチのことを考える。彼女の張りつめた様子と、あの欠けた爪を。

「それはごく控えめに言った場合の話だ」ハンドラーは言う。今の彼はハンマーそのもので、次々と一撃を繰り出している。「君が弱さを見せれば、クライアントは心配をしはじめる。君が知っているすべて、君のここに詰まっているすべてのことが心配になる」彼は自分の頭をこつこつと叩く。「するとどうなるか。君は〝資産〟と書かれた列から〝負債〟と書かれた列に移される。リスクとみなされるようになる。清算不能なリスクだ。清算不能なリスクがどうなるか知っているか？　清算されるんだ。そのおかげで君はこれまでいい暮らしをしてきた。私もだ。が、運命の輪はめぐる」

俺は自分が両手でエスプレッソスプーンをもてあそんでいることに気づくが、手遅れだ。俺はすでにハンドラーの掌中にあり、ハンドラーもそれに気づいている。

「そうなりたいか？　小便をしようとジッパーをおろすたびに、ダイクストラが背後にいないかどうか、振り返って確かめたいか？」

「ダイクストラは怖くない」

「アンダーソン。カーツヴァイル。バーニエール、タルマン、ハルコンネン。ルブランのチームの誰か。ほかにもいる。全員を相手にできそうか？　なにせ、そうしなきゃならんからな。そしていつか君はうんざりする。ガードがさがる。長い時間じゃない。十分の一秒かもしれない、君がオスターマンの女に対してそうしたように。しかしそれで充分だ」

これだけ言えば通じただろうと、ハンドラーは口をつぐむ。

俺は封筒をひったくる。
「で、彼はどこにいる?」

20

俺たちはぶらぶらぶらと南のラテン区《カルチェ・ラタン》へ、通りに書店が立ち並び、入りきらない本を段ボールに入れて表に出している店もある。そのいずれにも得意分野がある——古典、地理と地図、専門書。ひとつはチェス関連書の専門店だ。やがて俺たちはドアにリボルバーの看板をぶらさげ、ウィンドウにパルプフィクションを山積みにした、古びた小さな穴ぐらに着く。

ハンドラーのあとについて店内へ。机のまえにいる老人はハンドラーを知っている、なぜならハンドラーが俺を奥の〝スパイ小説〟と題されたコーナーに連れていくのを、会釈で見送ったから。

「それでだ」ハンドラーは言う。息を吹きかけるだけで倒れてきそうな本棚に挟まれ、濡れた犬と老人のスーツケースの中間の何かのような、かびくさいにおいがしている。「八年間、手がかりは皆無。ひとつの痕跡も残さずに消えた。私は思いつくかぎりの連絡先に確認し、そこから先にも手をまわした。彼と結びつきのあった銀行口座はどれも空《から》っぽにされ、解約されていた。その間ずっと、生体情報もひとつもヒットしなかった。あの男はもう死んだのだろうと思っていたが――」

「まさかだろ」俺は言う。「それだけの手間をかけて失踪するくらいだ、しばらくは生きていく計画があるに決まっている」

「そのとおりだ」

「で、あんたはピンゾロしか出せなかった。それからどうした?」

「ある類いの連中に、私が彼を捜しているという話を広めた。そしたらある日、ブドウ園に小包が届いた。誰かが自分の手で置いていったもので、差出人の住所はなし。それなりの重さがあった。何が入っていたと思う?」

彼は手を伸ばし、棚から一冊取る。

エンボス加工された趣味が悪い表紙に、金文字、弾痕を模したイラスト、お決まりの滴る血。君も何千と見たことがあるはずだ。

ハンドラーはそれを俺に手渡す。タイトルは『破られた協定』、著者はサム・コンドラツキー。

「スパイ小説か」俺は言う。「趣味じゃない」

「だまされたと思って読んでみろ」ハンドラーは言う。

21

コンドラッキーは書ける。

武骨で、感傷とは無縁、さながらバール。

机のまえにいた老人が包んでくれた小説六冊を読みきるのに四日かかるが、半分ほど消化したところで思い当たる。俺はこいつの物語をすべて知っている。

彼はクレバーだ。日付、場所、性別を変えている。カラチをイスラマバードに、ウィーンをプラハに。ＣＩＡベイルート局のコカイン中毒の女性暗号官は、十年後のプノンペンの酔いどれ男性通訳になっている。そして、コンドラッキーはそのすべてを俗受けする嘘八百とマッチョな見てくれという分厚い光沢で覆い、ハリウッド的紋切り型のお涙ちょうだいものにまとめ、八時間のフライト中にするりと読みきれるようにしている。なのに、その道化の化粧の下にはつねに、にやりと笑う髑髏《どくろ》の存在が感じられる。

ロード・アイランド州の輸送コンテナのなか、十年近く閉ざされたままの箱のなかのどこかにバインダーの山があり、どのバインダーも新聞の切り抜き、諜報報告、およそ俺が入手しうるすべての資料が収められている。そうした資料は取りに行くまでもなく、全部俺の頭のなかに入っていて、記憶されている。何も見ずとも唱えることができる。そして、それらがここに、手を変え品を変え、掘り返され、保険会社の重役が空港で時間を潰《つぶ》すための文字へロインになっている。

つまり、さっきも言ったように、コンドラッキーは書ける。彼をマーガレット・アトウッドとまちがえることはない。だが、彼は書ける。

俺はハンドラーに電話する。

「あいつだ」俺は言う。「コンドラッキーは16《シックスティーン》だ」

「おめでとう」ハンドラーが言う。「では殺してこい」

第二部

22

母はジューンという名前だった。みんなからはコガネムシ《ジューンバグ》と呼ばれていた。アッシュブロンドでほっそりとしていて、一度もチャンスはなかった。ジューンバグの父親は敬虔な金玉野郎で、彼女を殴り、俺の想像では、彼女が決して俺に言おうとしなかったこともしたのだと思う。ジューンバグは十三歳でアル中になり、すぐにほかの薬物にも手を出すようになった。今の俺より一歳若い歳で死に、器量のほとんどは失われていなかったが、彼女の死は俺が生まれるずっとまえから始まっていた悲劇の最終章に過ぎなかったのだと、俺もようやく理解するようになった。

俺の父親が誰なのか、ジューンバグは一度も話さなかった。たぶん自分でも知らなかったか、確信がなかったか、あるいはたんに俺が知らないほうがいいと思ったのかもしれない。児童が危険にさらされていると考えたサン・ホアキン郡の児童保護サービスは俺を保護すべく、激しく、次第にエスカレートしていく一連の戦いを繰り広げたが、どういうわけかジューンバグは俺を手放そうとしなかった。そして、今後は薬物中毒治療のクリニックにかよい十二ステップのプログラムに取り組む、悪い連中とはいっさいつき合わない、などなどという涙の約束の甲斐あって、彼女は勝利を収めた。どの約束についてもジューンバグは本気だったし、俺もそれを疑ったことはないが、彼女が足を突っ込んでいた人生は流砂のようで、自由になろうともがけばもがくほど、深く呑まれてしまうのだった。

終わりが近づいたころ、彼女はオレゴンかどこか、一度も行ったことはないが、夢に描いたような遠い地に行きたいと語り、俺たちが当時泊まっていたモーテルや下宿に、火事になったら避難できずにそのまま焼け死ぬしかないような部屋に途切れることなくやってくる男の客から稼いだ金を貯金するようになっていた。ジューンバグは一週間か二週間なら薬物を絶つことができ、このカリフォルニアから、もっといえばストックトンからおさらばできたらどんな生活が待っているか、ふたりで夢物語を語った。当時のジューンバグはそれを心から信じていたと思うが、彼女が自分の存在に向き合えなくなる日がやってくるのは避けられなかった。蓄えたなけなしの金は三、四日ぶっ続けの吸えや呑めやのドラッグ狂宴で吹き飛び、俺はそのあいだ、部屋から部屋へと俺たちのお供をしてくれて、俺の生命線となっていた、ひび割れた黄色い取っ手つきの電子レンジにポップコーンの袋を延々突っ込んだ。そして数カ月すると、また同じことが繰り返された。

彼女を恨むことはできない。責めることすらできない。ジューンバグは壊れていて、彼女なりの壊れた愛し方で必死に俺を愛した。彼女は自分が知っている唯一のやり方で自分を治そうとしていたのだと、当時の俺ですら理解していたと思う。

23

〈フリードマン&フランクリン〉はセントラル・パークから少し離れたところ、スパイダーマンがいつもスウィングしているような、ジェネリックな四角いマンハッタンのオフィスタワーに社屋をかまえ、バンクゴシック体で彫られた社名の真鍮板がドアの上に掛かっている。入口のそばに書店があり、安心してほしいが、そこで〈フリードマン&フランクリン〉の出版物の余剰在庫が売られていることはない。

スリムなカーキズボン、チェック柄シャツ、素足に靴という格好で、膝の上にクーリエバッグをのせた俺が辛抱強く待っていると、アシスタントに案内され、コンドラッキーの担当編集者ヘンリー・チューを紹介される。俺はメールで伝えた内容をそのまま繰り返す。自分はニューヨーク大学院で出版・編集の勉強をしていて、作家の草稿という生の素材が編集者の才能によって揉まれ、形づくられ、完璧にととのった娯楽小説に変貌するプロセスにとりわけ興味を持っているのだと。

ヘンリーは申し訳なさそうに学生証の提示を求める。近ごろはいろいろあるものですから。俺はそれを見せる。彼は学生証を入念に確かめ、返す。ヘンリーは三十代なかばで、デスクの上には写真が飾ってあり、写っているのはおそらく彼の夫と子供、子供は養子か代理出産だと思うが、どちらかはわからない。俺はヘンリーを気に入っているし、ヘンリーにも俺を気に入ってほしいので、出版業界の話や人口統計学、四半期の収支、奥付、ブランディング、前払い金、校正、広報などについて、彼が三十五分も長話するのを聞く。ヘンリーは自分の仕事を心から誇りに思っており、正直、俺はどうこう言える立場にない。

俺は時計から眼を離さない。必要なものを手に入れるには十五分という時間が必要で、保育園のお迎えはどちらが行くのかという押しつけ合いの解決にさらに五分待たされるので、四十分きっかりのところで、自分はスパイ小説家のサム・コンドラッキーを事例研究の対象に選んだんです、とさりげなく切り出す。

ヘンリーはぴたりと話をやめる。

「サムを？」

「ええ、コンドラッキーさんを。どんなふうに執筆されているのか、インタビューできればと思っていまして」俺は明るく言う。

「コンドラッキーさんはインタビューは受けないんです」

「電話でのインタビューだけでもかまいません」あまりに熱意があふれているので、瓶詰めにして売れるほどだ。「それかメールでも。論文のためにまとめた質問リストを先方に転送してもらうだけでもいいんです」俺はタイプされたリストをバッグから取り出す。自分で言うのもなんだが、粒ぞろいの質問だ。「もちろんほかの方法でも、喜んで――」

「いえ、ちがうんです、コンドラッキーさんはどんなインタビューも受け付けていないんです」

俺はがっかりしたように見える表情をつくるが、そういったことはすでに全部知っていて、なぜならインターネットというものがあって、俺の知るかぎり、コンドラッキーについて書かれた記事はひとつ残らず読んできたからだ。世捨て人、という言葉では彼の徹底ぶりを言い表わせない。彼はゼロ、完全に未知なるもの、無だ。

「正直言って」ヘンリーは言う。「個人的な経験から言うんですが、ほかの作家を選んだほうがいいと思います、ほんとに」

「個人的な経験？　じゃあ、あなたは会ったことがあるんですね」

「いいえ。私ですら会ったことがないからです」

　俺はあらゆるTVインタビュワーがあまねく使っている秘密兵器を仕掛ける。何も言わず、沈黙が広がるに任せる。沈黙が気まずいと形容されるのにはわけがある。それを埋めようとする人間の本能に抗《あらが》うことはほぼ不可能だ。約十秒後、ヘンリーは屈服する。彼は立ちあがり、ドアを閉める。

「我々は原稿を受け取ります。郵便、UPS、フェデックス、毎回ちがう手段で。決まって紙原稿で、手動のタイプライターで打たれたものです。住所も電話番号もメールアドレスも書いてありません」

　俺は眉をひそめる。「でも、権利関係の手続きに必要でしょう」

「もちろんです」ヘンリーは言う。「詳細は話せませんし、これもオフレコですが、あるデラウェアの企業と権利義務の譲渡、機密保持の契約が結ばれています。前払い金はなく、発生見込みのある印税はすべて、がんの慈善団体に寄付されます。原稿を受け取ったあと、私たちは全体の長さの五パーセントまで、必要と思う修正を好きに加えられます。ゴーストライターを雇って手を入れることもあります。問題があれば、うちの弁護士がそのデラウェアの企業に雇われた弁護士たちと話をします。向こうが懸念を抱いているようであれば、出版はされません。でも懸念はなく、出版されます。ありていに言えば、サム・コンドラッキーについては私もあなたと同じくらいのことしか知らないんです」

「またまた」俺は言う。「あなたも推測くらいするはずです。小包の消印、UPSの荷物追跡。何か手がかりがあるでしょう。突き止めようと思ったことがないなんて言わないでくださいよ」

ヘンリーはにやりと笑う。「もちろんあります。でも、いつもちがう消印なんです。ウィスコンシン、ノースダコタ、ネブラスカ、ミネソタ……」

「じゃあ、小包の包装や封筒なんかも残ってないですか？」

「申し訳ないですが」ヘンリーは言うが、もし残っているのなら俺はそれを是が非でも持ち帰らなければならず、そうなるとクーリエバッグに忍ばせてある銃器の出番となり、それにともなってあまり愉快でないことが起きてしまうわけだから、彼は申し訳なく思うべきではない。夫と子供がいるヘンリーが大した障害になるとは思わないが、事態が肥溜めに突っ込み、ニュースになってしまう可能性はつねにあるし、そうなれば16《シックスティーン》に警戒され、文字どおり、現時点での俺の唯一のアドバンテージである〝奇襲〟が選択肢から外れてしまう。

俺はそこに一秒ほどじっと座り、ヘンリーが真実を話しているかどうか判断しようとする。コンドラッキーがガチの被害妄想なら、この面会にもなんらかの罠が仕掛けられていて、素足にスニーカーのオタク学生が嗅ぎまわっているとヘンリーが警告を送る手筈になっているだろう。けど、自分の家のドアへの痕跡を残さずにそんな真似ができるとは思えない。

俺が黙っていると、ヘンリーはそれを失意と誤解する。彼は身を乗り出し、せいぜい俺より四つか五つ歳上に過ぎないと思うのだが、父親のようにこう言う。

「私も力になってあげたい。でも、そんな手間をかけてまで正体を隠そうとする相手を仮に見つけ出せたとして、いい結果に終わると思うかい？」

ヘンリーは正しいし、この忠告を聞き入れたほうがいいのだろうが、彼はすでに俺が必要とするすべてを与えている。

24

ミネソタから新しい土地に入ったという目印はなく、路面が多少変わったくらいのものだ。サウスダコタ州の昔のスローガンは〝無限の多様性の地〟で、それは少なくとも彼らにユーモアのセンスがあることを示していた、というのも〝無限のくそ地平線の地〟のほうがより適切なキャッチフレーズに思えるし、今の俺の眼前に見えるものから判断するに、それは非常にプラトンのイデア的地平だからだ。

　サウスダコタの郷土自慢ラシュモア山はアメリカの恥ずべきタトゥーで、地理的に言えば、ここから西に行くほうが見どころが多いにちがいない。トーマス・ジェファーソンのように六百人の奴隷を所有し、そのうちのひとりに自分の子を六人産ませ、生きているうちにきっかりふたりの奴隷しか解放しなかった男を聖なる山の花崗岩に彫刻し、そもそもこの山自体、アメリカ政府はスー族の土地であると認めていたものの、すぐにその条約を破ったわけで、そんなものを〝民主主義の聖廟《せいびょう》〟などと呼ぶのは勇気の要ることだが、アメリカというのはかくも奇妙な国だ。

　映画会社のオフィスはスーフォールズにあると君は思うかもしれない、少なくともありそうな街だし、でもちがう、それは州都ピアにあり――雑学がひとつ増えた――ピアはここからさらに西へ四時間強、人口はゼロを少し下まわる。

　建物は奇妙でモダンなレンガ造りのキューブで、中世の城のような趣があり、建物の玄関口はどういうわけか三階にあって、駐車場からそこまでのちょっとした谷間を珍
ね橋がつないでいる。俺がアポを取ったメアリー・ペティは三十代のフレンドリー

女性で、彼女の運転するスバル・アウトバックのラジオ周波数は永久に米国公共ラジオ《NPR》に固定されているように思える。

　昔は映画プロデューサーになるために必要なのは電話と卓上名刺ホルダー《ローロデックス》だけだったが、今はそれすら必要ない。州同士のロケ撮影誘致競争は激化しており、州の支援団体は資金が潤沢《じゅんたく》にあり、一方で注意義務というものはまるで存在しないも同然だ。必要なのは使い捨てGメールアドレスからのメール一通だけで、〝インディー映画のロケ地を探しています〟と伝えたら、一時間後にアポが取れた。

　メアリーは俺をオフィスに案内し、そこにはサウスダコタで撮影された有名な映画のポスター、たとえば《ネバーエンディング・ストーリー3》や《スターシップ・トゥルーパーズ》（これは冗談じゃない）なんかが貼ってある。俺はテレンス・マリックの《地獄の逃避行》について尋ね、それは今のところ、この州全体で俺が唯一関心を持っているものだが、実際には全篇がコロラドで撮影されているそうで、かえって気まずくなる。

　ふたりで世間話をし、俺は映画脚本データベースや業界関係者向けニュースサイト〈デッドライン〉から拾ってきたゴシップネタを共有しつつ、プラスティックのカップのひどく生ぬるいコーヒーを飲む。暇を持て余し、ハイリスク・ハイリターンの投資先を求めている歯科医の団体が僕たちの映画に資金を提供してくれていまして、と俺は『インディー映画制作ハンドブック』に書いてあった仕組みをそのまま言う。どうやら彼女はそれを信じたらしく、ややあってにっこりと笑い、かすかに驚いた調子でこう尋ねる。「どうしてサウスダコタなんです？」

これは彼女が自分で思っているよりもいい質問で、なぜならサウスダコタはサム・コンドラッキーがそこから原稿を送ったことがない州だからだ。しかし、ほかの発送元の州はサウスダコタの周囲をドーナツのように囲んでいて、俺の眼には、コンドラッキーは本能的に自分の家の玄関口にくそを垂れるのを避けているように見える。さらに言えば、もし君が地図上から完全に消えたいと真剣に考えているのなら、〝無限の多様性の地〟、その大部分をグーグルマップに知られていない地は、これ以上ないほどうってつけだ。

「いろんな選択肢を検討しているところなんです」俺は彼女に言う。「ネブラスカとワイオミングの担当者にも話をしてるところです。モンタナも見学するかもしれません。でも、これは僕の勘ですが、目当てのものがここで見つかるという気がしていまして」

「目当てのものというのは？」

「アナルファックです」

彼女の笑みが凍る。アナルファックはＮＰＲで使われる言葉ではないらしい。

「なんですって？」

「アナルファック」

「もっと詳しく説明してくださらないと」

だからそうする。なぜなら俺にはもうわかっているから。俺はコンドラッキー——これからはそう呼ぶことにする——を知っている。彼を研究し、彼がどう考えるかを知っている。好み、癖、コンフォートゾーンを知っている。コンドラッキーがどう計画し、どう仕事をするかを知っている。だから住んでいそうな場所もわかる。家そのものについては別の条件リストがあるが、家がどこに位置していて、そこはどんなコミュニティで、どんな地形で、幹線道路や人口重心からどれくらい離れているかはわかる。

六カ月あれば自分の足で見つけられるが、そんな時間はない。

今のところ唯一わかっていないのが地図上の座標だ。

俺はそんなようなことをメアリーに説明し、彼女は耳を傾け、メモを取る。

「ずいぶんと細かい条件がおありなんですね」彼女は疑わしげに言う。

「もし難しいようでしたら——」

「いえいえ、わたくしどもがお力になれますとも」彼女は慌てて言う。ほかの州の名前を引き合いに出され、競争本能に火がついたらしい。「もしお望みなら、数えきれないほどのロケーションがファイルされていますし——」

「すみません」俺は言う。「ちゃんとおわかりになっていますか。その場所というのは、それがどこであれ、ファイルに記録されるような場所ではないんです。映画やテレビにこれまで映ったことがあるような場所ではないでしょう。誰かが聞いたことがある場所でもないはずです。そういう場所には興味がありません。僕たちが求めているのは手つかずの場所、ほんとうの意味での辺境。世界の果て。誰も考えつかないような場所、つまりアナルファックです」

「なるほど」メアリーは言う。「それで、その家というのは。あなたたちがお建てになるの？」

「いいえ、リアルじゃなきゃいけません。これという物件を見たらぴんとくるはずです」

「そうですか」彼女はしばらくして言う。「うちには優秀なロケーション・マネージャーが何人かおりますので……」

ビンゴ。

ロケーション・マネージャーは映画制作界の謳《うた》われないヒーロー／ヒロインだ。彼らは縄張り内を隅々まで知り尽くしていて、君の探している場所が彼らの頭のなかにもハードディスクのなかにもなかったら、車で走りまわり、そのロケーションを見つけてくれる。二、三人使えるのなら六カ月分の靴底を節約できるし、コンドラッキーにこちらの動きがばれることもない。

「もう少し詳しくお話を伺えましたら、問い合わせをしてみます」メアリーは言う。「映画ですよね？」

「そうです」

「ジャンルは？」

「スリラー、というあたりですかね」

「そこで撮影なさるんですね？」

「少なくとも一部は」

「脚本はありますか？」

「そういうのはないんです。どんな映画になるかはロケーション次第です。大部分が即興ですね」

「へえ、おもしろそう！」メアリーが顔を輝かせる。どうやら演劇専攻だったらしい。

「作品のタイトルは？」

俺はほほえむ。

「ですよね」彼女は言い、それを書きとめる。

俺はペンの動きを見る。

アナルファック。

25

ジューンバグは一度も大きな問題を起こさず、俺たちが泊まっていたモーテルが売春宿と化していたせいで閉鎖されたときも、当時の俺に理由はわからなかったが、警察は彼女にまったく手出しをしなかった。

警察が問題になったことは一度もなかった。問題は俺だった。俺たちはシングルルーム以上の部屋に泊まったことがなく、ジューンバグが一番求めていなかったのが九歳の見物客だった。日中であれば、俺が学校に行かない日、つまりほとんどの日は、二ドルばかりを与えられ、一時間ほど表をぶらついてこい、セブンイレブンでなんでも欲しいものを買えと追い出された。俺はドアのまえで聞き耳を立てることを覚え、声やほかの物音が聞こえたら、客が帰るまで製氷機のそばで待った。

俺は製氷機のエキスパートになった。

しかし、夜ともなれば、九歳のガキがそんな時間にストックトンの荒んだ通りをぶらついていれば、なんらかの注目を集めてしまい、そのなかにいい注目というのはひとつもないわけで、そんなわけでジューンバグは俺を部屋に置いていた。しばらくのあいだ俺は製氷機のそばをうろうろしていたが、やがてほかの宿泊客が俺を見て警察に通報するようになった。俺は警察にむざむざと捕まるような馬鹿じゃなかった。ジューンバグの売春は大目に見られるかもしれないが、子供を危険にさらす行為の二度目のストライクとなれば、児童保護サービスにとっては決め手になるだろう。そこで俺は走って逃げてガソリンスタンドのトイレに隠れ、ほとぼりが冷めるまで、つまり翌朝の早い時間まで待った。

午前三時ごろにようやく戻ると、ジューンバグは人が変わったように怒った。俺が誰かにさらわれて、彼女がおそらく実の父親からされたのと同じことを俺がされると思ったのだ。俺を失うかもしれないという考えが、彼女のなかの何かをぽっきりと折ったようだった。記憶にあるかぎり、ジューンバグにぶたれたのはそのときだけで、彼女の両手が鞭のように俺の耳に飛んできて、俺は身を守ろうと両手をあげたが、彼女の心はそこに入っておらず、最後にはふたりとも泣きながら抱き合った。

それからというもの、客が来ると俺はベッド脇にある引き戸のクローゼットに押し込まれるようになり、そこでことが終わるのを待った。絶対に見ないようにと誓わされ、俺は見なかったが、すべてを聞いた。

ことが終わり、ジューンバグがシャワーを浴びたり浴びなかったりしたあと、どんな時間だろうと、彼女は俺を連れて外に出て、二十四時間営業の店でアイスクリームかフローズンドリンクを、もしくはホットドッグとコーラとか、そういったジャンクを買った。点滅するネオンの下、染みのついたフォーマイカのテーブルに着いて、ウォーカーウェイの往来の満ち引きを眺め、にきびだらけのティーンエイジャーが俺たちの足元の床をモップがけし、その日の役目を終えた椅子がテーブルの上に積まれていて、どこかでホームレスの男が二十五セントをねだり、歳かさの売春婦たちが片足を墓場に突っ込んだシフトで働き、ジューンバグは細いブロンド髪を耳の上にかきあげながら、オレゴン、ウィニペグ、ポキプシーといった、愛らしい名前をしているという以外には何も知らない街のことをまくしたて、それを聞きながら俺は赤いプラスティックのストローでどろりとした甘い液体を吸い……今日にいたるまで、あれが俺の知る一番幸せな時間だ。

26

州都ピアには人間が知るすべてのチェーン系モーテルとチェーン系飲食店が存在する。

宿の候補はウィンダム傘下の〈デイズ・イン〉からウィンダム傘下の〈ベイモント〉、ウィンダム傘下の〈スーパー8〉、それからウィンダム傘下の〈アメリクイン〉まで、多岐にわたる。夕食の選択肢はマクドナルド、サブウェイ、チャイナビュッフェ、デイリークイーン、アービーズ、バーガーキング、タコベル、ピザハット。〈ボブズ・ラウンジ〉という店もあるが、これはチェーン店じゃない。

俺は〈デイズ・イン〉に潜伏し、いても立ってもいられない気持ちでCNNを眺めて二日間を過ごす。アメリカはイランを核攻撃だか侵略だかするために国際的な援助を求めていて、放射能が関係するなんらかの攻撃——放射性物質拡散爆弾《ダーティボム》だろうか？——をアメリカに仕掛けるというテロ組織間の通信を傍受したこと、その組織がイランの支援を受けていることを根拠として挙げている。

怪しいもんだ。

ダーティきわまる諜報の世界で最もダーティなのは、それが政治に利用されるということだ。情報機関が得た情報は事実にもとづく客観的な情報であり、それはそのときどきの政治的指導者が状況をきちんと把握したうえで、外交政策について合理的な決断をするために使われる、という建前になっている。

実際にはどうかというと、せいぜい政治的に選ばれた人間の手によって、上層部が勃起《ぼっき》できる大胆な軍事行動の片棒を担ぐのに都合のいい情報が拾いあげられているだけだ。最悪の場合、キャリア組の情報将校が政界のドンの行動を正当化するために情報の評価をでっちあげる、そうしないと、代わりにそうするライバルがすぐに現われてしまうから。もしかしたらイラン側にもほんとうにそういう計画があるのかもしれない。イランのことだから。けど、アメリカが侵略したがっている理由はそれじゃない。アメリカが侵略したがるのは侵略したいからだ。新たに入手した機密情報などというものが実在するとして、そんなものはアメリカ以外の全世界をパーティ気分にさせるための修辞学的装置に過ぎない。

最後に彼らがイランでこれを試した際、誰の見積もりを採るかによるが、数十万から百万の民間人の命が失われた。アフガニスタンの場合もそれよりずっとましだったというわけではないし、どう決着したかは知ってのとおりだ。

別に俺が神経質すぎるわけじゃない。気に食わないのは歌舞伎《カブキ》のような、もってまわったやり方だ。言いがかりをつけて何かをめたくそにしなきゃならないと思っているなら、どうして素直にそう言わない？

17《セブンティーン》に投票しろ！　めたくそにしろ！　おもに茶色い人種を！

俺が政治家への転身を検討していると、ひとつの考えが脳裏をくすぐる。核攻撃、イ、イラン、ヒジャブの女。ベルリンでのブラシパスは、テレビで言っていた〝傍受された通信〟と関係があるのか？　俺は頭を絞り、カップに書かれていた名前を思い出そうとする。ナスリン。ペルシャ系の名前で、ググってみると検索結果の最初のページに表示されるのはすべてイラン人女性だ。

だからハンドラーはあの仕事の話をしたがらなかったのか？

つながりはほとんど痕跡しか残っていない。しかし、ベルリンでのことはまだ引っかかっている。コヴァッチはどうしてあの晩、俺があのバーにいると知っていたのか、ハンドラーはどうしてただの偶然だと俺を言いくるめようとしたのか。それで俺はドイツの新聞を読むようになった。おかっぱモーの死は彼の死体が発見されたその日のうちに報じられた。コヴァッチについてはなんの報道もなかった――ハンドラーの清掃チームは一流だった。そして、ピアでの二日目の晩、〈ベルリナー・モルゲンポスト〉紙をスマホでスクロールしていた俺は見つける。ベルリン郊外の森林地帯で、女性の死体が発見されたという報道。おそらくは身元の特定を遅らせるために、首と両手がなくなっている。だが、それが誰かはすぐにわかる、なぜなら胴体部が着ているのがピンク色のＴシャツで、ＢＥＢＥとシークイン刺繍されているからだ。

渡し手と受け手は死んだ。コヴァッチも死んだ。あのメモリーカードの中身がなんであれ、あのせいでふたり、ことによると三人の命が失われた。もしかしたらそれが理由で俺はピアのくそ宿に座り、地球上でほぼまちがいなく俺を殺せる唯一の男を自ら見つけ出そうとしているのではないか、そんな気すらしてくる。

君はきっと、ハンドラーに渡すまえにメモリーカードの中身を確かめたほうがよかったんじゃないかと思っているんだろう？

そのとおりだ。

27

コヴァッチの死体が浴槽で冷たくなっていくあいだ、歩いてホテルから離れようとしているうちに、もしかしたら俺を殺すことは目的達成の手段でしかなく、その目的とはメモリーカードなのかもしれないと思いいたった。

メモリーカードに何が入っているかを知る必要があった。が、メモリーカードはきわめて強力なマルウェアでぱんぱんになっているにちがいなかった。そこでベルリンの質屋に寄って現金でラップトップを買い、クアフェルステン通りのセックスホテルの部屋、細かいこと抜きで借りられる類いの部屋を時間借りした。そこでラップトップのカメラとスピーカーの接続を切り、ハードドライブを軽くフォーマットしたあと、使い捨てVPNでダウンロードした堅牢化Ｌｉｎｕｘをインストールした。内部Ｗｉ－Ｆｉは物理的に切断した。そこまでしてからメモリーカードを挿入した。

何が見つかると思っていたのかはわからない。諜報報告。設計図。外交公電。未知の脆弱性を突くゼロ・デイ攻撃。衛星画像。その他、ジェームズ・ボンド的なくそ。あるいは俺にとってなんの意味もない、SJ627E. R07のような名前の、意味不明な暗号化ファイルの山。

ちがった。

ポルノ。

見まちがいでもなんでもなく、ポルノの山。

おまけにいいポルノですらなかった。九〇年代のソフトコアな、なんの変哲もない商業ポルノで、お決まりの明るすぎるセット、埃をかぶったゴム製植物、部屋の間仕切り、そこでホルモン全開のピザ配達男と巨乳人妻がいつもどおりのことをする。君の股間をギンギンにさせるような代物ではなく、誰かを少しでも脅せるような代物ではまったくなく、ましてやモーとコヴァッチが自分の命を懸けようとするような代物では絶対にない。

つまり、このメモリーカードにどれだけそそるブツが入っているにしろ、ポルノそのものではない。それはポルノのなかに隠されており、要するに聖書の文字の上に小さな印をつけて、組み合わせると言葉が浮かびあがってくるのと同じ原理だ。

俺が対峙していたのはおそらく殺人兵器級の埋込情報《ステガノグラフィ》だったが、それをクラックする道具も時間もなかった。そこでメモリーカードのイメージを一ビットの欠けもなくコピーし、暗号化し、Ｗｉ‐Ｆｉに再接続すると、匿名化サービスで無料のストレージサイトにアップロードし、リンクをヴィルモシュに送った。

ヴィルモシュはゲイで、体重は標準より九十キロオーバー、自閉スペクトラム症。彼の大きな売りは《スター・ウォーズ》正典《カノン》の世界的権威のひとりであることだが、ＮＳＡが創案し、業界スタンダードとなっている暗号ライブラリーの裏口《バックドア》を見つけ出すことも特技としている。ＮＳＡはそうした脆弱性が存在するのは意図的ではないと主張しているが、その脆弱性のおかげで、彼らはインターネット通信に欠かせないルーターやスイッチに不正アクセスし、世界じゅうのネットワークハブからトラフィックを吸いあげている。

君は偶然を信じるかもしれない。俺はそうじゃない。

ＮＳＡはヴィルモシュに職をオファーすることで口止めを図《はか》ったが、ヴィルモシュは彼らにひとりでマスかいてろと告げた。そこでNSAはその次に最善のことをし、概念実証の罪で、もう少し言うと、ロングアイランドにあるバックボーン・ノードにアクセスしてシステムログにレーニンの『共産主義における左翼小児病』の全文を挿入した罪で、FBIに彼を逮捕させた。

ヴィルモシュは超厳重警備刑務所《スーパーマックス》に二年間お勤めした。出所後はアメリカと身柄引渡協定を結んでいない国に移住し、それまでやっていたことにまっすぐ戻った。

ヴィルモシュは持ち前のくそ頑固さとアスペルガーの集中力で、ほかの人間なら試そうとすらしない問題をクラックできる。それをするのは娯楽のためで、報酬は受け取らない。収入は巨大なマルチGPUのビットコイン掘削マシンからもたらされており、おかげで報酬発生見込みのない問題に対しても笑えるほどのコンピューターパワーを使えて、小さな街ひとつなら暖房代わりに暖めることもできる。唯一のデメリットは、ヴィルモシュをせっつくことはできないということだ。そんなことをしたら彼の集中力は砕け、一度なくなればそれはなくなり、何か別の興味に移ってしまう。できるのは問題を送りつけて待つことだけだ。やがて、一日後か一週間後か一年後か、君は答えを手に入れる。

あのずっこんばっこんするピンクの肉塊に何が隠されているかはわからない。今はまだ。でもいずれわかるだろう。

28

ピアでの三日目、メアリーのロケーション・マネージャー軍団の尽力あって、映画制作支援団体からようやくずっしりとした心強い重さのある荷物が送られてくる。だが、宿の部屋の狭い居住スペースの、がたのきた丸いダイニングテーブルの上でひとりそれを破りあけると、俺の心は沈む。サウスダコタがどれだけ郷土自慢に欠けていようと、アナルファックはそれを補って余りある。何ページものアナルファック。アナルファックに次ぐアナルファック。山のごとくあるアナルファック。ミニバーにある飲みもので自分を元気づけると、書類の束を手に取り、地形レイヤーをオンにしてグーグルアースを調べる。午前三時までかかる。終わるころには眼玉がピンボールになったように感じる。が、候補地を七つにまで絞り込める。

ミニバーから最後のアルコールを摂取すると、ルートを考える。

翌朝、夜明けに発つ。最初の三つは外れ。ひとつ目はゴーストタウンで、無人のガソリンスタンドのドアが風にはためき、看板はヒンジひとつだけでぶらさがり、ガソリンの値段は四年前に最後に急騰《きゅうとう》したときのままになっている。ふたつ目は小さいが騒々しく、栄えている農村部、街のへりでは新たな区画が建設中。大きすぎるし、人が多すぎる。三つ目はあらゆる意味でちがい、なんらかの宗教コミュニティで、時代遅れなドレスを着た女たちと青いつなぎを着たひげの男たちが玄関ポーチに座り、俺が通るのを生まれつきのどんよりした不気味な眼で見つめ、一九七二年の映画《脱出》の世界に迷い込んだような気がする。

四つ目は脈ありだが、グーグルマップではわからなかったこととして、先住民の土地の上にあり、コンドラッキーはこの地で求められる血を引いていないと何かが俺に告げている。

五つ目と六つ目は惜しいが、賞品はなし。街そのものは、それが街と呼べるならの話だが、問題ない。が、五つ目は地形が完全にまちがっており、六つ目は地形こそ完璧だが、画竜点睛《がりょうてんせい》を欠くことに、家そのものは手入れされていないゴシック風のあばら家で、コンドラッキーが必要とするはずの視界が確保できていない。

となると残るは七つ目だ。

そこに着くころには千五百キロの距離を走り、サウスダコタ中心部を車で完全に一周し、太陽は地平線に浸《つ》かりつつある。ここがどういう土地なのかを宣言するものはなく、壊れた看板すらないが、サウスダコタ州ミルトンにぽつねんとちらつく街灯を見た瞬間、ついに両方を、土地と彼の両方を見つけたのだという、揺るぎない絶対の確信で満たされる。

29

俺の子供時代は真夏のうだるような金曜の夜に終わった。

ジューンバグは新天地をポートランドと決めていた。そこかしこから感じられるヒッピー的な雰囲気をいくらか魅力に思ったのだ。彼女はヒナギクやいろいろな花の落書きをするのが好きで、あとで知ったのだが、つけていた香水はパチョリというハーブのもので、あのモーテルの一室にタイムマシンで戻らなければ嗅ぐことができない。彼女は俺にこれまで貯めてきた金を見せた――数百ドルといったところか。当時のふたりにとっては大金に見えた。

あの晩、ジューンバグはぴりぴりしていた。理由はわからなかったし、どう尋ねたものかもわからなかった。十時半ごろ、彼女は薄暗い懐中電灯とまだ読んでいない『スパイダーマン』のコミックを持たせて、俺をクローゼットに押し込んだ。クローゼットのドアはちゃんと閉まらなかったが、部屋の電気をつけっぱなしにしておけば、というかほとんどいつもつけっぱなしだったのだが、誰も懐中電灯の明かりには気づかなかった。

俺はドアに背を向け、『スパイダーマン』に没頭した。それはスパイディがフュージョンに首を折られる回で、俺はすっかり夢中になり、時間の感覚を失っただけでなく、部屋で何が起きているかも理解していなかったが、なんとなく男の声がして、いつもより会話が多く、聞き慣れていたうめき声やベッドのきしみが少ないことにはぼんやり気づいていた。

声が大きくなるのはときたまあることだったが、ジューンバグが痛みの悲鳴をあげると、俺ははっとなってコミックから顔をあげた。彼女がもう一度叫ぶと、俺は懐中電灯を消し、クローゼットのドアを少しだけあけた。当時の俺は男がしていることを言い表わす語彙を持たなかったが、今なら彼女をレイプしていたとわかるし、同時に拳《こぶし》で顔を殴っていた。ジューンバグは反撃しようとしていたが、男は強すぎた。男は彼女から体を抜くと、ベッドの上に突き飛ばし、「ここから逃げられると思うなよ、ビッチ」というようなことを言った。

それから俺の眼のまえで彼女の首を絞め、殺した。

男がズボンを穿こうとしたとき、何かが見えた。ふくらはぎのタトゥーだ、ライフルを持ち、第二次世界大戦時のドイツ歩兵ヘルメットのようなものをかぶった、笑う髑髏《どくろ》。この恐ろしい場面全体において、俺が一番怖かったのがあの髑髏だった。

どうしておまえは何もしなかったのか？　どうして叫んだり、部屋から逃げて助けを求めるとか、テーブルランプをつかんで男の脳天をかち割ったりしなかったのか？　どうして眼のまえで母親を殺させるような真似をしたのか？

言えるのはこれだけだ。俺は九歳で、ちびりそうなほどびびっていたし、男が彼女の首を絞めているときでさえ、まさか殺すとは思っていなかった。ジューンバグはよく俺に言っていた。「わたしたちはサバイバーなの。あなたもわたしも」そして、彼女はすでに千もの窮地を生き延びていたから、俺は彼女を信じた。

このときも彼女が生き延びると信じていたのだろう。

じゃあ、廊下か通りに飛び出して、大声で助けを呼んでいたら？　それは警察を招くだけで、彼らも今回ばかりは眼をつぶるわけにいかず、また児童保護サービスとやり合うことになり、今度は負け、俺はジューンバグを失い、ジューンバグは俺を失う。

だから何もしなかった。

タトゥーの男はベルトのバックルを締め、半裸でまだ温かい俺の母親をその場に残した。

数年後、警察の事件記録を眼にする機会があった。警察はモーテルで騒ぎが起きているという匿名通報を受けた。現場に到着してみると、九歳くらいの少年がいて、彼らを部屋に入れようとしなかった。仕方なく少年に手錠をかけて部屋に押し入ると、売春婦として知られていた女の死体があり、どうやら手で絞め殺されたらしかった。部屋からはドラッグ吸引道具一式のほか、電子レンジ、現金数百ドル、大量の電子レンジ用ポップコーンが見つかった。少年は児童保護サービスの保護監督下に置かれた。

　俺の母親を殺した罪で逮捕されたやつは今なおいない。警察は被疑者の目星すらつけられなかった。彼女はどこにでもいる死んだヤク中売春婦だった。そういう商売には危険がつきものだ。検屍後、死体は火葬され、貧民墓地に埋葬された。俺も一度そこに行った。名前と日付が刻まれた小さなコンクリート板があるだけだった。ただし、それは彼女の名前ではなかった。彼女の名前はコガネムシ《ジューンバグ》だった。俺は二度とそこに行かなかった。

30

　俺が忘れていると思ったら、それはまちがいだ。しかし、これについて何かするには、もう八年の月日がかかった。

　車を走らせ、街に入ろうとしていると夜の帳《とばり》がおり、それはよくある完璧に澄みわたった晩で、空の青が濃くなり、インクのような藍色になり、地平線のへりが橙色に燃えている。"街と言ったが、ミルトンは街じゃない。街に似た何かですらない。君は気づくことさえなく、ここを通り過ぎるだろう。入る道路が一本、出る道路が一本、しかし、同じ方向に伸びるもっと大きな道路が別に二本、北に三十キロと南に三十キロの地点を走っていて、君がどこに行こうとしているのであれ、そっちを使ったほうがより速く行ける。たまたま迷い込むような場所じゃない。

　例のちらつく街灯がひなびたガソリンスタンドを照らし、ガソリンスタンドにはコンビニが併設され、ひとりの人間をちょうど生かしておけるだけの在庫があり、さらに雑誌類、煙草、アルコール、家の常備品、衛生用品が置いてあるが、それ以上ではない。

　途中、古ぼけたモーテルを通り過ぎると、風雨にさらされた看板が"全室カラーテレビ完備"を謳《うた》っている。モーテルは無人のように見えるが、事務室の明かりがついていて、俺に背中を向けた女性の姿が、エドワード・ホッパーの絵のなかの孤立した人々の生き写しのように浮かびあがっている。

　ガソリンスタンドの向かいにも建物が二軒あり、錆びた板金、車や油圧ホースを修理するスペース、餌袋、三点ヒッチ用のお手製の予備ピボットがある。それが、友よ、すべてだ。

といっても、街の反対側に道路が一本、蛇行して丘の上まで続いていて、丘といっても大したものじゃなく、ほんの五、六十メートルの高さだが、道路の先にミッドセンチュリー様式のランチハウス風平屋があり、広々と見渡せるその窓からはテラスと眼下の街を一望できる。ランチハウスまでの道に視界を遮《さえぎ》るものはなく、道は丘をさらに数十メートルのぼったところ、車を転回させるためのスペースで行き止まりになっている。よく手入れされた二エーカーほどの庭が周囲を取り巻き、視界を確保するためか、奥の藪も短く刈り込まれている。丘の斜面のせいでぱっと見ではわからないが、見た目よりも高い鉄条網が地所を丸く囲んでいる。眼に見える唯一のセキュリティらしきものは電子制御式のゲートだが、テラスの下におそらく大型犬用の犬小屋が隠されている。プライバシーを確保するには充分なだけ街から離れているが、あの家の住人が下界で起きているすべてをつぶさに観察できないほどには離れていない。

ここがそうだ、彼はこういうところにいるだろうと俺が考える、まさにその場所。

誰もがほかの誰かを知る場所。

身を隠せる場所がどこにも、絶対にどこにもない場所。

ここを訪れる者自体が珍しく、その後の数週間は噂になる場所。

要するに、街全体が早期警戒システムとして機能する場所。

ひとつだけ理解できないものがあるとしたら、それはあの森だ。

ランチハウスの一方、幹線道路の右手側に森林地帯が広がり、それは丘の上まで続き、丘のてっぺんは道路の反対側で断崖絶壁になっていて、家そのものよりもほんの少しだけ小高いところにある。もしあれが俺だったら、あれが俺の家だったら、落ち着かない気持ちになるだろう。あの森には遮蔽物が多すぎ、身を隠せる場所が多すぎる。そう悪い地形ではないが、理想的でもない。

それが引っかかる、なぜならコンドラッキーはまちがいを犯さないから。

だからこれはまちがいのように見えるが、まちがいではない。

あえてだ。

となると、ふたつのうちのひとつだ。

罠か。

もしくは俺がまだ気づいていないその他の重大な理由、その他の要因があるか。

そして、君が気づいていないものは君を殺す。

俺はわざと燃料がほぼ空《から》っぽになるまでジープを走らせる。トレーラーに予備のガソリンを積んであるが、それは使わずにガソリンスタンドに車を入れ、体をほぐすふりをして外に出る。

フルサービスのスタンドで、じいさんが出てきて俺に声をかける。

「ハイオク満タン」俺が言うと彼はうなずき、作業に取りかかる。高く引っぱりあげすぎたズボン、ボタンがいくつも取れてなくなっている格子縞のシャツ、燻製肉の宣伝用の赤いトラッカーキャップ。

「遠くから？」彼は尋ねる。

「かなり」俺は言う。

「じゃあ、ここには立ち寄っただけかね？」

「そうなるかな」

じいさんはうなずき、給油作業に戻る。俺はそっぽを向き、明かりのついた窓越しに店内を見る。女がひとり、ブロンド、たぶん五十代、だがほかのことは何もわからない。ラジオから流れる七〇年代カントリー・ミュージックがかすかに聞こえてくる。女はそれに合わせて歌っている。

給油ポンプに表示される金額が上昇していく。俺はまわりを見る。七〇年代のフォード・レンジャーと錆びついたGMCジミーという二台のトラックがそばに駐まっている。あえて推測するなら、じいさんの車とブロンドの車だろう。この情報を記憶する。

もう一度あのランチハウスに眼を戻した瞬間、それが見える。

一対のヘッドライト、丘をくだってきている。

あれがどこから来たのか、ありえる場所はひとつしかない。ランチハウスだ。

心拍数が跳ねあがるのを感じる。

この土地に関する俺の見立てが、コンドラッキーに関する見立てが、あの家に関する見立てが正しいのなら、あれに乗っている可能性のある人物は、この世にひとりしかいない。

31

トラックが道をおりてくるのを俺は視界の端に捉えていて、そのおんぼろフォードの後部には、ジャンクヤードで無料でもらってきたような見た目の、胸板が厚く、がっしりしたあごの雑種犬が二匹乗っている。車は右折し、送気管につけられたベルを鳴らしながらガソリンスタンドに入り、俺の向かいの給油ポンプのそばに停まる。

俺は反応しないようにしている。俺の正体をあいつが知るはずはない。ありえない。わかるわけがない。

犬たちはじいさんを見ると興奮し、トラックの荷台の上で立ちあがり、さかんに吠える。じいさんは二匹のところに向かい、ポケットに手を突っ込むと、それぞれに犬用クッキーをやり、二匹はそれを貪欲に奪う。彼がズボンでよだれを拭いていると、運転手が降りてくる。

あいつだ。16《シックスティーン》。

背が高く、身長は百八十八から百九十センチ、俺より二センチは高い。顔は写真より老け、日焼けしていて、屋外作業で革のようになっている。今では五十代後半、もしかしたら六十代、無精ひげに白いものが混じっている。彼がトラッカーキャップを取って頭をぼりぼり掻くと、少々脂《あぶら》ぎって薄くなりつつある髪が見える。

「マック」じいさんが言う。それがこのあたりでの彼の名前らしい。

「ヴァーン」コンドラッツキーが言う。

「変わりないか？」

コンドラッツキーがうなずく。フランネルのシャツ、ワークブーツ、ワークパンツという格好だ。少し動きがぎくしゃくしているが、脂肪はこれっぽっちもついていない。筋骨たくましい。彼をあまりよく知らなければ、ピックアップトラックに乗ったブルーカラーのケツ穴野郎と片づけてしまうだろう。

俺のほうを見向きもしないが、俺が銃を持っていないことを含め、俺に関するすべてをすでに把握していると見てまちがいない。やがて彼はこちらを一瞥《いちべつ》して、一ミリほどうなずくと、表情ひとつ変えることなく、ゆっくりとコンビニに向かう。

給油ポンプは古く、まだかちかちと音をたてていて、俺はトラックのなかを覗こうとまわり込む。車体はぼろぼろで、ところどころ錆びているが、それはカモフラージュ、ただの演出だ——ここに入ってきたときのV8のエンジン音は完璧にチューンされていたし、タイヤもバンパーも攻めていて、数センチ分のリフトはハイエンドなショックアブソーバーに換装されている証拠だ。運転室後部に掛けられているのは最近清掃されたばかりの〈サヴェージ〉狩猟用ライフル。トラックと同じく、こちらも演出——五百ドルも出せば手に入るが、オリンピックの射撃用ライフルに引けを取らない精度、とくにこいつはライフルそのものより十倍は値の張る〈シュミット&ベンダー〉のスコープと組み合わせてある。

トラックに近づきすぎたのか、犬たちが急に突進してきて、あごが俺の顔から数センチのところでかちかちと音をたてる。俺は驚いてあとずさり、ヴァーンが荷台の脇を叩いて怒鳴る。「おとなしくしてろ、馬鹿犬ども！」

犬たちはおとなしくする。

「すまんな、若いの」ヴァーンが言う。「見たことない相手にはちょいと凶暴でね」

コンドラッキーはすでに店に入り、ブロンドに話しかけている。

「そうだ、買っておきたいものがありました」

ヴァーンはうなずく。俺の車に給油していたホースを収め、ガソリンキャップを閉める。

「なかで払えるよ」

俺はグラブコンパートメントから財布をつかむ。ヴァーンはコンドラッキーのトラックを見に行き、俺はその隙にピストルをつかみ、ジーンズのうしろに突っ込む。

店に入るとドアがちりりんと鳴る。ブロンドは牛乳、卵、パン、〈クアーズ〉の六缶パック、新聞二紙をレジに通しながら、コンドラッキーとジョークに花を咲かせている。彼の腰のあたり、フランネルの下に、これまたピストルの形が浮かびあがっているのがわかる。

ここで殺すこともできる、と思う。運命は思わぬ場所で俺に標的を与えた。彼はこっちに背を向けていて、何に撃たれたかを知ることはないだろう。

しかしそのとき、カウンターの上の曲面鏡越しに向こうが俺を見ていることに気づく。

俺は雑誌、菓子、雑貨が並ぶ棚の陰に屈み、商品を探しているふりをする。通路の突き当たりに別の曲面鏡がある。またしてもコンドラッキーが顔をあげるのが見える、まだ観察している。俺は自分に言い聞かせなければならない。あいつは俺の正体をわかっていない、ただの訓練の賜物、癖、刷り込まれた状況認識能力、誰がどこにいるか、つねに自分の周囲を把握しておかなければならず、その絶対的必要性が表出しているだけだと。俺も同じ患《わずら》いがある。

コンドラッキーは金を払うと、もう俺のほうを見ることなく、外のトラックに向かう。

俺はファミリーサイズの〈ホット・ドリトス〉を持ってカウンターに行く。

「お探しのものは見つかった？」彼女がほほえむ。声は煙草のせいでハスキーだ。素人の彫ったタトゥーがショートブラウスの袖の一方から半分覗いていて、それは彼女に君が思うよりも興味深い過去があることをほのめかしている。

俺はほほえみ返す。「ええ、見つかりました」彼女は会計をする。

俺は外のジープに向かおうとするが、その途中、引き返してきたコンドラッキーと鉢合わせする。

彼は俺のためにドアをあけたままにし、にやりと笑う。「レディファーストだ」

この野郎。これは完璧な奇襲だ。俺が何者か確信を持てなかったから、買い忘れがあるふりをして引き返してきたのだ。彼はドアをあけたままにし、俺をじっくりと、すぐそばで、においがわかるほどすぐそばで眺める。

「どうも」俺は言う。

自分の腰のうしろ側に銃の重みを感じ、コンドラッキーがそれを眼で探しているのを感じる。が、こっちは銃を隠すのに充分な厚みがあるダウンジャケットを着ていて、俺はただドリトスを手に外に出て、ジープのもとに向かう。彼の視線が俺を貫いているのを感じる。

「おい、兄ちゃん」俺がジープのドアをあけると彼は言う。「こんなところに何をしにきたんだ？」

俺は凍りつき、すっとぼける。「どういう意味です？」

コンドラッキーはジープをあごで示す。「アリゾナのナンバー。ずいぶんな遠出だ」

「レンタルですよ。ミルウォーキーで借りたんです」

「うしろに引いてるのはなんだ？」

〈Uホール〉のトレーラー、重みで重心がさがっている。

「ピアノです」

「ほう？」彼はまたドアを閉め、こちらに来て、満面の笑みと友好的な興味を示す。「ピアノにとっちゃ長旅だ。どんなピアノだ？」

「〈チッカリング〉のクォーターグランド。一九一一年製、ライトマホガニー。遺品セールで手に入れました。五千ドルで。きれいにしてやれば五倍くらいの値で売れますし、二、三台さばけば一年分の稼ぎになります。弾くんですか？」

「昔ね。けどやめた」

そう言うとコンドラッキーは店内に戻り、彼のうしろでベルが鳴る。俺はジープに乗り、少しのあいだ彼を眺める。棚の上にある弾薬箱を指さし、ブロンドがそれを取っている。俺はジープのエンジンをかけ、車を出す。窓越しに、彼は俺が去るのを見ている。

ばれたか？　そうは思わない。小型のグランドピアノを牽引してサウスダコタをまわっているどこかのガキ。真実に思えるくらいには馬鹿げている。あいつがピアノの話の裏を取ろうとすれば、一週間前、修復が必要な〈チッカリング〉のクォーターグランドがミルウォーキーのオークションで四千八百ドルで落札されたのが見つかるだろう。

買ったのは俺じゃないが。

32

幹線道路に出て、さっき向かっていたのと同じ方向に車を走らせる。三キロ先、ほかの車がないことを確かめてからハンドルを左に切り、砂利道を走って街の反対側にとんぼ返りする。このあたりには何もなく、ただ二、三キロおきに農家があるだけだ。四十五分かけ、二回のまちがった方向転換とトリッキーなUターンののち、幹線道路に戻る。

さっきは見落としていたが、例のモーテルの数百メートル手前に俺が探していたものがある――あの森に通じるのぼりの林道で、コンドラッキーの家につながる道路の反対側に位置している。一瞬、このモーテルに泊まろうかと考える。長いドライブで肩が痛むし、強い飲みものを一杯やりたいし、夕食にホット・ドリトス以上の何かを食いたいし、俺の爬虫類脳は明かりのついた窓のなかにちらりと見えた女の人影に興味を持っている。だがリスクが大きすぎる。

だから、そうする代わりにハンドルを切って泥道に入り、〝私有地〟の看板を通り過ぎると、ジープとトレーラーは林道の轍《わだち》に合わせて揺れ、そうこうしているうちに幹線道路から遠く離れ、ここなら誰からも見られることはないと確信する。ライトとエンジンを切り、座席を倒し、眠りたいという欲求が俺を包むのを待つ。

33

iPhoneのけたたましいアラーム音が朝まだきの俺を叩き起こす。車内は結露で湿っている。ガラスを拭いてきれいにすると、林床から立ちのぼる霧と、夜明けの銀色がかった青が見える。

〈Uホール〉のトレーラーには荷物がぎちぎちに詰まっているが、必要なものはどれもすぐに取り出せる。湿った土からのぼってくるペトリコール、針のような松葉、カラスたちの鳴き声に囲まれながら、荷をジープの後部に移し、それから車をバックさせてトレーラーをひらけた場所に戻し、カモフラージュ用ネットと枝葉で覆う。タイヤ跡は隠しようがないが、誰かが車で丘をのぼっても眼につくことはないはずだ。

すべての候補地について地形図を用意してあるが、今必要なのはミルトンが含まれる地形図だけだ。こういうのはたいていグーグルアースで見られるが、現地では紙だけが頼りだ。コンドラツキーの家の場所に印をつけ、見込みのありそうな地点にも印をつけ、最終的には徒歩になるだろうが、車でどこまで行けるかを確かめることにする。

もう一キロほど車を走らせ、林道を半分ほどのぼると、道は完全になくなる。過去数カ月、ことによると数年のあいだ、誰もここまであがってきていない。林道そのもの以外に人間の存在を示すものは、ハンターが残していった古いショットガンのシェルだけだ。後部席からバックパックを取り、ジープにもカモフラージュ用ネットをかけ、コンパスを確かめ、目星をつけた地点に向かう。

三十分後、丘のてっぺんに出る。陽が昇りつつあり、鳥の群れが夜明けの歌を合唱しているが、遠くにまだあのランチハウスの光の瞬《また》きが見えるくらいには暗い。俺が選んだ地点は完璧で、七、八百メートル先にコンドラッキーのねぐらを見おろせるだけの高さがあるが、奥まって茂みに隠れていて、よほどの馬鹿をしないかぎり、俺がいることがばれない程度には離れている。

バックパックをおろす。なかに高性能な観測用スコープと三脚が入っている。覗いてみると、彼は、コンドラッキーはそこにいて、Tシャツとボクサーパンツ姿で家のなかを歩きまわり、コーヒーを淹《い》れ、犬の餌をボウルに入れている。

俺はバックパックのほかの中身も引っぱり出す。ビバーク用の寝袋、カモフラージュシート二枚、ロープ、戦闘糧食、防水布、ノート一冊と鉛筆一本。野営の準備をし、俺の輪郭が見えなくなるよう、さらに多くの枝葉を使う。そして、腰をおろして観察する。

34

コンドラッキーを観察して五日になるが、毎朝少しずつ寒く、少しずつ湿度が高くなり、少しずつ不快感が増している。

日々はほとんど同じだ。

コンドラッキーはコーヒーを淹《い》れ、犬に餌をやり、くそをする。朝食前に運動をするが、それはメインテラスの下の勝手口越しに、地下のジムで自重トレーニングと有酸素運動を交互にやっているのがちらっと見えるだけだ。それから三十分間のパンチバッグ。そのあとはシャワー。

朝食後、彼はタイプライターを叩く、一語一語、苦痛なほどゆっくりと。言葉は簡単には出てこない。ときに一語も書けないまま三十分間ただそこに座っているか、立ちあがって窓の外を眺める。昼食前にポット二杯分のコーヒーを飲み、昼食は彼くらいの世代にありがちな矛盾した栄養アプローチで、錠剤を飲み、にんじんをジューサーにかけたかと思えば、ソーセージとアルファルファを全粒小麦パンに挟んで、〈ミラクルホイップ〉を塗りたくっている。

午後も執筆しようとするが、たいていは一時間後にあきらめ、代わりに家事や犬との遊びに精を出している。それから、日が暮れてくると缶ビールをあけ、夕食をつくり、腰を落ち着けてテレビを観る。お気に入りはケーブルニュース――毎晩、自宅担保型融資のCMの合間に、イランの状況に関する続報が映し出され、それはどうやらなんらかの無益な軍事的絶頂へと向かっていて、血と金を代償にするわりに何も達成できないまま終わりそうだ――ただ、ときどき飽きてくる。ある時点で、二時間ぶっ通しでイギリスの料理コンテスト番組を観る。

十時ごろ、彼はジャック・ダニエルを注《つ》ぐ。十一時半にはベッドに入る。犬たちは外で眠り、庭で放し飼いされている。夜は餌をやらない。コンドラッキーは自分が寝ているあいだ、犬たちを空腹にさせておくことを好む。

ほとんど同じというのは、シャワーを浴びてから執筆を始めるまでのあいだに、キッチンテーブルに置いてある白いエッグスタンドを取り、サイコロをひとつ振るからだ。

俺がそれを理解するのに三日かかる。あのサイコロは自分のルーティンを予測不能にするためのものだ。

一日目、一時間余分にトレッドミルをする。

二日目、武器を手入れし、次から次に武器を持ってきて、これは俺の推測でしかないが、おそらく家の奥の見えない場所、家が丘の斜面に食い込んでいるあたりに、潤沢《じゅんたく》な地下武器庫があるのだろう。

三日目、またトレッドミル。

四日目、犬たちを連れて歩いて外に出て、その手にはチェーンソーがある。彼が道なりに進んでいくと、道が俺の視界から外れ、見失うが、二分後、ツーサイクル・エンジンの爆音が聞こえてくる。それがまた二回聞こえ、だんだん遠くなり、一時間と少しあと、彼はまたチェーンソーを手に戻ってきて、家のなかに入る。

五日目、何かがおかしい。彼はサイコロの出目を見てほほえむ。それからトラックに犬たちを乗せ、初日に俺が見た場所にライフルを掛け、電子制御式のゲートをあけ、丘をおりる。

どこに行くのか知っておく必要があるので、俺は跳びあがり、走って追跡する。向こうの道は蛇行しながら丘をくだっていくが、こっちは見失わないように丸太や岩や小川を跳び越え、斜面の一番急な場所を小走りしたり小滑りしたりしなきゃならない。藪を突っ切ると、足元で唐突に地面が消える。俺は空中に放り出され、不意の落下によって切り立った岩に体を打ちつけ、まっさかさまに転げ落ち、どうにか途中で若木にしがみつく。そこにしばらくぶらさがったまま、体のどこかが折れていないか確かめようとする。どこも折れておらず、手を離して残りの斜面を滑りおり、地面が平坦になっている地点で止まる。どうにか立ちあがれるようになるころには、コンドラッキーのトラックを完全に見失っている。

俺は汗をかき、あざをつくり、泥にまみれている。

ただし、それは泥のようなにおいではない。なぜなら泥ではないから。くそだ。文字どおり、何かの動物のくそに突っ込んでしまったのだ。

体を拭《ぬぐ》っていると、くそのなかにベリー類、蛾の羽、動物の毛皮らしきものが入っていることがわかる。俺が自然界の通だったら、これは有益かつ重要なヒントになっていただろうが、俺は通じゃないし、なんのヒントにもならない。

くその残骸をこびりつけたまま、俺はこの機会にあの道を近くで偵察することにする。家の窓は防弾かもしれないし、そうじゃないかもしれないが、リスクは取れない。家を出てからトラックに乗るまでのあいだ、コンドラッキーは一時的に無防備になるが、俺のビバーク地点からでは遠すぎて静止している目標しか狙撃できないし、この場合もやはり外すというリスクは取れない。

近づいてみると、コンドラッキーが前日にチェーンソーでしていたことがすぐに明らかになる。暗殺者が待ち伏せできそうな地点、道がカーブしていて車がスピードを落とさなければならない地点、道幅が狭くなっている地点があらかた切り拓かれ、森に向かって百メートルかそれ以上、茂みが刈り込まれていて、高さ十センチに満たない木の幹はすべて撤去され、低木層は痕跡ひとつ残さず取り払われ、擬装を不可能にしている。

これはつまり、コンドラッキーはこの道を弱点と考えているということだ。

それはつまり、実際にそうだということだ。

35

道は曲がりくねって街へとおりていきながら、途中に三箇所の鋭いカーブを挟み、俺のほうに向かってくるにしろ遠ざかるにしろ、コンドラッキーはその地点でスピードを緩めなければならず、そのためまっすぐな射線を確保できる。が、それができないよう、その三箇所はすでにばっさりと切り拓かれているので、別のものを見つけなければならない。何か目立たないもの、ほとんど眼に見えないようなものを。何ものも見逃さないコンドラッキーが見逃しているかもしれない潜在的な弱点を。

棘《とげ》や茨《いばら》を三時間かけてかき分け、とうとうそれを見つける。

四つ目のカーブ。目立たず、カーブとは呼べないほどのカーブで、かすかに道がくねっているに過ぎない。そうする必要を感じなかったのか、コンドラッキーはここの茂みは刈り込んでいない。それでも、下生えを突っ切って進み、岩をよじ登り、木の幹のあいだを縫って進むと、不意にここならいけそうだという場所が見つかる。左に一歩、右に一歩ずれるだけで駄目だ。だがここ、まさにこの一点、道路よりわずかに高くなっていて、四つ目のかすかなくねりを見おろせるこの一点からなら、ひょっとすると狙撃ができるかもしれない。

この狙撃はすべてが非常識なまでに困難だ。

距離――百八十メートル――は簡単なパートだ。通常の状況であれば、この距離なら俺は車のフロントガラスに止まっている蠅を撃ち抜ける。とはいえ、これは通常の状況じゃない。

第一に、車は左に右にと動いていて、それをスコープで追いかけなきゃならない。道はくだりだから、トラックはスピードを出していて、四つ目のくねりでほんのわずかに減速したあと、また加速し、あとはまっすぐ幹線道路に向かう。のぼりの場合はスピードを落としているが、アングルが悪く、車のルーフが狙撃の邪魔になる。

第二に、時速が約六十キロだと仮定すると、コンドラッキーの姿が見える時間は一秒に満たない。動いている標的を一秒未満の時間内に見つけ、狙いをつけ、撃たなければならず、いかなる意味でも二発目を撃つチャンスはない。

第三に、これが決定打だが、木と木のあいだに現われるその瞬間まで、標的をまったく目視できない。ここから見ると、道路の北側が完全に覆われている。つまり、コンドラッキーがいつ現われるか、その瞬間を予測できないということだ。頼りになるのはエンジン音だけだが、それではとうてい足りない。

そして脱出ルート、もっと正確に言うと脱出ルートのなさ。もしすべてが肥溜めに突っ込み、いやまあ考えたくもないが、狙いが外れたり、一発で仕留めきれなかったりした場合、俺は三百五十メートルの斜面を駆けあがり、そこからさらに泥と深い溝だらけの林道を十二分かけて車でおりなければならず、幹線道路への出口は一箇所しかない。

一方で、彼はまっすぐ街におりていって、幹線道路で飛ばして先まわりできる。

自分のルートの所要時間を計算し、グーグルアースでコンドラッキーの移動時間を見積もる。

俺がどれだけ急いでも、彼はその地点に一分先に到着する。

プレッシャーをかけないでくれよ、まったく。

二十分かけてまた丘をのぼり、そろそろてっぺんに着こうかというとき、聞き覚えのあるエンジン音が聞こえる。コンドラッキーだ、引き返してきている。トラックが吠え、のぼり坂でエンジンがあえぎ、俺は地面に肘をついてそれをやり過ごす。通り過ぎざま、二匹の犬が荷台から跳びあがり、くるったように吠える。運転席のコンドラッキーが少し視線をあげ、その脇にコンビニの袋と新聞が二紙あるのが見えるが、向こうからは何も見えなかったはずで、というのもトラックはそのままのぼっていき、エンジン音が小さくなり、俺と森と雨の音だけが残されるから。

最初はやさしく、しだいに激しく、大粒が滝となって降り注《そそ》ぎ、弾丸のように葉を貫く。ビバーク地点に戻るころにはすでにぐしょ濡れだ。

36

雨は一日じゅう、そしてひと晩じゅう降り、それがもう一度繰り返される。

俺は冷たく、濡れ、不快だが、はるかにひどい経験をしたことがあるし、心は狙撃に集中している。コンドラッキーはこれに備える時間が何年もあった。こちらもせめて二日は計画を練るべきだ。

彼が朝食、昼食、夕食をつくり、犬たちに餌をやり、酒を飲み、タマを掻き、運動をし、武器を掃除し、ケーブルニュースに耽《ふけ》るのを観察する。

ゴールデンタイムの番組はイラン一色、それしかやっていない。キャプションがニュースの要約を伝えている。

イランは核計画を否定

国連で非公開審議

露がイランを支援とＮＡＴＯ警告

テロ組織は兵器級の強力な暗号を使用

第六艦隊、警戒態勢に

ニュースの洪水の合間にキャスターやゲストのトークが挟まれ、戦車、ヘリコプター、空母、ミサイル、イスラム学者、砂漠で燃える油井、それからときおりキノコ雲のライブラリー映像が挿入される。これが向かう先は明らかだ。

俺の心は否応なくベルリンに、そして、もしあれがそういうことだったなら、この騒ぎにおいて俺が果たした役割に引き戻される。

〝パラシュート〟が何を意味しているのかはまだわからない。

コヴァッチがどうやってあのバーで俺を見つけ、誰が彼女に金を払っていたのかはまだわからない。

ハンドラーがどんなゲームをしているのかはまだわからない。

メモリーカードに何が隠されているのかはまだわからない。

そして、それらが16《シックスティーン》とどう関係しているのか、そもそも関係しているのかどうかすらまだわからない。

俺は首を振って考えを振り払う。ここでの俺の仕事は16だ。気を散らすような真似はできない。だとしても、だとしても、だとしても。


コンドラツキーがフォックスチャンネルを消すのを眺めていると、俺の背後で死んだ枝がぽきりと音をたてるのが聞こえる。

急いで振り向き、仰向けに体を地面に投げながら、ジープから持ってきてあったピストルを抜く。

俺が見ている現実を俺の眼が認識するのに多少の時間がかかる態だ。

くそったれの熊だ。

大きく、茶色く、醜く、毛深く、濡れ、豚の眼をしている。二十メートル先で、うしろ肢で立ちあがり、俺をよく見ようとしている。

なるほど、俺は内心考える、少なくともこれで熊のくそがどういうものかわかった。

それは突進する。

37

三八口径を眉間に撃ち込めば、最大最凶の熊すら止められるが、コンドラッキーがピストルのばんと狩猟用ライフルのずばんを聞き分けられないはずがない。あいつがここまで調べにやってきて、犬たちの先導で死んだ熊を見つけ、体内の三八口径を見つけたら、不意を突いて彼を始末するチャンスはことごとく失われる。

そこで俺は思いつく唯一のことをする、つまり逃げる。

走って熊から逃げることはできない、君はそんな話を聞いたことがあるかもしれないが、こいつは控えめに見積もっても体重が二百五十キロはあり、俺はすでに先日、コンドラッキーを見失った際、このルートを一回走っている。熊は俺のあとから雷のごとく坂道をくだって追いかけてきて、雨に濡れた岩で足がスケートのように滑るなか、俺は先日足を踏み外した露頭部までの最短距離を進む。ふちの手前で木の幹に手を引っかけ、横方向にスウィングする。熊は勢い余ってそのまま通過するが、息のにおいを嗅げるほどの近さで、俺に向かって爪を振り、ジャケットが切り裂かれ、熊は止まろうとするものの、その莫大な運動量によってふちの向こうに投げ飛ばされる。

崖と呼べるようなものではなく、急斜面への五メートルほどの落下に過ぎないが、熊が毛むくじゃらのボウリング球のように転げ落ちるには充分だ。俺はがむしゃらに斜面をのぼり、パルクールのエネルギーと持てる知識を一原子残らず総動員する。そうしながらもナイフを抜き、地面に突き刺し、それを支えに体を引きあげる。いざとなればこれであの熊野郎と戦うつもりだ。下を見ると、熊はじたばたと体軀を動かして落下を食い止め、体勢を立て直してまたしても俺のほうに、巨大な爪で森の地面をえぐりながら、斜面を駆けのぼっている。俺は両手、両足、木の幹、岩、若木、あらゆるものを推進力に変換し、左によけ、右によけ、あえぎ、大腿四頭筋と太ももは燃えるようで、心臓は胸を突き破ろうとしている。振り向くと熊はまうしろに迫っており、その両眼は熊的な怒りで真っ黒だ。

俺は熊より一秒早くジープにたどり着く。ドアをあけようとしていると熊がラストスパートをかけるが、その大きなあごは空《くう》を噛み、巨体はボンネットの上に盛大に落下する。熊はふたたび前肢を振りまわし、ヘッドライトの片方が引っこ抜かれ、爪が引っかかってカモフラージュ用ネットが剝ぎ取られ、一方で俺は半狂乱になってエンジンをかけ、ギアをバックに入れ、林道を猛スピードで後退する。

熊はネットに半分絡《から》まったまま、なおものそのそと追いかけてくるが、すでに心はそこになく、最後に俺が眼にするのは、戦闘糧食の残りものを漁《あさ》ろうと、悠然と斜面を引き返す熊の醜いケツだ。

38

林道を三キロほどくだったところで急ブレーキをかける。しばらく座ったまま、ハンドルに頭をのせ、まだ息が切れていて、心臓が止まるかもしれないと考えている。

心臓は止まらない。だが寒い。濡れている。この五日間、ろくに睡眠も食事もできておらず、熊に襲撃されて震えていて、今もあの雑食動物の悪臭を嗅いでいる。

雨がボンネットを打ち、小川がフロントガラスを流れる。物資はトレーラーのなか、ここから一・五キロほど上に引き返した地点にあるが、熊と第二ラウンドをする危険は冒せない。ジープの車内でも眠れるが、腹を空《す》かした熊が車に何をするか、動画で見たことがある。あいつは俺のにおいを覚え、今ではまちがいなく夕飯として見ている。

とりあえず幹線道路に出て、車で一時間の距離にある別の街に行き、モーテルを見つけて態勢を立て直したいという欲求に駆られる。が、もう遅いし、ヘッドライトの片方は熊に引っこ抜かれているから、警察に呼び止められ、俺が答えを用意していない質問をされる恐れがある。

実を言えば、ここに来てから調子がおかしい。ここ数日、夜中に眼を閉じると、あの愚かな女、憎しみで顔を歪めた女が、俺にスピーカーフォンをぶん投げる姿が見えることがある。男の眼がこちらを見つめていることもあり、そいつの内臓は切りひらかれ、俺の両手は血にまみれ、地下鉄のライトが迫っている。もしくはホテルの浴槽内に女の死体があり、その片手は浴槽の外にだらりとはみ出し、欠けた爪が見えている。

心のどこかで、俺はコンドラッキーがしたことをしたがっている。つまり、ただ姿を消したがっている。が、コンドラッキーは先頭を走っているときにリタイアし、俺は後れを取っている。辞めたら俺は負け犬だし、負け犬になれば残りの一生、背中に的を貼りつけたまま生きることになり、そうなれば数週間とは言わないまでも、もって数カ月だ。

つまり。森に留まることはできず、別の街で巻き返しを図《はか》ることもできず、リタイアもできない。

ほかの選択肢もある。それ以外のどの選択肢と比べても、最悪の選択肢が。そうして十分ほどあれこれ考えていると、心拍数はようやくふた桁台に戻り、俺はジープで斜面をくだり、右折して幹線道路に出て、〝全室カラーテレビ完備〟を謳《うた》う歪んだネオンサインに向かう。

39

駐車場はがら空《あ》きだ。ジープをわざわざ人目にさらす必要はないので、水を跳ねあげながら穴だらけの路面を奥まで向かうと、ごみ箱が並んでいるそばに一台だけ、老朽化したイスズ・トルーパーが駐まっている。俺は表に引き返す。事務室のドアには〝営業時間外〟のプレートが掛かっているが、なかの明かりはついていて、俺はドアをノックする。

少しすると幼い女が現われる。幼いといっても歳は二十代なかば、黒髪のボブカットに、古着屋で買ったような花柄模様のドレス。しかし、彼女がドアのまえまで来て俺を、びしょ濡れで、泥まみれで、明らかに困っている俺を見ると、ほんとうの意味で印象に残るのは、浅黒く、同時にどういうわけか青白い肌と対をなしているエメラルドグリーンの瞳だ。

彼女は〝営業時間外〟のプレートを示し、「やってない」と口を動かす。

「頼むよ」俺も口を動かして、自分がびしょ濡れであることを示し、ジャケットを広げて何も隠していないことを見せる。実際は隠している、すべてを。

彼女は俺が唇の動きを読めることを理解しておらず――この技術はみんな身につけるべきだ――「勘弁してよ」とつぶやき、ドアを解錠し、二センチほどあける。

「なんの用？」

「部屋が要るんだ」

「で？」

「空室ありと書いてある」俺はネオンサインを指さす。

「営業時間外」

「頼む。ほんとうに部屋が必要なんだ」

「明日また来て、好きな部屋を選んで」

彼女はドアを閉めようとするが、俺は泥だらけのブーツを隙間にねじ込む。

「今晩だ。今晩必要なんだ。今すぐに」

「よく聞いて」彼女は言う。「警察に通報されたくないなら、そのくそったれの靴を引っ込めて」

「いくらだ？」

「は？」

「君の望みの額を支払う。言い値で」

「現金？」

「現金」

彼女は俺をよく見ようと、さっきよりほんの少しだけ大きくドアをあける。

「何があったの？」

「熊に追いかけられた」

彼女は俺の背後に眼を走らせ、がら空きの駐車場を見る。「どうやって来たの？　ってか、歩いてきたとか？」

「裏に駐めてある。盗まれたくないものがジープに積んであるんでね」

「こんな雨のなか、車上荒らしするやつはいないよ」彼女は言い、それは完璧に真理だ。

「シティボーイでね。昔の癖というか」これがシティボーイの微笑に見えることを願いながらほほえむ。

「二百ドル」

「ひと晩で？」俺は信じられないといった声を出すが、今ならその十倍だって喜んで払う。

彼女はドアを閉めようとする。

「わかったわかった。二百でもなんでもいい」

彼女はドアをあけ、俺をなかに入れる。


事務室はみすぼらしく、ブラインドは曲がっていて閉じず、水が染みた吊り天井はタイルがひとつ欠けている。彼女は俺が記帳するのを眺めてから、帳簿を取り、名前を読みあげる。

「ジョーンズ？」そう言うと、顔をあげ、眼にかかった髪をふっと吹き払う。

俺に好みのタイプはない。けど、もしあるとすれば、眼にかかった髪をふっと吹き払うような女の子だ。

「身分証は必要？」

本物と大差ないやつを持っているから、どっちでもかまわない。

「現金払いでしょ」彼女は肩をすくめる。「必要ない」

俺は二十ドル札で支払う。

だけ彼女はそれを数える。「二泊するってこと？」

「それ以上かもしれないし、それ以下かもしれない。朝食後に追い出されたくないだけだ」

彼女はうしろを向き、ルームキーが並んだボードを見る。キーのそれぞれに質素な木の札がついている。見たところほかに客はいないようで、というのはすべてのキーがそこに掛かっているからだ。彼女は適当にひとつを選ぶ。「はい」

俺は札を見つめる。焼きごてで〝17〟と刻印されている。

「そっちの突き当たりの部屋」彼女は指さして言う。「お客さんが駐車した場所のそばね」

「17号室？　数えたが、八部屋しかなかったぞ」

「昔は十六部屋あった。でも片側が焼け落ちて取り壊した。で、9から16号室だけが残った。13号室は縁起が悪いっていうんで、13が14になって、14が15になって、15が16になって、で、16が17になった。だから17号室はほんとは16号室、言ってる意味わかる？」

今日の宇宙は俺をとことんおちょくるつもりだ。

40

部屋は混じりっけなしの一九八〇年代モーテル風。ブラウン管テレビ、擦り切れた黄色いカバーがついたクイーンサイズベッド、壁には悲しい眼をした子供のやけに感傷的な絵、窓にはまったエアコンユニット、肩で押してやらないと閉まらない粗末なドア、煙草の焦げ痕だらけのカーペット。ベッド脇キャビネットの引き出しには誰かがちんぽこの絵を描いたギデオン協会の聖書。

モーテルと俺、どんな歴史があるかは君も知ってのとおりだ。この部屋を見てフラッシュバックが起きたと言っておけば充分だろう。

腰かけるとベッドは力なく沈むが、少なくともシーツは、ひっくり返してみてもきれいだ。

イランの続報が気になり、テレビをつける。俺にとってはどうでもいいことだと自分に言い聞かせるが、もし世界が粉々に砕けようとしていて、自分がそれに一枚噛んでいるのだとしたら、最新の情報を知っておいたほうがいい。しかし、どのチャンネルも一面の雪だ。スマホを見ても電波は届いておらず、Ｗｉ‐Ｆｉの気配は微塵も感じられない。

雨のなかを重い足取りで事務室まで戻ると、ドアはまた施錠されている。ガラスを叩くとまた女が現われる。彼女はドアを渋々解錠し、少しだけあける。

「部屋のテレビが映らないんだ」俺は言い、土砂降りの雨のなか、フードを頭の上で押さえる。

「ごめん、支払いが遅れてて」

「インターネットは？　パスワードが要るのか？」俺はスマホを取り出す。

「電話の隣にソケットがあるから、そこに突っ込んで」

「突っ込むって何を？」

「ケーブル」

「あるのか？」

「もう残ってない。あるだけ盗まれちゃった」

「勘弁してくれ」俺は我慢の限界が近づいているのを感じる。

「ねえ、〝ジョーンズ〟。熊にケツを追っかけられたから部屋に泊めてくれって泣きついてきたのはわたしじゃない。もしお気に召さないなら、どうぞ別の宿を見つけて」

「わかった、わかったよ、悪かった。長い一日だった。くそ電話を一本かけたいだけなんだ、でも電波が入らなくて、それで――」

彼女は片手をあげて制する。「部屋に戻って。1をダイヤルすれば外線につながるから、発信音が聞こえたら、誰でも好きな相手にかけて。長距離は一分十二ドル。市内は無料」

「それからもうひとつ。何か食うものがあったりしないか？」

「レストランは閉まってる」彼女は言う。「バーも」

「バーガーとビールに五十ドル出す」

「六十」

41

シャワーは弱いが、少なくともお湯は熱い。あがるころには肌は赤みを取り戻し、ここ数日で初めて震えていない。垢《あか》をさっぱり落とし、外線にかける。

ダイヤル。文字どおりのダイヤル。アボカドグリーンの電話機に受話器、ぐるぐる巻きの線、回転式のダイヤル。使い方を理解するのに少し時間がかかるが、ようやくコツがつかめてきて、七〇年代の忌々《いまいま》しい映画の登場人物になったような気がする。ようやくそれらしい発信音がして、難儀の末にハンドラーの番号をまわす。一回目はまちがい、どこかのばあさんがスペイン語で応答《アブエラ》する。俺は謝り、もう一度試す。今度は彼の声がする。

「ハンドラーだ」

「俺だ」

「今どこにいる？　いったいどうなってる？　なぜ通信状態がこんなに悪い？　まだ片づいていないのか？」

「今いるのは──待ってくれ──ああそうだ、アナルファックだ」

「ほんとうにアナルファックという街があるのか？」

ハンドラーはカリフォルニア出身だ。当てこすりを嗅ぎ分ける高性能なアンテナは持っていない。

「いや。実際はアナルファックって名前じゃない。それともうひとつ。まだ片づいてない」

「理由は？」

「熊に追いかけられた」

「それは当てこすりか？」

な、言ったとおりだろ。

「いや。本物の、文字どおりの熊だ」

「そうか。それは斬新だな」

電話の向こう側で別の声がする。男か女かはわからないが、ハンドラーにとっては相手が若ければ、どちらであっても大した問題じゃないのかもしれない。声は横になるよう言っており、ハンドラーはどうやらマッサージを受けているようだ。

「で、状況はどうなってる？」彼が尋ねる。

これは固定回線だから、いつも以上に用心しなくちゃならない。なるべく曖昧にしつつ、状況を説明しようとベストを尽くす。

「長ったらしいのはやめろ。できるのか、できないのか？」

「これは単純な仕事じゃないと言ってるだけだ」

「ほう」一音節に途方もない量の含意が凝縮されていて、ブラックホールでも生まれそうだが、驚いたことに、そうはならない。沈黙があとを引き取り、俺はハンドラーの考えを読むすべはないものかと思う、なぜなら次に彼の口から出てくるのは、完全に予想外の言葉だからだ。

「中止したいならそう言え」

「なんだって？」

「そろそろ時間切れだ」

「期限があるとは聞いていない」

「このままでは、君にこの仕事は無理だと思う連中もいるという意味だ。君がぐずぐずしているから」

「ぐずぐずなんかしちゃいない」

「私が言いたいのはな、すぐにこの仕事を片づけられないなら、クライアントはほかの選択肢を探すということだ。そういうものなんだ」

「待て、依頼主にも伝わってるのか？」

「君は仕事をしろ。そうすれば、心配することは何もない」

「ファッキュー」俺は今では声を荒らげている。

「聞け、坊主」ハンドラーの声に、これまでに聞いたことのない調子が感じられる。「これはビジネス、私のビジネスだ。三十年もこの稼業を続け、まだこうしてここにいる。なぜだと思う？　私は解決策を提供しているからだ、問題ではなく。今この瞬間、君はかぎりなく後者になりつつある。君のことは好きだし、友人だと思っている。しかし、とどのつまりはただのビジネスだ。仕事が完了し、クライアントが枕を高くして眠れるなら、君が生きようが死のうがどうでもいい。言いたいことはわかったか？」

こいつの顔を踏んづけてやりたいという欲求で頭がいっぱいになり、ほとんど口を利けない。が、どうにか振り絞る。

「いいか。すべてコントロールできている。誰もほかの選択肢を探す必要はない。あんたのクライアントは枕を高くして眠れる、保証するよ。先方に真実を伝えてくれ、俺があんたを失望させたことはないと。明日、もう一度ルートを調べる。見込みがありそうな地点がひとつあるんだ。それでいいか？」

「それでいい」

「じゃあ問題なしだな？」

「いいからさっさと終わらせろ」彼は言い、電話を切る。

俺は受話器を持ったまま、しばらくそこに座っている。ハンドラーが俺にこんな口を利いたことはない。何か意味があるが、何かはわからない。そうして座っていると、別のことに気がつく。回線の雑音――二十世紀中期のくそ電話、モーテルじゅうを這《は》う、鼠のかじったちゃちな電話線、受付デスクにある年代物のなんちゃって交換台、そういったものの副産物であることはまちがいない。

しかし、そこに何か別のものもある。息遣いのように聞こえる。しばらく聞いていると、かちゃりという柔らかな音とともに、それは止まる。

42

髪が乾きもしないうちに俺はフロントに戻り、それはある意味ではまだ腹が減っているからだが、あの女が盗み聞きしていたかどうか確かめなきゃならないからでもある。

モーテルのプレートは今も〝営業時間外〟を主張しているが、ドアはあいている。ドアベルが鳴り、レコード音楽の音がするほうに進むと、奥にひっそりと羽目板張りの食堂があり、狩りの場面を描いた絵、鹿の頭、テーブルが二台、木を模したフォーマイカのバーカウンターの上に、埃の積もった安酒が大量に並んでいる。それから〈クアーズ〉のビール樽があり、冷蔵庫には高級な酒が入っている。

ひとり分のテーブルがセットしてある。俺が席に着くと、彼女がチーズバーガーと〈サミュエルアダムズ〉を持ってきて、無言で並べ、それからバーカウンターに陣取って俺が食事する様子を眺め、天井のスピーカーからはヨット・ロックが漏れ出している。

俺は本を取り出し、片手で読みながら、片手でバーガーを食う。

「味はどう?」彼女は言う、ようやく。

「今まで食ってきたなかで、一番くそうまいバーガーだ、まじで」俺は嘘をつく。「それとこいつ――」俺は気の抜けた〈サミュエルアダムズ〉をぐびりと飲《や》る。「こいつは神々のネクタ一だ」

「もっと吹っかければよかった」

俺は自分の本に戻るが、彼女は俺を観察しつづけている。

電話を盗み聞きされたかどうかはわからない。が、彼女は俺に関心を持っていて、頭がいい。頭がいいから、その好奇心は俺の資産になる。街とも呼べないこの街はコンドラッキーの侵入者警報として機能しているが、彼女が俺に興味を持てば持つほど、コンドラッキーに警告する可能性は低くなる。誰かほかの人間がここに住んでいる形跡はないし、働いている形跡すらないから、彼女がタフぶっているのは純粋な防衛本能、自分ひとりで生きていくことに慣れた人間の〝かさぶた〟のようなものだ。もし彼女の興味をひけるのなら、ひけるだけひいておいたほうがいい。そうすれば、自分ひとりだけのための興味の対象として、俺を取っておきたくなるだろう。

「熊のことだけど」彼女は唐突に言う。「黒、茶、どっち?」

「茶色だ」

「じゃあ、お客さんは尾根にいたわけ?」

「どうしてわかる?」

「あの雌熊の棲み処だから。マルサって名前。ラッキーだったね。去年は小熊がいたから、子連れのところに出くわしてたら、生きて帰してはもらえなかった」

「どうしてそんなことを知ってる？」

彼女は肩をすくめる。「ハンターが教えてくれるんだ。うちの上顧客でね、少なくともシーズン中は。それ以外の時季はからっきし。マルサはマスコットみたいなもん。常連は手出ししない。で、お客さん、そんなとこで何してたわけ？」

俺は本を持ちあげ、表紙を見せる。『ダコタの野鳥ガイド：第三版』。

「このあたりでキバラオオタイランチョウを目撃したって情報があるんだ」

「キバラ何？」

「オオタイランチョウ。学名ピタングス・サルフラトゥス。南テキサスやメキシコでよく見るが、ここらで見かけることはほとんどない。かわいい鳥だよ、胸のあたりが明るい黄色で、白い頭に黒の縞が入ってて。タイランチョウ科だ。ここでの一羽目は二〇一六年に発見されて大ニュースになったけど、それ以来一羽も見つかってない。俺はそのショットを撮りに来たんだ」

俺はカメラのシャッター音を口真似する。

「トラックに積んであるのも撮影道具なんだ。大きくて速いレンズは数千ドルする。保険には入ってるが、ショットを撮れなかった場合の保険はない。エージェントと口論になってね。さっきの電話がそれだ。エージェントはよそに先を越されるんじゃないかと思ってるようだ」

「エージェントって？」

「クライアントは〈バードライフ〉誌だ。〈バードウォッチャーズ・ダイジェスト〉にスクープを横取りされると思って焦ってる。被害妄想もいいところで、電話で例の鳥の名前すら出しちゃいけないことになってる」

彼女は俺を見つめ、これがでたらめなのか、ほんとうなのか、測りかねている。それこそが俺の狙いだ。もし電話を盗み聞きしていたなら、彼女は今、あのやり取りを心のなかで再現している。こいつらがさっき話してたのって、そういうこと？　もし彼女がジープを確かめに行けば、読み込まれた両誌が助手席に置いてあり、後部席のカメラケースだかなんだかにブランケットがかけられているのを見るだろう。

俺はビールを飲み終え、紙ナプキンで口を拭《ぬぐ》うと、空《から》になったプレートの上にそれを置き、本を閉じて立ちあがる。

「なんにしろ、大変な一日だった。飯をありがとう。清算は朝でいいかな？」

彼女はうなずく。

俺は駐車場に出て、部屋に戻る。十分待ち、それからまたこっそり外に出て、モーテルの裏にまわると、明かりがついている。バックルームから光が漏れ、ブラインドはちょうどなかを覗ける程度にひらかれていて、古いデルのデスクトップのキーを叩く彼女が大昔のコミックの山に囲まれている。『スパイダーマン』があるのが見える。

なるほど、そこは俺との共通点だ。

ブラウザーが検索結果を表示する。彼女が最初のページをクリックすると、画面いっぱいに紛れもないキバラオオタイランチョウの姿が表示される。

43

ショットは難しいだけじゃない。不可能だ。

位置に就き、ライフルをトライポッドに載せ、スコープを調整し、薬室にも弾倉にも弾は入っておらず、俺は枝葉の背後に身を隠している。ここで四時間半、リアルタイムで狙撃のリハーサルができる機会を窺《うかが》っている。ようやくそれが実現する。明るい黄色のプロパンガス運搬トラックが現われ、コンドラッキーの家のタンクを補充すべく、丘をせっせとのぼっている。運転手はコンドラッキーと世間話をしているようで、二時間後、ようやく運搬トラックが俺のほうに向かってくる音が聞こえる。ライフルを肩に押し当て、呼吸を緩やかにする。

トラックの明るい黄色が、予想よりも一瞬早く視界に入る。できるだけすばやく狙いを調整し、十字線《クロスヘア》を運転手の頭に合わせ直そうとするが、トリガーを引いて――カチッ――空撃ち《ドライファイア》をする直前、トラックは消え、俺は背後の硬い岩に狙いを定めている。

問題は反応時間だ。人間は触覚と音、たとえば虫が体にくっついたときやライフルの射撃音を聞いたときの反応のほうが、視覚刺激に対する反応よりもはるかに速い。俺の反応は速い。心理学専攻の学生に計測されたことがあるが、これまでに見たことがないほどの速さだと言われた。しかし、反応時間のラグが狙撃を不可能にしている。

練習の時間がせめて一週間あれば、トラックが視界に入るまえにエンジン音が岩壁に反射する感じをつかめて、成功の確率をあげられるだろう。しかし、俺に一週間はないし、確率を五分五分以上にあげられる確信はない。

そして、五分五分では充分によいとは言えない。


十分かけて〈Uホール〉のトレーラーを漁《あさ》り、目当てのものを見つける。無線監視カメラ一式、煙草パックほどの大きさのかわいいやつ。さらにUSB駆動式のWi-Fiルーター、リチウムポリマーバッテリー、登山道具、バッテリー駆動式のはんだごてをはじめとする工具セット。

ジープの車内に座り、リポバッテリーが充電されていることを確かめ、監視カメラにつないで内蔵バッテリーの代わりにする。これで四十八時間以上もつはずだ。残るひとつのリポバッテリーはUSBケーブルにはんだづけして、ルーターの動力源にする。すべてを作動させ、iPhoneから監視カメラにログインできることを確かめ、ルーターをリピーターとして使って信号を増幅させる。監視カメラは防水だが、ルーターはそうじゃないので、黒いごみ袋に包み、テープで密封する。

日の最後の光を頼りに道路に戻り、登山道具で十メートル前後の高さまで木登りし、茂みが切り拓かれている最初の三つのカーブのそれぞれに監視カメラをセットする。昨日、上に引き返す途中、コンドラッキー自身が監視カメラを仕掛けていないかどうかチェックしておいたが、彼は昔気質《かたぎ》のようで、ひとつも見つからなかった。俺は別の木の上、すべての監視カメラの信号が届く別の木の上にルーターをセットし、それから歩いて狙撃地点に戻り、スマホにルーターの信号が届いているかどうか確かめる。ホームセキュリティ用のアプリでそれぞれのカメラに代わる代わるログインし、次から次へとスクロールさせる。一台目は〝リビング〟のラベル、二台目は〝廊下〟、三台目は〝寝室〟。

うまくいっている。

もうひとつ、やっておかなきゃならないことがある。

ジープのもとに引き返し、車で森を出て街に戻り、ライトを切って、コンドラッキーの鷲の巣に向かって曲がりくねる道をのぼる。てっぺんまでのぼるわけじゃなく、二台目の監視カメラを二百メートルほど過ぎた地点までだ。そこでUターンし、道をくだって〝廊下〟と〝寝室〟を通過し、最後の微妙なカーブ、道がくねっている例の地点に着くまでの時間をカウントする。

ちょうど十一秒。

その地点を通過しながら、コンドラッキーがそこにいることを、俺が逆に狙撃されることをなかば予期し、呼吸を止める。

彼がいないとわかると、俺はほとんど失望する。

あの男も結局は人間だったということなのだろう。

44

カモフラージュの第一のルールはカモフラージュを演じることだから、俺はモーテルに戻ってくそをして、シャワーを浴び、ひげを剃り、虫除けのにおいを落とす。

まだ湿った髪、きれいな服、片手に『ダコタの野鳥ガイド』、もう片手にはやけに大きな木札がついたモーテルのキー、それでオフィスに戻る。ドアは鍵がかかっていない。ソフトロックの音が聞こえてくるほうに、こぢんまりしたバックルームに向かうと、彼女がバーカウンターのうしろで壁にもたれ、本を読んでいて、その脇に栓のあいたビールが置いてある。俺が入ると彼女は顔をあげ、二本目のビール、これまた栓があいているやつを、カウンターの上を滑らせて寄こす。俺は両手がふさがっていて、かろうじてキャッチするが、つかむとそれは氷のように冷たい。

彼女はテーブルをあごで示し、見るとプレートにのったバーガーがある。

「お客さんが入ってくるのが見えたから」彼女は説明口調で言う。「終わったんでしょ、その、〝バードウォッチング〟が」指でダブルクォーテーションをつくる動作を実際にするわけではないが、眉毛がその代わりをしている。「お客さんの夕食の候補はかぎられてるみたいだから。それに、わたしも現金があれば助かるし」

「ありがとう」俺は言い、バーガーに向き合う。

「キバラタイランチョウは見つかった？」

「キバラオオタイランチョウ」俺は訂正する。試されてるのか？「姿を見たよ、一瞬だったけど。明るい黄色で、でも速すぎてショットは無理だった」

俺は前回と同じ、食えるか食えないかのボーダーライン上にあるバーガーに見切りをつける。「何を読んでるんだ？」

彼女が本を持ちあげると、驚いたことにそれは孫子の『兵法』で、かなり読み込まれている。

「読んだことある？」

俺は首を横に振る。

「嘘ばっか」彼女はにっこりして言う。「みんな読んでるよ。経営学修士《MBA》の読書リストにも載ってて、決め台詞みたいに引用される。スーツを着たあほどもが株式分割で誰かをペテンにかけるとき、自分たちはサムライだってふりができるから。〈ティーンヴォーグ〉で引用されたこともあるくらい」

「士大夫《したいふ》」俺は言う。

「は？」

「孫子は中国人、サムライは日本人。中国の戦士階級は士だ」

「読んでないんじゃなかった？」

俺は嘘を認めて両手をあげる。「野鳥観察は競争が激しい分野でね」

「ハイスクールも同じ。身になったのはこれとマキャベリだけ。わたしのお気に入りの一節、聞きたい？」本のあるページがぱらりと自然にひらかれる。「〝川辺で気長に待てば、いずれ敵の死体が流れてくる〟。嘘みたいっしょ。ホームカミングの女王で女帝だったシャーリーン・ブラディは、卒業の一カ月前、カマロの後部席で誰もが憧れるクォーターバック選手のジミー・マカイヴァーに種つけしてもらった。大した賞品。でも、ジミーは酔っ払い運転でカマロを横転させて、脳みそを怪我した。その後は押し込み強盗で十五年食らって、シャーリーンは四人の子供と一緒にトレーラーハウスに取り残された。ひどいパーマをかけてヤク中になって。ときどき、そうやって死体が流れてくるわけ。それ、もう食べない？」

俺はうなずく。彼女は食いかけのバーガーを片づけ、それからビールをもう二本持ってきて、テーブルの上にどんと置くと、俺の向かいに腰かける。

「これはおごりか？　それとも……」

「お客さん次第」

「俺次第？」

「あなたのおしゃべりの質次第」

「何も約束できないよ」

「いいってこと」彼女は言う。「あんま期待してないし」

45

「サルキス・ソガナリアンについて聞いたことは？」俺は彼女に訊く。

「なきゃ駄目？」

「八〇年代の武器商人で、死の商人と呼ばれた。ＣＩＡは彼を雇って、イラン・イラク戦争の際にサダムに武器を売った。サルキスはみんなに銃を売ったが、いつもＣＩＡがバックについて彼を守った。で、巨万の富を築き、贅沢に暮らした。湾岸戦争が勃発するとサルキスは表舞台に出た。ＣＢＳの《60《シックスティ》ミニッツ》に内部情報を告発したんだ。ところがアメリカ人は彼を非難した、まさかの展開だ。彼は逮捕され、有罪になり、ほかの武器商人の情報を提供することで刑期を短縮された。でも、釈放されたときには世界は一変していた。冷戦は終わり、昔の取引先のほとんどが役に立たなくなっていた。それなのに泥酔した船乗りのように浪費を続け、一文なしで死んだ」

「ふうん。鳥博士がなんでそんなこと知ってんの？」

俺は肩をすくめる。「ある日、ウィキペディアというウサギ穴を掘り進んだから」

「わかった。それで？」

「サルキスの口癖は〝会話の秘訣は耳で話し、口で聞くこと〟だった」

「それ、なんか意味あんの？」

「俺が思うに、正しい質問をすれば、自分がどんな人間かを伝えられるってことだ」

彼女はこれについて少し考え、俺の眼をまっすぐに見る。

「わかった。サルキスね。やってみよっか」

「君の名前は？」

「キャット」

それは彼女にぴったりの名前で、ぶつけた足の小指のように唐突で神秘的な単音節だ。

「なんの略？」

「なんの略でもない。キャット。それがわたしの名前」

「わかった、で、俺がほんとうに知りたいのは、君はここでいったい何をしているのかってことだ」

「この部屋でってこと？　このモーテルで？　それともこの魅力いっぱいのアナルファッ

ク で？」

アナルファック。自分が盗み聞きしていたとほのめかしているのか？

「たぶん、どれも答えは同じだろうな」

キャットの顔つきから、そのとおりだとわかる。彼女は俺にその価値があるかどうかを値踏みするように一瞬ためらい、それから部屋のなかに眼を走らせる。羽目板、ラミネート加工されたバーカウンター、絵、狩りの戦利品。「ここは……母さんが所有してた。ヒッピーでね、まさかと思うかもだけど、ぶっ飛んでるところがあって、でもウッドストック・フェスティバルには十五年遅すぎた。母方のじいちゃんばあちゃんが五〇年代にここを買って、ふたりが死んだあと、家族の誰も相続したがらなかったし、売ったとしても手間に見合うお金にはならなかった。そのころ、母さんはカリフォルニアのマリン郡にいた。コミューンみたいなとこ、でもそんなにいい暮らしじゃなかった……ヒッピー運動の最後の燃えかすは、お楽しみの大行進なんかじゃなかった。残ったのはドラッグの犠牲者と、女を共有財産としか思ってないハゲかけの男たち、ブルジョワ気取りの〝ノー〟という言葉だけだった。それで母さんはコミューンを抜けて、荷物をスーツケースに詰めて、ここまでの長距離バス《グレイハウンド》に乗り、住み着き、掃除し、経営を始めた」

「お父さんは？」

「文字どおり、ある日通りかかった行きずりの男」

彼女はなんでもないことのように言おうと努める。なんでもなくはない。

「お父さんを捜そうとは思わなかった？」

「母さんはなんの手がかりも残さなかった。父親のことを教えるのは御免だって、嫌というほど態度で示してた。わたしが知るかぎり、母さんはすべてを後悔していた。まあ、暮らし自体はそんなにひどくなかった。食べるものもあった、けど、親になるっていうのは母さんの計画になかった。わたしがいなくても同じくらい幸せだったと思う。ってか、そのほうが幸せだったかも」

「そりゃしんどいな」

「いいの、事実だし。ここにいると、いつも自分がエイリアンみたいな気がしてた。だからハイスクールを卒業してすぐに街を出た。当時はコミックに夢中だったから、州立大学でイラストを勉強して、自活するためにせっせと働いて、まちがった選択をたくさんして、それこそ私道を舗装できるくらいたくさんして、そんな生活を数年続けたところで母さんが病気になった。がんで、最初は乳がん、進行は早くなかったけど、最後は脳までがんになった。ひとりじゃここを切り盛りできなくなって、保険も入ってなくて、だからわたしが中退して出戻りして、代わりを務めた。最後は母さんの看病をして。四年後に母さんは死んだ」

「残念だ」

「まあね。そう言ってくれてありがとう。で、わたしとこのモーテルだけが残った。今じゃ二年になる」

「経営の状態は？」

キャットは周囲を見まわす。「どう見える？」

「売り払うことは考えなかった？」

「わたしのもんじゃないから。母さんも所有権は持ってなかった。それに、わたしのハイスクールのときの知り合いがね、おばあちゃんの遺産としてこのへんの家を相続した。そいつは家を売ってマットレスを買った」

彼女はまた周囲を見る、今度は少し悲しげに。

「ここはくそ穴そのものだけど、母さんは人生の半分をここで過ごした。全部が全部、母さん母さん。わたしにどうしろっての、ほったらかしにして腐らせろって？」

「寂しくなることは？」

彼女はほほえむ。「わたしがこうしてお客さんに話しかける理由がほかにある？」ほほえみが消える。「街を出たあとも、ときどきここに帰ってきた。クリスマス、感謝祭、そういうときに。で、知り合いの女の子たちに会うわけ、みんな何歳か歳を取ってて、みんな母親になってて。まるで義務か、なんかの使命みたいに。で、わたしは心に誓った、自分に約束した、絶対そんなふうにはならないって。で、今こうなってる」

彼女が黄ばんだ本を持ちあげると、いくつかのページが本体から外れていて、ほかのページはしおり代わりに折られているのがわかる。「〝敵を知るには、自らを己の敵とせよ〟。それがこのわたしってわけ」

「踏ん切りをつけなきゃならない場合もある」俺は言う。

「言うは易《やす》しだね」

俺は首を横に振る。「難しいのはこれまでどおりの自分でいること、君の状況がつくり出した自分でいること。君はこういう人間だと、これまでずっと他人から言われてきたままの自分でいることだ。君はその人間になることを自分で選んだわけじゃない。なら、どうしてそのままでいなきゃならない？　いつだって、自分がなりたい別の誰かになることを選べる」

「それってわたしの話、あなたの話？」

「俺はずっと昔に自分の決断をした」

「いい決断だった？」

「今の俺のほうが、当時の俺よりはるかにましだ」

彼女はうなずく。しばらく静かにし、考えている。

それからまっすぐに俺の眼を見つめる。

「お客さん、あの人を殺しに来たんでしょ？」

46

会話は口で聞け。

完璧な不意打ち。彼女は俺の反応を観察している。

「なんだって？」

「お客さんがわたしの身の上話に興味あるふりしてるのは、わたしがどれだけ知ってるか確かめたいから、でしょ？」彼女は言う。「いいよ、教えたげる。イエス、わたしはお客さんの電話を聞いた。ノー、お客さんは電話の相手としょうもない野鳥撮影の話をしてたんじゃない。イエス、四年前、サウスダコタにキバラオオタイランチョウはいた、けどそれは一角獣みたいな、人生に一度級の出来事だった。鳥が戻ってくると考える理由はないし、野鳥フォーラムでもそんな話題は出てない。〈バードライフ〉にも〈バードウォッチャーズ・ダイジェスト〉にも、ついでにいえばほかのどんな野鳥雑誌にも、〝ジョーンズ〟が撮影した写真は載ってない。お客さんは中国のサムライと武器商人の話をレクチャーした。街にモーテルがあるのに、森のなかでキャンプしてる。で、ここにやってきた唯一の理由が、熊にケツを追いかけられたから。裏に駐車してるのは、ここに泊まってることを誰にも知られたくないから。雑誌ってのは悪くない口実だけど、オーデュボン協会のステッカーはどこにも貼られてない。初歩的なミスだね。料金を現金で支払って、誰にも何も見つからないように部屋を掃除してから、夜明けまえにこっそり抜け出してる。これだけあれば充分っしょ？」

「ジープはレンタルだ」俺は言う。「オーデュボン協会のステッカーはフォルクスワーゲンに貼ってある。でも四駆が必要だったんだ」

「それ以外のことについては？」

「君が誰の話を、というか、なんの話をしてるのか、文字どおり何もわからない」

彼女はバーカウンターのうしろにあるベージュの電話、シチュエーションコメディで見るような、コードがぐるぐる巻きになった電話をあごで示す。「じゃあ、電話していい？」

「誰に？」

俺はリラックスした声を保とうとするが、喉に緊張が聞こえる。

「お客さんが殺しに来た相手に。そいつから、〝ここに泊まりに来た客のなかに、話の裏が取れないやつがいたら教えてくれ、そしたら千ドルやる〟って言われてんの。わたしがその千ドルをどれくらい欲しがってるか知りたい？」

彼女は俺の沈黙を受け止める。「じゃあ、そうしよっか」

彼女は立ちあがり、電話をかけに行こうとするが、俺がその手首をつかむ、強く。

彼女は俺をにらむ。「手を離して」

「座れ」

「離して」

俺はそうする。俺がつかんでいた場所の白い痕がゆっくりと消える。

「お芝居は終わりってことでいい？」

「いいか。もし君の望みが金なら――」

「お金が欲しいなら、とっくにあいつに電話してる」

「じゃあ、なぜしていない」

「してないって、なんでわかんの？」

「俺がまだ生きてるからだ」

「でしょ？」彼女は言う。「やっとまともなおしゃべりができるようになった」

47

彼女はもう二本、ビールを取りに行く。

ここですべき合理的なことは、とんずらすることだ。キャットがコンドラッキーに電話をかけるころには、俺は車を走らせている。あいつが追ってくるはずはない、自分自身をさらすことになるから。たぶん俺はヘッドライトのことで警察に呼び止められるだろうが、そんなのくそ食らえだ。態勢を立て直し、プランBを持って戻ってくる。より手ごわく、よりうまく、より速くなって。

しかしそうなれば、向こうから先に俺のほうにやってくることはないにしても、あいつには備えができている。それに、チクタクと音をたてているハンドラーの時計のことも考慮しなきゃならない。現時点では、撤退は敗北と同じ見た目をしている。

別の選択肢もある。

ここにほかの客はいないし、近いうちにやってきそうにも思えない。さっき聞いた話からすると、ある日突然彼女がいなくなっても、誰もなんとも思わないし、たぶん誰も悲しまない。この先数ヵ月、捜索願いが出されることもないだろう。

しかしそのとき、俺は両腕にかかっていたコヴァッチのずしりとした重みを、浴槽に捨てたときの彼女の髪の香りを思い出す。それにコヴァッチはプロフェッショナル、何年もこのゲームに参加していたプロフェッショナルで、自分が何をしているかわかっていたし、俺を殺そうとしていた。この女は、彼女は一般人だ。それだけじゃない。

それだけじゃなく、なんだ？

彼女は今、瓶の栓を抜こうと俺に背を向けていて、俺はそんな彼女を一瞥《いちべつ》する。そのほっそりした姿が俺を唐突にウォーカーウェイのセブンイレブンに、あのちらつく電灯の下に、フォーマイカのテーブルのもとに連れ戻し、俺はジューンバグが一時間前に稼いだばかりの金、新天地のために貯めておかなければならない金で、フローズンドリンクを買うのを見ている。

そして俺は、自分がそんなことはしないとわかっている。

48

「で」キャットは言い、俺の正面に乱暴にビールを置く。

「ほんとのところ。あなたはあの人を殺しに来たの、それとも……？」

「〝それとも〟はない」

「殺す理由は？」

俺は答えない。彼女は電話のほうに眼をやる。言わんとしていることは明らかだ。

「ある連中があいつの死を望んでいて、それは俺にしかできない仕事だと考えられているからだ」

「あなたにしかできない？」

俺はうなずく。

「あいつは、マックは人を殺したことがあるの？」

俺はうなずく。

「あなたも？」

俺はうなずく。

「じゃあ、それがあなたの仕事ってわけ？　それで食い扶持《ぶち》を稼いでる？」

俺はうなずく。彼女はしばらく無言で咀嚼《そしゃく》する。

「落ち着かない気分か？」

彼女が答えるのに少し時間がかかる。「じゃなきゃ駄目？」

「たいていの人間は落ち着かない気分になる」

「わたしがたいていの人間に見える？」

「いや。それは確かに言えてる」

「そういうことなら」彼女は言い、肩をすくめる。「これも孫子の言葉だけど、〝戦いを望む者はまずその費《ついえ》を数えよ〟」

俺はキャットがビールを飲むのを少し眺め、自分が何かを、彼女の性格の説明になるものを見落としているように感じる。しかし、それがなんなのかはさっぱりわからない。彼女自身にもわかっていないのかもしれない。

「いいか。君が何か知れば、コンドラッキーが嗅ぎつけて——」

「コンドラッキーって誰よ？」

「君がマックと呼んでる男だ。サム・コンドラッキー名義で小説を書いている。今のところ、あいつの知るかぎり、君はこのゲームに参加していない。君がゲームに参加することになると、たとえばあいつの正体を知ってしまうとか、そうなると君までターゲットになる。あいつは証人を生かしておくようなやつじゃない」

彼女はしばらく黙り、ビール瓶がテーブルに残した水滴のOの字を指でなぞっている。

「マックは殺し屋ってこと？　なるほどね。あいつのこと、好きだったためしがないし」

「何かされたのか？」

「は？　いや、そういうんじゃないけど。あいつはときどき、夜にここに来た、母さんが病気になったばっかのとき。当時、あいつはこの街の新顔で。ちょうど今のあなたとわたしみたいに、ふたりでここに座ってたっけ、母さんは化学療法のせいで飲めなかったけど」

「ふたりはそういう関係だったのか？」

「あいつが泊まってったことはない。わたしの知るかぎりじゃね。そもそも母さんもそんなに好きじゃなかったと思う。本人に聞こえないところでは〝あのケツ穴〟って呼んでたから。でもときどき寂しくなって、怖くなって、それで誰かと話したかったんだと思う。相手があいつしかいなかったとしても」

「でも、君がいると、あいつを嫌ってるというのは……？」

「わたしがいると、あからさまにキョドるんだよね。眼を合わせようとしないし。受付にいるわたしと話したくないからか、いつも裏口から入ってきてた。母さんの葬式にも来たけど、わたしには話しかけなかった。ご愁傷さまもなし。わたしに気づいてもいなかった。その二週間後、わたしに出ていくそぶりがないとわかると、チクリ屋の仕事をするなら千ドル払うと提案してきた。そんときも眼を合わせようとしなかった。わたしにビビってんのか、下心があるのか、わたしが視界に入るのがそんなに嫌なのか、正直全然わかんない」

「母さんのことを嫌でも思い出すからかもしれないな」

彼女はおかしそうに俺を見る。「あなたってロマンティスト？」

言うまでもないと思うが、これまでに俺をロマンティスト呼ばわりしたやつはいない。

「ともかく」彼女は言う。「ぶっちゃけ、あんな男、くそ食らえってこと」

俺たちはもう何本かビールを飲む。どういうわけか、俺の仕事に関する真実はさほど彼女の興味をひかない。そして、俺の見るかぎりでは、さっきまであれだけ脅していたにもかかわらず、コンドラッキーに警告するつもりは毛ほどもないらしい。でもそれだけじゃ足りない。確証が必要だ。そこで俺は肚《はら》を割って話すことにし、これはたんなる方便、感情的なつながりを築くための戦術だと自分に言い聞かせる。それ以上ではない。

俺はジューンバグのこと、モーテルの部屋のこと、セブンイレブンの蛍光灯に照らされた夜のこと、廊下の製氷機と顔なじみになったこと、ジューンバグのイカれっぷり、はなから見込みのない新天地の計画のこと、クローゼットのこと、『スパイダーマン』のコミックのこと、タトゥーのこと、口ひげの警官のことを話す。児童保護サービス、矯正施設、デイヴィッド、深夜のお祈りセッション、そのあとに起きたことも。何ひとつ包み隠さず、というわけじゃないが、充分だ。

彼女は聞き、静かに、集中して、よくわからない部分をはっきりさせたいときだけ口を挟む。さっきも言ったように、最初はただの戦術であって、あわよくばキャットを味方に引き入れようとする策、ありもしない感情的な絆を信じさせるための策だったが、それはいつしかまったく別のものに姿を変えている。俺は急に自分の口から言葉があふれるのを、真実が止まらなくなるのを、俺が土に埋めたり、忘れたり、棚の高いところ、どれだけ背伸びをしても届かないところ、もはや訪れるつもりのない記憶の片隅に置いてきたものたちがあふれるのを感じる。

俺は彼女に、生身の人間には一度も話したことがないことを話す。

話が終わると、彼女は少しのあいだ、ただ静かにそこに座っている。

次に彼女が言うのは「くそかわいそうなガキ。あなたがどうしてほかの誰かになることを選んだのかわかるよ」

一時間か二時間、コンドラッキーのことはほとんど忘れている。しかし、時計の針が午前零時に近づくと、俺は馬車がかぼちゃになってしまうというくだらないジョークを言う。寝て、頭をすっきりさせ、次の数日が何をもたらすのであれ、それに備えなければならない。

49

キャットは空《から》の瓶をさげ、テーブルを拭いて、正面のドアまで俺を見送る。彼女がドアをあけたままにすると、涼しい夜気が吹き込み、それとともに、ある可能性が芽生え、俺をそこに、本来そうしているべき時間より一瞬だけ長く留まらせる。

「それで」彼女は言う。「ほんとにやるつもり？」

俺はうなずく。「あいつに伝える？」

「いえ」彼女は言い、俺はそれを信じる。

俺は何か別のことを言おうとするが、彼女はドアを閉め、鍵をかける。

覚醒《かくせい》と睡眠の狭間のおぼろげな状態で、明日から数日のうちにしなければならないことを見直し、ポイントガードがスリーポイントシュートの軌道をイメージするように、意識下に一本の溝を掘り、そうすることで、バーでキャットに打ち明けたせいで今も打ち寄せてくる記憶の波を鎮《しず》めようとする。

うとうとしかけたころ、ドアのほうから音がして、俺はベッドから飛び起き、ピストルを手に、アドレナリンが放出される。ドアに向かって駆け、姿勢を低くして窓に近づかないようにしつつ、カーペットの上を素足で静かに進むと、ちょうど差し込まれた鍵が回転し、錠があく。

コンドラッキーの頭に弾を撃ち込む準備はできているが、それは彼ではない。

キャットだ、手に飲みかけのビールを持っている。

彼女は俺の手にある銃を見て、俺が立っている場所を見て、ほかにひと言も言わず、瓶をテーブルに置き、トップスとスカートを脱ぐと、ベッドにあがる。

俺は仕事中は他人と絡《から》まないというルールでずっとやってきている。コヴァッチの場合はちがう。あのとき、仕事は終わっていた。でも手遅れだ。仕事中なのに、俺たちは絡み合っている。どうにも説明できない理由によって、一発絡み合っている。

彼女はすでに地球上のほかの誰よりも俺のことを知っている。

そして望むなら、電話一本で俺を殺せる。

ベッドの彼女の横に滑り込む。彼女の背中のくぼみに手を置く。

射出創を探る。見つからない。

50

重ね着をして、胃のしこりを気にしないようにする。

ハンドラーの言ったとおりだ。俺は他人の靴を履いている。実力でトップにのしあがったが、チャンプを倒したことはない。今日こそ自分の靴を買う日だ。

まだ暗いが、一時間前から眼が覚めている。　キャットは跡形もなく消え、彼女がいた側のベッドはきれいに整えられている。　少しのあいだ、ゆうべのことは全部俺の空想だったんじゃないかと思うが、飲みかけの〈クアーズ・エクストラゴールド〉の瓶がテーブルの上にあり、枕には黒い髪が、そして、彼女の残り香がまだ俺にこびりついている。

ベッドの上に座り、脈を確かめる。どれだけゆっくり、深く呼吸しても、五十以下にさげられない。このアドレナリンは必要なものだ、俺にとって有利に働くはずで、それは俺が必要としているものだ、と自分を納得させようとする。なのにどうしてもキャットのことを、俺の上の彼女の、俺の下の彼女の、肌の感触を思い出してしまう。それをどうにかして振り払い、コートを着て、ポケットに手を入れてジープのキーを探す。

ない。

一瞬、階段をおりきったと思ったらもう一段あったときのような、自由落下の感覚を味わう。しかし、キーはベッド脇のテーブルの上にある。それを取り、荷物を持って外に出る。

ジープに乗る。空は明るくなりはじめている。またキャットのことを考える。この道を戻ってくるつもりはないし、彼女が俺を捜しだせる道を残していくつもりもない。なのにエンジンをかけると、またあの感覚、自由落下に似た感覚がある。モーテルの事務室に眼をやる。プレートはまだ〝営業時間外〟がこっちを向いていて、どこにも明かりはついておらず、生命の兆候ひとつない。幹線道路のネオンサインはまだついているが、今は〝空室なし〟を宣言している。

俺の身に何かが起きている。ベルリン以来ずっと起きつづけている。さっきのキーはその症状、手がかりだ。俺にスピーカーフォンをぶん投げてきたあの女、あれは手がかりだった。手を震わせ、欠けた爪をしたコヴァッチは手がかりだった。俺につきまとうキャットのにおいは手がかりだ。脈拍は手がかりだ。

あのくそ熊ですら手がかりだった。

突然、意識的な決定は何もなしに、俺はジープから降り、モーテルのドアに向かい、ガラスを叩いている。ほとんど幽体離脱のように、そんな自分を観察している。おまえはいったい何をしている？　どうしてあの女がおまえを救ってくれると思っている？　どうして彼女を巻き込もうとしている？　そんなことをして、いったいどんないいことがある？

返事はない。

もう一度叩く。やはりなし。

さらにもう一度。

なし。

俺はもう一度ジープに乗り込む。

51

左折して幹線道路を離れ、林道をのぼり、〈Uホール〉のトレーラーのもとに行くと、必要な荷を解き、ジープであの最後のくねりの付近、狙撃地点のできるだけそばまで進む。一日はすでに始まりつつあり、すでに貴重な数分をモーテルの駐車場で虚空《こくう》を見つめて無駄にしている。

トレーラーから、二着用意しておいたうち、軽いほうのギリースーツを取り出す。さほど擬装効果はないが、分厚いほうは恐ろしく重く、脱ぐのに手間がかかる。ライフルはスタンダードなM107、バレット五〇口径の軽量版で、長距離での精確性に欠けるが、少なくとも銃については無理をするつもりはない。万が一に備え、ピストルを脚のホルスターに装着する。これで準備は完了だ。

キーをジープに差したまま逃走ルートに向かう。逃げるときのことを考え、藪はすでに切り拓いてあるが、そのせいでこちらの計画がばれる恐れもある。例のくねり付近におりていくと、キイチゴが顔にぶつかり、ギリースーツに引っかかる。

狙撃地点を見つける。何も荒らされていない。よし。

ライフルとトライポッドをセットし、スコープのフォーカスを最終調整し、射線が確保できていることを確かめる。一発を薬室に送り込む。iPhoneの電源を入れ、岩に立てかけて、監視カメラにログインする。すべて作動しており、バッテリー残量も問題ない。

〝リビング〟のカメラ、コンドラツキーの家とゲートを監視しているカメラに切り替える。

　そこに彼はいる。

　キッチンで目玉焼きをつくっている。テーブルにはサイコロが、白いエッグスタンドの脇に置かれている。すでに振ったあとなのだろう。彼は奇妙な動作をしていて、しばらく眺めていると、おそらくはじじむさいカントリー・ミュージックのラジオ局に合わせて踊っているのだとわかるが、それはキリスト教ラジオ放送、ソフトロックのオールディーズ、それからたぶん俺好みの、近くの特別保留地のラジオ放送を別にすれば、このあたりでは唯一の局だ。彼はどこかうれしそうに見えるが、それはこれまで俺が気づかなかったことだ。

　脈拍を確かめる。五十近辺をうろついている。さっき俺を包んでいた実存的恐怖の雲は、木々のあいだをくねる霧の糸とともに晴れつつある。これが俺のすることだと自分に言い聞かせる。これがおまえのコンフォートゾーン。おまえという人間だ。

　少しばかり強く肩にライフルを押し当てる。

　コンドラツキーはピンク色の手袋をして皿を洗い、白いプラスティックのタワシで皿をこすり、ティータオルの上にのせて乾かし、しまっている。夜間に餌を与えられず、いつものように腹を空《す》かせた犬たちにつきまとわれているが、どういうわけかまだ餌を与えていない。彼は一匹のそばにしゃがみ、耳と耳のあいだを掻いてやり、何かを言うが、この拡大率では映像が粗すぎて唇を読めない。

それが終わると、コンドラツキーはしばらく窓の外に眼をやり、コートを着てキーホルダーを取る。俺はぴんとくる。バッテリー残量については心配しなくてよさそうだ。

安全装置《セーフティ》を外す。

家の電子制御式ゲートがひらき、土煙をあげてトラックが出てくる。犬は荷台にいて、あごが風ではためいている。トラックが一台目のカメラの視界から外れ、俺は二台目に切り替える。木々や岩々への反響を通し、今は遠いV８の音が近づいてくるのが聞こえる。しかし、そこには何か別のものがあり、トラックが二台目のカメラの視界に入るまで、なんなのかわからない。トラックの窓は三分の二ほどさげられていて、コンドラツキーがハンドルを切ると、ドップラー効果がかかった音が聞こえ、俺は音の正体を理解する。

イーグルス。《気楽にいこうぜ《Take It Easy》》。曲に合わせて歌っている。馬鹿にしてるのか？　もう一度スコープに眼を当てる。心臓が跳ねる。深く息を吸い、止める。どく、どく、どくん。

コンドラツキーが視界から消え、俺は三台目のカメラに切り替える。イーグルスはますます大きくなっている。

トリガーに指をかける。

二台目と三台目のカメラのあいだは距離が一番長い。呼吸に意識を集中しようとするが、望まないイメージが頭に流れ込んでくる。スピーカーフォンを投げる女の歪んだ顔、コヴァッチの死体のずしりとした重み、俺の頬に当たる彼女の頬、まだ温かい。ひげの男の体内に突っ込まれた俺の手が、メモリーカードを求め、男のはらわたのなかを闇雲に探っている。俺を締めつけるキャットの体。キーが見つからない無重力の感覚。

左手が汗で滑りやすくなっている。右袖でもう一度拭くと、コンドラッキーのトラックが三台目のカメラの視界に入る。

今では姿がはっきり見える。彼の背後にライフルがあり、筋肉と舌と牙ばかりの犬たちが荷台で歯を剝いている。コンドラッキーは歌っている。この世に心配事などひとつもない男のように。

彼が三つ目の角を曲がり、視界から消える。エンジン音が大きくなる。こっちに向かってきている。俺はスマホを見ていた左眼をつぶり、スコープ内の視界に集中し、トリガーにかけた指に一段階目の力を込め、最後の深呼吸をし、ジープのなかでリハーサルしたカウントを始める。

11《イレブン》。

52

初めて誰かを殺したのは17のときだった。

ジューンバグが死んだことで、俺のなかのスイッチはぱちんと切れた。里親の家から児童養護施設、矯正施設にいたるまで、何年も何年も、ひとつの診断が俺のカルテについてまわった——反社会性パーソナリティ障害——禁句とされている〝サイコパス〟のそう遠まわしでもない言い換えだが、そういう人間に嫌というほど接してきた身からすれば、俺がなんなのであれ、それには当てはまらない。

俺がどう感じているか、過労の児童精神医たちが入れ替わり立ち替わりに話を引き出そうとしたが、当時の俺にはそれを語る言葉がなく、自分について説明することに興味もなかったが、つまるところ、俺には感情がなかった。もうなかった。ジューンバグを失った痛みを捨てるには、何も感じずにいるしかなかった。そして、俺にとっての世界がそのようなものだとしたら、世界にとっての俺もそのようにあるはずだった。

子供のこじつけと思うだろうが、実際まだ子供だった。

新しいロジックの原理はシンプルかつ強力だった。

弱さを見つけたら、それを利用した。

強さを見つけたら、それを弱らせた。

望みのものを見つけたら、それを奪った。

誰かにやられたら、それ以上にやり返した。

新しい俺という存在に感情が入る余地はなく、あるのは感覚だけだった。十歳からこっち、まるで人生が懸かっているというようにそれを追い求めてきた。アドレナリン、ドラッグ、アルコール、セックス、ありとあらゆるリスク。医者とソーシャルワーカーはそれを自己破壊的な行動と書き記したが、彼らはまちがっていた。セックス、ドラッグ、喧嘩《けんか》は俺を救った、なぜなら俺が思いつく別の現実的な選択肢は、ウォーカーウェイに行き、ジューンバグに祈ってから、路線バスのまえに身を投げることだけだったから。

最後には、当然の結果として、怒りに満ち、悪評とそれに見合う逮捕記録を手土産に、十五で矯正施設に入った。そこでデイヴィッドと出会った。

10《テン》。

53

デイヴィッドは看守だった。体は大きくなかったが、夜は地下でウェイトリフトをして体を鍛えていた。信仰を新たにした《ボーン・アゲイン》クリスチャン、福音主義者で、週二回、教会で信徒伝道者を務めていた。大きな、ほぼ白人しかいない、よくある福音的な教会で、彼らはそこで繁栄のゴスペルを広め、イエスはすでに無限の許可証を与えてくれているから、相手がどこのくそどいつだろうと、それが自分より小さく、力が弱いのであれば、どんなくそとんでもないことをしてもいいというお墨つきを与えていた。

デイヴィッドは赤毛の短髪で、一見無害なきらきら、にこにこした顔をしていた。上層部は彼を囚人たちと良好な関係を築ける模範的な看守とみなしていた。もちろん俺たちは囚人と呼ばれていたわけじゃなく、公式には〝被収容者〟だ、けど、結局のところ囚人だった。デイヴィッドはいい影響を与えていると彼らは思っていて、ロールモデルとすら考えていた。

彼らが理解していなかったのは、あるいはあえて気づかないふりをしていたのは、俺たちのなかには彼を恐れている者、もっともな理由があって恐れている者もいたということだった。日中は何も恐れることはないが、デイヴィッドが深夜番を務める二週のあいだ、彼はほかの看守たちが居眠りするか、酒を飲むか、お互いをファックしはじめるまで、もしくはたんにテレビにへばりつくまで待ち、それからこっそりと看守室をあとにして廊下を進み、その晩選んだ房のまえに行き、なかに入り、聖書、警棒、テーザー銃を手に、彼が好んで呼ぶところの〝お祈りセッション〟をするのだった。

お祈りセッションはまずふたりが一緒にベッドに腰かけるところから始まり、デイヴィッドの膝の上に広げられた聖書は勃起《ぼっき》を隠しきれておらず、ふたつあるうちひとつの終わりを迎える。君が彼を口でいかせるか、彼にレイプされるか——どちらになるか、決める《ディーラーズ》・のは親《チョイス》だ——そうでなければ、デイヴィッドは警棒で君を打ち、テーザー銃で撃ち、非常用ボタンを押して応援を呼ぶ。すると彼の仲間の五、六人がわらわらとやってきて、実に、実に念入りに君を袋叩きにする。

サクラメントのその施設に入ってまだ二週間しか経っていないころ、デイヴィッドが初めて俺の房にやってきた。新入りだったからというだけじゃない。年齢のわりに小さく、華奢だったからだ。俺は成長期のラストスパートの入口にいた。どうやらそれが彼のタイプだったらしい。俺は最初からこいつの本性がわかっていた。友好的なそぶりと、きらきらした顔の下にあるものを見抜いていた。彼が俺の手を取り、聖書の上にのせ、主の祈りの朗唱を始めると、俺は手を引っ込め、ひとりでマスかいてろと言った。彼は何度もテーザー銃を撃ち、俺はくそを漏らし、それから彼は仲間を呼び、俺の睾丸は破裂し、あばら骨は折れ、網膜は剝離し、脳震盪のおまけつきで、車輪のついた担架で運び出され、それから半年間、ものがダブって見えた。

一週間後、施設に戻されたが、さらにその一週間後、デイヴィッドはまた俺の房にやってきて、俺が最初のお祈りセッション中に〝暴行〟したせいで上乗せされた六週間を含め、明くる年の瀬に釈放されるまで、その後も毎週やってきた。

9《ナイン》。

54

デイヴィッドは気づいていなかったが、彼は俺にひとつ教えてくれた。

毎晩、房に座り、外の廊下に彼の足音が聞こえてくるのを待つあいだ、俺には考える時間があった。俺は自分が怒りに屈していたことを悟った。ひとたび制度に馬乗りされてしまえば、なすすべはないのだと悟った。制度、システム、そのなかにいる人間は、君がどんなに力を振り絞っても、それ以上の力で殴り返してきて、そのうえなんのお咎《とが》めも受けない。

彼らと戦う唯一の方法は戦わないことだった。

戦う代わりに技術を身につけた。意識を解離させ、拷問が終わるまで、デイヴィッドが果てるまで、どこか別の場所に行って持ちこたえる技術を。そして反撃する代わりに怒りを蓄えた。それを資産として扱い、銀行に入れ、利息をつけ、引き出し可能になる日まで、残高が増えていくのを眺めた。

俺は矯正施設からの、デイヴィッドからの解放をウォーカーウェイの〈スラーピー〉で祝った。あのネオン灯の下、ジューンバグに献杯し、二度とああいう施設の内側を見るようなことはしないと自分に誓った。他人が俺の肉体や行動を支配できる状況には二度と身を置くまいと。俺が一度も軍服に袖を通したことがないと聞くと誰もが驚くが、俺にとってそれが選択肢だったことは一度もなかった。俺は別の道を見つけることになる。

十七回目の誕生日を一週間後に控えたあの一月、なけなしの貯金をはたいて、施設で知り合った別の少年から銃を買った。銃については無知だったが、それは問題じゃなかった。

練習した。分解し、清掃し、千回空《から》撃ちした。当時すでに〈ブロックバスター〉は死にかけていたが、残り少ない店舗のひとつで職を得て、夜は映画を、果てしなく映画を観て、それはいつも同じテーマだった。復讐。その時点でのお気に入りは《殺しの分け前／ポイント・ブランク》で、リー・マーヴィンとアンジー・ディキンソンが出ている一九六七年のジョン・ブアマン監督作品、冒頭でリー・マーヴィンが撃たれて、全篇を通して生きているのか死んでいるのかわからない。暴力的な夢のロジックのようなものがあって、それが共鳴したのは、そのときまでの俺も同じような軌道を描いて生きていたからだ。

その映画には誰もが知るアイコニックな場面があり、リー・マーヴィンが廊下を歩いている。彼の望みはひとつ。借りを返すこと。彼は廊下を歩く。歩き、さらに歩き、鋼鉄製の靴底が響く。彼は何ものにも止められず、容赦なく、恐怖を与える。なのに、しているのは廊下を歩くことだけだ。

俺はリー・マーヴィンになりたかった。

8《エイト》。

55

〈ブロックバスター〉の給料で下宿部屋を借り、そこで体を鍛えた。成長期のスパートのおかげで、一年で十五センチ伸びた。相変わらず細身だったが、寝室のドアに懸垂用のバーを取りつけていた。三月の終わりには筋肉の大きさこそ同じだったが、二十五セント硬貨が跳ね返るベッドのようにしなやかになっていた。

三月の最終週の最後の日、金曜日、いい服をいくつか買った。チノパン、半袖のチェック柄シャツ、ドレスシューズ。土曜日、髪を短くした。そして日曜日の朝、デイヴィッドがかよっているはずの教会に行った。すべての賛美歌を歌い、すべての祈りの言葉を唱えた。礼拝が終わったあとも残り、紙コップに入れたコーヒーを勧めてきた老人に、お祈りグループや聖書研究会のようなものはありますかと訊いた。もちろん、と彼は言い、デイヴィッドを、正面に立って若者の集団に囲まれているデイヴィッドを指さし、その隣には彼の妻でしかありえない冴えない女が立っていた。

7《セブン》。

56

デイヴィッドは自分の名前を耳にして振り向き、自分のほうに向かってくる俺を見た。彼はこれをどう考えればいいかわからずにいたが、俺はただにっこりして、彼の手を握った。

「きっと覚えてないと思いますけど」俺は彼に言った。「僕がサクラメントの施設にいたとき、すごく親切にしてくださって」

「そうか、そうだったね、うん」彼は口ごもった。「こちらは——」彼はここで、俺のほんとうの名前、今は死んだ名前を使った。俺のいるまえで誰かがそれを使ったのはこの時期が最後で、これはそのうちの一回だった。デイヴィッドは俺をみんなに紹介し、自分の妻にも紹介した。そして、俺がいかに模範的だったかを語り、水曜日の夕方に勉強会があるからぜひ来てほしいと俺を招待し、どうやらそれはこの建物の側面にある部屋でおこなわれるようだった。

デイヴィッドが俺を信じたのか、だまされたふりをしていたのかはわからない。それについては幾度も考えたが、おそらく前者だろうと結論した。彼は狡猾だったが、賢くはなかったし、自分を過大評価するナルシシスト的能力があった。教会への最初の闖入《ちんにゅう》のあと、彼の望みがなんであるにしろ、俺はそれに合わせるようにしていて、それはその場で彼を叩きのめすすべはないと知っていたからだったが、同時に、この男への憎しみと怒りのすべてを貯蓄しておけば、のちのち強大かつ制御不能な力に、リー・マーヴィンを思わせる記念碑的な復讐ベクトルに変換できるとわかっていたからだった。

だから、デイヴィッドはなんの因果か俺がいきなり尻尾を巻き、自分に依存するようになり、心変わりして従順なペットになったと、まあ、だいたいそんなようなことを考えていたと思う。

6《シックス》。

57

最初の二週間、俺はほとんど話しかけなかった。デイヴィッドも最初のうちは緊張していたが、俺はほほえみかけ、ときどき祈りの最中にも顔をあげ、祈る代わりに俺を見つめている彼を見て、少しはにかみながらまたほほえんだ。まだ自分の腕に自信がなかったから銃は家に置いてあったし、まずは俺を信用してもらう必要があった。

三週目、集会が終わり、ほかの子たちが三々五々立ちあがっておしゃべりをしたり、コートを着て出ていったりするなか、俺はデイヴィッドのところに行き、このセッションを仕切っている彼の妻サンディが声の届かなくなる距離まで離れるのを待ち、自分の手を彼の手にのせて、一対一のセッションはできるだろうかと尋ねた。お祈り中に気になったことがあったのだけれど、グループで議論するには気まずい話題だし、力を貸してほしいと。デイヴィッドは俺が本気で言っているのかどうかわからないというように、さっと手を引っ込め、俺の眼を見た。俺は力なくほほえんだ。彼は妻のほうを一瞥《いちべつ》すると、落ち着《つ》かなげに唇を舐め、わかった、そうだな、たぶんできると思うと言った。聖具室が空《あ》いているかどうか確認しておくから、次の月曜日ではどうだろう?

その週は這《は》うように進んだ。〈ブロックバスター〉で何度も何度もリー・マーヴィンを観た。日曜日、教会に行ったが、デイヴィッドと俺は話をせず、視線を交わし合っただけだった。俺が帰ろうとしていると、腕に何かが触れる感覚があり、振り向くとデイヴィッドがいた。彼は汗をかいていた。聖具室は空いている、明日の夜七時にそこで会おう、と彼は言った。

58

月曜日、俺は勤め先に電話をし、病気で欠勤すると伝えた。手持ちの財産すべてを、といっても大したものはなかったが、すべてをスーツケースに詰めた。銃を分解し、清掃し、組み立て直し、弾を込めると、予備の弾をポケットに入れた。教会まで四十五分かけて遠まわりのルートで歩き、というのも俺がどこから来たのか、警察に簡単に突き止められたくなかったからだが、同時に、俺の頭のなかで俺はリー・マーヴィンであり、復讐を決行するために廊下を歩いていたからだった。

かつ、かつ、かつ、かつ。

五分前に着いた。目立たないところで待つつもりだったが、デイヴィッドのほうが先に着いていた。俺よりもナーバスになっていたのだろう。施錠されたドアをノックすると、彼が俺をなかに入れ、また施錠し直した。デイヴィッドに続いて聖具室に入ると、コーヒーテーブル、ポスター、本棚があり、まるで快適なリビングのようだった。肘かけ椅子が二脚とカウチが置いてあった。俺はカウチに座ったが、彼は肘かけ椅子を選び、胸につかえたものがあるとでもいうように、両手をこすり合わせはじめた。

「ねえ」彼は言った。「お祈りのまえに……言っておきたいことがあるんだ……すまなかった」

デイヴィッドの謝罪は俺が最も予想していないことだった。チェック柄のシャツの下、背中に突っ込んである銃の重みを感じつつ、内なるリー・マーヴィンがすっと消えていくのを感じた。駄目だ、俺は心のなかで叫んだ、謝罪なんかするな。すまなかったなんて言うな。そんなこと言わないでくれ。

4《フォー》。

59

無用な心配だった。そういうのはなんて言うんだったか、〝性格とは運命である〟？

デイヴィッドが最初に言おうとしていたことがなんであれ、それが本心だったにしろ、そうでなかったにしろ、彼は自分を抑えられなかった。

「つまり、その。最初の夜、君に誤解を与えてしまってすまなかった。わかってほしいんだが……俺は怖かったんだ。ほかにどうしようもなかった。同僚たちが君をずいぶん痛めつけてしまったが、あれは自衛のためだったんだ。とにかく、ふたりとも乗り越えられてよかった。君が初めて教会に入ってきたときは、かなりびっくりしたけどね、正直。でも、君がここにいてくれてうれしいよ。いつも思っていたんだ、俺たちには……つながりがあるって」

「じゃなきゃここには来ませんよ」自分がそう言うのが聞こえた。

「それで、何か話したいことがあるって?」

「言ったように、個人的なことです」俺は言い、横にずれて、彼がカウチに座れるスペースをつくった。

デイヴィッドが立ちあがり、俺の隣に座ると、彼の右脚が俺の脚に触れた。

「いいよ。なんでも話してくれ」

このときにはもう、彼のドレスパンツに、あの見慣れた小さなテントが張られつつあった。

「まずはお祈りしたほうがいいですよね」俺は言った。

彼はうなずき、頭《こうべ》を垂れ、自分の右手で俺の左手を取った。

3《スリー》。

60

「我らの父よ……」デイヴィッドは言い、次に驚いてもう一度眼をあけた。俺が彼の手をぎゅっとつかみ、指を逆方向にねじ曲げていたからだ。たぶんこのとき、ようやく俺の瞳に映る意図を見て取ったのだろう。毛むくじゃらの左の拳《こぶし》が俺めがけて飛んできたが、あまりにのろすぎた。銃はすでに俺の右手のなかにあり、俺はありったけのリー・マーヴィン的怒りの力を込めて銃で殴り、彼の鼻と歯を、それからたぶんあごを折った。デイヴィッドは顔を押さえ、痛みにわめいた。俺は立ちあがり、銃を向けた。

この初めてのとき以来ずっと、一度の例外こそあれ、俺は手早く人を殺すことを誇りにしてきた。苦しませることに楽しみを見出したりはしない。が、デイヴィッドの場合はちがった。俺は無駄に言葉を費やさなかった。今では弾丸が俺の言葉だった。時間をかけて彼を殺した。逃げられないように左の足首に一発。右に一発。次に両膝。そして、頭に銃を向けた。デイヴィッドが自分を守ろうと片手をあげたので、その手をつかみ、彼自身の聖痕として手のひらを撃ち抜いた。反対の手もつかみ、俺に触れた両手に同じことをした。それから金玉を撃った。最後の一発は、銃を彼の口に突っ込み、口内の天井に押しつけると、脳天を吹き飛ばした。

2《ツー》。

61

デイヴィッドがゲイだったにしろ、なんだったにしろ、それについてとやかく思ったことはない。俺は男と女、どっちも相手にしたことがある。デイヴィッドは俺の初めての男だったが、それ以前から男に興味を感じることはあった。ほとんどの男は認めようとしないが、どんな男もある時点ではそうなる。もしかしたらデイヴィッドもそれを感じ取っていたのかもしれない。だからあの最初の晩、俺の房に来たのかもしれない。いや、あれはそういうことじゃなかった。あれは権力の濫用、何をしようとお咎《とが》めなしというサディスティックな自覚、因果応報などこの世に存在せず、自分は無罪放免の贈り物を、性の王国への鍵を授かっているという揺るがぬ信念だった。だから殺した。

俺はデイヴィッドの死体を見つめていた。何年もまえ、ジューンバグがそうだったように、それはすでに人でなく、ただのモノだった。その瞬間、自分の怒りが蒸発するのを感じた。終わったあと、俺が抱いたのは、動作でいえば肩をすくめるのと同じ感情だった。おもに警察を困惑させるために、十字架に磔《はりつけ》にされたようなポーズを取らせようかとも考えたが、そういうのはアマチュアっぽく思えたし、俺が知っていた唯一の事実、絶対の確信を持って知っていた唯一の事実は、アマチュアになることにはなんの興味もないということだった。俺はプロフェッショナルになりたかった。

1《ワン》。

62

トラックが来ない。

63

一秒の何分の一かの時間、カウントをまちがえたのかと考えるが、そのときそれは現われ、予想よりもスコープ内の高い位置に見えている。コンドラッキーの頭を捕捉し直し、十字線のなかに収める。

デイヴィッドを殺したあと、俺は名前を変え、ハックルベリー・フィンのように逃げだしたが、俺の場合、ヴァーモント北部のがばがばな国境を経由してモントリオールに行った。怒りと感覚に呑まれて何年もの時間を無駄にしていたから、何よりもまず、自分に教育を施す必要があった。ケベック州立図書館の広大な空間で数カ月を過ごし、何百冊という本を読んだが、そのうちの一冊が教えてくれたのは、引き金というのは引くものではなく、機構が噛み合う最初の地点をやさしい力で通過させたあと、ある種の無の境地に入り、そこでは自分はもはや狙っているのではなく、武器と標的という絡《から》み合ったシステムの一部になる、ということだった。正しく実践すれば、射撃がおこなわれる実際の瞬間は無意識であり、あたかも銃がひとりでに発射されたような驚きに近い。

最初の抵抗を感じる地点はすでに通り過ぎ、引き金にかけた指は絞られ、弾がいつ発射されてもおかしくない境界域内にある。一秒としないうちにコンドラッキーは岩壁の陰に姿を消し、チャンスは失われる。だが、銃は発射されていない。まるで俺の潜在意識が意図的に介入し、手の筋肉を妨害して、時間稼ぎをしているように。

それは俺が知らないことを知っているのかもしれない。

たぶん俺はこのまま撃たない。たぶん俺は彼が視界から消えていくのをそのまま見送る。たぶん俺はライフルから弾を抜き、荷物を〈Uホール〉に戻し、モーテルに引き返してキャットがいるかどうか確かめる。あとのことは──そうだ、あとのことはふたりで考えよう。

そのとき俺は聞く。柔らかなかちりという音、磨いて摩擦を減らした歯止めが解放される音を。引き金の抵抗を減らすために巻き数をふたつ減らしてあるバネが撃針を前方に動かし、雷管を叩き、火薬が着火する。耳をつんざく破裂音、反動で肩が揺れ、弾が自律的に、自らの意思で俺から飛び立つ。

完璧なショット。

ひとつだけ問題がある。

くそ野郎が頭を引っ込める。

第三部

64

　弾丸は運転席側のひらいた窓から車内に入り、コンドラッキーの頭上を通り、ガラスを砕いて助手席の窓から外に出る。

　一瞬、何が起きたのか理解できない。俺は呆然としてスコープから顔をあげる。コンドラッキーはすでに視界の外にいるが、彼がハンドブレーキを使って急旋回し、アクセルを踏み、タイヤが抗議の金切り声をあげるのが聞こえる。

　俺のほうに向かってきている。

　なぜだ？　そのとき、それまで見えていなかったものが見える。丘の上まで続く古い伐採道路がそこにあるが、下生えが茂っているせいでほとんど見えない。あえて探そうとしなければ決して見えない道で、俺は探そうとしていなかった。

すぐ隣にある森、切り拓かれていないかすかな曲がり角。それらはミスでも負債でも、見落としでもなかった。資産だった。あいつを狙いに来た者を隘路《あいろ》におびき出すために、意図的に用意された弱点だった。俺たちは彼の防御の穴に自ら吸い寄せられていた。自分で決定をくだしたと思っていたが、実際は彼が敷いたレールに従っていただけだった。俺たちは自分が狩人だと思っていたが、実際は獲物だった。

俺の本能は気づいていた。俺は気づいていなかったが、本能は気づいていた。

コンドラツキーの四駆が猛然と丘をのぼり、向かってきている。特大のマッドタイヤとごついバンパーの意味を唐突に理解する。俺はM107を持ちあげるが、トライポッドのせいで重すぎ、このままでは上に下にと跳びはね、枝葉に邪魔されているトラックを狙い撃つことはできない。そこで狙いをさげ、エンジンブロックに二発撃ち込む。間欠泉のように蒸気が噴き出す。少なくともラディエーターに当たっているが、それだけでは止められない。

踵《きびす》を返して脱出ルートを駆けあがり、ライフルを捨て、走りながら脚のホルスターの四五口径を抜く。地面はまだ雨でつるつるしていて、斜面が急になるにつれ、足を二度滑らせる。背後でトラックのエンジンがうなり、ごつごつした巨大なタイヤが泥を跳ねあげ、急な山道での追跡劇によって激しく揺れている。

俺は自分のジープを目指しつつ、コンドラツキーに狙いをつけさせないようジグザグに走る。

俺はまた足がかりを見つけるが、何年も伸び放題の下生えのせいで轍《わだち》が見えず、向こうは同じタイミングで足がかりを失い、根っこだらけの急斜面に入って横滑りする。俺の太ももはまだ熊とのチェイスのせいで燃えるようだが、着実に前進しつつある。

そのとき、コンドラツキーが犬たちに向かって怒鳴るのが聞こえる。「嚙みつけ、あいつに嚙みつけ！」

二匹の巨大な猟犬がトラックの荷台から跳び出し、俺めがけて突進する。ギリースーツがキイチゴに引っかかり、俺を足止めする。蛇が脱皮するようにそれを脱ぎ捨てるが、手間取り、コンドラツキーが俺に狙いをつけられるだけの時間が経つ。ピストルの発射音がして、弾丸が俺のすぐ脇の葉を引き裂く。もう一発、さらにもう一発。

俺は身を低くして葉の覆いの下に隠れ、丘のてっぺんめがけて這《は》い進む。背後からの吠え声が犬たちの接近を知らせているが、犬にとっては斜面が急すぎ、二匹は左右に一匹ずつ分かれ、迂回している。そのうしろでトラックのエンジン音が低くなり、タイヤが地面をつかみ、車体が勢いよく前方に飛び出す。

ジープまで命懸けの、もんどり打っての二百メートル走。森を飛ぶように進み、木の枝や棘が俺の顔を鞭打つ。犬たちが側面からまた姿を見せ、両脇から接近し、その牙は剝かれ、耳はうしろに流れている。一瞬だけ振り返ると、コンドラッキーのトラックの鼻先が丘の頂《いただき》に達しているのが見える。向こうが平地に出れば、止められるものは何もない。俺がジープにたどり着き、ドアを勢いよくあけ、叩きつけるように閉めると、間一髪のところで二匹の犬が窓に体当たりしてきて、一匹はボンネットの上でさかんに吠え、ガラス越しに俺に嚙みつこうとよだれをまき散らしている。

ジープのエンジンが生命を宿す。コンドラッキーは茂みを突っ切って向かってきている。俺がギアをバックに入れると、タイヤの泥が彼のトラックのフロントガラスに飛び散り、ジープは猛スピードでバックし、俺は狭い林道に車を走らせるために、首を伸ばして左右を確かめる。

そのとき、彼女が見える。

キャットが、後部席に座っている。

65

「やっほ」キャットはまるでなんの変哲もない出会いの挨拶のように言う。

彼女の膝の上にはコンドラツキーの書いた『破られた協定』がある。ジープを勢いよくバックさせると、林道のでこぼこがハンドルをつかんでいる片手と助手席のてっぺんをつかんでいるもう片方の手を引き剝がそうとする。

「このコンドラツキーとかいう人、すごくうまい。描写は多くないけど、アクションがたっぷりで」

「なんだって——？」前方の木と木のあいだにひらけた場所、どこぞの伐採者が積載するまえの原木を並べておくために切り拓いた場所かもしれない。もしかしたら、あそこから——


「わたしのこと、適当にヤリ捨てできる女だって思ってた？」

夜明けの薄明かりのなかでモーテルのドアをがんがん叩いたことを言ってやってもよかったが、代わりにハンドブレーキを目いっぱい引き、でこぼこ道でジープを百八十度旋回させると、泥が跳ねあがり、フロントガラスにどっさりかかるので、ワイパーを全開で作動させなければならない。ジープを二速に入れ、アクセルを踏み込む。

「で、殺したの？」

コンドラツキーのトラックはもう追ってきていないが、犬たちが追ってきている。これがいいニュースなのか悪いニュースなのかはわからない。

「そんなふうに見えるか？」俺は怒鳴る。

茂みのなかから、コンドラッキーのトラックが俺たちの前方に横向きに突っ込んでくる。ジープがトラックの脇腹に突っ込む。俺はフロントガラスに頭をぶつける。コンドラッキーのフォードは衝撃で横向きに旋回し、二台の車が向かい合う。コンドラッキーは座席の足元から何かを取り出す。〈グロック〉18、巨大な三十三発弾倉つき。

彼は運転席から撃ち、フォードのフロントガラスが破れる。

「伏せてろ！」俺は怒鳴る。ジープをバックさせ、後方に滑らせると、9ミリ弾がエンジンブロックに突き刺さる。

もう一度ハンドブレーキターン。やりすぎて二百七十度旋回し、木材を保管しておくエリアに入ってしまうが、そこには草が生い茂った別の道があり、どこかに続いている。若木が窓を打ち、ジープのタイヤは轍《わだち》をグリップしようともがいている。

水温計がじわじわと上昇する。くそが。トラックと衝突したせいでラディエーターがいかれたか。バックミラーを見ると、コンドラッキーはまうしろにいるが、フォードはボンネットから黒煙をあげていて、どうやらさっきオイルラインにもダメージを与えてやったらしい。となると問題は、どっちのエンジンが先に音《ね》をあげるかだ。

「この林道はどこに通じてる？」俺はうしろのキャットに、今は後部席の足元にうずくまっているキャットに大声で訊く。

「どこにも」

「よく聞け。チャンスがあったらすぐにここから出ていけ。まっすぐ茂みのなかに突っ込んで、片がつくまで横になってじっとしてろ。これから何が起きるにしろ、コンドラッキーに姿を見られるな、でないと死ぬぞ」

彼女は俺を無視し、サイドウィンドウから外が見えるくらいに顔をあげる。

「右」

「は？」

「百メートル先で道がふたつに分かれる。右に行って」

左の分かれ道は下に、どこに続いているかはわからないにしろ下に、右は上に向かっている。

「左がくだりだ。道路に出られるかもしれない」

「そっちにはあるのはビーバーのつくったダム。沼だよ、出られなくなる。聞こえたっしょ、右」

俺は右にハンドルを切る。自分がなんの上を走っているのかすらわからないが、どうやら別の林道で、さっきの林道よりもさらに下生えが茂っている。コンドラッキーは今やかなり後方にいて、トラックから黒煙がもうもうとあがっている。チャンスはあるかもしれない。

「この道はどこにもつながってないと言ってなかったか？」俺は大声で返す。

「そうだよ」キャットは言う。「でも貯木場《ちょぼくじょう》がある」

前方にそれが現われる、長いこと放置され、今では倉庫として使われている。腐りかけの丸太の山、錆びかけの機械類。RVがジャッキ代わりのコンクリートブロックの上にのっていて、車の窓は割れている。敷地の中央に百年前のうらぶれた納屋があり、屋根は錆びているが無事に残っていて、ところどころ、風雨にさらされた木板が割れている。

そして、どう見ても行き止まりだ。

林道のカーブが一時的にコンドラッキーの視界を邪魔している。俺はキャットに向かって「伏せてじっとしてろ」と怒鳴り、ジープをまたバックギアに入れると、ちょうどトラックが横滑りでカーブを曲がってくる。コンドラッキーは全力でブレーキを踏んでいるが、スピードを出しすぎていて停まれず、ジープの後部に勢いよくぶつかる。エアバッグは作動しないように細工してあるのか、コンドラッキーの顔がハンドルに激突する。鼻から血を垂らし、顔をあげるその瞬間、彼は俺が助手席の足元からH&Kを抜くのを目撃する。

俺がジープのリアウィンドウに風穴をあけると、薬莢がジープの車内で跳ね、コンドラッキーは頭を低くしてダッシュボードの陰に隠れる。

キャットは丸くなり、両手で耳をふさいでいる。俺はその片手をひっぺがして言う。

「走る準備をしておけ」

ジープで前方に三十メートル突っ込むと、急ハンドルで強引に横滑りさせ、貯木場への入口をふさぐ。

「今だ」

俺は泥のなかに転げ出て、キャットがいる側のドアをあけて彼女をつかむ。姿勢を低くし、ジープを遮蔽物として使い、ふたりで納屋に駆ける。コンドラッキーはトラックでジープを押し、ブルドーザーの要領でどかそうとする。が、何度か押したのち、エンジンが音《ね》をあげる。

俺たちは納屋に着く。キャットは錆びついたシヴォレーの陰で小さくなっている。正面に大きな引き戸がある。びくともしない。納屋の腐りかけの木板を弾丸が裂き、俺もシヴォレーの背後に身を隠す。コンドラッキーはジープのボンネットを遮蔽物として使っている。

「ドアがあかない」俺は小声で彼女に言う。「側面に別の入口があるかもしれない。俺が撃ったら走れ」

俺はシヴォレーの陰から転がり出て、ジープを掃射する。コンドラッキーは頭を引っ込めてかわし、その隙にキャットが走り、納屋の角の向こうに消える。あいつはまだキャットを見ていない。俺はコンドラッキーが顔をあげないようにもう一度弾丸の雨をお見舞いしてから、彼女のあとに続いて角を曲がる。

工房のドアがある。キャットがあけようとしているが、錠がかかっている。俺は掛け金を吹き飛ばし、ドアを蹴りあける。キャットが駆け込む。俺は納屋の壁沿いに最後の射撃をしてから、彼女に続いてなかに入り、ドアを閉める。

木板がなくなっている箇所と、緑色の苔に覆われた窓から光が射しているが、納屋の内部にそれ以外の光はない。工業用トラクターの巨大なタイヤを転がしてドアに押しつけていると、弾丸が木板を貫いて撃ち込まれ、俺は地面に身を投げる。匍匐《ほふく》して角を曲がり、天井までそびえる中央の柱部分、キャットが身を寄せている場所に向かう。

コンドラッキーが通用口をあけようと、俺の背後でがちゃがちゃやっているが、タイヤが邪魔であかず、彼は無理やり押し入ってきて絶好の的になるような馬鹿はしない。

俺はキャットの隣、土間に腰をおろし、ジープから取ってきた予備のマガジンを出してリロードする。俺たちはまだ生きている。だが閉じ込められていて、どうやって脱出すればいいか、何も思いつかずにいる。

66

犬たちが納屋の壁を囲み、あえぎ、うなり、鼻を鳴らし、奇妙な声を出している。コンドラッキーは今、納屋をどう攻めるか考えていて、二匹はそれに追従しているのだろう。キャットは切り出された木の柱に寄りかかり、膝を抱えて座っている。

「いったいどういうつもりだったのか、説明する気はあるのか?」

「なんであんたに申しひらきしなきゃなんないの」彼女は言い、俺の眼を見ようとしない。タフぶっているが、怯えているのがわかる。いいことだ。俺もそうだから。

「ウケると思ったとか? なんなんだ?」

「ファッキュー」

「あいつが入ってくるまえにここから逃げなきゃいけない。それに、君は絶対に、絶対にあいつに見つかっちゃいけない」

彼女はようやく俺を見る。「あいつを殺そうとしたのはあんたっしょ。わたしじゃない」

「手遅れだ。君はゲームに参加しちまった。あいつの正体も、あいつが何をしたかも知ってしまった。あいつが俺を殺すなら、君は目撃者だ。殺さないなら、君は利用できる材料になる。誰かに直接手をくだせない場合、そいつにとって大切な何かを攻撃するってのがセオリーだ。いちおう言っておくと、俺は君のことはどうでもいいが、あいつはそれを知らない」

「なら、どうしてわたしの身を案じてるわけ?」

「愚かなせいで一般人がひどい目に遭《あ》うのは見たくない」

外は静かになっている。それから、金属的な音——トラックの後部ドアがひらかれ、彼がそこから何かを取る音。俺は立ちあがり、暗闇に慣れた眼を周囲に凝《こ》らす。古い機械類、錆びた器具、腐りかけの家具、古い干し草俵《だわら》、材木用のチェーン、丸鋸の刃。タープに覆われているものもある。タープは安いビニール製で、剝がそうとすると俺の手のなかでばらばらになる。

犬たちがまた動きはじめている。コンドラッキーはもう一度納屋のまえに戻ってきて、また周囲を歩きまわっている。ただし、さっきは聞こえなかった音——古い木板の根元に液体が注《そそ》がれる音がする。

「あいつ、何してんの？」においに気づき、キャットが顔をあげる。

俺はうなずく。「ガソリン。俺たちを炙《あぶ》り出すつもりだ」

「逃げようよ。ふたりが反対方向に逃げれば、どっちかしか追いかけられない」

「犬が二匹いる。それに銃で両方狙える」

「じゃあどうすんの？」

「さあね。でもここにたぶん——おおっと、こいつは」

修理スペースとして改装された区画に隠すように置かれた馬鹿でかい機械からタープを取る。材木運搬用のトラクター、クボタ製。八〇年代のものらしく、オレンジ色の塗料が錆で剝がれかけている。正面には全長二メートル近い、ブルドーザーのようなブレード。ウィンチがついた後部は、切れたスチールワイヤーで運転手が怪我をしないよう、厚さ二センチ以上の強化鋼プレートで守られている。さらに、倒れてくる材木から身を守れるよう、運転台の全体が金属製ケージに覆われている。

コンドラツキーはすでに納屋を半周し、じっくりと、焦らずに作業を進めている。

俺はトラクターに乗り込むが、操作がよくわからない。キーは鍵穴に差さったまま錆びている。多少の力が要るが、どうにかキーをまわす。何も起こらない。

「バッテリーが死んでる」

「ジャンプスタート用のバッテリーがあるかも」キャットが言い、俺はぴんとくる、彼女はこういう納屋のことをよく知っているのだろう。数秒後、キャットは列車でも起動できそうなほど巨大な古いバッテリーと、ひどく汚れたブースターケーブルを見つけ、バッテリーを引きずってくる――彼女がどうにか運べるくらいの馬鹿でかさだ。

「つなぎ方はわかるのか？」

キャットはバッテリーパネルを外し、ケーブルを端子につなぐ。「田舎じゃジョーシキ。ここらじゃみんな、夏に農場でバイトすんの。楽しそうでしょ？」

外から突然、ぼんという低い音がし、コンドラッキーがガソリンにつけた火が納屋を取り囲む。木板は来る日も来る日も太陽と風を浴びてきたせいで、からからに乾いている。古い干し草、油ぎったタープ、まだ中身が入っているチェーンソー用の燃料缶といったものを満載したこの納屋は、ものの数秒で炎上するだろう。

「やってみて」キャットが言う。

ダッシュボードに光が灯《とも》るが、それだけだ。「バッテリーは問題ないが、エンジンがかからない」

壁の下から炎がちらつき、煙の波が転がりながら迫ってくる。

「ニュートラルにして、クラッチを一気につないで」

キャットはトラクターをよく知っている、それは認めよう。「駄目だ」

納屋は今やまさしく炎に包まれている。熱を肌に感じ、頭上に黒煙が雲をつくりつつある。隅に積まれた干し草に飛んだ炎がちろちろと舌を伸ばし、黄色いノズルがついた水平置きの燃料タンクを舐めようとしている。一分、いやそれ以下の時間のうちに、俺たちは丸焼けになる。

「PTO《パワーテイクオフ》をチェックして」

俺はPTOのスイッチを見つけ、それをオフにしてクラッチを一気につなぐ。スターターモーターが回転するが、すりこぎのような音がするだけだ。頭上の屋根葺きにも火がまわっている。屋根がたわみ、燃えている木が落ちてきて、周囲がさらに火に囲まれる。

「スターターがジャムってる」

キャットが長さ三十センチのレンチを拾い、スターターを叩く。俺はキーをひねる。すりこぎの音。キャットがもう一度、もっと強く叩く。エンジンが動き、数回転するが、かからない。

熱は焼けつくようで、ほとんど耐えがたく、煙が眼を刺す。

キャットが俺の隣に乗ってくる。バッテリーが消耗しつつある。エンジンの回転は次第にゆっくりになっている。

屋根の一部が崩落したその瞬間、ディーゼルエンジンが命を吹き返す。金属製の運転室が重い梁《はり》を跳ね返して俺たちを守り、跳ね返った梁は燃料タンクに激突し、タンクが割れる。中身はディーゼルで、ガソリンじゃない、ガソリンなら俺たちはとっくに死んでいる、だがオイルの川が流れ出し、湖になり、おまけに俺たちの眼のまえには炎の壁がある。

「運転できるか？」

キャットが俺を押しのける。俺はH&Kを抜き、彼女はクラッチを威勢よくつなぐ。トラクターは前方に飛び出す。キャットはギアを一段ずつあげていき、ブレードを上昇させて破城槌《はじょうつい》代わりにする。炎の壁を突っ切ってカーテンドアに激突する。燃えさかる木板を宙に舞わせながら、俺たちは材木場に出る。

クボタが納屋を突き破って自分のほうに向かってきているという事実をコンドラッキーの脳が理解し、射撃でそれに応じるまで、一瞬のラグがある。

キャットはブレードを下降させて盾代わりにし、前方を耕《たがや》していく。犬たちは散り散りになり、きゃんきゃんわんわん吠えている。俺は運転室の金属格子の隙間から銃を撃ち、腐りかけているヒマラヤ杉のフェンス材の山の陰にコンドラッキーを足止めする。そこに釘づけにしたままコンドラッキーをやり過ごし、クボタ後部の分厚い強化鋼プレートが今では防弾シールドの役目を果たしている。プレートには覗き穴があり、俺はそれを銃眼として利用する。

前方にジープとトラック。戦車じみたクボタでその二台めがけて突っ込む。キャットが情け容赦なく道を拓き、ジープが横転し、コンドラッキーのトラックが鼻先から排水溝に突っ込んでいくのを横目に、俺は運転室のケージにしがみついている。

コンドラッキーは立ちあがって銃撃するが、弾は後部プレートに弾き返される。キャットが路上走行用のギアに切り替えると、トラクターは遊園地のアトラクションのように揺れ、俺にはしがみついていることしかできない。コンドラッキーが銃を撃ちながら走って追いかけてくるが、やがて失速する。してやられたと悟っている。犬たちも百メートルほど大股で追いかけてくるが、コンドラッキーに呼び戻される。

67

三キロ先でクボタの燃料が尽きる。

キャットはモーテルに戻りたがるが、さっきコンドラッキーに姿を見られている。モーテルに先まわりされていたら、俺たちは一巻の終わりだ。あいつが俺たちを出し抜き、林道で待ち伏せしていたら、結果はやはり同じだ。唯一の選択肢は、地形図上でひらけた農地になっている一帯を突っ切ることだ。

キャットはこの作戦に不満だ。そればかりか、憚《はばか》ることなくそう口にする。俺はとうとうぶち切れる。

「勘弁しろ。ストーカーになってくれと頼んだ覚えはない。君は自分が何に首を突っ込んでるかわかっていて、勝手についてきてる。あのサイコパス野郎をおびき出す餌として置き去りにしてほしいのか？　ならそうしてやる。何か決めるたびにいちいち君の子守をしてる時間はない。車とガソリンが必要だ、ここからさっさと離れなきゃならない。わかったか？」

彼女は俺の顔面を殴る。正真正銘の右フックをあごに一発。

「なんのつもりだ？」

「わたしは命の恩人だよ、恩知らずのくそ野郎」彼女はわめき、俺の胸を小突く。「わたしがいなけりゃ、あんたは今ごろ真っ黒焦げの焼き肉になってる。あんたがあいつを殺しそびれたのはわたしのせいじゃないし」

「そうだな、確かに君はトラクターを運転できる。ジャンプスタートのやり方も知ってる。ジャムったスターターの直し方も知ってる。だから？　あいつに狙われたら君はおしまいだ。想像をはるかに超えるようなひどい目に遭《あ》う。今この瞬間、俺がいなければ、君は死人も同然だ。今度人を殴るときは、そういうことも計算に入れるんだな」

彼女は両手を腰に当て、少しのあいだ黙る。「で、あんたの作戦は？」

「農地を横断して森のへりに向かう」

「方角は？」

俺は太陽の位置から判断して東と思われる方角を指さす。

「ふうん」

やれやれ、この女は俺がこれまでに出会ったどんなやつよりも不機嫌で人を動かすのがうまい。

「もっといい案があるのか？」

彼女は俺が指した方角より十五度南を指さす。「あっちの二・五キロ先に古い農家がある。男の人がひとりで住んでたけど、六週間前、ごみを燃やそうとして自分まで燃やした。三人の息子がいるけど、みんないがみ合ってて、遺書はなし。いまだに遺産の分配で揉めてて、決まるまでは兄弟の誰ひとり、遺産には触れちゃいけないってことになってる。だから十中八九、まだ私物のほとんどが残ってて、車もあるはず」

「どうしてそんなことを知ってるんだ？」

「みんながみんなのことをみーんな知ってる」彼女は言う。「田舎じゃそれがジョーシキ」

68

農家は二〇世紀初頭のもので、砂利道の突き当たりに二棟の離れと、斜面に建てられた納屋がある。キャットは裏口のそばの植木鉢に隠された鍵を見つける（「田舎じゃジョーシキ」）。俺は納屋を確かめる――古いソファ、錆の浮いたトラクター二台、鋤《すき》、噴霧器などなど。どれも役に立たない。キャットがここにあると考えていたトラックは影も形もない――おそらく息子の誰かが持っていったのだろう。

残っているのはダッジ・チャージャーだけだ。

といっても、一九七四年のデイトナ500でリチャード・ペティが勝利をもぎ取ったブルーとレッドのアイコニックなマッスルカーのことじゃない。錆びついた七〇年代後期第四世代の大型車《ランドヨット》、全長五メートル超え、うんこ色の車体にクリーム色のビニール張りランドートップとけばけばカーペットが標準装備された車のことだ。

ひとつ朗報がある。ドアはロックされていない。ひび割れた赤い模造革の運転席に滑り込み、サンシェードをめくるとキーが見つかる。エンジンをかけようとすると、驚いたことに、毛玉を何個か吐き出したあと、息を吹き返す。ガソリンは残り四分の一、そう悪くない。

キャットが両手いっぱいにアイスキャンディを抱えて出てくるが、それが農家の冷蔵庫に残されていた唯一の品だ。

「地下に銃をしまう棚があった。空《から》っぽだったけど」

たぶんそれも息子たちが持っていったのだろう。俺のH&Kは弾が切れそうで、ピストル用の予備弾倉はあるが、それだけだ。〈Uホール〉にはまだ物資が半分残っているが、今ごろコンドラッキーに見つかっているだろう。もしそうなら、あいつは物資をあらかた奪っているか、俺が戻ると踏んで張り込んでいるだろう。

いずれにしても。

「俺の考えはこうだ」キッチンに座り、俺たちのあいだにはチェック柄のビニールのテーブルクロスがあり、ふたりともアイスキャンディをくわえ、蠅の群れが窓のそばでぶんぶんいっている。「陽が落ちるまでここにいて、それから東に向かう。そっちに行けば、街に戻らなくてすむ」

「そのあとは？」

彼女の声には緊張が感じられるが、それを絶対に漏らすまいとしている。

「そのあとのことは、そのあと考える」

太陽が地平線に近づくと、俺たちは車中泊しなきゃならない場合に備えてブランケットとクッションを積み込み、ダッジ・チャージャーに乗る。キャットが運転する。H&Kの扱いよりハンドルの扱いのほうがうまいだろうから。彼女が気づいていないのは、俺が釘抜きハンマーと大きなドライバーを助手席の足元に忍ばせたことだ。怪しまれるようだったら、いつどこに不法侵入しなきゃならなくなるかわからないからと答えるつもりだ。とはいえ、これらはそういう用途に使うものじゃない、まったくない。

69

農家から砂利道を走り、幹線道路への接続部に向かうと、交差点まであと二百メートル足らずの地点で停止する。コンドラッキーのトラックは全損しているから、あいつが今、何を足《アシ》にしているかはわからない。が、道路には何も走っていない。

幹線道路に出る。差し迫った危険はもうないので、俺がハンドルを握り、眼を光らせる。だが夜は暗く、ときおり通り過ぎていくトラックのヘッドライトを除けば、俺たちしかいない。

俺たちはしばらく無言で、アスファルトの上を転がるゴムの音だけを旅の道連れにしている。キャットがこちらを見ていない隙に、何度か彼女の様子を窺《うかが》う。彼女は助手席の背にもたれ、ダッシュボードの上に足をのせ、靴の泥跡をつけている。

「どういうことなのか、そろそろ話してくれないか？」ややあって俺は言う。

「何を？」

「呼んでもいないのに俺の部屋にやってきて――」

「あんたも文句言わなかったじゃん」

「そのあと俺のキーを奪ってジープのロックをあけて、またキーを戻して――で、そのあとはどうした？　夜が明けるまで後部席に隠れてたのか？　そういうのはストーカーのやることだと思わないか？」

「っていうか、踏ん切りつけたくてさ」

「踏ん切りってのはそうやってつけるものじゃない」

「へえ。じゃあ、あんたはどうやってつけたんだっけ？」

俺はデイヴィッドのことを思い出す、聖具室に横たわり、カウチのうしろに脳をまき散らし、血がクッションとカーペットに染み、スチップル仕上げの天井の照明全体に飛び散り、電球がひとつ切れていて、ガラスの球面の底に蝿の死骸が溜まっている。

キャットは俺の無言の返答を聞く。「言ってみただけ。でも、あんたがどうこう言う資格もないんじゃん？」

今度は彼女が一瞬無言になり、それから言う。

「〝ジョーンズ〟ってのは本名じゃないんでしょ？」

「ああ」

「本名は？」

「ない。今はもう」

「馬っ鹿みたい」

「初めて誰かを殺すとき」俺は彼女に言う。「君はひとりの人間を殺すだけじゃない。それまで誰も殺したことのなかった自分も殺すことになる。そいつが生きるはずだった人生はなくなる。そいつもいなくなる。自分が殺した人間と同じくらい死ぬ。そいつの名前は……そいつのものであって、自分のものじゃない。君はなんの権利も持っていない。君のものじゃないんだ。もはや」

彼女は納得していないようだ。「なんでマックを殺そうとしてんの?」

「誰かが俺に金を払っているからだ」

「たっぷり?」

「いや」

「なら、どうしてやるわけ?」

俺はためらう。だがどうでもいい、彼女はこの状況にずっぽり足を突っ込んでいるから、なんらかの説明をしてやらなきゃならない。そこでだいたいのところを話す。それが終わると彼女は言う。

「あんたって、でたらめばっかのびちくそ野郎。自分でそう思ったことある?」

「俺たちがさっき空包を撃ち合ってたとでも思うのか?」

「思わないけど」彼女は助手席の背にもたれる。「あんたには、自分で自分に訊いてみたほうがいい質問が山ほどあるんじゃないかって気がしただけ」

「たとえばどんな?」

「コンドラッキーだかなんだか、あんたがそう呼んでるあいつ。ある日いきなりリタイアしたんでしょ? 地図の上から消えて、その穴をあんたが埋めた」

貝殻に滑り込むヤドカリ。「そうだ」

「なんで？」

「いいか。俺たちは悪いことをくそほどしている。誰も自分じゃやりたがらないようなことを。俺たちのような人間との関わりを完全に否定できること、それがゴールだ。こう考えてみろ。選挙の年だ。ぽっと出の男だか女だかが、アメリカの大統領かイギリスの首相になる。就任初日、そいつは地下の一室に連れていかれ、何かの箱と一緒に置き去りにされる。箱の中身はなんだと思う？」

「あんた」

「俺や俺のような人間、16《シックスティーン》のような連中だ。墓標のない墓に埋められた死体の大軍が、墓から出るのを待ちわびている。そうなると、そいつはもう関与したことになる、そういう連中のことを知っちまったから。そしたら選ばなきゃならない。いずれ蘇生してしまうかもしれないと怯えながら、死体を埋もれたままにしておくか。それとも家の大掃除を始めるか」

「選挙の年だったわけ？　マックが行方をくらましたのは」

「いつもどこかが選挙の年だ」

「じゃあ、あいつは自分が負債になると知って姿を消したわけね、で、あんたのようなやつが命を狙いに来るのは時間の問題だった」

「俺の考えじゃそうだ」

「だから怯えてた」

俺は彼女を見つめる。「あいつが怯えてるように見えたか？」

「怯えてないんなら、なんでリタイアしたわけ？」

俺は答えを持たない。

「ね？　なんか起きたんだって。なんか、自分が無力だと思っちゃうようなことがさ」

「無力？　雄牛みたいなやつだぞ。当時のあいつがどんなだったか想像してみろ」

「フィジカルの話はしてない」

その考えが俺を鈍く打つ。

「つまりさ」彼女は続ける。「あんたたちはどうかしてる。あんたたちみんな。さっき言ってたじゃん……初めて誰かを殺すとき、それまでの自分を殺すことになるって。どうかしてるってのは、そういうとこ。ヴェトナム、イラク、アフガンから帰ってきた軍人と同じ。人を殺して、人が死ぬとこを見て、寝ても覚めても落ち着かなくて、誰かにばらばらに吹き飛ばされるんじゃないかって、いつも怯えてて、それで頭がどうにかなっちゃう。だからもちろんあいつもどうかしてるし、あんたもどうかしてる。あんたがバーで言ってたくそ話のオンパレードについては言わずもがな」

誰かに肚《はら》を割って話をすると、こういうことになる。

「俺はもう昔の俺じゃない」

「一生自分にそう言い聞かせてな」彼女は言い、もう一度ダッシュボードの上に足をのせる。

俺はしばらく彼女を眺める。キャットの恐れ知らずなところは演技だが、それは俺も同じだ。

コンドラッキーもそうなのかもしれない。

70

数キロ先で彼女はまた沈黙を破る。

「で、プランは？」

「スマホをアンロックしろ」俺は言う。

「なんで？」

「それがプランだから」

　彼女はそうする。俺はスマホを取る。片手で番号を打ち、彼女に返す。

「俺の番号だ。今この番号を知ってるやつはこの世界にあとふたりしかいない。緊急じゃないなら、どんな状況だろうと絶対にかけてくるな。このまま逃げ切れるようなら、そうだな、ウィスコンシンあたりで君を降ろして、半年は生きていけるだけのキャッシュを渡す。国内の、ここから遠く離れた大都市を見つけろ。自分がそんなところに行くとは夢にも思ったことがないようなどこかだ。モーテルを探して、一番目立たないモーテルにチェックインしろ。本名は使うな。で、そこに泊まるんだ」

「何泊くらいの話？」

「コンドラッキーが死ぬまで。それか俺が死ぬまでだ」

　彼女は俺をじっと見る。

「あいつが俺をおびき出そうと思ったら、君を利用する。君はゲームに参加しちまった。抜けるにはそれしかない」

　彼女は不機嫌に言う。「自分の身くらい自分で守れる」

「場末の酒場で肉体労働者《レッドネック》が殴りかかってきたって状況なら、確かに君は自分の身を守れるだろうな。けど、これはそういう状況じゃない」

「あなたはそれで幸せなの？」

どん。まったく出し抜けに。またも完璧な不意打ち。

「は？」

「幸せなの？」

「幸せじゃなかったらどうだっていうんだ？」

「幸せじゃないなら、こんなことしてなんになるの？」

「今肝心なのは生き延びることだ」

「そのあとは？」

いい質問だ。

「いいか。あれは一夜だけの関係だ。俺たちは一発ヤった。それだけだ」

「ははあ。怖いんだ」

「怖くはない」

「めっちゃ怖がってんじゃん」

「君の身にこれから起きることがな」

「そう。でもそれだけじゃないっしょ」彼女は言う。「スピード落として」

「どうした？」

彼女は前方の道路をあごで示し、そこには交差点があり、家が二軒と、ミルトンのものよりさらに小さなナトリウムランプの街灯が見える。

「あそこでスピード違反の取り締まりしてる。月末はノルマがあって、あの二本目の私道に警官が隠れてる。盗難車の運転中に呼び止められるのは勘弁っしょ？」

スピードを落とす、速度標識は半分暗がりに隠れている。数秒後、私道の奥に隠された密行巡査の車のグリルガードのまえを、獲物を待つ捕食者のまえを通り過ぎる。バックミラーを確かめる。動きはない。

「いいって、お礼なんて」キャットが言う。彼女は少し肩の力を抜いて座席に背中を預け、それから考え直してラジオに手を伸ばし、ノイズ混じりのスポーツトークと眠たいオールディーズの局のあいだを行き来する。俺はラジオを切る。

「この状況がまだわからないのか？」

「ふたりであいつから逃げようとしてるんでしょ？」

「ふたりで、じゃない。君があいつから逃げようとしてるんだ。俺はあいつを殺そうとしてる。俺と同じで、コンドラッキーもこの状況を放置するわけにはいかない。長引けば長引くほど、第三者や名を揚げようとしてるワナビーをひきつけてしまうからな。そうなってしまえば……まあ、それについては考えたくない。けど、どう転んでも、君が急所、鎧の一番弱い部分であることに変わりはない。俺はなんとか生き抜けるかもしれないし、駄目かもしれない。けど、君が生き抜ける見込みは万にひとつもない」

「わたしはその万にひとつに賭ける気満々だけど、って言ったらどうする？」

俺は彼女を見つめる。本気か？　彼女はまっすぐに俺の眼を見返す。どうやらそうらしい。

「わかった」

「ガチで？」

「君の葬式だ。俺のせいにはしないでくれよ」

俺はまた道路に眼を戻し、コンドラッキーがいないか注意を払う。

彼女は俺を何度か見る。もっと反対されると思っていたんだろうが、知ったことか。

十五分後、ガソリン残量計の赤いランプが点滅を始める。さらに十分後、ガソリンスタンドの明かりが見えてきて、小さなサービスエリアに小さな食堂があり、駐車場にはトラックが二台。

「君がガソリンを入れてきてくれ。今、俺が防犯カメラに映るのはまずい。キャッシュならある」

俺は彼女に、じいさんたちが海外旅行に行くときに腹に巻くようなトラベラーズ・ウエストバンドを渡す。

キャットは全身全霊を込めた疑いの眼で俺を見ると、ひったくるように車のキーを取る。

彼女がガソリンを満タンにして屋内に入るのを見計らい、俺は足元のハンマーとドライバーを拾いあげる。こういう古いダッジのいいところ、それは馬鹿みたいに簡単にエンジンをかけられることだ。ロックにドライバーを突っ込み、ハンマーで三回叩く、それでこのオンナは君のものだ。キャットが道中のスナックを両手に抱えて店から出てくるが、すでにエンジンはかかっていて、彼女は俺のしていることを理解する。こっちに走ってくるがもう手遅れだ。俺は急発進して車を幹線道路に出し、来た道を逆戻りする。


キャットはガソリンスタンドから百メートルほど走って追いかけてきて、しまいにはあきらめる。幹線道路のへりの暗がりに立ち、ネオンサインの光のなかでシルエットになっている彼女を、ほかの車両のライトが一瞬、劇場のスポットライトのように照らす。彼女はハイビームのあまりのまぶしさに眼がくらみ、車が通過するまで腕をあげて眼を覆う。

一瞬、敗北感が打ち寄せ、キャットはひとり毒づくと、別の足《アシ》を探しにガソリンスタンドに引き返す。その結果、彼女は今しがた通り過ぎていったぼろいGMCジミーが大きくUターンし、すり減ったタイヤがアスファルトの上で歌い、ふたたび加速して、もう見えなくなりつつあるダッジ・チャージャーのテールライトを追っていくのに気づかない。

俺は少しあとになって、ほかの多くのことと同時に、これを知ることになる。

71

俺はスマホに手を伸ばす。今度ばかりは電波が入っている。連絡先をひらき、電話をかける。

三回鳴る。四回。

これは幸先《さいさき》がいい、の真逆だ。

ようやく、相手が出る。

「何があった？」ハンドラーが言う。

「何があったってのはどういう意味だ？」

「いいから何があったのか教えろ！」彼は怒鳴っている。

これもまた、幸先がいいの真逆だ。

「あいつは頭を引っ込めた」

「外したのか？」

「外したんじゃない。あいつが頭を引っ込めたんだ。俺がいることがばれていた」

「なぜだ？」

「知るかよ。あいつは16《シックスティーン》だ」

「それで？」

「何もかもそになった。追いかけられたが、どうにかまいた。あいつが態勢を立て直すまえにもう一度戻ってみる。でもバックアップが必要だ」

「バックアップはない」

「物資でいい。俺の物資はあいつに見つかってる可能性が高い」

「聞こえただろ、バックアップはない」彼はまた声を荒らげている。

一対のヘッドライトが通り過ぎる。俺はそれを一瞥《いちべつ》する。なんとなく、どこかで見た気がするが、どこで見たのかはわからない。念のため、バックミラーを見る。テールライトが遠ざかっていく。

ハンドラーの反応がいちいち引っかかる。

「俺に言っていないことがあるな？」

「コンドラッキーだ」ハンドラーが言う。「あいつから電話があった」

「なに？　どうやってあんたに――」

「昔の番号だ。まだ持っていたんだろう。そんなことより、問題は……君がしくじったということだ。しくじったからには挽回しなきゃならん。それが終わるまで、私から君に与えられるものはない」

「聞いてくれ――」俺は言うが、ハンドラーが遮《さえぎ》る。

「いや、聞くのは君のほうだ。俺はくそったれベビーシッターじゃない。物資はない。バックアップはない。何もない。コンドラッキーが死んだらまた連絡しろ。それまでは――

――」

電話が切れる。

俺はしばらくスマホを見つめる、何から何まで意味がわからない。

ハンドラーはコンドラッキーに脅されたのかもしれないが、どれだけ見かけ倒しとはいえ、ハンドラーは簡単に屈するようなやつじゃないし、契約を反故《ほご》にして買い手を怒らせるようなやつでもない。

だが、そんな彼が見切りをつけようとしている。

俺をお払い箱にしようとしている。

そんなことをする理由はふたつしかない。

ひとつ目は、俺にこの仕事が務まるとはもう考えていないから。

ふたつ目は――

ふたつ目については考えたくない。

もう一度かけ直してやろうか。出ないだろうが、かまわない。留守電を残せばいい。心配するな。ちゃんとあんたのところに戻る。コンドラツキーが死んだら、手に銃を持って戻ってやる、そしたら今回の件でほんとうは誰が誰のために働いているのか、はっきりさせようじゃないか。

けれど俺はそうしない、なぜなら、そのときバックミラーを一瞥するから。

さっき通り過ぎた車の一対のテールライトがまだそこに映っているはずだ。

しかし、映っているのは一対のヘッドライトで、こっちに近づいてきている。

72

キャットはトレーラートラックから降りる。運転手はベンという名前のカナダ人で、キャットは今ではこの男の人生についてすっかり詳しくなっていて、彼がミュージックビデオ業界でスタイリストとして働いたあと、自分のヘアサロンを持ち、結婚相手の女性と一緒に二十年間経営したあと、いわゆる中年の危機に頭から突っ込んでクロスフィットに目覚め、離婚し、その後失踪した先のアマゾンで大枚をはたいてドラッグの力を借りたスピリチュアルな覚醒《かくせい》の一種を経験し、子供のころの夢を実現したいと燃えるような大志を胸にふたたび現世に舞い戻り、その夢というのは凍結道路のトラック野郎になることで、今まさにその仕事をしているのだが、夏のあいだは路面が凍結していないのでカリフォルニアからロッキー山脈を越えて五大湖まで貨物をピストン輸送していて、運転室後部にマウンテンバイクとカヤックをくりつけ、可能なときにはいつも国立公園にテントを張って寝ているということを、句点も改行もない長大な一文として知っている。

ベンはテラスに置くための家具や食器洗浄機といったさまざまな貨物を、ソルトレイク・シティにある〈コストコ〉の集積倉庫まで運んでいる。

人はよさそうだが、少々思想が強く、人間は誰しもうんたらアマゾン先住民族のかんたらスピリチュアルに触れたほうがいいと力説していて、キャットはミルトンに帰れたことに感謝するのと同時に、それと同じだけ、ようやく解放されたことにほっとしている。

彼女はベンのトラックが夜のなかにじりじりと消えていくのを眺め、それからモーテルに引き返す。ジョーンズがダッジ・チャージャーのハンドルのまえでごそごそしているのを見た瞬間、彼女は何が起きているのかを理解していた。なにさ、あんなやつ。男がわたしから逃げるのは初めてじゃないし、たぶんあれが最後でもないし。

彼女は少なくとも数週のあいだはジョーンズのアドバイスに従おうと考えるが、逃避行中に必要になるものがいくつかある。ドアの鍵をあけ、背後で施錠する。モーテルの事務室は暗く、寒く、不意になぜか無防備になった気がする。が、自分が犠牲者になるつもりはない、たとえ相手がコンドラッキーのような、サイコパス疑惑のあるやつだったとしても。そこで、明かりをつける代わりに食器棚を漁《あさ》り、プラスティック製の黄色い懐中電灯とバッテリーを探して、赤茶けた鍵束をフックから外す。

事務室のブラインドを閉じ、地下に向かう。一年のある時季に蛇たちが大繁殖するため、地下は〝蛇穴〟と呼ばれていて、そんなところにおりるにはありったけの勇気を振り絞らなければならない。三年前、キャットがブレーカーを確かめようと地下におりて懐中電灯で照らしたら、数百匹の蛇が絡《から》み合い、毒蛇の塊となっていたことがあった。キャットはめったなことでは恐怖しないが、あれ以来、地下にはおりていない。

幸い、今はそういう時季ではないので、ひとつ深呼吸して、がたつく木の階段をおりていく。ボイラー、使われていないクリスマス飾りの箱、古いネオンサイン、金メッキされたダイニングチェア、ラミネート加工されたメニューの山、配電盤、埃の積もった陶器の箱の脇を通り過ぎ、彼女は見つける。銃をしまうための棚が、すっかり埃に覆われている。あけるための鍵がどれかすぐにはわからないが、試しているうちに扉があき、十二ゲージの単発式ショットガンが姿を現わす。彼女がこれを知っているのは、もし銃が必要になったら、九〇年代なかばに他州のハンターが置いていったきり取りに戻らなかった銃が敷地内にあると母親から聞かされていたからだ。横の棚には弾薬箱もある。

彼女はショットガンを手に取る。装塡と発射の仕方はわかっている、なぜなら田、舎、じゃ、ジョ、ー、シ、キ、だから。ショットガンを割り、薬室を確かめる。空《から》っぽなので一発装塡し、また閉じる。肩に押し当て、銃身で狙いをつけ、食い扶持《ぶち》のために人を殺すのはどんな気分だろうかと想像する。

73

ダッジ・チャージャーのアクセルを奥まで踏み込む。V8の大きな塊がそれに応じ、一瞬ライトが暗くなるが、ダッジが咳き込んで失火するので、アクセルを緩めて混合気量を減らす。走行距離計を確かめる。この車は月面まで旅をして、今は復路のちょうど半分のところにいる。いくらなんでも走らせすぎだと恨みがましく思う。

アクセルを微調整し、V8のなめらかな回転を維持する。速度計はゆっくりと上昇するが、GMCジミーのヘッドライトがうしろから追いあげてきている。〝逃げる船の追跡は長い追跡になる〟のことわざどおり、逃げる側が有利だが、こっちはもう弾薬が尽きそうで、俺のケツにつけているのがコンドラッキーなら、熊退治ができるくらいの準備をしてきているだろう。

今じゃわずか百メートルの距離まで詰められている。俺の側面を取ろうと、ジミーが反対車線に出る。向こうが横からの距離を縮めてくるのに合わせ、俺は急ブレーキを踏む。農家のじいさんはブレーキのメンテだけはしっかりやっていたらしく、タイヤが路面をがっちりつかむ。追い抜きざま、コンドラッキーが助手席側のあいている窓から銃を掃射する。弾丸が板金に食い込むが、このダッジ・チャージャーはアメリカ鉄鋼業史上に燦然《さんぜん》と輝くデトロイト黄金期に製造されている。ほぼ装甲板だ。

大きなトラックが前方からやってきて、コンドラッキーは俺の車線に戻らざるを得ない。大型トラックはうなりをあげながらパッシングし、さかんにクラクションを鳴らす。今ではコンドラッキーが俺の前方を走り、何度か急ブレーキを踏んでこっちの反応を試してくるが、俺はそのままジミーの後部に突っ込む。ジミーのケツがふらふらと揺れ、おかげで向こうのタイヤがすり減っていて、リアエンドが軽いことがわかる。

いいぞ。今度は俺が反対車線に出る。コンドラッキーはもう一度こっちの側面につけようとしていて、ブレーキランプが点灯する。だが今度は俺がハンドルを右に切り、ジミーのリアフェンダーにぶつける。コンドラッキーはコントロールを失いかけ、アクセルを踏んでケツを振らせながらジミーを立て直そうとするが、そのせいでハンドルにかかりきりだ。俺はクライスラーの神々に祈り、ダッジの巨体でもう一度ジミーのケツに狙いをつける。骨が砕けるような音がして、ジミーが俺の前方で大きく左右に跳ね、制御不能になってスピンし、宙に投げ出されて横転する。バックミラーを見ると、野原でようやく横転が止まったのが見える。ヘッドライトの光からは、車体が逆さまにひっくり返っているのかどうかわからないが、一瞬ののち、ライトは弾かれたように道路に向かって動きだす。

くそが。あいつはもしかしたら人間じゃなくて、半知性を持つなんらかの植物生命体、人間の形をした不死身の毒草か何かなのかもしれない。

ジミーのヘッドライトがまたうしろに迫ってくる。あと二、三キロのはずだ。コンドラッキーは何度か接近してくるが、俺は窓の外からうしろに向けて撃ち、彼を遠ざける。前方に見えるのは暗闇に向かってどこまでもまっすぐ延びる道路だけだ。ガソリンスタンドを出たあと、正しい方向に曲がったか？　角を曲がりそこねたか？　距離を読みそこねたか？

いや、あれだ。ぽつねんと立つナトリウムランプの煤けた光。

い、行くぞ。

アクセルをベタ踏みする。これまでの運転でキャブレターの詰まりが自然に解消されたのか、総排気量六千ｃｃがうなりをあげて生命を宿す。針がじわじわとあがっていく――百六十、百七十五、百八十五。ダッジは回転中の食洗機のように震える。乗った時点ですでにフロントエンドがやばかったが、俺の運転でさらに悪化している。それでもなんとか抑え込む。バックミラーに映るジミーのヘッドライトが小さくなり、コンドラッキーが加速してまた大きくなる。

俺を捕捉したとコンドラッキーに勘ちがいさせられるくらいまでスピードを落とす。彼は俺を抜こうと路肩に出て、ジミーのエンジンをフル回転させる。ハンドルを握る腕の上にグロックをのせてバランスを取り、俺に狙いを定めようとしているあいつの姿が思い浮かぶ。

か、かかったな。

俺は全力でブレーキを踏み、ヘッドライトを切る。

コンドラッキーは飛ぶようにして俺を追い抜き、街灯を通過して、今もまだ影のなかで息を潜めている密行巡査の車のグリルガードのどまんまえを通り過ぎる。俺は端に車を寄せ、暗闇のなかに姿を隠しながら、警官が怒声をあげて警告灯を灯《とも》し、サイレンを響かせ、コンドラッキーを追うのを見物する。

コンドラッキーは一、二秒粘るが、警察車両を振り切れるはずもなく、警察との四つの郡にまたがるチェイスの挙げ句に大量殺人を犯し、夜のトップニュースを飾るというのは、彼が最も望んでいないことだ。コンドラッキーは車を停める。

俺は警官が警察車両から降りてくるのを待ってからもう一度ライトをつけ、法定速度で幹線道路に戻る。五百メートル先で彼らを追い抜く。警官は女で、若干ずんぐりしていて、あえて言うなら子持ちだろう。彼女の背中は俺のほうを向いている。コンドラッキーは運転席に座ったままで、両手は見えるようにハンドルの上に置かれている。通り過ぎる俺を見る彼の眼は憎しみで真っ黒だ。

手を振りたくなるのをこらえる。俺はくそ生意気な小僧じゃないから、というわけではなく、コンドラッキーはどうやらこの警官を殺さないことにしたようで、そんな彼を挑発したくないからだ。

俺自身そのひとりだったから、絶対に必要という状況でもないかぎり、これ以上孤児を増やしたくない。

74

キャットは事務室の電気を消したままレジの現金をかき集めている。そうしていると、幹線道路からヘッドライトの光が駐車場を照らす。忍び足でブラインドに近づくと、針金のように屈強そうな人影がおんぼろのGMCジミーから出てきて、片手に何かを持っているのが見える。男はまわりを確かめると、ずかずかと事務室に向かってくる。

キャットは頭を引っ込め、錆だらけの古いヒーターの隣、カウンターの下の空間に身を隠す。

ドアが乱暴に叩かれる音。彼女は息を呑む。

それからガラスが割れる音。たぶんピストルの尻の部分で。

彼女は眼を閉じる。ドアのかけ金が外され、ひらかれる。足音。男の息遣い。まわりを見ている。キャットの耳に自分の脈拍が響く。

男が近づいてくる。今、デスクのまえにいる。紙がめくられる音——宿泊台帳を確かめ、上下をひっくり返して中身を読もうとしている。

ガラスを踏んで出ていく音、ドアはあけっ放しだ。

男の足音があと半分で駐車場というところまで遠ざかるのを待ち、キャットはようやく息をすることを自分に許す。見ると、拳《こぶし》は暗闇のなかで白く浮かびあがり、そうして自分の両手が何を握りしめているかを思い出す。ショットガン。指はトリガーにかけてある。

さっきあいつを殺すこともできた。

まだできる。

駐車場の向こう、あいたドアの向こうから木が砕ける音がして、モーテルの部屋のドアが蹴破られたことがわかる。

この音が彼女になんらかの作用をする。ここはくそ穴かもしれないけど、もとは母さんのもので、今は自分のものだ。武器を持った男が、若い独身女性が経営するモーテルで暴れまわってる？　殺しても正当防衛になる。殺しても逃げなくていい。姿を消さなくていい。

ドアを何枚か修理する以外には、何もしなくていい。

キャットは立ちあがり、ゆっくりとドアに近づく。17号室の明かりがついていて、あいたドアから光が外に漏れ、地面を照らしている。ひとつの影が動きまわっている。

彼女は割れたガラスを踏まないようにして、その場を離れる。早鐘を打つ心臓を黙らせるために深呼吸し、暗がりから出ないよう、ぴたりと壁に身を寄せたまま、雨よけのついた通路を進む。指はトリガーにかけてある。

男がいつ出てきてもおかしくないが、ショットガンを持った若い女がいるとは予想すらしていないはずだと自分に言い聞かせる。

だいぶ近づいている。男が動きまわる音が聞こえる。引き出しを乱暴にあけ、家具を動かしている。

彼女は窓のまえで止まる。カーテンは閉じられているが、隙間がある。隙間から覗く。

マックがベッドのそばに立っている。シーツを剝ぎ取り、そして、ちょ待って――

――あいつ、においで嗅いでない?

75

ダッジ・チャージャーは息遣いも荒く、俺が〈Uホール〉を置いてきた場所まで林道をのぼる。あの警官のおかげで多少は時間を稼げたが、どれくらい稼げたかはわからない。

一瞬、トレーラーが見当たらず、コンドラッキーに見つかって牽引されてしまったのかと焦るが、まだ残っているダッジの片方のヘッドライトの光が、枝葉とカモフラージュ用ネットに隠されたパネルに反射して光る。それはまだそこにある。

すべて俺が残したまま。ダッジのトランクは大きく、がらんどうなので、必要になると思われるよりも多くの物資を移す。武器弾薬、爆薬だけでなく、家屋侵入用の工具、医療キット、麻酔銃。もう一度ダッジに乗り込もうとしていると、ポケットのなかでスマホが鳴る。キャットだったら留守電につながるまでほうっておこうと思いつつ画面を見ると、発信者の名前はこうなっている。

J《ジャー》・J《ジャー》・ビンクス。

すぐに電話に出る。

「ひどいじゃないか」ヴィルモシュが言う。

「ヴィルモシュ、今はちょっとタイミングが――」

「お粗末なヘテロのくだらないエロ動画を四十七時間分も送りつけてくるなんて、正気かよ」

「ヴィルモシュ――」

「何が判明したか聞きたいのか、聞きたくないのか？」

俺は幹線道路までのくだりの林道に眼を走らせる。コンドラッキーの姿は見えない。

「聞かせてくれ。何がわかった？」

「僕が百パーセント、ホモだってこと」

「ほかには？　ファイルには何が入っていた？」

「何も」

「なんだって？　それは何も見つけられなかったって意味か、それとも――」

「動画ファイルのなかには何もなかった。改造もされていない。インターネットのどこにでも落ちてるのとまったく同じ、懐かしのエロ動画さ。そういう動画の半分は〈Ｐｏｒｎｈｕｂ〉に落ちてて、残りの半分はＰ２Ｐ接続で手に入れられる。ボットで抽出してデータを比較してみたけど、一ビットのちがいもなく同じだった。動画のほとんどが何年もまえから出まわってるもので、手は加えられていなかった。どれひとつ取ってもね」

「じゃあ、どこか別の場所に隠されてるんだな」

「隠しファイルシステムは探したし、パーティションで切られていない場所もスキャンしたし、マスターブートレコードもセクターごとに調べた。何もなしだ」

俺はがっくりする。「頼むよ、ヴィルモシュ。何かあるはずだ。あきらめるなんて君らしくない」

「誰があきらめたって？」

俺はダッジのボンネットの上で背筋を伸ばす。

「待て、見つけたのか？　どこで？」

「コンピューター上でフォルダーをひらくと、何が見える？」

「ファイルの一覧だ」

「そう」ヴィルモシュは言う。「君はオタクだから一覧表示にしてるけど、ふつうの人間にはどう見える？」

「アイコン。サムネイル」

「サムネイルってのがなんだか知ってる？　もとをただせば、サムネイルは昔ながらの、ただのＪＰＥＧだ。つまり離《D》散コサ《C》イン変《T》換係数のなかにメッセージをエンコードできる」

「それを抜き出せたのか？」

「もちろん」

「で？」

「十六進数の文字列。百五十四文字ある。Ａ２１００ＦＥ２ＦＤ２……」

「ヴィルモシュ、愛してるよ、けど、手短に言ってくれないか？」

「百五十四文字。一文字が四ビットだから、全部で六百十六ビットだ。ほかに六百十六ビットのものって何があると思う？」

「ヴィルモシュ！」

「フォーマットヘッダーつきの五百十二ビット暗号鍵だ」

それが染み込むまで少し時間がかかる。「ジーザス」俺は無意識に口に出している。

「何に使う鍵か知ってるのかい？」彼が尋ねる。

「ひとつ教えてくれ。君はファイルのメタデータを見たんだよな？」

「そうなるね」

「どこかに字幕トラックがなかったか？」

「ひとつかふたつあった」

「何語で書かれていた？」

76

「あいつとヤったよ、それがあんたの勘繰ってることなら」キャットが言う。

コンドラッキーが手にシーツを持ったまま振り向くと、キャットが戸口に立ち、ショットガンを彼に向けているが、それは年代物の銃で、銃身は今も埃にまみれている。キャットにとっては重く、すでに腕が疲れてきているが、アドレナリンが強さを与えている。

「やめておけ」

「引き金を引けばヒーローになれる。あんたのこと、あいつから聞いたよ。16《シックスティーン》だっけ？　それともコンドラッキーって呼べばいい？　母さんはあんたの書いた小説を全部そろえてたけど、ようやくそのわけがわかった」

コンドラッキーは化粧台の上から自分のピストルを取る。

「その銃をこっちにちょうだい。そしたらあんたはここから生きて帰れる」

彼女はさらに力を込めてショットガンを肩に押し当てる。「わたしが映画に出てくる馬鹿女と同じで引き金を引かないと思ってるんなら、今のうちに警告しとくけど、大まちがいだから」

「弾は入ってるんだろうな？」

「どんだけ馬鹿だと思ってんの？」

「あの馬鹿男と寝たんだろ？　推して知るべしだ。セーフティは大丈夫か？」

「セーフティはない」

「ほお」コンドラツキーは言う。「競技用トリガーか。つまりおまえの銃じゃない。ってことはだ、そいつを撃つのは、そうだな、ハイスクール以来か？　農家のどら息子とのパーティでハイになって、そいつを撃たせてもらう代わりにペッティングしてやったのか？」

ショットガンはどんどん重くなってきていて、それが彼の意図するところだとキャットにはわかっている。指はトリガーにかけてある。さっさと引くべきだが、ジョーンズの言葉が、誰かを殺すことはそれまでの自分を殺すことだという言葉が頭にこびりついている。実を言えば、彼女はこれまでの自分になんの未練もない。

「正当防衛だよ、マック。一歩でも近づいてみな」

コンドラツキーはためらう。この女は大見得を切っていて、彼女を見くびるべきでない理由を彼は少なくともひとつ知っている。だが、彼女が銃身を支えているほうの腕の筋肉が震えているのがわかる。疲れか、恐怖か、そのふたつが合わさったものか。

どっちにしろ。

「その銃を渡せ」コンドラツキーは言い、一歩近づく。

キャットは引き金を引く。

コンドラツキーはひとつ正しかった。彼女が最後にショットガンを撃ったのは十年前のことで、その反動がどれだけ強いかを忘れている。銃をしっかり握り、銃床を肩に押し当て、両足を広げて立っているが、汗で手が滑りやすくなっていて、ショットガンは両手を離れ、彼女の額にぶつかる。

キャットはうしろによろめき、銃を取り落とすが、そうしながらもコンドラッキーが頭に手をやっているのが見える。狙いは外れていなかった。完全には外れていなかった。散弾の大半はコンドラッキーの頭の右上あたりの壁板に穴をあけただけだが、端のほうに飛んでいった散弾がコンドラッキーの耳をごっそり奪い、そこからの血が、指の隙間から流れ出ている。

「このくそアマ!」コンドラッキーは怒鳴り、キャットとの距離を一気に詰める。そして、手の届かないところまでショットガンを蹴り飛ばし、血まみれの手で彼女をつかむ。「よく聞け、おまえを見た瞬間に殺さなかったのは、おまえが役に立つから、それだけだ。利用価値がなくなったらすぐに――」そう言って、彼女の顔にピストルを押しつける。「わかったか?」

「なめんな」キャットは言い、さっきまでコンドラッキーの耳があった場所を力のかぎりに殴る。

コンドラッキーは痛みに叫び、キャットの髪をつかんで強引にバスルームまで引いていく。殺すつもりだ、と彼女は思うが、コンドラッキーはタオルをつかんで耳の止血をするだけで、それが終わると彼女を部屋から引きずり出し、駐車場のジミーのところまで運ぶ。キャットは拳《こぶし》とブーツの雨を浴びせるが、木材を打っているような手応えだ。コンドラッキーは結束バンドで彼女の手足を縛り、ダクトテープで口をふさぐ。

しかし、キャットをジミーの後部席に放り投げようとしたところでためらう。見ると、彼はキャットの母親のイスズ・トルーパー、今はキャットが使っているトルーパーを眺めている。トルーパーはぽんこつだが、ジミーは廃車同然。彼が考えていることは明らかだ。コンドラッキーはキャットの口のダクトテープを剝がし、頰に銃を押しつける。

「おまえのトラックのキーはどこだ」

キャットは彼の顔につばを吐く。

コンドラッキーはもう一度テープで口をふさぐと、キャットを地面の上に投げ捨て、モーテルのなかに戻っていく。

キャットは両手両足を豚のように縛られている。が、テレビで見た知識として、誘拐犯に別の場所に連れていかれることは死刑宣告を受けるに等しいと知っている。トルーパーのキーは内扉のそば、事務室内の釘に掛けてある。あいつが見つけるのに一分はかかるだろう。彼が屋内に消えた瞬間、キャットは駐車場のでこぼこした穴と泥の上を人間芋虫のように這《は》い、肘、膝、肩に砂利が食い込む。

木立まであとほんの数メートル。あそこに姿を隠すことさえできれば——

両手が彼女の足首をつかむ。コンドラツキーが彼女の両足を引き、はるばるトルーパーまで運ぶ。

77

字幕はファルシだった。

ペルシャ語、イランの言葉。

思ったとおりだ。ベルリンのあれはすべてイラン絡《がら》みだった。今ならその理由もわかる。

暗号鍵には公開鍵と秘密鍵の二種類がある。

公開鍵は情報を暗号化するために使われる。盗まれてもどうってことはない、公開鍵は暗号化ができるだけで、解読はできないからだ。君は公開鍵をスパイに渡し、スパイは盗んだ情報をその鍵で暗号化し、君に送る、するとそれは君にしか読めない情報になる。

秘密鍵は解読に使う鍵だ。盗まれたら一大事だ。君がそれを現場の工作員に渡し、本部からの指示を解読できるようにすると、現場の工作員だけがそれを読めるようになる。

俺が奪ったメモリーカードにテロ関連のメッセージは含まれていなかった。核計画についての暗号化されたやり取りや、アメリカがイランへの攻撃を正当化できるようなメッセージは含まれていなかった。

まったく辻褄が合わない。

メモリーカードには、そうしたメッセージを読めるようになる暗号鍵だけが含まれていた。

おかっぱモーが命懸けであれを守ろうとしたのも不思議じゃない。

コヴァッチがあれを手に入れるために俺に立ち向かおうとしたのも不思議じゃない。

解読されたメッセージを根拠にアメリカがイランへの地上戦を強行するつもりなら、俺があの日ベルリンでしたことは、モーとコヴァッチを殺したことだけではなくなる。知らず知らずのうちに十万もの民間人の死に加担したことになるし、事態の収拾がつかなくなれば、もっと多くの死者が出る。

もちろん俺は人殺しだ。とはいえ、少なくとも俺が殺したのは、議論の余地こそあれ、殺されて当然のやつばかりだ。実際にゲームに参加していなかったとしても、ゲームの見物くらいはしていた連中だ。一方で、民間人、日々の生活を送ること以外になんの望みもない民間人、別の大陸に暮らしている人々、俺が会ったことすらなく、眼を合わせたことすらない人々、ゲームが〝存在〟するということすら、ミジンコほども考えたことがない人々となると――

それはまったく別の話だ。

その考えを振り払おうとする。今は良心に水やりをしている時間ではない、それがたとえミジンコほどの良心だとしても。俺はイカれた大きな機械の歯車の歯に過ぎない。ベルリンでの任務は俺がやらなかったとしても、ほかの誰かがやっていただろう。それに、もしイラン人がほんとうになんらかの核計画を温めているのだとしたら、アメリカはそれを阻止するために必要なあらゆる手段を講じてもいいはずだ――そんなことはできないと誰に言える？　加えて、宙ぶらりんのまま未解決の問題がある。ハンドラーが俺に見切りをつけようとしていること、コヴァッチが俺の居場所を知っていたこと、モーが必死にパ、パ、パ、パラシュート、パ、パ、パラシュートと繰り返していたこと。そうしたいっさいが、俺の手元にあるひとつの仕事、すなわち16《シックスティーン》を殺し、その過程で彼に殺されないようにするという仕事にとって、雑音になっている。

だとしても、だとしても、だとしても。

78

ダッジ・チャージャーをがたがたと走らせて幹線道路まで林道をくだり、ガソリンスタンドの先の交差点に行くと、道はそこから曲がりくねってコンドラッキーの家に出る。

電子制御式ゲートのまえで停車する。家から犬たちが駆け出てきて、牙を剝いてうなり、フェンスに体をぶつけるが、ありがたいことに、おかげでフェンスに電気が流れていないことがわかる。麻酔銃の入ったナイロン袋にはドッグフードも入っているが、この二匹には必要ない。犬たちはこれまでの追いかけっこで俺のにおいを覚えていて、俺を敵、見ようによっては獲物と認識している。

一匹ずつ麻酔ダーツを食らわせる。体の大きな二匹目には二発必要だ。殺すほうが簡単だし、人間だろうが犬だろうが、俺を殺そうとした生き物に対して同情はしないが、ハリウッドのアクション映画から学んだことがひとつあるとすれば、それは〝他人の犬は絶対に殺すな〟ということだ。

俺は犬たちが意識を失ったと確信できるまで待ってからフェンスを切り、ワイヤーの下をくぐり、いびきをかいている二匹のケツを引っぱって、ポーチの支柱につながれた鎖のところまで運ぶ。

家の外扉はいずれもドア枠を鋼鉄で補強され、ヒンジは見えないように隠されている。錠は上等でピッキングするには時間がかかりすぎるから、成形したC４爆薬で吹き飛ばすことにする。爆発音が麓《ふもと》の街まで響いてしまうが、これはもう隠密任務と考えることはできない。

79

コンドラツキーの家に入ると、まるで彼の頭のなかに入っているようで、懐中電灯が彼の頭蓋のくぼみを照らし、扁桃体と延髄を浮かびあがらせる。引き出しをあけ、食器棚を調べる。銀行の取引明細、郵便物の山、小間物、野菜用ピーラー、四〇年代の古い家族写真。中年男が釣りをしている写真、結婚式の写真、裏庭で犬と遊ぶ誰かの写真。どれも完全に月並みで、毒にも薬にもならない。彼の正体をさらけ出すようなものはひとつもない。ほかのことはともかく、あいつは別の人間になりきるすべをよくわかっている。

キッチンテーブルの上にはエッグスタンドとサイコロがひとつ、出目は6。振ってみたい誘惑に抗《あらが》う。

居間はよりにもよってライムグリーンの掘り込みリビングになっている。この男は皮肉抜きで一九五〇年代の頂点にいる。テレビはハイエンドだが古い、ソニーの記念碑的なブラウン管ワイドスクリーンで、重さはおそらく二百五十キロ超、当時は新車と同じくらいの値段がしただろう。サウンドシステムが接続されている——ヴィンテージ感全開のイギリス製〈クォード〉33と303のアンプ、化粧板の貼られた大きくて古い〈クリプシュ〉のスピーカーとターンテーブル。そして、これは冗談じゃないが、いたるところにジョニー・キャッシュのレコード盤。レコードのコレクションをぱらぱらと眺める。現代に一番近いのがチープ・トリックと、何枚かのニルソン。

流行に逆らって生きるヒップスターにとっては天国のような家で、ヒップスターといえばピストバイクだが、ピストバイクに乗ったヒップスターに轢《ひ》かれたとしても、あいつはヒップスターなにそれという顔をしているだろう。

家のどこを探しても見つからないのが、インターネットが使用されている形跡で、それどころかコンピューターすら見つからない。デジタル機器に一番近いのが電子レンジとビデオデッキだ。いや、君の読みまちがいじゃない。あいつはくそったれビデオデッキを持っている。ロゴによるとＶＨＳ。ベータマックスじゃないことに感心する。言うまでもないと思うが、時刻表示は１２：００が点滅している。

あいつはとことんアナログ、根っからのアナログ男だ。目立たないことによる、セキュリティ。

掘り込みリビングの向こうには、がたのきた古いデスクがあり、その上に手動タイプライターが、真っ黒で曲線を描く馬鹿でかいレミントンが置いてある。手の届くところに参考資料がずらり。小説執筆作法、辞書、類語辞典が二種類、武器カタログ、詐欺師の手口をまとめた本、歴史書、緊急医療のテキスト、それから丁寧に積みあげられたコンドラッキー自身の小説。インターネットを使っていないと、こういうものが必要になるんだろう。あいつは作家としての仕事をまじめに考えている、それは確かだ。

デスクの引き出しのなかに、丁寧にタイプされた原稿がある。タイトルは棚に置いてあるどの作品ともちがっている。めくってみる。そこかしこに書き込み、訂正、横線、推敲の跡。厳密にいえばタイトルはまだ決まっておらず、『無題、サム・コンドラッキー』となっているが、その下にボールペンで書いた蜘蛛の巣のような字があり、しばらく眺めていると『16番目の男』と読める。正直言って、そんなにいいタイトルじゃない。手書きでの書き込みが散見されることから、これ一部しかない可能性が高く、隣の引き出しで見つけたクッション封筒に入れて、小さな、ことによると大きな意味を持つかもしれない交渉材料としていただいておく。

武器庫がある地下に向かい、残りのＣ４でドアを吹き飛ばそうとしていると、ポケットのなかでもう一度スマホが鳴る。

スマホを取り出す。キャサリン・オコナー。

それが彼女の本名か。

留守電に応答させようかと考える。だが彼女はこの番号が緊急用だと知っていて、あれだけエキセントリックな女でも、大した用事でもないのに緊急のふりをすることはないような気がする。だから電話に出る。

「キャットか？」

「ハズレだ。もう一回答えるチャンスをやろう」コンドラツキーが言う。

80

ＭＲＩのまえに受ける温かい注射のように、アドレナリンが大脳辺縁系にあふれる。こいつがキャットのスマホを持っているということは、彼女は拉致されたのか？

クールを装え。「オマワリに解放してもらったのか？」

「俺があの婦警を解放してやったと言ってくれ」とコンドラッキー。

「切符をもらったのはあんたのほうだろ」

「くそ食らえだ」

あいつの癇《かん》に障《さわ》ったようだ。よしよし。俺は神経を尖らせているが、それは向こうも同じのようだ。

「自分の賢さにずいぶん自信があるようだな」ベビーブーム世代が言いそうなお説教だ。

「あんたが電話をかけてきた理由がわかるくらいには賢いさ。俺と取引したいんだろ。これまでのことをなかったことにする。再起動、リセット。今回のことは何ひとつ起きていないって顔をして、あんたは丘の上の自宅に帰る。俺はどこであれ、とんずらすると決めた場所にとんずらする。俺からあんたに接触することは二度とない。あんたが俺に接触することもない。ほかの誰についても、俺たちのいずれからも接触することはない」

「ほお」彼はおめでた野郎のように言う。「それでほんとうにうまくいくのか？」

「いや」

「だろうな。おまえがこの仕事を終えなければどうなるか、ふたりともわかっている。それに、俺がおまえの息の根を止めなければ、同じような馬鹿が大挙して家に押しかけてきて、靴からもっとくそをこそげ落とさなきゃならなくなる。それに――」彼は言い足す。「おまえは俺を殺そうとした。神経質と思うかもしれんが、そのことはかなり根に持っている」

「じゃあどうしたいんだ？　そっちの提案は？」

「おいおい。おまえは頭が切れるんだろ。当ててみてくれ」

「俺に今わかるのは、あんたが彼女の携帯を持ってるってことだけだ。もしかしたらそれしか切り札がないのかもな」

彼の声がくぐもり、口が電話から離れる。「言ってやれ、ハニー」

「マスかいてろ、あんたらふたりとも」彼女が吐き捨てる。

なるほど、キャットは少なくとも息はしている。

「なあ、マック」俺は言う。「ルールはわかってるだろ。民間人は駄目だ」

「この娘はおまえとねんごろになった瞬間に民間人をやめた。それに――」そこまで言うとコンドラツキーは一瞬黙り、声が一オクターブさがり、俺が聞いたこともないような暗さを帯びる。「おまえが俺を狙うと決めた瞬間から、俺たちはルールどおりにやるのをやめたんだ」

「俺がどうして彼女の安否を気にかけると思うんだ？」

「おまえは彼女を置き去りにした。これがほかの女だったら、おまえは餌として、人間の盾として利用していただろう。くその買い出しに行かせるために、ミスター&ミセス・スミスで通すために。なのにおまえはそうせず、彼女をお払い箱にした。そんなことをする理由はひとつしかない、ジョーンズ、そして俺たちふたりともその理由を知っている。三時間後だ、そのとき彼女を殺す」

「ほんとうのことを言ってやろうか、マック。あんた、ヤキがまわってきてるぜ。もしかしたら昔は原始人みたいにちんぽこを振りまわして、それで結果を出せていたかもしれない。けど、世界は動いていて、俺たちは脅しの本質をよく知っている。弱さの表われだよ。ほんとうに力のあるやつは脅したりしない、そうする必要がないから。でもあんたは俺に真っ向勝負を挑んで勝つ自信がない、だから俺が女の生き死にを気にかけるほうに賭けてサイコロを振っている。だが実際にはどう転ぶかわかっていないし、もしその読みが外れていれば、自分のちんぽこがどれだけデカいかを証明するために彼女を殺すか、彼女を解放して、自分はどうしようもない短小包茎だと認めなきゃならない。どっちにしろ、あんたにとってはなんの得もない」

電話の向こう側で沈黙がある。効いているようだ。「一方で、仮にあんたの読みどおり、実際に俺とその女のあいだにつながりがあったとしよう。ただまあ、そのために命を捨てるようなつながりじゃない。俺たちがロマンスに花を咲かせていたら、そうなっていたかもしれない。でも二日だぞ。そりゃ拡大解釈ってもんだ。で、結局あんたは彼女を殺すことになる。するとどうなる？」

まだ返事はなく、あるのは息遣いだけだ。

「どうなるか教えてやろう。人間の死にざまってのはたくさんあって、俺には弾がたくさんある。あんたを殺すのは最初の一発かもしれんし、最後の一発かもしれん。彼女を今解放するなら最初の一発だ。彼女に髪の毛一本でも触れるなら、最後の一発だ。念のために言っておくと、これは脅しじゃない。約束だ」

長い沈黙。それから、回線の向こう側から高笑い。

「口が達者だな、ジョーンズ、それは認めてやろう」彼は言う。「猶予は三時間だ」

81

何かを見逃しているが、それが何かはわからない。

俺は地下のドアを吹き飛ばすが、収穫できるのは〈Uホール〉にすでに積んであるものばかりだ。金庫を見つけるもＣ４はすでに使い切っていて、金庫破りをする時間も忍耐もない。それに、中身はだいたい見当がつく——さまざまな通貨の少額貨幣。カットされていないダイヤモンドなどの実物資産、これは口から飲み込んだり、体のほかの部分に隠したりできる。いろいろな名前と国籍のパスポート、運転免許証、その他の身分証。それから保険として機能する、一回かぎりしか使えない暗号用の乱数列もあるかもしれない。

俺が世界じゅうの金庫に保管しているのとまったく同じくそばかり。

そのどれも今の俺には役に立たないし、興味もない。

必要なのは別の何かだ。

何かはわからないが、見たらきっとすぐにわかる。

上階《うえ》に戻る。

俺が必要としているのはキッチンやリビングで見つかるようなものじゃない。そこでバスルームに入る。キャビネットを、薬を、ごみ箱を、下着を、ワードローブを漁《あさ》る。古いスーツケースがあるので調べる。ベッドの下を覗く。何年も袖を通されていないコートのポケットを確かめる。靴底を確かめる。

何もない。俺は疲労し、汗をかいている。腕時計を見る。家捜《やさが》しで七十五分を無駄にし、何も成果がない。

もっとひどいことに、かいている汗が冷や汗のように感じられる。あの矯正施設で、デイヴィッドが同じ建物のなかにいると知りながら、零時過ぎに自分の房で待っていたときと同じ感覚。自分をつくり変え、反撃することにした十七歳の誕生日以来、感じていなかった感覚。俺をこの部屋に導いた旅の最初の一歩を踏み出して以来、感じていなかった感覚。

この男はくそ食らえだ。ハンドラーはくそ食らえだ。あの女はくそ食らえだ。全部くそ食らえだ。

不安がいつも俺を殴る場所を、はらわたを殴る。落ち着かない腹の中身を掘り込みリビングのふさふさしたライムグリーン色の絨毯の上にぶちまけ、この男に対する嫌悪を思いつくかぎり一番くそったれな方法で示してやりたくなる。話のタネを残しておいてやったぞ、マザーファッカー。

とはいえ、俺は動物じゃないから、代わりにバスルームを使う。

便器に座っているとそれが眼に入る。青いホイル包装のかけら、角からちぎられた三角形、それがごみ箱のうしろに隠れている。どこかで見た覚えがある。ケツを拭き、屈んで拾いあげると、それが何で、何を意味しているか、その両方がたちどころにわかる。

キャビネットに戻り、またあける。錠剤のオレンジ色のボトルに囲まれて、さっきは見逃していた重要なものがある。勃起不全治療薬二十五ミリグラム。

自分が今何を探していて、どこを探せばいいか、ようやくわかる。

シャワーユニットに入り、ナイフを抜き、排水口をこじあける。ふたを持ちあげ、指ですくう。何もない。排水口に手を入れ、奥まで無理やり突っ込むと、骨が押しつぶされるような感じがする。そして、その感触がある。

指でほどき、持ちあげて光にかざす。

髪の毛。一本の髪の毛。

コンドラッキーのなけなしの毛根から生えている髪は短いが、これは長さが三十センチある。

あいつの髪はグレーだが、これは染めた金髪で、根元は色あせている。

これが誰の髪の毛か、俺は知っている。

82

コンドラッキーが俺を追いまわすのに使っていたあのぼろジミー。あれをどこで見たのかを思い出す。ガソリンスタンドに駐めてあった車だ。俺とキャットにトラックをオシャカにされたあと、あいつは彼女の車を使ったにちがいない。

ひとつわからないのは、あいつにとって彼女がどういう存在なのかだ。それでも、家のなかから彼女の存在を抹消するために、あいつがこれだけ念を入れていることを考えると、ただのカジュアルな副菜ではないのだろう。あえて推測するなら、ふたりの関係は年単位で続いている。原稿を発送しているのも彼女だろう。

どういう存在なのであれ、この状況で利用できる材料としてはあいつと一番近い関係にある。それが充分に近いことを祈るしかない。

ここに戻ってこなきゃならない場合に備えて、犬は鎖につないだままにしておき、ダッジで丘をおりる。ガソリンスタンドの斜向《はす》かい、旧車やトラクターが駐まっている駐車場に車を駐める。暗闇のなか、くたびれたダッジ・チャージャーが見えなくなる、ぽんこつを隠すならぽんこつのなかだ。

ガソリンスタンドを一時間見張る。

コンドラッキーにジミーを使われているから、バーブ――最初の日、コンドラッキーは彼女をそう呼んでいた――はヴァーンの古いフォード・レンジャーに同乗する。

俺は目立たない距離からライトを消して尾行する。

ヴァーンは街から一・五キロ離れた砂利道の私道、七〇年代のスキップフロア住宅のまえで彼女をおろす。俺はそのまま通り過ぎ、私道から玄関に向かう彼女と、方向転換してガソリンスタンドそばの古い農家に帰っていくヴァーンをやり過ごす。次の交差点でUターンし、ダッジを道路脇に乗り捨て、歩いてバーブの家に向かう。一番近い隣家は一キロ近く離れている。よし。

私道を歩いて家に入る。さらに運がいいことに、犬も子供もいない。見ると、キッチンのコンロの上で、鍋に入ったジャガイモがぐつぐつと煮えている。リビングのテレビがついていて、まだ全国ニュースを見る人間がいるのだとわかる。バーブの姿は見当たらない。スキップフロア部分に近づくとカントリー・ミュージックが聞こえてくる。ドリーだかパッツィーだかタミーだか——俺からすればどれも一緒だが、ほかの連中によれば、どれも全然ちがうらしい。

ほかのあらゆる場所と同じく、清潔で整った寝室を抜ける。

彼女はシャワーを浴び、曲に合わせて歌っている。

そのまま歌わせておいて、俺は戸口に陣取って銃を抜く。

シャワーから出てきたバーブは髪で眼が隠れていて、手でタオルを探し、振り向いて俺を見つける。タオルで体を隠そうとするが、驚いたことに、叫びも何もしない。ただ俺を見て、眼で計算していて、俺はこれが自分が望んでいるほどスムーズにはいかないだろうと悟る。

「これはあんたのか？」俺は言い、さっきの髪の毛を持ちあげて見せる。

「眼鏡がないと」彼女は眼鏡に手を伸ばす。

「ゆ、っ、く、り、だ」俺は言う。彼女はスローモーションで化粧台の上の眼鏡を取る。

彼女の髪のつけ根と完全に一致していることはすでにわかっている。

「そうみたい」

「俺を見ても驚かないんだな」

「あの人から、誰かが来るかもしれないと言われてたから」彼女は言い、タオルの位置を直す。

バーブはそう簡単に脅せる人間ではないらしい。

「来たらどうしろと言っていた？」

彼女は肩をすくめる。「なんでも言われたとおりにしろって」

体を乾かしてTシャツとジーンズを着るように指示すると、彼女は手早く静かにやる。

俺はポケットからダクトテープよりずっと頑丈なゴリラテープを取り出し、彼女をうしろ手に縛ろうとするが、肩の関節炎で腕をあまり動かせないというので正面で縛り、六回ぐるぐる巻きに、俺ですらすぐには抜け出せないほどぐるぐる巻きにする。

彼女の背中に銃を押しつけ、あとについて階段をおりる。玄関を出ようとしているところで、電話台の上に器があることに気がつく。ポンティアックのロゴがついた車のキーが入っている。俺はそれを取る。ダッジも好きになりかけているが、あれは弾痕と潰《つぶ》れたヘッドライトのせいで負債になっている。

「ジミーのほかにも車を持ってるのか？」

彼女はうなずく。「ポンティアック・グランダム。ガレージにある」

「走るのか？」

彼女はうなずく。

「案内しろ」

キッチンを抜ける。バーブは鍋の火を消したがるが、両手を縛ってあるとはいえ、煮えた鍋を持たせるのは信用できないので代わりに俺がやる。

ガレージにつながるドア。暗い。

「明かりはどこだ？」

「こっち」バーブが壁のスイッチを入れると、九〇年代初頭の赤いグランダム・コンヴァーチブルが姿を現わす。

「これも必要になると思う」バーブが言う。俺は振り向き、彼女が持っているものを見る。

「なぜだ？　これはなんだ？」

「熊撃退スプレー」バーブが言い、俺の顔面に思いきり吹きつける。

83

眼と鼻に、それから口にも殺人蜂が入り、喉を通って肺へ。バーブは俺のタマを蹴りあげ、俺が膝をつくと顔面に蹴りを入れる。

俺は痛みの超新星だ。

銃を手探りするが、どこかに落としてしまっている。

これだけは言っておきたいが、俺にはもっと誇りに思える瞬間があった。

バーブがそばを走り抜け、キッチンに戻る音がして、俺はよろめきながらあとを追う。

数分の一秒だけ眼をあけると、ちょうどそのタイミングで、彼女がジャガイモの鍋を俺にぶん投げようとしているのが見える。沸騰したお湯から身を守ろうと両手をあげると、二度目の痛みの超新星が爆発する。

バーブは玄関から駆け出て、道路に向かっている。家具や植木鉢を倒しながら、半死半生の体《てい》で彼女を追いかけ、足音を頼りに私道を進む。こっちは確かに眼が見えていないが、バーブはここ十年間一度も走ったことがないらしく、おまけに喫煙者の肺で、砂利道を二十メートルほど行ったところで俺が追いつくと、彼女は立ち止まり、腰を曲げてあえぎ、激しく咳き込んで、最後には膝から崩れる。

こんなところで死なれるのはまじ中のまじで困る。

「呼吸しろ」俺は言うが、俺自身も空気を求めてあえぎ、眼と鼻から汁を垂らしまくり、まぶたが腫《は》れて両眼はほとんどひらいていない。「呼吸をコントロールしろ。大きく吸って。そのまま止めろ。四つ数えたらゆっくり吐け、タイヤから空気が漏れるように。もう一度」

彼女の呼吸は徐々に通常に戻る。

ガレージに引き返し、俺の視力が回復してくると、ゴリラテープをもうひと巻きして彼女の両手を腰に縛りつけ、足首にもひと巻き余分に追加しておく。バーブは家をちゃんと施錠して、猫の餌を用意してくれと主張する。路上に戻ると、俺はダッジの積み荷をグランダムに載せ替え、夜に向かって車を出す。

いちおう言っておくと、バーブはクールな女性だ。ヒステリーも何もない。これまでタフな人生を送ってきたような感じで、たぶんこれは彼女の身に起きた最悪の出来事ではないのだろう。変な噂を広められでもしないかぎり、熊撃退スプレーの恨みは忘れてやってもいい。

キャットのスマホにコンドラッキー宛ての電話をかけようとしていると、バーブが俺のほうを向いて言う。

「髪の毛で？　ほんとにそんなものでわかったの？」

「〈トロージャン〉のコンドームの包みの切れ端。青紫色の錠剤。それから髪の毛。アインシュタインじゃなくてもわかる。けど、あいつは用心深かった。あんたを守るために最善を尽くしていたよ」

「もしあいつが最善を尽くしたなら、わたしはこんなところにこうして座ってないでしょうよ」バーブは言う。コンドラッキーがこの戦いを生き延びたとしたら、殺人兵器級の謝罪をしなきゃならないだろう。

「あいつについて何を知ってる？」俺は尋ねる。

「小説に書いてあること」

「ただのフィクションじゃないことは知ってたんだな」

「あの人はいつも、背後から誰かに忍び寄られてると感じているみたいだった。それでいつもうしろを振り返ってた」

「ジミーを貸したとき、あいつはなんと言ってた？」

「誰かが来たら、そいつの言うとおりにしろ、逃げられるならどこかに逃げろって。でも、生活をほっぽり出すわけにはいかないでしょ」

バーブはしばらく黙り、また俺のほうを向く。

「その誰かは若い女の子を連れてるかも、とも言ってた。モーテルのキャットって子」

「彼女は置いてきたが、あいつに拉致された」

「で、わたしはなんなの？　餌？」

「餌じゃない。交渉材料だ」

驚いたことに、彼女は笑う。「ああおかしい。何もわかってないのね」

「なんのことだ？」

バーブはそっぽを向き、ひとりほくそ笑んでいる。

「い、い、いなんのことだ？」

「彼の家でわたしの髪の毛を見つけたんでしょ？」

俺はうなずく。

「家にはほかに何があった？」

「ほかに？　たとえば？」

「あの人が取りかかっていた仕事とか」

「原稿のことか？」

俺は身振りでうしろを、分厚い茶封筒に入れた原稿が置いてある後部席を示す。

「読んだ？」

「生きてるだけで大忙しでね」

「読んだらいいのに」

「どうして？」

「どうしてって、あなたが何もかも勘ちがいしてるから。ひとつ目は彼とわたしの関係……別に大した間柄じゃない。あの人のことはまあまあ好きよ。でも愛してるとは言えないし、それは向こうも同じ。だから、それを当てにしてたんなら、あまり期待はしないでってこと」

「ふたつ目は？」

バーブはあごで封筒を示す。「ふたつ目はそこに書いてある」

84

幹線道路は工事でまっすぐに伸ばされていて、道がループを描いている場所は、今では休憩エリアとして使われている。外は暗く、車は木立の裏、レンガを積んだ小さなトイレのそばに目立たないように駐めてある。バーブはボンネットの上に座り、車内灯に照らされている。両手はほどいてあるが、足首はまだ縛ってある。彼女はラジオを昔のカントリー局に合わせ、ドリーだかパッツィーだかタミーだかに合わせて静かに歌っている。歌詞を完璧に覚えている。

バーブには、小指の先ひとつとっても、俺が知っているほとんどの男よりも肝っ玉が詰まっていて、そのほとんどの男には俺も含まれている。彼女は少しも俺を恐れていないし、仮に恐れているのだとしても、それを見せようとしない。偉人の彫像からはわからないが、アメリカはこういう女たちの背中の上に築かれている。あらゆる色とあらゆる信条の女たち、雪と熱に耐え、野を耕《たがや》し、牛の乳を搾《しぼ》り、木を切り、子供たちを産み、食わせ、育てた末に失い、酔った不実な夫たちの拳《こぶし》を受け、運命のロウソクがどれだけ短くなろうと、やさしさの火を決して絶やすことのない女たち。

俺は車のドアをあけたまま、助手席側の後部でくつろぎ、ペッツル社製のヘッドランプの光を頼りに、コンドラツキーのデスクから取ってきた未完成原稿を読んでいて、ページを次々にめくっていくと、虫たちが光のなかで渦を巻く。

この原稿はコンドラツキーが出版してきたほかの小説とは全然ちがう。語り口がちがう。悲しく、哀愁すら感じられ、後悔、悲嘆、失われた機会、贖罪の瞬間、ついぞ訪れなかった恩寵《おんちょう》、そういったものにあふれている。あいつがこれを出版社に送らなかった理由はわかる。言葉のひとつひとつに真実の響きがあるからだ。告白でもあり、愛の物語でもあり、自己を正当化する言いわけでもある。望まずに連続殺人鬼になった者の自伝。

バーブから読むように言われていた箇所に差しかかる。

「嘘だろ」

「言ったでしょ」

原稿を置いて計算し直さなければならないが、算数ができるかどうかすら自信がない。どうやったら愛を積分できる？　どうやったら孤独の平方根を求められる？「じゃあ、あんたは彼女を知ってたんだな」

「もちろん。子供のときから。一緒に育ったようなものだから」

「彼女の瞳は？」

バーブは首を傾ける。「何色だったと思う？」

85

バーブを車に残して暗闇のなかに出て、会話を聞かれない距離まで離れる。自分の命が交渉材料にされるところをわざわざ聞かせる必要はない。

キャットのスマホにかける。沈黙が応じるが、背後でぱちぱちと火が爆ぜているのが聞こえるような、どこか寂しく、俺がふたりを見つけることは決してない場所。

「コンドラッキーか、ジョーンズだ」俺は言う。「話をしよう」

「話すことはない」コンドラッキーが言う。「時間切れだ」

「もう彼女を殺したのか？」

「殺したかもしれんし、殺してないかもしれん」クリント・イーストウッドの台詞そのままで、これを言ったのが実際に人を殺しかねない男じゃなければ、もっと笑えただろう。

「シュレディンガーの猫《キャット》じゃないんだぞ。もう殺したなら、あんたの交渉材料はないし、まだ殺していないなら、この先も殺さないだろう。どうして脅しが無意味かわかったか？」

「こんな馬鹿話は勘弁だ」彼は言い、その声に怒りが感じられる。よしよし。「この場で引き金を引いてもいいんだぞ」

「なら、こっちもそうさせてもらう」

「どういう意味だ？」

「さっきあんたの家に行った。犬たちは歓迎してくれなかったが、朝には元気になっているさ。それはともかく、探していたものを見つけたよ、時間はかかったけどな」

「何を探していたんだ？」

「シャワーの排水口はもっと丁寧に掃除しておくべきだったな、とだけ言っておく」

コンドラツキーはしばらく黙っている。

「どうして俺が彼女の生き死にを気にすると思うんだ？」

「彼女もそう言って俺を丸め込もうとした。鵜《う》呑《の》みにしてやってもいいんだが、あれだけ念を入れて存在を隠そうとしてたわけだしな。彼女が帰るたびに、あんたは文字どおり家をごしごしこすっていた。シーツを替え、掃除機をかけ、ごみ箱を空《から》にして。カップやグラスに口紅の痕が残らないようにして。行きずりの相手ならそこまでしない」

「彼女は関係ない」

「ルールはなし。あんたが自分で言ったことだ」

お互いに手詰まり。

「そこで提案だ。俺はバーブを気に入ってる。あんたが彼女を好きなのもうなずける。できれば殺したくない。でもな、仮に俺がバーブを殺すとしても、あんたがキャットに向けて引き金を引くことは絶対にない」

「なぜそう思う？」

「あんたの小説を見つけたからさ。あんたが送ろうとしなかった原稿。キャットが何者なのか、俺は知っている」

「おまえにはくそほどもわかっちゃいない」

「なら俺の勘ちがいだって証明してくれ。キャットを殺すことで」

沈黙。息遣い。グランダム・コンヴァーチブルのラジオから、何かがタラハシー橋から跳びおりたという歌詞が聞こえてくるが、バーブは曲に合わせて歌っていない。俺のほうを見ている。

俺はバーブに背を向ける。「聞こえているのか？　女たちはゲームから外そう。勝者もなし、敗者もなし。人質を交換し、バーブとキャットは姿を消す。ここから先は俺とあんただけだ」

長い沈黙。やがて不満そうに「わかった」

「あとひとつ」俺は彼に言う。

「なんだ？」彼は警戒して尋ねる。

「一緒にコーヒーをどうだ？」

86

ベルリンの壁が一九六一年につくられたあと、ほぼすべての検問が東ドイツに管理されていたが、ユングフェルン湖とグリーニッケ湖のあいだのハーフェル川にかかる橋だけはソヴィエトが管理していた。壁の建造から一年後、〝新聞売りの少年〟、〝空洞の五セント硬貨〟、〝フィンランドの重婚者〟が絡《から》む奇妙な事件でスパイとして有罪判決を受けたルドルフ・アベルと、スヴェルドロフスク州の上空二万メートルで撃墜されたU2偵察機のパイロット、ゲイリー・パワーズが、ここで身柄を交換された。

この橋は〝スパイたちの橋〟として知られるようになり、スピルバーグは《ブリッジ・オブ・スパイ》を撮った。

コンドラッキーと俺は俺たちだけのブリッジ・オブ・スパイを取り決めたが、こっちのほうがずっと地味だ。場所はラピッド・シティの老朽化した低層モール内にあるダイナーもどきの店で、飾りつけは昔のナンバープレート、マリリンとエルヴィスのポスター、ヴィンテージなシヴォレーのフロント部を再現したファイバーグラス製レプリカ。事前にルールを決めておいた。待ち合わせ時間は十四時ちょうど、武器は携行しない、人質ふたりが安全な場所に離れるまで停戦。そのあとのルールはいっさいなし。

コンドラッキーとキャットは先に到着していて、バーブと俺が着いたときには、ラミネート加工されたメニューと、プラスティック製の疵《きず》だらけのコップに入った水がふたりのまえに置いてある。コンドラッキーはドアのほうを向いて座っていて、俺はもしかしたらどこかにあいつの味方が潜んでいるのかもしれないと不安になるが、誰かが俺を殺すとしたらそれはこいつだろうから、俺はその向かいに、バーブは俺の隣に腰をおろす。

コンドラッキーは左耳に即席の包帯のようなものを巻いていて、レッドネックのファン・ゴッホのような趣がある。俺の弾は当たっていないはずだから、キャットを人質にするのはそう簡単ではなかったということなのだろう。少しも驚くことじゃないが。

歯列矯正具をつけた陽気なウェイトレスがコーヒーを運んできて、注文が決まったら呼ぶように言う。

　キャットは強気な態度とは裏腹に怯えているらしく、最後に見たときより青白く、グリーンの瞳を左に右にとせわしなく動かし、この状況がどう転ぶのかを見きわめようとしている。コンドラッキーが自分にとってなんなのか、彼女はもう知っているのだろうか？　一度でも考えたことがあるのだろうか？　それはわからない。

　一方で、バーブは静かに怒り、テーブルの上でコンドラッキーに短剣を投げている。コンドラッキーは眼を合わせないようにしていて、ある意味奇妙な話だが、彼女を恐れていることがわかる。まあ、同じ立場だったら俺も人のことは言えないだろう。

「大丈夫か？」俺はキャットに訊く。彼女はうなずき、まだ結束バンドの痕が残る手首をこする。

「君のほうは？」コンドラッキーが訊く。

「くそ食らえだよ、マック」バーブが言う。「どうでもいいくせに」

「俺がどういう人間かは知っていただろ」コンドラッキーが苛立たしげに言う。「いつでも関係を終わりにできたはずだ」

「まあまあ」俺は言う、これが熟年夫婦の喧嘩《けんか》になってしまっては困る。「その話はあとにしてくれ」

　コンドラッキーがうなずく。彼はポケットに手を伸ばし、武器ではないことを大げさに示してから、グレイハウンドの切符二枚、折り畳んだ時刻表、現金を取り出す。

「君たちふたりのだ。外のタクシーでバス停まで行ける。君たちは自由の身だ。ここからはこいつと俺だけの話だ」

コンドラツキーはそれらをテーブルの上に置く。どちらの女も動かない。

「へえ、そういうこと」キャットが言う。「わたしたちはバスに乗って、あんたたちふたりは——」

コンドラツキーが彼女の手を締めつけ、黙らせる。

バーブは指でドラムのようにテーブルを叩いている。ニコチンで黄ばんだその指を見ているうちに、俺はバーブがここ十八時間、一本も吸っていないことに唐突に思いいたる。

「ねえ」バーブは言う。「どんな事情があるかお見通しってわけじゃないけどさ。あなたたち、話し合いで解決ってわけにはいかないの？」

「俺たちがここで何をしていると思ってるんだ？」コンドラツキーがぴしゃりと言う。

もしコンドラツキーが生き延びたなら、バーブはそんな口を利いた彼を後悔させるだろう。

「わたしたちが警察に通報したらどうなる？」とキャット。

「君は彼らの血で真っ赤に染まった自分の手を眺めながら、残りの一生を送ることになる」俺は彼女に言う。眼の逸《そ》らし方からして、彼女にその考えを押し進めるつもりはないようだ。

バーブが時刻表を確かめる。コンドラッキーに愛想を尽かしているように見える。「この便なら、急げば間に合いそう」

まだあきらめきれないのか、キャットが食ってかかるような眼つきでバーブを見る。

「ハニー」バーブが言う。「あなたの考えてることはわかる。でもこのろくでなしたちに言って聞かせることはできない。馬鹿同士、やりたいようにやらせておけばいいの。ふたりのうちどっちかがいないだけで、世界はもっといい場所になるんだから」

俺は何ひとつ反論できず、それはコンドラッキーも同じだ。

しかしバーブの話はまだ終わっていない。俺たちのほうに向き直る。「神に誓って、わたしが選べるなら、あなたたちふたりをこの場で楽にさせてあげるんだけど」そう言うと切符と金をつかみ、ずかずかと出ていく。

キャットはしばらく座ったまま俺を見ている。

「それで？」

俺はただ肩をすくめる。彼女には俺を恨んでもらう必要があり、それはどうやらうまくいっている。

「よくも置き去りにしてくれたじゃん」

「自力でなんとかできると言ってただろ」

それに対する答えとして、キャットはコンドラッキーのコーヒーカップをつかみ、ぬるくなった中身を俺の顔にぶちまける。

それからコンドラッキーのほうを向き、手を差し出す。

「スマホ」彼女は言う。「スマホ返して」

コンドラッキーはスマホを取り出す。キャットはそれを受け取り、バーブを追ってモールの中心部に出ていく。俺が首を伸ばして眺めていると、ふたりはメインエントランスから外の駐車場に消えていき、駐車場にはぼろいシルバーのミニバンが待っていて、〈エース・タクシー〉と書いてある。

この先もうキャットに会うことはないのだろうか、ふとそう考えている自分がいる。

87

コンドラッキーは俺が紙ナプキンでコーヒーを拭《ぬぐ》うのを愉快そうに眺めている。

「ところで」彼は言う。「俺は最初からおまえの計画を見抜いていた。それはわかってるんだろうな」

今は返事をして、こいつを悦に浸《ひた》らせてやりたい気分じゃない。黙っていると、彼は調子に乗って続ける。

「ジープに、〈Uホール〉のトレーラーに、ピアノがどうのとかいう与太話。ヴァーンから聞いた話じゃ、おまえは西に向かったということだった。けど、裏の山間《やまあい》で農場をやってる知り合いが、おまえが砂利道を東に戻っていくのを見たそうだ。こそこそしていて、誰にも見られたくないようだったってな。

俺は一日かそこら、おまえに落ち着く時間をやることにした。森を確かめに行ったら、犬たちが十秒きっかりでビバーク地点を見つけたよ、おまえがジープを隠すのに使ったがらくたやタイヤ跡もな。おまえは慌てて逃げたあとらしかった。熊の糞を見てわかった、マルサばあさんに死ぬほどびびらされたんだってな。あの意地悪ばあさんとは俺も何度かやり合ってる。

で、モーテルの駐車場の裏におまえの車があるのを見つけた。あの女が千ドルよりもおまえに興味津々だってことは十秒でわかった。そのころにはおまえの狙いもはっきりわかっていたから、以前切り拓いた場所をすべて確認して、もちろんカメラも見つけた。ということは、おまえは下から狙撃するつもりで、となると、俺たちのどちらも知っているとおり、身を隠せる場所はひとつしかない。

先が読めていたから、犬たちは腹を空《す》かせたままにさせておいた。ガソリンスタンドに行く出目じゃなかったが、待つつもりはなかった。おまえが引き金を引くころには、おまえをかわいそうに思っていたくらいだ。あのまま道路をくだって、幹線道路に先まわりして逃げ道をふさいでやってもよかったんだが、おまえが車を使わず徒歩で逃げる可能性もあったからな。運任せにはしたくなかった。

あの女がいなけりゃ、材木場でおまえを殺していたよ」

こんな話はこれ以上聞いちゃいられない。

「どうしてさっきから彼女をそんなふうに呼んでるんだ？」

「そんなふうってのは？」

「〝あの女〟。彼女が誰なのかは俺たちふたりとも知ってる」

「ぜひ教えてもらいたいね」彼は言うが、その声は脅威を感じさせる。

「一九九三年。殺しの依頼を受けてモンタナ州ビリングスからミルウォーキーに向かっていたあんたは吹雪に見舞われ、やむを得ずハンター御用達のモーテルに泊まった。そこでひとりの娘と出会った。引用するなら、〝ありえないようなグリーンの瞳〟の娘と」

コンドラッキーは独特な潤《うる》んだ青い大理石の瞳で俺を見ていて、俺は唐突に理解する。

「彼女を忘れられなかったんだな？」

しばし時間が流れる。ようやく彼は言う。

「そういう相手もいる」

「そうか。吐いちまえよ。彼女と出会って、モーテルに三泊して、それから――？」

「原稿を読んだなら知ってるだろ」

俺はかぶりを振る。「途中で終わっていた。あれは未完成だ」

「なら、どうして俺がこの場で完成させると思うんだ？」

「この地球上で俺だけがそれを理解できるかもしれないからだ」

今のは直感で言っただけだが、彼の両眼の険しさが一パーセントほど減少する。彼は少しのあいだ指でこつこつとテーブルを叩くと、座ったまま身を乗り出す。

「じゃあ、こんなのはどうだ？　俺はそのまま去るが、これだけは確かだ。もう一度会えば、彼女の背中に的を貼りつけることになる。だから仕事でその穴を埋める。二十年が経ち、次第に考えるようになる。もし別の道を選んでいたら？　彼女の顔を見ずに眠った夜もあった。が、それだけでは充分じゃなかった。それである日、俺は車で通り過ぎる。ただ通り過ぎるだけだ、彼女は先に進み、結婚し、誰かを見つけて、新しい人生を始めている、絶対にそうに決まっている、それ以外ありえない、そう自分に言い聞かせながら。これはくそ亡霊を鎮《しず》めるためにやっているだけのことだと。なのに、彼女はそうしていない。まだそこにいる。同じくそったれのモーテルに。カーテンすら変えていない」

「で、そのあとは？　モーテルに立ち寄るのか？」

「いや。俺はランチハウスを見つける。完璧ではないが、可能性を秘めている。そこでひらめく。ただ引退すればいい。姿を消せばいい。俺がどこに行ったか知る者はいない。言っておくが、俺はなんの期待もしていない。彼女が俺についてどう思っているか、俺のことを少しでも想うことがあるのか、そんなことすらわからない」

感情を満載した全長一キロの貨物列車が猛スピードで通り過ぎるのを待つあいだ、コンドラッキーは話をやめる。

「ともかく、俺はすべてを手配する。家の準備、すべての手筈をととのえるのに二年の月日がかかる。そうして、ようやくスイッチを切る。16《シックスティーン》は消灯の時間だ。その日、あのモーテルに足を踏み入れる。彼女は顔をあげ、俺を見る、あのときと同じグリーンの瞳で。で、彼女はなんて言うと思う？」

「なんて？」

「こう言うんだ。あなたは遅すぎた」

「つまり？」

「俺は遅すぎたという意味だ。その言葉が持ちうるあらゆる意味で。遅すぎた、なぜなら彼女はステージ4のリンパ腫だから。診断によると余命は一年。彼女は十八ヵ月持ちこたえた。遅すぎた、なぜなら彼女はすでに〝悲しみの全段階〟を経験し尽くしているから。最初、彼女がモーテルに残っていたのは俺が戻ってくるのを期待していたからだった。そのあとも残っていたのは、もし俺が戻ってきたら失せろと言うためだった。最終的に彼女が残っていたのは、ただ残っていたからだった、俺のためじゃない、ただ残っていたからだった」

「キャットのことは？」

「勘弁してくれ。これ以上俺の心をファックするのは」

「キャットは母親似なのか？　瞳の色以外についても」

「もちろん。ただ、ちがってもいる」

「どうちがう？」

「キャットの母親は人にいいように使われるだけだった。キャットのほうはまあ、サバイバーだ、とだけ言っておこう」

サバイバー。ジューンバグがよく自分と俺のことをそう呼んでいた。サバイブできなくなるまでは。

「十八カ月の時間が残されていたんだろ。どんなふうに過ごした？」

コンドラッキーは肩をすくめる。「一緒に飲んで、ことにおよんだこともあった、かもな。でも、だからどうなるってわけでもなかった。俺たちは昔の俺たちじゃなかった。彼女の言ったとおりだった。俺は遅すぎた。大馬鹿だった」

彼はコーヒーカップを押しやる。

「次はそっちが話す番だ。キャットの素性を知っていたなら、俺が彼女を殺すことはないと知っていたなら、すでにそういうことを知っていたなら、どうしてこんな七面倒なことをした？　人質交換のことだ。何が狙いだった？　俺のお涙ちょうだい話を聞きたかったのか？」

「いや。あんたが真実を話してくれるんじゃないかと思っただけだ」

コンドラッキーは俺をにらみ、その眼は冷たく、敵意がある。

「キャットの母親は」俺は言う。「あんたがリタイアした理由じゃない。あんたが彼女を忘れられなかったってのは、そうなんだろう。心をかき乱されていた。それについては疑っちゃいない。でも理由としては充分じゃない、それだけじゃな。二十年ものあいだ彼女に近づかないようにしていたのに、ある日突然、昔の炎にふたたび火を灯《とも》そうと決めた？

そうすることで、彼女を矢面に立たせるだけじゃなく、新たに自分の娘だと知った人間も危険にさらすことになるのに？　わかるよ、あんたがキャットにくそみたいな態度を取っていたのは、キャットがあんたにとってなんなのかを嗅ぎつけられたら、ターゲットにされちまうからだ。けど、ほかに選択肢がひとつもないって状態じゃなきゃ、そもそもあんたはもう一度モーテルに行こうとは思わなかったはずだ」

　彼の両眼の代わりをしている大理石が硬質な花崗岩になる。

「笑える話をしてやろうか？」俺は言う。「キャットは俺よりもずっと見抜いていた。あんたがリタイアしたのは、昔引っかけた女が恋しかったからじゃない。何かにびびっていたから、恐怖していたからだ。誰しもそうなることはあるが、あんたの場合、それはあんたをがっちりつかんで離さなかった。で、何に尻尾をつかまれていたにしろ、恐れていたのはそれだけじゃなかった。自分が子犬のように怯えてるって噂が広まることをもっと恐れていた。恐れていただけじゃなく、心底からびびりまくっていた。もう少し正確に言うと、あんたはいまだにそれを恐れている」

　一瞬の間が空《あ》くが、彼は相好を崩し、にかっと笑う。

「そう思い込みたいらしいな。〝ああ、コンドラッキーが怯えている、びびってる〟。そう自分に言い聞かせておけば、死ぬのは自分じゃなくなるから。ただな、死ぬのはおまえなんだよ、ジョーンズ。おまえは自分のケツの奥まで首をずっぽり突っ込んじまってるから、唯一の肝心な疑問が頭に思い浮かびもしなかった」

「唯一の肝心な疑問？」

「おまえのほんとうのターゲットは誰なのかってことだ」

88

「ターゲットが誰かはわかってる」俺は言い、まっすぐに彼の眼を見つめる。「指示に曖昧なところはなかった」

「ほう」コンドラッキーが言う。「じゃあ、連中が俺を殺したがってる理由は聞いたのか？」

「逆に訊くが、あんたは自分がこれまでに殺してきた連中をどうして殺したか知ってるのか？」

「もちろん。それが仕事だったからな。なんの理由もなく人を殺せば、すぐに収拾がつかなくなる。上のやつらに正直でいてもらわんことには、なんの理由もなしに誰かが殺されることになる。教えてもらえない場合は自分で突き止めたさ。いつもはっきりわかってたわけじゃないにしろ、ほとんどの場合、理由はそれなりに把握していた」

彼は椅子の背にもたれ、テーブルの容器から爪楊枝を取って歯くそをほじる。

「当てずっぽうでいいから言ってみろ」

俺は肩をすくめる。「依頼主は家の大掃除をしていたんだろう。あんたはあまりに多くについて、あまりに多くを知りすぎていたから」

「そうかそうか」コンドラッキーは言い、それを否定するように手を振る。「遅かれ早かれ、誰もが資産から清算不能な負債になり、清算させられる。たんに顔を見飽きられただけかもしれない。しかし、どうして今になって俺を殺さなきゃならない？」

「理由は聞かされていない」

「理由を聞かされていないのは、理由が存在しないからだとしたら？」

自分の忍耐が尽きかけているのを感じる。「いったいなんの話をしてるんだ、老害」

コンドラッキーは靴の左右を履きまちがえている五歳児の相手をするようにため息をつく。

「ジーザス、いちいち教えてやらなきゃならんのか？　いいか、おまえはな、ジョーンズ、17《セブンティーン》番だ。究極の殺し屋、少なくともそういう売り文句になってる。おまえに勝てるやつはいない。おまえを恐れない人間はこの地球上にきっかりひとりしかいない。この仕事を確実に終わらせられるのはそいつだけだ。ただし、そいつは雇えない、リタイアしてるから。そして、誰もそいつの居場所を知らない」

彼は歯と歯のあいだから何かをほじくり出し、それをしげしげと眺める。

「話が見えてきたか？　おまえを殺すには、俺をカムバックさせるしかない。それを実現できる唯一の方法は、失敗するという前提で、俺を殺すためにおまえを送り込むことだ。おまえが殺しを実行しようとしたとき、俺はおまえを見つけ出して殺す。

これでわかったか？　おまえは俺がターゲットだと思っていた。でもな、俺はほんとうのターゲットじゃない。最初からそうじゃなかった。

ほんとうのターゲットはな」彼は言い、爪楊枝を俺に向ける。「お、ま、え、なんだよ」

第四部

89

デイヴィッドを殺したことで、自分にどんな才能があって、何になりたいのかがわかったが、やり残した仕事があり、まずはそれを片づけなければならなかった。

誰が俺の母親を殺したのか突き止める必要があった。

ジューンバグが死んだあとの日々の記憶は不鮮明なんてものじゃない。まったく存在していない。それには名前がついている——外傷性健忘症。そういう子供は数年後にいきなり虐待の記憶を取り戻すことがある。トリガーになるのはなんらかの感覚記憶だ。におい、色、それが起きた現場に戻ること。

俺が最初にはっきりと思い出したのは、おそらく事件から一週間後の記憶だ。どことも知れない部屋に座っている。教室のようだが、たぶん児童保護サービスの施設だ。君もよく知るとおり、ぬいぐるみやポスターでアットホームな雰囲気を出そうとしているが、画一的なカーペット、灰色のペンキ、プラスティックの硬いテーブルと椅子、胸の悪くなるにおい、あちこちに充満している絶望のかすかな気配は隠しようがない。

俺はテーブルに着いているが、短すぎて床に足が届いていない。左には児童保護サービスの女性が座っている。ソーシャルワーカーか精神分析医あたりだろう。彼女らは自分たちのことを〝担当のおとな〟と呼んでいる。カールしたショートヘアに太い腕、花柄のブラウスというのが俺が覚えているすべてだ。俺の向かいには警官がひとり。私服、五十代、赤ら顔にセイウチのような口ひげ。母親が死んだ夜のことを一から十まで尋ねられ、俺は話した。すべてを。クローゼット、懐中電灯、『スパイダーマン』のコミック。男の脚にあった、にやりと笑う髑髏《どくろ》のタトゥー。

大したやり取りではないにしろ、これはなんらかの捜査がおこなわれていることを示していて、あとになって俺はストックトン警察と徹底的に争うことになるのだが、弁護士の助力もあって、最後には未解決事件のファイルを閲覧できた。が、俺の供述は消えていた。

ファイルによると、この口ひげぼうぼうの警官はギラーという名前だったが、そのころにはもう死んでいて、というのもある夜遅く、離婚のごたごたと地元ストリップクラブで長い夜を過ごしたあと、マスタングで橋脚に突っ込んだのだ。記録を見ると、奇妙なことに彼は風紀課であって殺人課ではなく、目撃者が俺しかいなかったことを思えば、ギラーが事件の捜査責任者でなかったのはもっと奇妙だったが、そのときの俺は大して気に留めていなかった。

ジューンバグと一緒に働いていた売春婦のほとんどは足を洗うか命を落としていた。俺は四日かけてウォーカーウェイのどん詰まりを探し歩き、ジューンバグを覚えている人を見つけた。十年前、ジューンバグと一緒に座ってジャンボサイズの〈スラーピー〉を飲んだ、あのちかちかするネオン灯の下で、彼女はふたつのことを教えてくれて、おかげですべてのピースがあるべき場所にはまった。

ひとつは、風紀課の警官が売春婦から上前をはね、目こぼしをしていたこと。彼らは現金とサービスの組み合わせで上前を受け取っていた。それはみかじめ料であり、ポン引きが売春婦に手荒なことをするようなら、骨の一本を折られるか救急車で搬送され、こっぴどくとっちめられる。ときどき警官が特定の売春婦に特定の興味を持ち、〝俺のオンナ〟と考えることがあり、言ってみれば〝制服を着たポン引き〟になる。ジューンバグにもそういうオマワリがいた、と彼女は言ったが、となるとジューンバグの死がこれほどまでに看過されているのはなおさら奇妙な話だった。その警官／ポン引きはギラーだったのかと尋ねると彼女は、ちがう、口ひげの警官はサービスではなく現ナマで上前をはねていた、と言った。

しかし、彼女が言ったことはもうひとつある。俺の母親を殺した男の脚にあったタトゥーは警官のタトゥーで、仲間同士だと示す合図であり、お互いを守り合うギャング警官たちの徒党があるのだという。

犯人は警官、もしくは元警官だった。

そのときだ、誰が母親を殺したのかを俺が知ったのは。

90

コンドラッキーは俺をじっくり眺め、爪楊枝を嚙み、反応を窺《うかが》っている。俺はできるだけ虚《うつ》ろな眼で見返し、何も感情を漏らさないようにする。

でもこいつの言ったとおりだ、なぜなら、こいつの言ったとおりだから。連中が殺したがっているのはこいつじゃない。俺だ。誰かが俺に死んでほしがっている、それもとても、とても切実に。俺がこれをサバイブするなら、それが誰で、なぜなのかを突き止めなければならない。

しかし、まずは眼のまえのこの男を殺さなきゃならない。

もちろん、もしターゲットが16《シックスティーン》じゃないなら、そもそもこんなことをする必要はないと自分を納得させることはできる。しかし、それは愚か者のロジックだ。何も変わっていない。この仕事を完了しなければ、俺が怖じ気づいたと世界じゅうに知らせることになり、猟が解禁される。コンドラッキーにも同じことが当てはまる。俺が彼を殺そうとしているというのに報復しなければ、一生尾を引くことになる。

このままお互いに踵《きびす》を返して去ろうと合意することもできるが、それではふたりとも嘘つきになる。そして、ふたりともそれを知っている。

だから俺はただ肩をすくめる。「たぶんあんたの言うとおりなんだろう。だからって何が変わるわけじゃない」

「俺もそう思う」とコンドラッキー。「じゃあ、そういうことでいいな？」

武器は持ってこない取り決めだったが、俺はコンドラッキーがそれを守ると信じるほどうぶじゃない。もちろん俺は守らなかった。〈ブリュッガー&トーメ〉MP9をベルトの背中側に突っ込んであるし、レゴブロックのように連結できるキュートな〈ナーモ〉のグレネードをふたつ持ってきている。俺たちのブリッジ・オブ・スパイは非武装地帯だから、お互いがここから離れられるだけの猶予期間を決めておく必要がある。

「そっちはどれくらい必要だ？」俺は尋ねる。

「そっちこそどれくらい必要なんだ？」

「二十四時間を考えていた」俺は言うが、そんなに長く待つつもりはない。

「俺は十分を考えていた」コンドラッキーもまったく同じ考えで言う。

「じゃあ、あいだを取ろう」俺は言う。「五分だ」

91

ジューンバグの事件の捜査責任者はディアンジェロという刑事だった。事件ファイルによると、警邏《けいら》警官のあとに最初に到着したのが彼だった。俺の供述を取るのも彼の仕事のはずだった。が、ディアンジェロはギラーを、殺人課の刑事ですらない人間を代わりに送り込んだ。ファイルを閲覧できるようにしてくれた弁護士はこのふたりとも話をしていて、それによると、ディアンジェロは風紀課から出世した刑事で、風紀課時代にはギラーの相棒を務めていたということだった。

ディアンジェロはまだ生きていたが、ロサンジェルスに引っ越していた。俺が見つけたときには警察を退職して太い年金をもらい、シティ・オブ・インダストリーで民間の警備会社を経営し、VIPのボディガードをする商売をしていた。俺はディアンジェロに電話をかけ、ニューヨークから飛行機でそちらに行く予定があること、自分はあるレーベルでアーティストを発掘する仕事をしていて、目下ほかのレーベルからラッパーを引き抜く計画があるが、話がきなくさい方向に転がる可能性もあって、一週間の運転と護衛を頼みたいことを告げた。これがうまくいけば、長期的に契約を結ばせてもらうことになるかもしれない、とも。

ディアンジェロはこのチャンスに飛びついた。俺は車でロサンジェルス空港に行き、そこで彼と会い、チェックインのためにハリウッドのホテルまで送ってもらった。ホテルに着くと、彼はシークレットサービスのように大げさにあたりの様子を窺《うかが》い、自分が先に部屋の安全を確かめてくると主張した。ディアンジェロがドアをあけ、部屋のなかは安全です、お入りくださいと言うと、俺は拳銃で殴って彼を気絶させ、部屋のなかに引きずり込み、結束バンドでベッドに縛りつけて口をダクトテープでふさいだ。

彼のズボンの裾をめくるまえから、ふくらはぎに何が見つかるかはわかっていた。

その日俺がしたことは自慢できない。だが、彼がそれを受けるのは、ひとつ残らず当然の報いだった。事切れるまえ、ディアンジェロは真実を話した。あのときばかりはジューンバグが本気でどこかに移住するつもりなんじゃないかと恐れていたこと、彼女が足を洗い、売春婦がときどきそうするように、宗教に走るかもしれないと考えたこと、彼女やほかの女たちを手ひどく扱ってきたから、密告されるかもしれないと考えたこと。それから、自分が担当していたほかの女たちに、〝おまえたちが俺のものであるかぎり、人生の出口は存在しない〟というメッセージを送りたかったこと。

ディアンジェロは事件を自分で通報していた。駆けつけた警邏警官に話を聞くまで、殺人の現場を目撃されていたことにはまったく気づいていなかった。気づいていたら、たぶん俺も一緒に殺されていただろう。俺が現場にいたことを知ったディアンジェロは、顔を覚えられている可能性があるから自分では取り調べができず、代わりに元相棒を送り込んだ。ギラーは取り調べの記録をいちいち残すような男ではなかったから。

あれから幾度となく、ディアンジェロの言ったことについて、俺の母親を殺した理由について考えているが、何かが足りていない気がする。もしかしたら俺は自分をごまかし、ジューンバグの生と死に、それが耐えられないほどの重みを与えようとしているのかもしれない、けれど今日にいたるまで俺が信じているのは、本人はそうは言わなかったにしろ、ディアンジェロは彼女を愛していたということだ。ジューンバグがただ去ろうとしているだけでなく、同じだけの愛を自分に返そうとしないことに、そして自分の女というだけでは飽き足らず、人生に分不相応な望みを抱いたことに憤《いきどお》っていたのだろう。

俺がこんなことを言うのは、どうしようもない欠点の数々があったにもかかわらず、母親は愛すべき人だったからだ。

ディアンジェロがようやく息をするのをやめると、俺はラ・ブレア地区まで歩いた。それはロサンジェルス特有の、腰が抜けるほど明るく澄んだ日で、スモッグが消え、まるで鋭さと鮮明さの目盛りがひとつあがったようだった。気分転換になると思っていたかどうかはわからないが、実際気分は変わった。ラ・ブレアの角にセブンイレブンがあったので、立ち寄って〈スラーピー〉を買い、ジューンバグに献杯した。

92

ディアンジェロと俺が同じ色の瞳をしていると気づいたのは、もっとあとになってからだった。

俺たちは一緒にダイナーを出て別の方向に分かれ、あとずさりし、両手をあげて何も持っていないことを示し、コンドラツキーは死にかけのモールの曲がり角の向こうに消え、俺は別の角の向こうに。

バーブがポンティアック・グランダムの後部席で仮眠していたあいだ、俺はひと晩じゅうモールの見取り図を眺め、ついでにラピッド・シティの地理についても調べていた。向こうも同じことをしているだろう。モールは一階建てだ――地価からして、七〇年代は上に伸ばすより横に広げるほうが安あがりだった。さっきの小さなダイナーはかつてのフードコートの唯一の生き残りで、中央のアトリウムに位置し、階段のそばにあるが、エントランスと駐車場からはそれなりに離れていて、駐車場にはお互いの車と武器がある。

俺はアクセスの速さを考えてエントランスのそばに駐車していたが、それはまちがいだったかもしれない。グランダムは屋上から狙われたら絶好の標的になってしまう。モーテルで見かけたのとそっくりなシルバーのイスズ・トルーパーが、そこからさらに百メートルほど離れた場所に駐めてある。あれがキャットの車かどうか断言はできないが、もしそうなら、コンドラツキーは十秒の全力疾走で俺の精密射程から離れ、俺は立ち往生させられ、武器弾薬の数でも負けてしまう。

屋上は俺の最強の選択肢だ――モールは一階建てだから、ものの数秒で屋上にあがれる

——とはいえ、もしコンドラッキーが同じことを考え、先まわりしていたら？　こっちは出荷口と搬入口のある地下に向かい、安全な状態でチャンスを窺《うかが》い、そこから遠まわりして車に向かったほうがいいのかもしれない。しかしその場合、コンドラッキーは屋上でどれくらい待つだろうか？　もしあいつが屋上には行かずにまっすぐトルーパーに向かうようなら、完全に見失ってしまう。

おまけとばかりに、モールには警察の派出所まである。田舎街の警官など怖くはないが、彼らは銃声を聞いた瞬間に応援を呼ぶだろうし、そんなことになれば、今のままでも充分に複雑な事態が、さらに複雑になってしまう。

そろそろ決断しなければ。トイレへの通路の突き当たりに貨物エレベーターがあって、その近くに階段に通じる防火扉があり、俺はその階段をあがり、点検口を通って屋上に出る。警報はなく、錠は貧弱だ。体当たりで点検口をあける、コンドラッキーがモールの反対側の通用口から屋上に出ている可能性を考え、武器をかまえるが、彼がいる形跡はない。

屋上のエアコンユニットの陰に身を隠し、北東の角にじりじりと向かう。トルーパーはまだ動いていない。周囲に眼を光らせながら移動を続ける。あいつはどこに行きやがった？　モールの屋上はそれほど高くない——四・五メートルから六メートルといったところか。跳びおりれば、グランダムのところに行って武器を回収できる。しかし、いずれかの出口のそばで待ち伏せされていたら一巻の終わりだ。

屋上の反対側に着こうかというとき、それが見える。下のモールからあがってこられるもうひとつの点検口があいていて、錠が破壊されている。

あいつが先に屋上に来たんだ。
○・一秒後、コンドラツキーが階段の吹き抜けの陰から撃ってくる。俺は反射的に半びらきのドアを蹴り、やつの顔面にぶつけると、さっきの階段を駆けおり、下の壁めがけて転がって、点検口に狙いを定める。だが、コンドラツキーの姿はない。もうひとつの階段を使ったか、屋上から跳びおりたか、もしくは俺が飛び出してグランダムに向かって走るのを待っているか。とはいえ、派出所の警官も今の銃声を聞いたはずだ。彼らはすぐに屋上に向かうだろうから、コンドラツキーもおりてくる必要がある。
俺は大きな音が出るのもかまわず、さらに階段を駆けおり、かつては〈J・C・ペニー〉の店舗で、今はフリーマーケットとして使われていて〝営業時間：金曜日午後一時〜四時〟の看板が出ているドアに向かう。MP9のケツでガラスを割る。ドア全体が粉々に割れ、俺はガラスをまたいでなかに入る。入口に銃を向けつつ、別の出口を探す。俺が通ってきたドアはチョークポイントなので、脱出戦略が必要だ。窓には板が打ちつけられ、安価なアンティークや無名ブランドの消耗品を展示できるスペースになっている。外に出るためのドアには緊急用の開放バーがついているが、ひらかないようにチェーンが縛りつけられている。

唯一の選択肢は貨物用エレベーターだ。呼び出しボタンを押すと、俺が割ったガラスドアの隙間から何かが転がり込んでくる。振り向いて確かめると、閃光手榴弾のあまりにまばゆい光と脳が揺れるほどの衝撃が俺を襲う。眼は見えず、耳は歌い、俺は陳列されたタッパーウェアのコピー商品の陰で身を小さくし、感覚が回復するまで姿を見られないようにする。

視力が戻ってくると動きが見える。コンドラッキーが体当たりでドアから入ってきて、自身への援護射撃としてフリーマーケットの一面を掃射する。年じゅうクリスマスセール中のガラス細工、トナカイ、天使たちが吹き飛ぶ。俺はまだ眼が半分見えておらず、あいつとやり合える状態ではない、そこで代わりにドアに向かって弾をばらまき、よろめきながら貨物エレベーターに向かい、地下におりるボタンを連打する。

閉まりつつあるエレベーターのドアにコンドラッキーの弾が風穴をあける。

エレベーターが揺れながら下降するなか、サイレンが聞こえてくる。モールの警官が呼んだ応援部隊だ。無用な殺生を避けるつもりなら、コンドラッキーと俺はよそで続きをやらなければならない。

底に着くとドアががたがたとひらき、俺は転がり出てドアの方向に銃を向ける。左側に非常用階段があり、コンドラッキーがあの階段を使って中央のアトリウムからおりてきている可能性もあるが、だとしたらすでにここにいるはずだ。となると、あいつもサイレンを耳にして、俺がいなくなった隙にトルーパーに向かったのかもしれない。

右側に搬入口がある。俺は金属製のシャッタードアをあげ、壁に沿いながら、駐車場まで斜路を駆けあがる。駐車場との境目のところで立ち止まり、グランダムまで走る準備をする。

手遅れだ。駐車場の奥から、トルーパーがすでに俺に向かって突っ込んできている。反対側を見ると、二台の警察車両がモールの入口に急停止し、警告灯が光っている。警官たちが降りてきて、トランクからタクティカルアーマーと武器を出し、モールの入口に向かう。あの警察車両に到達することはできるかもしれない。警官は必ずキーをイグニッションに差しっぱなしにする。が、パトカーを盗めば執拗に追跡されることになる。

地下に引き返そうとしていると、店の制服を着たがりがりの少年、せいぜい十九歳の少年がオフロードバイクにまたがり、ヘルメットをかぶろうとしているのが見える。イヤフォンのせいでサイレンが聞こえていない。少年はヘルメットを装着し、足で蹴ってエンジンをかけ、縁石からバイクを出す。

俺はバイクに向かって走るが、少年は加速して駐車車両の二本の列のあいだを進み、俺は方向転換を余儀なくされる。錆びついたフォード・レンジャーの荷台に、それから運転室のルーフに跳び乗り、それを踏み切り板の代わりに使う。空中から少年に激突すると、少年は地面に大の字に倒れる。俺はバイクを起こし、またがる。少年は起きあがり、ふらつきながらも怒りをあらわにするが、銃を見てあとずさる。そんな彼の背後から、トルーパーが二輪を浮かせて駐車場の通路に突っ込んできて、縁石にぶつかるが、すんでのところで横転はしない。

俺はスロットルをひねる。後輪から煙があがり、バイクは左右に揺れながら飛び出し、いきなりウィリーして振り落とされそうになる。とりわけツイていない一日になった少年はトルーパーの通り道から跳び退き、俺は爆音をあげて駐車場を出る。

振り向くとコンドラツキーは俺の数メートルうしろにいて、追いあげてきている。

93

オフロードバイクでトルーパーを振り切れるわけもなく、モールから外に向かう道路の中央分離帯をバニーホップで跳び越えて対向車線に出るが、コンドラッキーは俺のケツに食らいついてきて、トルーパーが分離帯を越えてバウンドするとシャシーの錆が流れ落ちる。

俺は歩道に乗りあげ、上下左右に揺れながら街灯と駐車メーターのあいだを縫うように走り、コンドラッキーに射線を取られないようにする。前方の車両がいなくなると、彼はグロックをかまえ、俺は右折するフェイントをかけてから左に急ハンドルを切り、自動車修理工場と温水浴槽販売店のあいだの脇道に入る。

コンドラッキーは曲がりそこねる。ヤマハのスロットルを全開にし、倉庫区画を通り過ぎると小さな丘があり、蛇行する砂利道が上まで続いている。左手の交差路からコンドラッキーが追ってきているが、百メートルほど引き離している。

アスファルトが砂利道に変わるあたりの地面に突起があり、砂利道は曲がりくねって丘をのぼるにしたがい、勾配がきつくなっている。ここはヤマハの独壇場、タイヤのブロックが地面をしっかり嚙み、一方でトルーパーは揺れ、跳ね、ダンパーは消耗し、タイヤはすり減っている。コンドラッキーは道から外れないようにするだけで精いっぱいで、だんだん距離がひらいている。ようやく、と俺は思う、形勢が逆転したかもしれない。

道路は前方で左にU字に折れている。が、それとは別に岩がちな登山道があり、藪を突き抜ける必要はあるが、てっぺんまでほぼまっすぐのショートカットになっている。俺はバイクを急停止させると、オフロードに突っ込み、急な登山道をのぼり、ハンドルさばきで木々のあいだをすり抜け、岩、砂利、排気ガスを後方に巻きあげて進む。下ではトルーパーが砂利道に食らいつき、俺を見失わないように緩いカーブをドリフトしているが、徐々に引き離されている。

登山道のてっぺんは土が崩れ、険しい斜面になっている。アクセルを全開にし、へりを飛び越えて着地すると、恐竜たちが俺を出迎える。

94

なかでもブロントサウルスは最大の、実物大のレプリカで、星条旗はためく旗竿と一緒に丘のてっぺんに陣取っている。階段をくだった先にはティラノサウルスとステゴサウルス。さらにその先には、角が一本なくなったトリケラトプス。ミントグリーンの塗料で塗られたばかりだが、本体はニュー・ディール政策時代のコンクリート製で、古く、綻《ほころ》びている。

ラピッド・シティが眼下に広がっている。道路がジグザグに下に延び、街を横断する大通りに、中央分離帯で分けられた六車線の州間道路につながっている。その先を見ると、東西に流れる川が街をまっぷたつに分断しており、川に沿って鉄道線路と細長い緑地が延びている。

そのようにして、俺はどうやってあいつを殺せばいいかを知る。

メンテナンス用通路としても使われている砂利道からトルーパーが現われる。俺はコンドラツキーにこっちの姿がちゃんと見えていると確信できるまで待ってから、クラッチを一気につなぐ。コンクリート製の階段を騒々しくバイクで駆けおり、公園のエントランスに向かうと、遊びに来ているボーイスカウトの少年たちが散り散りになる。

コンドラツキーは車を横滑りさせながら、俺の背後の駐車場に入る。オフロードに向かえば追いつかれることはないが、今はちゃんとついてきてもらう必要があるので、道路を選び、ブロックタイヤが情け容赦ないアスファルトの上を軽快に進む。コンドラツキーは俺についてきている、つねに角ひとつ分遅れて。

丘の麓に近づくと俺はオフロードに乗りあげ、まばらな木々のあいだを抜け、ひらけた路面を進んで州間道路へ。コンドラツキーは二番目にいい道、建築業者の倉庫に向かうくだりの砂利道を進んでいる。俺が州間道路に飛び出すと、向こうは金網のフェンスを突き破り、金網の半分をトルーパーの車体に絡《から》ませたまま追ってくる。

ここまでのくだり道でタイミングは調節してあるので、俺は道路の六車線を一気に突っ切る。シヴォレー・シルヴァラードと激突しそうになるが、シヴォレーが急ブレーキをかけると、うしろに牽引しているトレーラーがジャックナイフターンし、ハウスボートが落下、分解して、ベニヤ板とファイバーグラスのフラクタルと化す。

俺の背後、アスファルトの上で金網が火花を散らし、コンドラッキーが倉庫区画から出てきてハウスボートの残骸を突き破り、クラクションの爆音鳴り響く残りの三車線を突っ切ってくる。

前方の小高くなったところを線路が走っている。俺は隆起をカタパルト代わりにして空中に飛び出し、線路の反対側に着地する。コンドラッキーは反対側にコースを定め、俺と並走する。コンドラッキーが銃を撃とうとしたそのとき、俺が見ているものを彼も見る。明るいオレンジ色の重連ディーゼル電気機関車が、さまざまな貨物を積んだ全長二キロのコンテナ車両を引き、俺たちにまっすぐ向かってきている。

その怪物が轟音《ごうおん》とともに接近し、コンドラッキーがハンドルを右に切って衝突を避けると、俺たちのあいだに壁ができ、俺は気流でバイクから引き剝がされそうになる。太鼓のような音とともに車両のひとつひとつ――ベントナイト、エタノール、エタノール、ベントナイト、穀物――が猛スピードで通り過ぎ、その隙間から、コンドラッキーが俺に遅れずについてきているのが見える。トルーパーを覆っていた金網が一本ずつほどけ、ようやく剝がれ落ちる。

列車が通過しきるまで一分近くかかる。車掌車が遠ざかった瞬間、コンドラッキーは銃で狙いを定めるが、俺は川と細長い緑地帯に向かって左に逸《そ》れ、勾配は西に向かってきつくなり、谷につながっている。

トルーパーは線路を横断し、俺を追ってくる。

よし。これが最終ラップだ、あいつは俺の狙いどおりに動いている。

俺はオフロードに出て、草木に覆われた浅い谷、ラピッド川に接する谷に入る。コンドラッキーはタイヤを滑らせながら、緑地帯を通る道に入り、俺と並走し、川とトルーパーの車体で俺を挟む。

コンドラッキーがまたグロックを抜くが、俺は川沿いの木立を遮蔽物として使い、木々のあいだで弾をよけ、加速とブレーキを繰り返して最後の準備を進める。トルーパーの運転席側の窓があいているが、それでは駄目で、俺はブレーキをかけ、彼の裏にまわり、それから急加速して、トルーパーの助手席側の真横につける。

コンドラッキーはようやく射線を確保できたと考え、助手席の窓越しに撃ってくるが、俺はブレーキをかけ、狙いを外した二発目が助手席側の後部窓を破る。

完璧だ。おかげで手間が省けた。

俺は連結されたままの〈ナーモ〉グレネードをベルトから取り外す。ピンを抜き、前方に加速し、割れたトルーパーの後部窓からそれを投げ入れ、カーブして丘をのぼり、安全な距離まで離れる。

グレネードは助手席の後部で跳ね返り、トルーパーの運転席の足元に落ちる。コンドラッキーは半狂乱になって手探りし、トルーパーはほとんどコントロールを失うが、だからといってどうなるわけでもない。起爆時間は四秒で、すでに三秒使っている。彼は勢いよくドアをあけ、トルーパーから脱出すると、体を丸めて坂道を転がり落ちる。

一瞬ののち、グレネードが爆発し、トルーパーの窓とドアを吹き飛ばす。運転手を失い、大破した車体は川に向かってふらふらと斜面をくだり、次第に加速して空中に飛び出し、木に正面衝突する。ガソリンタンクが破裂し、トルーパーはオレンジ色の火球のなかでそのはらわたをまき散らす。

コンドラッキーは最後に一回転して停止すると立ちあがり、木のそばを離れないようにして身を隠しながら、俺の姿を探している。が、こっちはすでに彼めがけてバイクで斜面を駆けおりている。俺は発砲し、弾が木の幹に食い込み、やつを足止めする。突っ立っていても死ぬだけだから、彼は斜面を駆けおり、なるべく木の幹をあいだに挟むことで俺の銃撃を防ごうとする。

そろそろ川に着くが、そこで行き止まり、そこがやつの死に場だ。コンドラッキーがぜいぜいとあえいでいるのが見える。そうだ、やつは鍛えているが、じじいだし、すでにガス欠だ。

だが、コンドラッキーは突然右に、谷が急になっている方向に向かう。スピードが速すぎるせいで俺は行きすぎてしまい、一秒間やつを見失う。

急ブレーキをかける。

くそ。

やつを追って谷に向かえば、待ち伏せの絶好のカモになってしまうが、このまま逃がすわけにもいかない。スロットルをまわし、斜面をのぼってへりに向かい、上からコンドラッキーを見つけようとする。けれど見当たらない。前方を見ると、交差道路の下を流れる川が行く手をふさいでおり、ヤマハでへりからジャンプし、急斜面に着地する。バイクはグリップを失い、制御できないまま十メートルほどスライドしたあと、どうにか体勢を立て直す。川沿いの道までおり、コンクリートの橋脚の陰からの不意打ちをなかば予期しながら橋の下を走る。が、コンドラッキーは影も形もない。やつはいない。

俺は横滑りしながらターンし、来た道を百メートル戻る。

何もない。

そして、俺はやつがしたことを理解する。

俺がここまでおりてきたとき、向こうは逆に斜面をのぼって俺の背後にまわったのだ。

今はどこにいてもおかしくない。

コンドラッキーを見失った。

95

ラピッド・シティを三百六十度見渡すことができ、かつコンドラッキーから不意打ちを受けない場所、ブロントサウルスの下に座り、太陽が地平線に沈むのを見ている。

あいつはこのままあきらめたりしないだろう。しかし、問題はコンドラッキーではない。

誰かが俺を亡き者にしたいと思っているのなら、あいつを殺してもせいぜいその場しのぎにしかならない。連中は別の殺し屋を俺のもとに送り込み、また別の、また別のと送り込むだけだ。

もちろん俺はそのほとんどを返り討ちにできる。が、全員を殺さなければならない。向こうはたった一度のまぐれに恵まれるだけでいい。

ハンドラーがバックについていなければ、俺はもう17《セブンティーン》ではない。

自慢のタネにされるだけの獲物だ。


すべてはベルリンに遡《さかのぼ》る。あの暗号鍵が入っていたメモリーカードに。今ならはっきりわかるが、ベルリンでのほんとうの仕事はあのブラシパスだったのだ。直前のじいの暗殺には二重の目的があった。俺を適切な時刻に適切な場所にいさせること、俺の気を逸《そ》らせておいてから、寝耳に水でティーアガルテンの仕事を割り込ませて、俺が何かを考えたり、疑問に思ったりする時間を与えないこと。

あのメモリーカードを奪った瞬間、俺は使い捨ての駒《こま》になっただけでなく、危険な存在になったのだ。

俺がどこにいて、何を持っているかをコヴァッチが知っていたのだとしたら、最初からハンドラーが一枚嚙んでいたとしか考えられない。ハンドラーは俺を捨て駒にして、なんらかの、今の俺には想像しかできない見返りを得たのだ。国防情報局《DIA》のような組織に代わって汚れ仕事をする隠密任務の独占契約とか。ハンドラーにとって価値があるとすれば、それくらいスケールの大きな話でなければならない。けど、あいつはいつも野心が強かった。

そして、コヴァッチが俺の暗殺に失敗した直後、ハンドラーは俺を16《シックスティーン》のもとに送り込んだ。

それにしても、なぜそこまでして俺を死なせようとする？

ベルリンでの任務は残忍ではあったが、いつもと変わったところはひとつもなかった。おかっぱモーのような人間は俺のような人間に毎日殺されている。死は職業病だ。

俺が見落としている何かがあるはずだ。

俺の考えがまだおよんでいない何かが。

トリケラトプスの影が俺に向かって伸び、ラピッド・シティのシルエットの向こうに太陽が消えると、果てがなくなる。

あの日の出来事を何度も何度も反芻《はんすう》する。

そしてひらめく、すべての辻褄が合う。俺はすべてを理解する。

ひとつのことを除いて。

モーが線路をあとずさりながら、眼を恐怖でいっぱいにして繰り返していたあの言葉。

パラシュ、ー、ト。パラシュ、ー、ト。パラシュ、ー、ト。

あいつは死ぬほど重要な何かを伝えようとしていた。

俺を殺すべくコヴァッチが送り込まれ、16を殺すべく俺が送り込まれるくらい重要なことを。

パラシュ、ー、ト。パラシュ、ー、ト。パラシュ、ー、ト。

その意味するところを知らなくてはならない。そして、それを教えてくれるかもしれない人間は、この地球上にきっかりひとりしかいない。

第五部

96

二十一歳の誕生日を迎えるころにはすでにふたり殺していた。

自分が何になりたいかはわかっていたが、まだずぶの素人だった。

ケベック州立図書館での独学といっても限界がある。俺に必要なのは教師だった。それなりに簡単に見つけられた——元特殊部隊員や元スパイにとって、技術を教えるのは実入りのいい仕事だ——しかし、ほんとうに腕の立つやつから教わるのは高くつく。俺は盗んだり稼いだりした金でそれを支払った。

三年かけて運転、射撃、飛行、パラシュート、戦闘、登攀《とうはん》を学んだ。モントリオールの国際色豊かな移民コミュニティのおかげで七カ国語を理解できるようになり、うち四つは流暢《りゅうちょう》に話せるようになった。夜間クラスでは財務会計表の読み方やデータベースでの検索の仕方を学んだ。痛みに耐える訓練は要らなかった。それはデイヴィッドから教わっていた。セキュリティ講習に参加し、施錠された建物に痕跡を残さずに入る方法、社交術を駆使してどんな企業や施設にも入り込む方法、変装する方法、生体認証をごまかす方法、パスポートを偽造する方法を知った。教えてくれたのは元課報特務庁《モサド》、元CIA、元KGB、元南アフリカ諜報員、それから、そうした全員が束になってもかなわないエストニア情報機関の男だった。世界一周の飛行機チケットを買い、ヨーロッパのあらゆる首都、中東のほとんどの首都、モスクワ、サンクトペテルブルク、北京、東京、南アメリカの無数の都市を肌で感じた。

自分がしていることを隠すつもりはなかった。それどころか、教師たちに俺の野心をはっきり伝えるようにしていた。バーで疲れた顔をして俺の隣に座り、深酒をしているが酔い潰《つぶ》れてはいない男たちが、政府の仕事に興味がないかどうか、俺にそっと探りを入れてくるようになった。

そのすべてを断わった、まだ準備ができていなかったから。

俺の教師たちはみんな〝元〟だった。といっても、もちろん彼らはまだ雇われの身だった――実際にリタイアしているやつはひとりもいなかった――が、俺のような若造相手にめったなことを言わないよう、注意を払っていた。彼らは誰かを紹介するとは言ってくれたが、俺が求めていたのは紹介じゃなかった。知識だった。

自分が知らないことを知らなければならなかった。

こういう連中が決して教えようとしないことを知らなければならなかった。

もう教師は要らなかった。

必要なのは師だった。

それをユーチューブで見つけた。


トミー・ハンボルトは五十四歳、老いぼれの酔いどれで、投稿した動画がバズったばかりだった。カメラをとろんと見つめる、酒でむくんだ大きな赤ら顔、しわくちゃの襟からあふれんばかりの脂《あぶら》ぎった灰色の髪。マットレスと液晶テレビ以外はなんの家具もない、がらんとしたアパートメントに座り、CIAから受けた仕打ちに文句を言い、自己憐憫を垂れ流して自分の悲劇を語りながら、何度も涙をこぼしていた。

ぼろぼろのぬいぐるみのように、トミーは縫い目が裂けはじめていた。

俺はすぐに彼を気に入った。

トミーはCIAの人間で、ただ勤めているだけでなく、ベテランだった。そして、少なくとも公式には、まだレバノンのベイルート局長だった。それ以前はウィリアムズバーグのそばにある広さ九千エーカーのCIA訓練施設キャンプ・ピアリー、またの名を〝ザ・ファーム〟で指導教官をしていて、十年間、俺のようなケツ穴野郎たちを訓練していた。彼は典型的な昔気質《かたぎ》の人間だった。CIAで頭角を現わしたのは冷戦の末期も末期、のべつまくなしに女とヤり、ランチの時間に飲んだのがなんであれ、そのにおいをぷんぷんさせて午後を過ごし、夕食後は、というより夕食代わりにもっと飲むのがクールと考えられていた時代だ。

時代はすでに変わっていたが、トミーにとっては変わらなかった。常習的に飲酒運転をしていたが、外交官ナンバーのおかげでほぼ免責だったし、ベイルート警察もそんな彼を放置していたどころか、家まで安全に帰れるよう何度かエスコートしていた。たぶん警察はCIAからかなり気前のいい袖の下を受け取っていたのだろうが、トミーは平気な顔でそれを自分のために利用していた。CIAのセーフハウスも悪用し、部下、取引先、ライバル情報機関で同等の地位にある女をはじめ、数々の女とのヤリ部屋として使っていた。

トミーはセキュリティ上のリスクを抱えた歩く時限爆弾だったが、処分するのがきわめて難しいことは明らかだった。第一に、プロの詐欺師としての経験と訓練のおかげで、いわゆる嘘発見器をだますのはお手のものだった。第二に、彼はきわめて有能だった。トミーの手口は正統派ではなかったが、それは魔法のように効いた。第三に、彼は実に人好きのする男だった。俺が初めてトミーの動画を見た数週間後、俺たちは一緒にミラノのホテルに入ったが、彼がフロント係に最初にした質問は「密通はどこですか？《Dov'è la fornicazione》」で、それをあらんかぎりのよく響く声で言った。見事なものだった、というのもスパイ活動中の人間――まさにそのときの俺たち――がそんな振る舞いをするはずがないから。

くそ目立つことによるセキュリティの価値を教えてくれたのはトミーだった。

97

グレイハウンドはにおう。誰かが近くの席にゲロを吐き、それを片づけようとする試みは申し訳程度にしか成功しておらず、だから今はバス全体が吐物と消毒薬と、おまけにほかの乗客たちが発散している個々のにおいがなんであれ、それらが組み合わさったにおいがほんのりと漂っている。油の染みたジーンズを穿き、脂《あぶら》ぎった髪をした男が酔い潰《つぶ》れ、トイレのそばの後部二座席を占領しているせいで、乗客は彼をまたいで用を足さなければならない。

バーブとキャットは一緒に座り、バスはかなり混雑しているから、ふたりは声を低くして話している。

「こんなの馬鹿げてる」キャットはまだ怒りながら言う。「男なんてくそ」

「女もいるけどね」バーブが言う。

「なに？」

「ああいう仕事をしてる人のなかには女の人もいる。若い女の人も。女の子って言ってもいいくらいの。だからまあ、男だけの話じゃないってこと」

「あなたも人を殺したことあるの？」突然の疑念が頭をもたげ、キャットが言う。

「そんなわけないでしょ」とバーブ。「殺したいと思ったことはあるけど」

キャットはしばらく黙り、自分の正面の座席の背についた跡を、これまでの乗客たちが眠ろうと頭を預けた場所がすり減り、てらてらしているのを眺める。

「わたしは実際に人を殺そうとした」しばらくしてキャットは言う。

バーブがキャットを見つめる。

「マックを。昨日。わたしはショットガンを持ってた。向こうはわたしが引き金を引くとは思ってなかった。でも引いた。それで耳が――」彼女は指で、自分の耳が爆発するような仕草をする。「耳を狙ったわけじゃないんだけど」

キャットはもうひとりの女の顔に何かを見る。

「やるかやられるかの状況だったし」

「別にわたしに言いわけしなくていいの」バーブは言う。「でも、向こうは引き金を引くつもりはなかったでしょうね」

「なんで？」

「あなたが誰の娘かって話」

キャットは笑う。「あいつは母さんのことが好きだったから、娘のわたしを殺さなかっただろうってこと？　それはないっしょ」

「そういうことじゃない。というか、それだけじゃない。たぶんお母さんから聞いたことはないでしょうけど、あのふたりは長い関係だった。それもかなり。あなたが生まれるまえからの。あなたが生まれる直前からの」

キャットはバーブを見つめる。

「深い意味はないんだけど」バーブがやさしく言う。「あなたが引き金を引けたのには、きっと理由があるんでしょう」

キャットは驚いて言葉を失い、椅子の背にもたれる。

彼女はそれから二十五キロのあいだ黙ったまま、心のなかの石をひっくり返し、いくつもの瞬間、いくつもの願望、自分が忘れていたこと、感じたこと、したこと、しそうでしなかったこと、自分のなかの認識も理解もしていなかった場所に理由がありそうなことに思いを馳《は》せる。そして、すべてがぴたりとはまる。

「ねえ、大丈夫？」バーブが訊く。

「たぶん。ただその……いろいろありすぎて」

「ええ」とバーブ。「ほんとそう」

98

太陽がつつがなく地平線の下に沈むと、俺はオフロードバイクをふかし、ライトを消して低木地帯を抜け、竜脚類たちのいる見晴らし地点から見えた貧相な賃貸アパートメントに向かう。

法執行機関は今ごろ、俺にバイクを盗まれた少年、歯列矯正中のウェイトレス、六車線にハウスボートを絶賛まき散らし中のケツ穴運転手から俺の人相風体を聞き出していて、おまけにモールの防犯カメラから高解像度の静止画を手に入れている。さらに、バーブのポンティアック・グランダムは警察の非常線の内側にあり、鑑識班はすでにタイヴェック製の防護服に着替え、州警察、FBI、アルコール《A》・煙草《T》・火器《F》局も現場に向かっている。要するに今の俺はサウスダコタの法執行機関の最優先目標であり、つまりは回避行動を取らなければならない。

アパートメントは公営住宅で、住人の誰も盗むに値するようなものを持っておらず、また、人から穿鑿《せんさく》されるのを好まないため、他人を穿鑿することもめったにない。ちょうど腰の曲がったフェドーラ帽の老人が外で一服しようと、酸素ボンベのついた歩行器と一緒によろよろと表に出ようとしていて、親切心からドアを押さえてやるふりをすれば、簡単に忍び込める。

なかに入り、地下のランドリーエリアに向かうと、世の常として、誰かが腹立ちまぎれに洗濯機から放り出した服が放置され、山になっている。俺は耳がピアスだらけで〝100% THAT BITCH〟と書かれたタンクトップを着た女に謝り、服の山を拾うと、階段まで運ぶ。そして、ウエストサイズが俺より十センチ大きい男の、ナイキの湿ったトラックスーツに着替える。

というかナイキの偽物だが、それはよしとしよう。

裏の駐車場に向かう。ここからなくなっても、少なくともしばらくのあいだ、誰も気づかないような車が必要だ。駐車されているのはどれも現役のように見えるが、脇にオールズモビルがあり、ボンネットもフロントガラスも、頭上に枝葉を広げるカエデの落ち葉や折れた枝に覆われている。何カ月も使われていないのは明らかだが、見た目はしっかりしている。この年季の入りようから、たぶん表でニコチンを摂取しているじいさんの車で、言うまでもなく、あのじいさんはもう運転ができる状態ではない。

五分後、俺は血のように赤い九四年式オールズモビル・カトラス・シュプリームのハンドルを握っていて、内装は豪華、灰皿はぱんぱん、エアロスミスのCD、〝ムラっときたら、クラクションを鳴らしな〟のステッカー。

あのじいさんは生き方を知っていた、それは認めよう。

99

くそが扇風機にぶつかったのはトミーがあのユーチューブ動画を撮る六週間前のことだった。外交官ナンバーつきのメルセデス・ワゴンに乗ったトミーがベイルートの街灯に突っ込み、レバノン人の学生を半殺しにしてしまったのだが、その学生はなんと法務大臣の甥っ子だった。外交スキャンダルが爆発し、トミーのキャリアが終わったこと、ひっそりと外野送りになること、その代わり、ＣＩＡ資金の使い込みについては不問に付されることがきっぱりと通告され、トミーは本国に召還された。

しかし、トミーは黙って引きさがるようなタマではなかった。

彼は本国行きの飛行機に乗らず、次に誰もが知るところとなったのは、ユーチューブ上でどこかのアパートメントにいて、ＣＩＡの不手際について、自分が不公平な扱いを受けていることについて、自分の作戦遂行スキルとちんぽこのサイズがいかに並外れているかについて、それから上司たちの性格的欠点について、酒で顔を赤くしながらカメラに向かってぶちまけている姿だった。

トミーは目玉が飛び出るほど高級なウィスキーを飲んでいて、それが今では彼の本命の恋人になっているようだったが、そのお代わりを注《つ》ぎに一度か二度立ちあがると、ズボンを穿いていないことが明らかになった。

俺はますます好感を抱くようになった。

トミーは酔っていたかもしれないが、馬鹿ではなかった。自分が何をしているか完璧に理解していた。動画は公開された身代金要求そのもので、最後は要求と脅しで締めくくられた。要求はシンプルだった。自分はこの仕事を続けたい、少なくとも、なんらかの仕事を。彼は自分では、おそらく正当に、これまでＣＩＡに人生を捧げてきたと思っていた。

そんなトミーにとって引退は安楽死と同じで、まったく受け入れられないものだった。脅しのほうはぶっ飛んでいた。CIAが自分を復帰させないつもりなら、ほかの誰かのために働く。それはヒズボラかもしれないし、ロシア人かもしれないし、中国人かもしれない。というか、誰でもかまわない。そして、自分が知っているあらゆる情報を漏らす、それには何百というCIA工作員と自分が長年訓練してきたスパイたちの身元情報、のみならず、自分が眼にしてきたあらゆる作戦の詳細も含まれる。

彼はCIAが筋の通った対案を公《おおやけ》にオファーできる猶予を二週間に設定し、同時に、その期間中に第三者からのアプローチも受け付けると明言した。

トミー・ハンボルトは黄金だった。彼を暗殺することについて、CIAは少なくとも自分たちの手による暗殺についてはおよび腰だったが、トミーは一線を越えていた。彼の首には賞金が、それもかなりの額の賞金が懸けられているはずだった――いわゆる〝契約なき契約〟。誰であれ、真っ先に彼のもとにたどり着いて暗殺に成功した者が支払いを受ける。

トミーは俺が望みうるすべてだった。

彼を見つけるのに二週間の時間があり、相手にとって不足はなかった。

唯一の手がかりは動画のなかにあった。トミーがまだレバノンにいるのはほぼ確定で、なぜなら身分の異なるパスポートを彼に与えていたのはCIAだったから。となると、気づかれずに国境を越えることはできないし、密航業者と手を組めば、より高額の賭け金を払ってくれる相手に売られる可能性もある。それに、トミーはベイルートをよく知っているし、協力的な取引先が地元にいるだろうから、おそらくはまだ現地にいるはずだ。

動画にタイムコードは埋め込まれていなかったが、冒頭三分の箇所で、飛行機が速度を落とす音が聞こえた。トミーの背後、何も映っていない液晶テレビを拡大してみると、ランディングギアをおろし、どう見ても最終進入状態の飛行機が映り込んでいた。ターボプロペラエンジンの双発機で、独特の輪郭から、〈スウェアリンジェン〉SA227だと思われた。だとすると短距離を飛ぶチャーター便の可能性が高い。

トミーは酔って激高し、動画を撮った直後にユーチューブにアップロードした可能性が高そうだったから、動画がアップロードされた日にベイルートに入った便をフライト追跡サイトで調べた。その日入ってきたSA227はイラク北部のエルビルからの一便しかなかった。それで着陸時刻がわかった。着陸前アプローチの地理情報《KML》ファイルをダウンロードし、グーグルアースに読み込ませて早送りすると、動画内に見えている飛行機の高度は三百五十メートル付近だと判明した。地図を動かし、トミーの液晶テレビに映っている飛行機と同じ見え方になる角度を調べた。

それで方角がわかり、ベイルートを横断する一本の線を引くことができたが、距離が必要だった。俺はスクショを撮り、フォトショップに読み込ませると、最大までズームして定規でピクセル数を数え、飛行機の幅、窓の幅、テレビの幅を測った。そこからはハイスクールの幾何学を使い、建物の位置は飛行経路から二千五百から四千五百メートルのあいだと割り出した。

二キロでも藁山《わらやま》から一本の針を見つけ出すようなものだ。しかし、映り込みに眼を凝《こ》らすと、飛行機の下に、ヒマラヤ杉のてっぺんと高層ビル群の一部が見えた。これでトミーは少なくとも地上から三階以上、四階以下にいることがわかった。これで五棟のアパートメントに絞られたが、映っている高層ビル群が見えるのはそのうち一棟しかなかった。

飛行機はそのアパートメントの西側を飛んでおり、それはつまり、八つの部屋のうちのどれかということだった。

これだけ調べるのに四時間とかからず、そのあいだ一度も席を立たなかった。

その夜、俺はベイルート行きの飛行機に乗っていた。

100

ラピッド・シティでの用事はまだ片づいていない。

最初の店は無駄足に終わる――安売りの酒、メンソール煙草、国産ビールしか置いていない。が、店内のカウンターの向こうにテレビが見える。今日の出来事のニュース映像が流れていて、点滅する警告灯、タイヴェックの防護服、オフロードバイクの少年へのインタビューのモンタージュ、その合間に、防犯カメラに映った俺の静止画が映し出される。コンドラッキーと俺の小競り合いはこの街じゃここ数年で最大のニュースらしい。服を替えたとはいえ、この店に、いや、ラピッド・シティのどんな店だろうと、足を踏み入れればものの数秒でばれてしまうだろう。

外で物乞いをしている男が頭を垂れ、両手に〝お腹が空いています――退役軍人〟と書いた段ボールの看板を持っている。せいぜい四十歳ぐらいだろうが、その倍は老けて見える。ストリートでの生活は代償をともなうのだろう。クラクションを鳴らすと、弱々しい音が鳴る。男が顔をあげる。俺は手動で窓をあけ、男に身振りをする。近づいてきた男に対し、断われるはずのない提案をすると、彼は車に乗り込む。男の名前はフレッドで、眼に染みるほどにおうが、愛想がよく、見た目よりも頭が切れる――彼は軍隊を辞めたあと、馬の売買人をしていたと話し、自分が書いたカントリーソングをナッシュヴィルの敏腕プロデューサーに盗まれたと盛大な批判を始める。だが、ここでもっと重要なのは、ほかのことはともかく、この男は酒屋に詳しいということだ。

数分後、俺たちは〈リカー・ブティック〉の外に車を停め、ウィンドウには高価な酒がうずたかく積まれている。

俺が現金の束を引っぱり出すと、フレッドは驚いてそれを見つめる。彼は熱心に聞き、うなずき、店内に向かう。女性店員が彼を追い出そうとして、店内で無言の芝居が繰り広げられるが、彼は文字どおり店員の顔のまえで現金をひらひらと振り、店員の態度が百八十度変わる。

会計を終えると、フレッドは茶色い紙袋ふたつを持って車に戻ってきて、俺の分を窓から差し入れる。俺は中身を確かめる。

「これでいいのかい？」彼が尋ねる。

「これでいい」

「あんたなんだろ？」

「何が？」

「モールで銃をぶっ放して、川べりでトラックを吹き飛ばしたってのは。あんたが俺を拾った店のテレビで、指名手配写真を見たよ」

「なんの話かわからない」

フレッドはなくなっている歯を見せて笑う。「俺もだ。でも、地獄であんたの分も席をあっためとくぜ、念のためな」

彼はわけ知り顔で自分の鼻をとんとんと叩いてから敬礼し、酒屋の入口に歩いていくと、そこで壁に寄りかかり、膝に看板をもたせかけ、戦利品の液体の最初の一本を盛大にあける。

101

レバノンはAK47を空に向けて撃って子供たちの試験結果を祝福する国で、結果がほんとうによければRPGの出番になる。俺は朝の短い時間で装備をととのえ、政情不安定な南部郊外への落ち着かない旅に出発した。

トミーのアパートメントの建物を見つけ、三階と四階に忍び込んだ。この時点で部屋は四つの候補に絞れていた、というのも動画のなかでは光は一方向から射していて、ほかの四つの部屋は二面に窓があったからだ。三階のひとつ目の部屋は応答がなかった。ふたつ目の部屋には若い女と幼児がいて、話を聞くと、ひとつ目の部屋には彼女の友人が住んでいて、その友人は上の部屋から昼も夜もレッド・ツェッペリンが大音量で聞こえてくることに文句を言っていたが、五日前にようやく騒音がやんだのだと教えてくれた。

トミーの動画がユーチューブに投稿された日だ。

トミーの部屋はもぬけの殻で、それは驚くことではなかった。トミーはベテランで、物事がわかっている。俺が液晶テレビの映り込みからここを突き止められたくらいだから、ラングレーの働き蜂にもできるはずだ。俺がここに一番乗りできたのは、責任を回避することしか頭にない灰色の男と女だらけの諜報コミュニティの長ったらしい承認プロセスに、自分の作戦計画を通さなくてよかったからだ。

とはいえ、トミーはやはり酔っ払いであり、酔いは人を不注意にする。部屋は汚く、テイクアウトやデリバリーの容器で埋め尽くされていたが、何かがなくなっていた。動画のなかのトミーは水でも飲むようにウィスキーを飲みまくっていて、ある時点で部屋の向こうに空《あ》き瓶を投げ、がしゃんと音がしたが、明らかに瓶の山にぶつかったような音だった。しかしどういうわけか、ここを引き払うまえに空き瓶を処分したらしい。つまりはそれだけ重要ということだ。スーツケースに詰めて持っていったとは思えなかったので、一番可能性が高い場所を確かめることにした。アパートメントの各階にはダストシュートがついていて、地下にごみが落ちるようになっていた。ごみはそこから裏の大型ごみ容器に運ばれる。俺は古いおむつや腐りかけの仔羊のシャワルマに腰まで浸《つ》かり、目当てのものを探し出し、そしてその瓶を見た瞬間、どうしてトミーがそれを誰にも見られたくなかったのかを理解した。

ウィスキーは〈白州《ハクシュウ》〉の十二年ものシングルモルトで、一本二百五十ドルはするが、ここで重要なのは値段ではなかった。重要なのは、とくにベイルートのような場所では、手に入れるのが馬鹿みたいに難しいという事実であり、トミーはどう考えても、そしてどうしようもなく、こいつを手放せない体になっているのだ。

俺はほとんどの瓶をごみ箱に残したままにしたが、一本だけ手に取り、念入りに汚れを落とすと、次に来たやつが見つけられるよう、アパートメント内のトミーが動画を撮った場所に戻した。

102

キャットはカートゥーンアニメのような風景のループを一時間眺めつづけ、バーブが明かした真実を噛みしめている。そのとき、ひとつの考えが彼女を打つ。

「じゃあ、あなたとマックはどうなの？」

バーブは眼をしばたたく。

「教えてよ」とキャット。「マックがどういう人間なのか、正確にはわかってなかったでしょうけど、人殺しだってことは知ってたんでしょ。最初は知らなかったかもだけど、いつかの時点で気づいたはず。でも別れようとしなかった。なんで？」

バーブは顔を背け、しばらくのあいだ窓の外を見つめる。

「わたしが同じことを自問しなかったと思う？」

「したでしょうね。答えは出てるの？」

沈黙。

「こういうふうに考えて」キャットが言う。「あなたはわたしの義理の母親みたいなもんでしょ。わたしに対して責任があると思わない？」

バーブはため息をつく。「わたしね、小さいころはがりがりで、男の子みたいだった。でも、ハイスクールの最後の二年で発育がよくなって、そしたら急に男子の見る目が変わった。でもわたしはそんなの求めてなかった。わたしが求めてたのはもっと別なもの、物語で読むような、一生に一度のロマンスだった。ハイスクール卒業後は地元を離れ、セントルイスに移ってバーの仕事を見つけた。そのうちお店を任されるようになったけど、カウンターの下にいつも野球のバットを忍ばせておいてね、わかるでしょ、そういうの。で、ある日、一世一代のロマンスがドアから入ってきた。高い頬骨、ほっそりした腰、世界じゅうの本を読んでいて、いろんな有名人と知り合いで、どんな話題を振っても、それについて何時間でも話せて、お金を払ってでも話を聞きたいって思える人。もう、これ以上ないってくらい恋に落ちた。半年間は魔法みたいで、一面がお花畑と虹の世界だった。でもそれがどんより曇りはじめた。あいつは大嘘つきだった。有名人になんてひとりも会ったことがなかった。哲学のことも詩のこともなんにも知らなかった。ただ響きがよくなるように言葉と言葉をつなぎ合わせてるだけだった。あいつから身を振りほどくのにそこから二年かかった。そのあいだにもあいつは金を巻きあげ、わたしはそそのかされて、絶対に体に入れちゃいけないようなものにも手を染めてしまった。わたしは殴られ、二度妊娠させられた。でも、どれも別れる決め手にはならなかった、一世一代のロマンスを手放せないと思っていたから」

「じゃあ、何が決め手になったの？」

「ドラッグの金欲しさに、わたしに体を売らせようとしたから」

「ガチで？」

「その晩、わたしは彼のもとを去った。あいつはカウチの上で意識を失ってた。わたしの頭にあるのは、今ならこいつをあっさり殺せるってことだけだった。クッションで窒息させる。それか腕にもう一本注射して、オーバードーズにする」

「どうしてしなかったの？」

「あいつのそばにいるのがどんだけくそみたいでも、自分があいつになるほうが最悪だった。どうしてあのくそ野郎を楽にしてやらなきゃならないの？　苦しませておけばいい」

　キャットは鼻を鳴らす。バーブには眼に見える以上のものがある。

「じゃあ、マックは……？」

「あの人は一度も嘘をついたことがない。怒鳴ったこともない。叩いたこともない。わたしに与えられないものを与えると約束したこともない。わたしが家に行くときには、いつもこぎれいにしてる。夕食をつくってくれる。わたしが何をすべきで何をすべきじゃないとか、どんな服を着てどんな考えを持つべきとか、一度も口にしたことがない。近ごろのわたしのハードルが低すぎるのかもしれないけど、ほっそりした腰やら、くそみたいな嘘やらと天秤にかけるんだったら、絶対にこっちを取る」

「で、マックがやってることは気にならない？」

「やっていたこと、ね」

「今まさにやってんじゃん」

「それはあなたのお友達がやってきて、寝ている犬を寝たままにさせてくれないから」

「あんなの友達じゃない。ただわたしが――わたしたちが――」

「もちろんお友達でしょう。じゃなきゃ、どうしてかばおうとするの？」

「かばってるんじゃなくて――」しかし、彼女はそこで口をつぐむ、自分がかばっているとわかっているから。

103

トミー・ハンボルトが自分でウィスキーを買いに行くような危険を冒すはずがなかった。もしくは配達させるという馬鹿をするはずもなかった、そんなことをすれば居場所がばれてしまう。そう、彼は誰かに買いに行かせていて、酒を調達するその誰かは、彼が信頼する誰かであるはずだった。

諜報仕事の基本は裏切りだから、つまり、それは諜報の世界の外に住む人間のはずだ。現実的な可能性はひとつしかなかった。愛人、しかし、金を払ってつき合ってもらう類いの愛人は賭け金の高いほうに乗り換えるから、そういう類いではない愛人。

トミーは五十代で、無茶な生活のせいで老け込んでいるから、女は三十五歳以下ではないだろう。が、トミーは恋人が歳を取ったら若いモデルに乗り換える世代の人間だから、最高でも四十代と見積もった。

〈白州《ハクシュウ》〉を売っている唯一の店はサウード・ストリートにあった。向かいがカフェになっていて、客を乗せる合間にタクシー運転手がそこで噂話に興じていた。俺はそのカフェに陣取り、旅行ガイドをひらいて、甘くてじゃりじゃりするコーヒーを無限に頼み、待った。

三日後、彼女を見た。予想より歳を食っていたが、すらっとしていて身なりもよく、ヘッドスカーフの下は完璧にメイクされていた。店に入る間際、彼女は左右を、まるで誰かに尾行されていないか確かめるように左右を見た。プロフェッショナルならそんなことはしないから、それで彼女が不安を感じていることと、アマチュアであることがわかった。〈白州〉をはじめとする日本産高級シングルモルトはカウンター左手の棚の高いところにあり、おかげで店員が一本に手を伸ばし、もう一本、さらにもう一本と手に取る姿がはっきり見えた。

彼女はボトルの入ったいかにも高級そうな紙袋を提げ、入ったときと同じく神経質そうに眼を光らせながら店を出ると、タクシーを呼び、驚くほどプロフェッショナルなドライクリーニングを実行した。ドライクリーニングというのは遠まわりして監視を振り切るテクニックのことで、合計三台のタクシーに乗り、反対方向のバスに乗って、ウーバーを呼んでスーフィー・パークで降りると、そこから徒歩で歩きだした。

俺はそこまでの尾行に使ったレンタルのモペッドを乗り捨てると、彼女を尾行して公園を抜け、一方彼女は裁判所《パレ・ドゥ・ジュスティス》のそばの瀟洒《しょうしゃ》な邸宅に向かい、うしろを二度見してからなかに入った。

建物の裏手は高い壁に囲まれていたが、上階を見ると、北向きで直射日光が入らないにもかかわらず、鎧戸が閉じられている部屋があった。

裏にまわると黒いプラスティック製のごみ箱があった。それを転がして壁に押しつけると、がちゃんと音が鳴って、中身が何かはふたをあけるまでもなくわかった。俺はごみ箱を足場にして壁を乗り越え、建物の裏側の上品な中庭に降り立つと、施錠されていない両びらきの扉を通った。

なかに入ると、鎧戸が閉まっていた上階の部屋に向かった。部屋のドアは半びらきになっていて、声が聞こえてきた。ひとつはトミーの、もうひとつは彼女の。ふたりはフランス語で話し、彼女はおとなしく投降してくれと嘆願していた。トミーは取り合わなかった。彼女は泣きだし、やがて怒鳴り声が聞こえてきた。

彼女が部屋から出てきたので、俺はトミーの部屋の向かいにあるトイレに入った。が、彼女は下階《した》におりることなく、そのままトイレに入ってきた。俺が個室のドアのうしろで息を潜めていると、彼女は洗面台に向かって泣きわめき、顔に勢いよく水をかけ、タオルで拭き、それから鏡で顔を直し、ようやく出ていった。

待っていると、キッチンから鍋がかちゃかちゃいう音が聞こえてきたので、俺は四日前に買ったベレッタを抜き、ドアを蹴りあけた。

トミーはベッドの上に座り、タンブラーになみなみと〈白州〉十二年を注《つ》いでいるところだった。俺が入ると慌てて振り向き、タンブラーを俺に投げつけてから枕の下に隠してある銃に手を伸ばした。だが動きはのろく、酒も入っていて、こっちは不意を突いていた。

簡単なショットだったし、彼の首に懸かっている賞金があればリッチになれて、名前も売れるはずだった。

しかし、俺は彼を殺すためにそこにいるのではなかった。

彼を助けるためにいるのだった。

104

トミーは俺が住人になりたい世界に入るための、俺が探し求めていたチケットだった。

しかし、まずは協力してくれるよう説得しなければならなかった。

引き払われたアパートメントに俺がウィスキーのボトルを残していったのは、それが理由だった。あそこに行ったのは俺が最初だったが、最後であるはずはなかった。次にトミーの部屋を訪れた者はあのボトルを見つけ、俺がそうしたように、酒屋を割り出すだろう。そして、そいつはヘッドスカーフの女——ちなみに彼女の名前はハヤットといい、弁護士としてアメリカの外交官にビザの手配をしていて、それでトミーと知り合ったということだった——を尾行し、彼女の住む瀟洒《しょうしゃ》な邸宅を突き止める。で、鎧戸が閉じている部屋を見て、壁を乗り越え、両びらきの扉からなかに入り、トイレに隠れて、トミーが眠るか酔うかくそをする隙を見計らい、脳天に弾丸を撃ち込む。

ただし、俺に協力してくれれば、守ってやれる。

トミーは暴力に訴えることをよしとしなかった。その正反対だった。わめき、怒りくるったが、〈白州《ハクシュウ》〉のボトルは三本しかなく、このペースで消費していくと週末には買い足さなければならず、俺が残してきたボトルのおかげで、そうすることは自分の寝室のドアにまっすぐ暗殺者を案内するのと同義だった。

彼は協力を選んだ。

それから三日間、残りの〈白州〉のボトルを空《あ》けながら、トミーは俺に語った。CIAをはじめ、主要な情報機関は自分たちの手を汚さないよう、汚れ仕事中の汚れ仕事をフリーランスに外注していること、そうしたフリーランスは機関に勤めていたら一生稼げないほどの金を手にし、結果を出しているかぎり、お決まりの官僚主義的、法的、倫理的制約を無視できること、そんな彼らがすべてのリスクを背負い、完全かつ完璧な沈黙を貫いていること。

トミーは調整役《ハンドラー》のネットワークについて語った。死と裏切りの仲介人である彼らが日雇いのフリーランスとスタープレイヤーを潤沢《じゅんたく》に抱えていること、ランキングのシステムのこと、フリーランスは油まみれのポールにしがみつき、自分より上にいるやつを振り落としながらよじ登っていくこと。早い者勝ちの仕事がどのように告知、入札され、誰が着手するかを誰が決めるのか。ハンドラー、オスターマンといった連中の名前、彼らのライバル関係、仕事と作戦をめぐる競争のこと。それからトミーは、16《シックスティーン》について、彼の評判について語り、俺が従わなければならない、破ってはいけないルールがひとつあるとすれば、絶対に、何があろうと、どんな状況だろうと、決して16に喧嘩《けんか》を売らないことだと言った。

三日目の午後、俺たちは前回とまったく同じルートを使うように指示したうえで、ハヤットを〈白州〉の買い出しに行かせた。おそらく尾行されるが、誰が尾行しているかは絶対に見ないこと。裏手のごみ箱は壁のそば、前回とまったく同じ場所に置き、ウィスキーの空き瓶でいっぱいにしておいた。数時間後、ハヤットが玄関ドアから入ってくるのが聞こえた。彼女は高価すぎる酒でいっぱいの高級な紙袋を手に、寝室に入ってきた。彼女とトミーは口論し、彼女が泣きだし、外のトイレで顔を直し、それから下階に行って鍋を叩きはじめた。

ドアが勢いよくひらいた瞬間、俺はベレッタの弾倉のありったけの弾を戸口に立っている男に撃ち込んだ。

105

あんなに驚いている男の顔は、あとにも先にも見たことがない。

ラピッド・シティから南下してワイオミングに向かうと、雷をともなう巨大な嵐が空の黒と終わりなき大草原を照らしている。

州境を越えると少しだけ肩の力を抜く。あくまで少しだ。復讐のバンシーのように、コンドラッキーがいつ暗闇から飛び出してきたとしても、なんの不思議もない。つねに背後を確認しているが、あいつがいる形跡はない。

これについては心配すべきかどうかわからない。たぶん心配すべきなんだろう。

深夜少し過ぎにデンバーに着き、身分証と服を取り替えるために貸しガレージへ、オールズモビルは長期駐車場に乗り捨てれば、今後数週間は誰にも気づかれない。交通機関で二十四時間営業のレンタカー店に行き、ほぼ本物と同じニューメキシコ州の運転免許証を提示して、カウンターに立っているシク教徒の娘にアルバカーキからの遅い飛行機便で来たことを告げる。

彼女は本来そうすべき時間より一秒だけ長く俺を見つめているような気がして、もしかしたら指名手配写真で気づかれたのかもしれない、あるいは生体認証か顔認識ソフトウェアが作動したのかもしれないと思うが、待合エリアのテレビはCNNを流しているし、CNNはまだイランのニュースに熱をあげていて、サウスダコタで打ちあげられた数発の花火程度でその風向きが変わることはなさそうだ。

「出張ですか？」彼女は言い、なるほど、俺がどれだけ経費を使えるかを見定めようとしていたのだろう。

俺はうなずき、ほほえむ。「商用不動産絡《がら》みでね。いくつか現場を見なきゃいけないんだ」

彼女はメルセデスのＳクラス・コンヴァーチブルを俺に売り込み、確かにスタイリッシュに移動できるのはそれなりに魅力だが、もう少し融通の利く車が必要だ。現場は建設中だから、と俺は言い、四駆のジープ・グラディエイター、Ｖ８エンジン、切り株を引っこ抜けるパワーがあり、残っている物資を積めるだけの広さがある車を選ぶ。彼女ががっかりしているようなので、営業成績の足しになればと免責補償や余分な契約をおまけにつける、というのもメルセデスの件で若干申し訳ないことをしたし、彼女はすてきな笑顔の持ち主だし、正直に言うと、たぶん補償が必要になるからだ。

106

トミーは死んだ男の正体をすぐに見抜き、動揺した。殺し屋の名前はジューク、ロシアの軍情報部で訓練を受けたあと、組織を抜け、ハンドラーのスタープレイヤーとなり、16《シックスティーン》にとってはライバルに一番近い存在だった。

ジュークほどの腕前の男にとっても魅力的な額の賞金が懸かっているとなると、CIAはよほど、相当真剣にトミーに死んでもらいたがっているということだった。俺がいなければ自分は死刑を待つ身同然だと、トミーはこのとき初めて実感したのだと思う。

「どういうことかわかるか?」彼がそう尋ね、ジュークの死体を足でつつくと、胸のあたりに密集した弾痕から血が流れ出た。

「いや」

「これはだな」トミーは言った。「くその嵐は通り過ぎたってことだ」

ジュークという形で死に直面したことで、トミーは交渉したほうがよさそうだと考えるようになった。ハヤットに仲介してもらい、俺たちはCIAと取引をした。トミーはアメリカに送還され、満額の年金と医療費免除のボーナスをもらい、ユーチューブ事件は職業上のストレスから一時的に精神に異常をきたしていたことが原因として処理されることになったが、それは誰も認めたがらなかったにしろ、より真実に近い説明だった。

ホワイトハウスの顧問弁護士がこの取引に署名するまでの三カ月間、俺たちは隠れ家からホテルへと、国から国へと、偽名と偽造パスポートを使って移動した。その過程で、トミーはザ・ファームで教えていた内容のいっさいをマラソンのように俺に詰め込み、底なしに思えるウィスキーのボトルの助けを借りながら、ときに二十四時間におよぶ訓練をした。

ジュークの死体は俺たちがレバノンを出る直前に、ベイルート南側の裏通り、空港のそばに捨てた。俺はそこに使い捨て携帯の番号を書いたカードを残し、トミーが無事にアメリカに帰り着き、今も自由の身だという連絡がハヤットから来るまで、携帯の電源は入れずにおいた。

電源を入れると、ハンドラーからメッセージが届いていた。

一週間後、俺はジュークの後釜《あとがま》についた。

107

グレイハウンドは今や静かだ。タイヤの転がる音、油ぎったジーンズの男が後方でたてるいびき、ヘッドフォンの音漏れ、ファストフードの袋がかさかさいう音、二座席向こうの若いカップルの、お互いに一歩も譲らない爆発寸前の口論。だが、そのとき別の音がして、バスの乗客の半分が急に姿勢を少し正す。油ぎったジーンズの男が昏睡《こんすい》から目覚め、うしろを見ると、グリルガードとサウスダコタ・ハイウェイパトロールの標識をつけたパトカーが何かを追跡するように、追い越し車線を全速力で走ってきている。

パトカーはバスのまうしろにぴたりとつけ、警告灯を点滅させているから、もし彼がパトカーにこのまま通り過ぎてほしいと願っているなら、がっかりすることになるだろう。

グレイハウンドはスピードを落とし、道路脇に停車する。

「心配しないで」バーブが言う。「わたしたちは何も悪いことをしてない。このバスの半分くらいの人のほうが、わたしたちより身に覚えがあるんじゃない」

キャットが首を伸ばして正面の座席の向こうを覗くと、州警察がグレイハウンドに乗り込んできて、帽子を正している。武器はホルスターに収まっているが、どこがどうとは言えないにしろ、何か妙だ。制服男はバス運転手と短く言葉を交わしていて、内容は聞き取れないが、運転手はうなずき、バス後部を指さす。

制服男は乗客のほうを向いて通路に立つと、突然にこやかにほほえむ。

「ただの形式的な検査です、みなさん。ご心配なく。身分証を拝見するだけです」

男は文句のつけようがないほど礼儀正しく、バスの車内を歩きはじめる。「ありがとうございます、サー。感謝します、マアム。よい一日を」

油ぎったジーンズの男が、まるで警官が店に入ってきたのを見て裏口から逃げようとするバーの常連客のようにもじもじとしはじめ、気づかれずに車両後部の避難用ドアをあけられるかどうか見定めようとしている。が、制服男は油ぎったジーンズの男にはなんの注意も払っていない。キャットは制服男が男の乗客の身分証は一瞥《いちべつ》するだけなのに対し、女の乗客の身分証はより入念に、顔と写真を一秒ほど見比べていることに気がつく。

男はバスのなかほど、バーブとキャットの列までやってくる。キャットはこの男の何がおかしいのかを理解する。髪が襟より一・五センチ長く、無精ひげが生えていて、ズボンは1サイズ大きく、裾のあたりがだぶついていて、おまけにブーツは制服と不似合いなコンバットブーツだ。キャットがバーブに眼をやると、バーブも同じように感じているのがわかる。窓の外を見ると、ふたり目もパトカーから降りている。女、平服、短く刈り込まれた髪、黒いコンバットパンツにタクティカルジャケット、法執行機関のマークはついていない。ジャケットで半分隠されているが、肩のあたりに短銃身のコンパクトなオートマティック銃が見える。女は幹線道路を見渡し、抜け目なく見張っている。

「ご協力を」制服男が言い、ほほえみ、太い指をした手を差し出す。

「あんたに見せてやるもんはないね」キャットは男の眼をまっすぐに見て言う。

制服男の手が拳銃に伸びる。ほかの乗客は首を伸ばし、ヘッドレスト越しに見ている。油ぎったジーンズの男が前のめりになり、その道のプロとして関心を示している。

「くそ身分証を見せろ」制服男が言う。

「あんたが自分のを見せてくれるんならね」とキャット。

「これはなんだと思う?」制服男は言い、サウスダコタの州語、〝神の下、人民が統治する〟と書かれたバッジを示す。

「写真入りの身分証」バーブが言う。「じゃなきゃ、制服とパトカーを借りてきただけの、どこかのろくでなしって可能性もあるし」

「お見せする必要はありません」

「なら、わたしたちも見せない」キャットが言う。

誰かが手を叩く。それが拍手のさざ波となって車内に広がる。油ジーンズがにやにやしながらそれに加わり、足を踏み鳴らして音頭を取る。

制服男は窓の外の丸刈り女を見る、女はまるでさっさとしろ、何をしているといわんばかりの眼で見返す。

「わかりました。ふたりともバスから降りて。両手は見えるようにしたままで」そう言って、制服男はホルスターのバックストラップを親指でぎこちなくあける。

「やっぱね」キャットが言う。「本物の警官じゃない。賭けてもいいけど、あんたが持ってる身分証の顔写真は、あんたとは似ても似つかないはず。ストラップひとつ満足に外せてないし、外にいるお仲間はくそ怪しいし。車内の誰かに、念のため911に通報してもらったほうがいいかも。それか、あんたが自分で応援を呼ぶか、もしあんたがほんとうに自分で言ってるような人間なら」

数人の乗客がスマホで撮影を始めている。数列うしろのふくよかな黒人女性が三桁の番号を押している。

「奥さん、その必要はありません――」

彼女はスピーカーフォンの状態にして電話を掲げる。

「こちら911です。どのような緊急事態ですか？」電話が言う。

制服はつかつかと近づき、スマホをひったくる。「緊急事態ではありません。サウスダコタ・ハイウェイパトロールのナイキスト巡査が現場で対応中です」彼は電話を切り、銃を抜いて女の頭を撃ち抜く。彼女の血と脳漿《のうしょう》がグレイハウンドの窓に飛び散る。

バスは悲鳴に包まれ、乗客たちは座席のうしろにダイブする。油ジーンズは後部の脱出レバーを引くが、まだ外に出きらないうちに制服が二発目で彼を殺す。運転手がバスから跳び出るが、丸刈りが乗り込んできて、叩き戻される。

「このふたりだ」制服が怒鳴る。彼はキャットの髪をつかんで丸刈りに押しつけ、丸刈りはウージーでキャットのあばらをつついて歩かせ、バスから降ろす。制服がバーブのほうを向くと、バーブは両手をあげ、促《うなが》されるままバスを降り、暴力を振るうという満足を彼らに与えない。

丸刈りはパトカーの後部ケージにキャットを押し込む。制服がバーブに同じことをする。キャットが最後にグレイハウンドを見ると、油ジーンズの死体が避難用ドアからはみ出している。丸刈りがサイレンを鳴らし、ふたたび幹線道路に車を出すと、タイヤが煙をあげ、警告灯が点滅し、キャットとバーブは硬いベンチ席の背に押しつけられる。

108

夜を抜けて西へ、長距離運転手御用達の店に立ち寄り、コーヒーと干からびたチョコレート・マフィンの静脈注射で眠気を飛ばす。後部席のバッグに覚醒《かくせい》剤が入っているが、それがときどきもたらす被害妄想と震えは今最も必要とされていない。ジープ・グラディエイターのハンドルは小型バンと大差ないが、今世紀に設計されたものを運転するのは安心感がある。

ブガッティ・ヴェイロンが懐かしいような気さえする。

気がするだけだ。

音楽のムードではないし、CNNでさっき眼にしたニュースも気になるので、AMのトーク番組局のあいだを行ったり来たりしていると、ひとつの局がフェードして雑音に変わり、別の局が聞こえてくる。

そのニュースはどこを取っても悪い。くそが現実になりつつあり、第六艦隊がオマーン湾に向かっている。アメリカ主導の国連決議は中国とロシアの手厳しい反対を受けている。これに対し、アメリカはイランの核工作をすべて放棄させるには一方的な最後通告を突きつけるしか〝選択肢がない〟と主張しているが、イスラエルがイランの戸口で完全武装しているかぎり、イランが従うはずはない。ハメネイ師は敵対的な宣言を出し、空母群の派遣は挑発行為であり、イランの主権は血の最後の一滴が流れるまで守り抜くと鼻息を荒くしている。最後通告はあと二日で期限を迎えるが、そうなれば、アメリカ合衆国大統領は二〇〇三年バグダッドの〝衝撃と畏怖〟が〈ウォルマート〉の花火陳列コーナーに思えるほどの炎の雨を降らせると公言している。

今は午前三時過ぎで、幹線道路に往来はなく、地平線にキスをしている低い満月の光のなか、ハンドルの上の俺の両手がぼんやりと輝いている。何度も入念に洗ってきたことを思えば、おかっぱモーの血はとっくに洗い流されている、そのはずだ。なのにベルリンのあの日以来、ずっと手が汚れているような気がしていて、この先きれいになることはあるのだろうかと考えている自分がいる。

これはおまえの問題じゃない、俺は自分に言い聞かせる。

馬鹿は治せない。

どのみちやつらは戦争を始めていた。

おまえが知るはずはなかった。

誰もおまえを責められない。

マントラのようにこれらの言葉を繰り返す。

だとしても、だとしても、だとしても。

世界が向かっている先はおそらく世界規模の、おそらくは核の、戦争だ。どうすれば止められるか、誰も、カナダですら、くそほどの考えも持っていないように見える。一九一四年の再来だ。オーストリア大公フランツ・フェルディナンドはサラエヴォの街なかで、〈ファブリーク・ナシオナール〉のピストルから放たれた弾丸によって頸静脈を撃たれたばかりだ。ただし、今回引き金を引いたのはガヴリロ・プリンツィプじゃなかった。

ベルリンでの俺だった。

109

ジュークの後釜《あとがま》についてから数週間、数カ月のうちに俺は実績を積みあげていった。コンゴの雨林で一週間腹ばいのまま過ごし、蛇と兵隊アリのあいだを一日一・五キロ匍《ほ》匐《ふく》して、ルワンダが支援し、少年兵を奴隷化している民兵組織の将軍を千メートルの距離から狙撃した。レイキャビクではモラトリアム中のあほのふりをしてベラルーシの暗殺チームを壊滅させ、最後に生き残ったメンバーをマグマの間欠泉に投げ込んだ。トルコの客室乗務員に扮して入国したシリアでは、シリアが存在を否定し、民間人に危険がおよぶため、あるいはモスクワから戦争行為だと非難されるため、西側が爆撃というリスクを取れずにいたロシア所有の化学兵器施設に潜入、破壊した。

一方で、ジュークが無名の人間に殺されたのはただのまぐれで、俺というヤワな標的《ソフトターゲット》を倒せば、一足飛びにすべてを手に入れられると考える挑戦者たちの執拗な攻撃を払いのけることも強いられた。

古い時代であれば、裏切り者の首を槍に刺して街の門のそばに置いたり、海賊の死体を檻に入れたまま港の出入口に吊るしたりして、それを警告とした。俺も同じようなアプローチを採った。やがてメッセージが通じたのか、襲撃は次第に少なくなった。

そしてある日、ハンドラーから驚くべき知らせを聞いた。

16《シックスティーン》がいなくなった。ただいなくなったのだと。

16の一番のライバルだったジュークを殺していたから、俺が若僭王《ヤング・プリテンダー》だった。彼が捨てていった貝殻を新しいヤドにすることもできたし、それを空《あ》けたままにして、別のナメクジに住まわせることもできた。

「君次第だ」とハンドラーは言った。俺たちはロックフェラー・センターの展望デッキに立っていて、マンハッタンがテーブルクロスのように眼下に広がり、エンパイア・ステート・ビルが遅い午後の陽光にぎらついていた。ハンドラーがキリストに世界の全王国とその栄光を与えようとしているサタンと自分を同一視していたとしても不思議はなかったし、ある意味ではそうだった。

「大きな決断になる」彼は言った。「少し考えてみるといい」

俺はハンドラーを残し、サタデーナイト・ライヴのチケットを持っているカンザスからの観光客集団と一緒にエレベーターで下におりた。彼らのうしろにあの有名な写真、建設中のロックフェラープラザ三〇番《サーティー・ロック》の鉄骨に作業員たちが座っている写真があった。十一人の男が横並びになり、そこはマンハッタンの上空六十九階の高さで、彼らと残酷な地上のあいだには空気以外の何もない。

毎年、こうした男たちのうち、五十人にひとりが死に、もうひとりは永久に不具になった。組合のモットーにはそっけなくこうまとめられている。〝我らの命は尽きることなし、ただ奪われるのみ〟。

彼らがそんなことをしていたのは、ほかに選択肢がなかったからだ。一九三二年の不況は大恐慌のどん底だったし、誰かが落下死したのなら、その穴を埋めたいと望む者がごまんといた。運命が、もしくは状況が彼らを一点に集め、そこでは地表のはるか高みで命を危険にさらすのがロジカルな選択というだけでなく、唯一の選択肢だった。

俺は食わせる家族もいなければ、経済の崩壊という凶暴なあごに挟まれたこともない。しかし、俺の身にそれまでに起きたことのひとつひとつが、この瞬間という一点に俺を導いたのだった。

金、スピードの出る車、セックス、パルクールもあるだろう。それは別にどうでもいい。もっと重要なのは、17《セブンティーン》になれば、俺やジューンバグを犠牲者として見てきた連中に究極のファッキューを突きつけられるということだった。この先、俺の意思に反することを誰も俺に強制できない。もうデイヴィッドはなし。ディアンジェロはなし。

俺はリー・マーヴィンになる。

ハンドラーに電話をかけた。それからふらりとティファニーに入って、飾り気のないシルバーの指輪を買い、内側にこの言葉を彫ってもらった。

我らの命は尽きることなし、ただ奪われるのみ。

110

トミー・ハンボルトはCIAを抜けていたが、世界と縁を切ったわけではなかった。

彼は医療費免除の一環として、自分で依存症カウンセリングを見つけて受診するよう提案されていた。ベビーブーム世代のほとんどがそうだったように、トミーはヒッピーの心を持っていた。ベイルート局長に就任して二年目には、カリフォルニアから取り寄せたバギーカーを所有していて、それで週末に街の北側のビーチをあっちにこっちにと走りまわり、困惑した地元民にジェファーソン・エアプレインを爆音で聴かせていた。

そんなこともあり、彼は自称ナヴァホ族（ほぼまちがいなく詐称）のシャーマンがアリゾナ砂漠でやっている十二ステップ・プログラムの変則版を選んだ。プログラムの途中、トミーはそうすれば神とつながれるといういんちきシャーマンの助言に従い、一週間断食し、山に籠もり、半致死量のハーブと幻覚剤《ペヨーテ》の混合物を摂取するというサイドクエストに挑んだ。

トミーは神とつながった。冗談抜きでつながった。

とうとう彼が山からおりてくると、ＣＩＡの年金を現金化し、古いスクールバスを買って七色に塗り、郵便で叙任を受けてスクールバスでユタ州に行き、そこに教会を建てて、十二歳かそこらの歳で一夫多妻主義の年寄りのところに嫁がされている若い娘たちを助け出すことを決心した。


君ももう見当がついていると思うが、そこが今、俺が向かっている場所だ。

111

工場のような方形をした砂岩の頂《いただき》、ユタ州の砂漠にそびえるファクトリー・ビュートの陰で二時間ほど眠る。地平線の上に顔を出した太陽が俺を起こし、キャピトル・リーフ国立公園とその先のバッドランズ国立公園を鮮やかなオレンジ色に染める。

トミーの教会について知っていることは、ユタ州ケインヴィルのそば、二十四号線の外れにあるということだけだが、今にも崩れそうな日干しレンガ造りの建物の表に、タイヤのひとつがジャッキ代わりのブロックに支えられた虹色のバスが駐まっているおかげで、見つけるのはそう難しくない。

銃をベルトの背中側に突っ込み、茶色の紙袋を手に取り、ジープを降りる。真っ平な砂漠があらゆる方向に数キロ広がっており、ほかの車両は見当たらず、コンドラッキーが隠れられそうな場所はない。あいつは俺とトミーの歴史を知っている、それはまちがいない——ジュークはあいつのライバルで、俺があのロシア人を殺した経緯を知らないはずがないから。とはいえ、俺がここにいることを知っているはずはなく、もしどういうわけか突き止めていたとしても、俺より先にここに来るすべはない。

教会の入口に向かっていくと彼女が見える。ブロンド髪の少女で、歳は十五くらい、昔ながらの箒《ほうき》で入口を掃いている。彼女は白い、ウェディングドレスのように白い服を着ていて、俺が近づくと恐怖の色を浮かべて顔をあげる。

「大丈夫だ」俺は彼女に言う。「あいつらの一味じゃない。一夫多妻主義者の。君はそこから逃げてきたんだろ？」

彼女はうなずく。「あいつらだったら、自分たちのことを〝兄弟〟って呼ぶから」

「彼はここにいるかい？」

「トーマス神父のこと？」

「今はそういう名前なのか？」

彼女はうなずき、なかに入るよう促《うなが》す。が、いざ入ろうとするとこう言う。

「待って。銃は駄目」

「どうして俺が銃を持ってると思うんだ？」

「持ってるかどうかはわからない。でもルールだから。ときどき大人が、〝兄弟〟たちがここに来る。銃を持って。でも、あの人たちも教会は聖なる場所だと考えてる。だからこのなかにいれば安全なの、わたしもほかの女の子たちも。トーマス神父はひとりのために例外を設けたら、全員のために例外を設けなきゃいけなくなるって言ってる。そうしたらもう安全じゃなくなる」

　彼女が俺にほほえむと、それは底抜けに明るく、無垢《むく》な笑みだ。この少女が一夫多妻主義の男たちにどんな目に遭《あ》わされてきたのか、こんな砂漠に教会をおっ建てて少女たちを救おうというトミーの実際の動機がなんなのかは神のみぞ知るだが、それはこの際関係ないのだろう、ユタの空の青の下、この朝の陽光のなか、ここが彼女のためになっているのはまちがいなさそうだから。

「誰か来たのか、ダイナ？」男の声がする。

　振り向くとトミーがいる。彼は変わっているようにも、変わっていないようにも見える。以前より痩《や》せ、日に焼け、ひげをきれいに剃っている。髪はまだ長いが、すっかり白くなり、着ている白いローブとよくマッチしていて、それがダイナの服ともよくマッチしていて、たぶんこれがトミーのささやかなカルトの制服のようなものなのだろう。

　俺を見てトミーの顔が曇る。

「君はここでは歓迎されない」

「教会ってのは来る者拒まずじゃないのか」

「神に仕えることの何がわかる？」

「あんたと同じくらいにはわかる」俺は言う。「ちょっとした捧げものも持ってきた」紙袋から〈白州《ハクシュウ》〉ではなく〈誠《マコト》〉、十二年ではなく二十三年ものを出す。ひと瓶六百ドル弱で、これが買えたのはホームレスのフレッドと、ラピッド・シティでブルジョワ気取りの酒が急激にもてはやされるようになっているおかげだ。

「もう飲まないんだ」トミーは言うが、ダイナのほうをちらちらと見る眼つきから、本心ではなく、パフォーマンス寄りの抗議だとわかる。

「そうか。俺が飲むから、とにかく入れてくれ」

彼は首を横に振る。「君がここに来る理由はひとつ、トラブルに巻き込まれているからだ。私は関わりになりたくない」

「あんたが力になってくれれば、すぐに消える。そうすりゃまた……」俺はダイナを、陽光のなかで完璧に見える彼女を見る。「あんたがここで何をしてるにしろ、すぐにそれに戻れる」

「わかった。でも彼女が言ったとおり、武器はなしだ。ここは聖域だからな」

「じゃあこのままここで話そう」

トミーは俺をじっと見てあとずさると、レンガ造りの建物の影のなかに引っ込む。俺は彼に向かって踏み出すが、ダイナが俺と彼のあいだに断固として立ちはだかる。彼女は手を差し出す。

はっきり言って俺はメジャーリーグ級のケツ穴野郎だ。ケツ穴中のケツ穴だ。しかし、そんな俺でも十五歳の完璧な肌をした一夫多妻の犠牲者が打席に立てば、ケツ込みしてボークを投げてしまう。

「わかったよ、ダイナ」俺は言い、空《あ》いているほうの手で背中から銃を抜き、銃口を持って差し出す。「話が終わるまで預かってもらえるかい？」

彼女は銃を受け取ろうとして落としそうになり、武器の重さに慣れていないことがわかる。それで心配事がひとつ減る。

建物の冷気のなかへ。トミーがダイナにむかってうなずくと、ダイナはドアから出て、俺の銃とともに陽光のなかに消える。ぎらつく光で見えなくなる。

彼女がいなくなると、トミーは俺の手からボトルをひったくる。

112

「パラシュート」俺は言う。「どういう意味だ？」

俺たちは建物の奥の彼の執務室に座っている。教会の内部には少女たちのための寝台がきれいに並べられている。トミーが新しい住まいを見つけてやるまで、ここに数週間寝泊まりするらしい。ダイナのほかにもうふたり少女がいるが、今は洗脳を解くセッションか何かの最中だ。トミーはグラスを鼻まで持ちあげ、琥珀色の液体をくるくるとまわす。

「状況は」彼は言い、いくらか口に流し込む。

「16《シックスティーン》が俺を殺そうとしている」

トミーは飲み込み、俺を見つめる。「そりゃくそだな」

「同感だ」

「あいつは引退したと思っていたが」

「今は引退を引退してる」

「どうしてそんなことになった？」

「俺があいつを殺そうとしたから」

「どうしてそんな愚かなことをした？」

「それが仕事だったから。ほかに選択肢はないと念を押された」

「選択肢はつねにある」トミーは言い、もう一度グラスに鼻を突っ込む。

「ただ、ほんとうのターゲットはあいつじゃなかった。誰かが俺を殺したがっていて、そいつの考えでは、それを実行できるのはあいつしかいなかった。で、やはりそいつの考えでは、16の引退を撤回させるには俺を送り込むしかなかった」

トミーはにやりと笑う。「そりゃエレガントなやり口だ、そこは認めんとな」

「今のところはそうエレガントじゃない」

「で、〝そいつ〟ってのは何者で、どうしておまえを殺したがってる？」

「それをあんたに教えてもらいに来た」

トミーはうなずき、自分でお代わりを注《つ》ぐ。

「それに……〝パラシュート〟か。何がどう関係してるんだ？」

「俺が殺した男。殺されるまえに口にしていた。何度も何度も。意味ありげに。パラシュート。パラシュート。パラシュート。どういう意味なんだ？」

トミーは口ごもり、それから首をかしげる。「それより先に訊きたいことがある」

「というと？」

「どうして私が助けてやらなきゃならない？」

「俺がいなければ、あんたはとっくにジュークに眉間を撃ち抜かれ、ここでイエスのローブを着てアッシジの聖フランチェスコごっこをしたり、一夫多妻の犠牲になった娘たちをオカズにしたりできる日は来なかったからだ」

「やめてくれ」彼は心底嫌そうに言う。「おまえは何も変わらないな」

「俺はあんたの命を救った」そう繰り返す。

「そのツケならとっくに全額返してる。なのにおまえはここに来た。殺そうとした男に殺されそうになっているから。私が協力すれば、おまえは16を殺すだろう。そしてまた別の人間を殺しに行く。ジューク以来殺してきた人間の数にさらに上乗せされる。私がここでやってることをいくら馬鹿にしたっていい。でも私はこの娘たちに命を与えているんだ。おまえがやっているのはそれを奪うことだ。おまえは業《カルマ》の貸借対照表上のマイナスなんだよ。ここ数年、私は自分を黒字にしようとしてきた。ここで手を貸せば、また赤字に逆戻りだ。それがわかるか？」

「今回の件で殺しは最後にすると言ったら？」

「おまえのような人間に最後はない」

「わかったよ。じゃあ、こうするのはどうだ？　あんたに今からすべてを話す。あんたは業《カルマ》だかなんだかを足し算する。黒字にする方法がありそうなら俺を助ける。ないなら、そのときはそれまでだ。俺は立ち去る。あんたにはなんの責任も生じない。それに、俺の話を聞けば、そいつを最後まで飲める」

トミーは空《から》のグラスのにおいを嗅ぎ、まだたっぷり四分の三は残っている〈誠《マコト》〉に眼をやる。

「わかった。言ってみろ」

113

俺はベルリンについて話す。
暗殺。
ブラシパス。
メモリーカード。
モーの髪型の男。
コヴァッチ。
渡し手が殺されたこと。
16に関する依頼。
ヴィルモシュ。
暗号鍵。
イランの話に差しかかると、トミーは驚いて身を乗り出す。

「アメリカが何をするって？」

「知らなかったのか？」

「テレビがないんだ。インターネットもな。新聞は読まない。ラジオも聴かない。ああいうのはもううんざりなんだ。騒音は求めていない。ここの娘たちも」

俺はその悪い知らせを告げる。

「ずいぶんひどいことになってるな。アメリカはイランをファックするために何十年もびゅるびゅる飛ばしてやがる。マケインが〝爆撃、爆撃、イランを爆撃〟と歌ったことがあったろ。参謀本部が軍事演習をしたとき、俺たちは抗議の座り込みをした。核がばらまかれるという脅しがあって、それでやつらはようやく考えを改めた。そういうくそはあっという間にエスカレートするからな。で、今回戦争を仕掛ける理由はなんなんだ？」

「イランがなんらかの核テロ計画を支援してる。そういうことになってる」

「アメリカがそれを知ったきっかけは？」

「暗号化された通信の傍受だ」

「メモリーカードに入っていたのは、それを解くための秘密鍵だったのか？」

「そうだ」

トミーは少し考える。いきなり椅子の背にもたれる。指二本分注《つ》ぎ、二十三年ものジャパニーズシングルモルトにふさわしい敬意のかけらもなしに流し込むと、ハリのない白髪を顔から払う。これまで血色のよかった顔が妙に青白い。

「なんてこった。そりゃおまえに死んでほしいと思うわけだ」

「意味がわかるのか？　〝パラシュート〟の」

トミーはうなずく。

「教えてくれるか？」

トミーはただ座っている。業《カルマ》の微積分をしているのがわかる。

ようやくうなずく。

「セーフワードだ」

「どんなセーフワードだ？」

「ＣＩＡの。隠密任務に携わる捜査官にだけ明かされ、きわめて限定的な状況、つまり生命に差し迫った危険がある場合にだけ使用が許可される」

「その意味は？」

「意味はこうだ、〝私はＣＩＡの潜入捜査官だ。撃つな〟」

「ってことは――」

「おまえが殺した男はヒズボラでもイランのスパイでもなかった。ＣＩＡだった。だがおまえが何者かわからなかったから、正体を明かすわけにはいかなかった。もしおまえがCIAじゃなかったら、作戦がすべておじゃんになる。そのためのセーフワードだ。おまえが部外者だったらなんの意味もない言葉だが、おまえが関係者なら、自分の仲間を手にかけようとしていると判断できる」

俺の脳はまだ必死に追いつこうとしている。

「整理させてくれ。つまり、俺が殺した男、俺がはらわたを引き裂いた男はCIAだった？　二重スパイだったってことか？」

トミーはうなずく。「おまえがチームの一員であることを願い、必死に命乞いをしていたんだ」

急に胸くそが悪くなる。

「でも、どうしてアメリカ人が自分の仲間を俺に殺させた？　あいつはすでに暗号鍵を持っていた。それを届けるだけでよかったはずだ。なんの意味もないぞ。ひとつの可能性を別にすれば――」

俺は話すのをやめる。

「くそが」

114

ジューンバグが死ぬ一年前、俺はルービックキューブを買ってもらった。製氷機のそばで時間を潰《つぶ》すあいだ、夢中になって取り組んだ。一段目はあっけなくそろった。二段目は難しかったが、すぐにそれぞれのキューブを正しい場所に収める方法を見つけた。ただ、最後の三段目はちがった。俺は何日も、何週間も負けた。完成できたと思ったのに、よく見るとほかの一段、もしくはほかの両方の段が崩れていたこともあった。キューブが不良品なのかもしれない、俺がなんらかの魔術めいたやり方で駄目にしてしまったせいで、絶対に解けなくなってしまったのかもしれないと思うこともあった。

そしてある日、それは起きた。最後の色つきキューブがぴたりと収まった。

俺は自分をとても誇らしく思った。ジューンバグに見せた。彼女がそれを光にかざし、ほっそりした指のなかでまわし、宝石か何かのように扱ったことを覚えている。

「美しい」彼女は言った、実際美しかった。

今、このパズルキューブも解けた。

ベルリンのあれは偽旗《にせはた》作戦、要するに、何者かによって実行されたように見せかけておいて、その実、別の何者かによって実行された作戦だった。

ホワイトハウスは戦争をしたがっていた。おそらくそうしたがるだけの理由、イランがイスラエルを攻撃するとか、米国内で核装置を起爆されるかもしれないといった、心からの恐怖があったのだろう。もしかしたら、公開すれば犠牲にしたくない情報源を犠牲にしてしまうために公開できない本物の情報とか、公開すれば恥をかいてしまう情報があったのかもしれない。それか、くそみたいな話、アメリカ大統領が選挙の年までの道を眺めおろし、投票に十ポイントのボーナスが欲しいと思っただけなのかもしれない。

それはともかく、理由がなんであれ、証拠がなかった。イランが何かを企《たくら》んでいるという証拠がなければ、アメリカが必要とする国際的な連携を引き出すことはできない。二〇〇三年、国連でコリン・パウエルがおこなった報告、イラクが大量破壊兵器を保持しているという馬鹿馬鹿しく、のちに虚偽だったことが判明した報告、その大失態のあと、アメリカの言葉だけでは充分ではなくなっていた。

答えは実に単純明快だった。必要な証拠を捏造しろ、いい、一番疑り深い同盟国すら疑問を差し挟む余地がないほどの、説得力のある出どころと一緒に。

つまり、こういうことだ。

アメリカは西側に潜伏しているイランのスパイとイラン本国とのあいだの暗号化通信を傍受したと主張する。この通信というのは完全な虚偽だが、ひとたび解読されれば、戦争を正当化する理由になる。たんにNSAのおかげで暗号を突破できたと主張することもできるが、それだと少々都合がよすぎるように思われてしまう。そこでちょっとしたいびつな三文芝居を計画する。自身の資産ふたつ――おかっぱモーとBEBEシャツ――を使ってベルリンで偽旗作戦を実施し、ティーアガルテンでブラシパスをするようふたりに指示する。その後、ハンドラーを通じて俺に現場を押さえさせ、メモリーカードを手に入れる。

モーとBEBEシャツがCIAだと知っているのはCIAだけだ。残りの全世界にとって、ふたりはイラン情報機関のスパイであり、それはすなわち暗号鍵が本物ということであり、それはすなわちその鍵で解読される通信もまた本物にちがいないということになる。するとあら不思議、これで出どころの裏が取れ、傍受された通信はアメリカが、そしてもっと重要なことに、その同盟国が必要とする動かぬ証拠となる。

いっさいが歌舞伎《カブキ》というだけで。受け手も渡し手も、この芝居のなかで自分がどんな役を演じているのか、お互いのほんとうの主人は誰なのか、俺と同じくらい何も知らなかったにちがいない。あの作戦は一から十までCIA内部で極度の機密として扱われ、実情を知っていたのはひと握りの高官だけだったのだろう。影の政府すらまったく把握していなかった可能性もある。

ひとつだけ問題がある。もし暗号鍵が、そしてその延長として通信が虚偽だったとばれてしまったら、想像しうるあらゆる角度から、おまけに想像できない角度からも、くそが扇風機にぶつかるということだ。そして、この作戦を台なしにしてしまうかもしれない脆弱性がちょうど三つだけ存在している。モー、BEBEシャツ、そして俺だ。

美しい。そして邪悪。そして美しい。そして邪悪。


「くそが」俺はもう一度言う。

「そのとおりだ」トミーが言う。

そのとき、何かが聞こえる。

チューンされたパイプを通るV8のしわがれ声が表で止まる。

俺とトミーの眼が合う。ふたりともあれが誰かわかっている。

トミーの瞳にひとつ浮かんでいないもの、それは驚きだ。

「あいつに知らせたのか？」俺は言う。

「どうやって知らせるっていうんだ？　私はおまえが来ることも知らなかったんだぞ」

「じゃあ、あいつから連絡があったんだな。電話で。俺を引き止めておけ、武器を取りあげておけと」

「言っただろう。ここには電話もない」

「じゃあ、どうしてあいつが来ると知っていた？」

「来るに決まってるからだ。何年もまえにせっかく貴重なアドバイスをしてやったのに、おまえが何ひとつ聞く耳を持たないからだ。絶対に、何があろうと、どんな状況だろうと、決して16《シックスティーン》に喧嘩《けんか》を売るなと言っただろう。なのに喧嘩を売った。で、ここまで連れてきてしまった」

「さっきので充分か？」

「何がだ？」

「さっきの話さ。あんたが俺を助ける理由としては」

トミーの眼が泳ぐ。彼がアルコールを口にしてからしばらく時間が経っている。が、俺が何を言いたいのかはわかっている。トミーは教会風のデスクの上にある鍵束を落ち着かなげにいじる。

「あんたが助けた娘たち」俺は言う。「この先どれだけ助けても、この宇宙であんたが黒字になることはないだろう。けど……もしあんたが言ったことが真実だったら？　十万人の命。いや、もっとかもしれない。はるかに多いかもしれない。それならたぶん充分だろう」

口から出てくるのは聞き覚えのない言葉、まるで自分以外の人間のことを気にかける誰かの言葉のように聞こえる。自分に思い出させてやらなきゃならないが、俺はそういう人間じゃない。俺の仕事は生き延びることであって、世界を救うことでも、トミーの魂を救済することでもない。ただときどき、生き延びるためには、正しいことをやらなきゃならない、それだけの話だ。

ちゃりん、ちゃりん、ちゃりん、ちゃりん、鍵が鳴る。

「おまえに止められると思うのか？」

「さっぱりわからない」俺は言う、それは真実だ。

「それでもやってみるというのか？」

俺はうなずき、自分が本気だと気づいて愕然とする。

ちゃりん、ちゃりん、が止まる。

「必要なものをなんでも持っていけ」

トミーは立ちあがり、入口に向かって歩く。ほんのつかの間、俺はトミー・ハンボルトのかつての姿を、酒と女と裏切りに滅ぼされるまえはそうだったはずの姿を垣間見る。

例のシャーマンは、結局のところ、ほんとうにナヴァホ族だったのかもしれない。

115

トミーは戸口に向かう。執務室にいる俺からは、その姿が光を受けてシルエットになって見える。その向こう、太陽のまばゆい光のなかに、コンドラッキーが立っている。さらにその先には赤いフォードＦ１５０、ハイリフト、スーパーチャンクタイヤ、ＳＶＴライトニング、歴代最速級のモデル。レンタルにしては古すぎる、おそらくは俺たちが出会うまえに個人売買サイトの〈クレイグスリスト〉で、キャッシュで買ったものだろう。イズ・トルーパーに装備が積まれていなかったのもおそらくそのためで、すでにこちらに移してあったのだ。

一方からダイナが現われる。不安そうな顔をしている。手にはまだ俺の銃がある。彼女は眼に疑問を浮かべてトミーを見るが、彼はかぶりを振る。そして俺のジープをあごで示す。

彼女は俺のレンタカーに向かって走り、乗り、エンジンをかけ、車を出す。

俺は移動手段を失い、立ち往生し、丸腰だ。

俺と死のあいだに立ちはだかるのは白いローブを着た老いぼれアル中のイカれた元CIAだけで、トミーは両手をいっぱいにひらき、戸口の両側に触れて十字の形に立っている。それが十字架に見えるのは偶然ではないと、何かが俺に告げている。

「立ち去れ」トミーは言う。

「できない相談だ」コンドラッキーが言う。

「ここは聖域だ」

「そんなものはない」

「今の私は平和の男だ」トミーはすっかり神を気取って言う。「それでも、ここを通すわけにはいかない。あの男が望みなら、私を乗り越えていけ」

「いいだろう」コンドラッキーは言う。彼はトラックに戻り、後部ドアをあけ、何かを引っぱり出す。

戻ってくると、それが何かわかる。装塡されたRPG7だ。

彼はそれを肩にかまえ、まっすぐトミーに狙いをつける。

「おまえはこれでいいのか、ジョーンズ？」コンドラッキーがトミーの肩越しに言う。

「じじいのスカートの陰に隠れるとはな。もっと根性のあるやつかと思ったぞ」

「その引き金にかかっているのは、自らの手を血で汚した男の指だ」トミーが言う。どういうわけか、これはコンドラッキーには堪《こた》えたようだ。彼の顔の闇は以前にも見たことがある。コンドラッキーのなかのどこかに、まだ良心の炎が揺らめいているのかもしれない。

俺に対しては発揮されないだけで。

トミーはコンドラッキーが身を引かないとわかっているのだろう。彼は時間稼ぎをしている。必要なものをなんでも持っていけ。さっき、トミーは実際に伝えることなしに何かを伝えようとしていた。俺は何か助けになるものはないかと周囲を見まわす。半分空のウィスキー。本棚——ヒッピー関連の駄本、カルロス・カスタネダ、エーリッヒ・フォン・デニケン、それからサイエントロジーの本が数冊。

トミーは新しい宗教を興すつもりなのかもしれない。拝んでおくべきだろうか。

そのとき、それを見つける。

彼がちゃりん、ちゃりんと鳴らしていた鍵束。大きく、錆びつき、古風な。が、そのなかに銀色のきらめき。

自動車のキーだ、古い自動車のキーで、キーホルダー部分に擦り切れたシルバーでVWと銘打たれている。

そこで思いいたる。今のトミーがなんであるにしろ、生きるには食わなきゃならない、つまり食料品店に行くはずで、このあたりに別の車があるはずだ。だがどこに？　ガレージはないし、ブロックの上に置かれた古いバスのほか、私道には何も駐まっていない。

俺がまだ答えを出せずにいるうちに、コンドラツキーがＲＰＧを撃つ。

116

グレネードが金切り声をあげ、トミーの右耳の脇を通過し、通路を進み、書斎へ。奥の壁にぶつかって爆発し、泥レンガに穴をあけ、俺を吹き飛ばし、部屋を塵と瓦礫《がれき》と煙で満たす。

俺がふらふらと立ちあがると、耳はワグナーのアリアを歌い、塵煙と背後の壁にあいた穴の向こうに、陽光を受けて輝く金属的な紫が、このキーを差し込むべきものがとうとう見つかる。

トミーのビーチバギー、彼は自らのこんこんと湧く厚かましさの泉を汲み、取引の一環として、ベイルートからこいつを返送するようＣＩＡを説き伏せたにちがいなかった。ただメンテナンスはさぼっていたらしく、どんなに少なく見積もっても四十年前の代物で、すっかりくたびれている。

かまうものか、動けばなんでもいい。

俺はデスクを振り返るが、キーは爆発で吹き飛ばされ、どこかに消えている。膝をつき、爪が割れるのもかまわず、必死に瓦礫のなかを漁《あさ》る。そのあいだ、まだ煙くすぶるRPGを持つコンドラッキーめがけて、トミーが戸口から身を投げ出す。トミーは多少痩《や》せてはいるが、まだそれなりに肉がついていて、コンドラッキーの不意を突いたのか、彼にぶつかって足元をすくい、ラインバッカーのように地面に押し倒す。瓦礫のなかに、何か金属のようなものがある。俺はキーをつかみ、壁にあいた穴めがけて走る。背後でコンドラッキーがトミーを投げ飛ばし、どうにか起きあがる。彼はピストルを抜き、トミーの頭に一発撃ち込もうとするが、そうする代わりに膝を撃ち、建物内に走ってきて、逃げようとしている俺を撃つ。

俺は百メートルほど先にいる。そのうち九十九メートルは俺の運が持ちこたえる。しかしバギーにたどり着いた瞬間、何かが俺の右脇腹に食い込む。手を当て、見ると血で濡れている。レンガの壁にあいたぎざぎざの穴を通ると、コンドラッキーが教会の暗がりから現われる。陽光が彼の眼をくらませ、その隙に俺はバギーのハンドルを握り、エンジンをかけ、アクセルを踏み、バギーを横滑りさせて後部の冷却装置を盾にすると、コンドラッキーの放つ弾がエンジンブロックに弾かれて音をたてる。

バギーが砂漠を跳びはねて進む。うしろを振り返ると、コンドラッキーがフォードSVTライトニングに向かって走っているのが見え、そこで初めて傷の痛みが俺を襲う。片手を脇腹に当て、傷口を押さえながら反対の手でハンドルを切り、ギアをあげる。出血多量で意識を失うのは今一番求めていないことだ。

残量計を見るとガソリンは三分の一ほど残っている。よくて十二、三リットル。どうにかコンドラッキーの前方を維持できれば、百から百三十キロは走れるだろう。

背後からSVTライトニングの不機嫌なうなりとゴムの悲鳴が聞こえ、コンドラッキーが教会の駐車場から飛び出してきて、俺の左手側の幹線道路を加速している。

あいつの弾が筋肉と肉に当たったのか、もっと悪いところに当たったのかはわからないが、俺の歯はがちがち震えはじめていて、つまりはショック状態に陥る危険があるということだ。いい、くそが。

俺はハンドルを切ってSVTから遠ざかり、さらに砂漠に入り込んでいく。コンドラッキーは幹線道路を離れ、別の四駆が踏みならした道に乗り入れ、俺と並走する。それから俺の前方に割り込もうと、荒れた砂の海に向かってハンドルを切るが、いくらハイリフトでもフォードには荷が重く、アクスルシャフトが折れないように道に戻らざるを得ない。

横っ腹の痛みはひどくなる一方で、俺は震え、汗をかいている。それに追い打ちをかけるように、ガソリンは残り四分の一になり、さらにみるみる減っている。コンドラッキーの弾が燃料タンクに当たったにちがいない。走行可能距離はよくて十五から三十キロというところまで落ちている。

ハンドルを切ってコンドラッキーから遠ざかり、アクセルを踏むと、バギーは空気を吸い、岩と低木を跳び越え、着地の衝撃が削岩機のように傷に響く。前方に砂岩の崖と、風雨によって砂漠に彫刻された奇形の岩柱。

背後を見ると、コンドラッキーは俺をオフロードで追うことを余儀なくされている。引き離しつつあるが、ガソリンが尽きるまえに完全に振り切らなくてはならない。

まえを見ると、かつてラバが通った轍《わだち》が延び、そこかしこに巨岩が転がり、轍は曲がりくねって月面世界に続いている。うまくいけば、どこかに出られるだろう。うまくいかなければ……それについては考えないでおこう。

117

バッドランズ国立公園は不気味なほど美しく、レイヤーケーキのスライスのようにむき出しの、おかしな角度に積みあがった地層が、くねくねと登っていく道の両脇を囲んでいる。

最初の丘のてっぺん、轍《わだち》がヘアピンカーブを描き、後方の砂漠からは見えなくなっている地点で振り返ると、赤いフォードSVTが停止するのが見える。コンドラッキーが車から出てきて前方の轍を眺め、SVTで踏破できる確率を見積もっている。一瞬、やつが引き返しそうな気がする。が、次の瞬間、コンドラッキーはうずくまり、指で何かをつまみ、転がし、においを嗅ぐ。

俺は理解する。あれは俺の血かバギーのガソリンだ。

どっちにしろ、俺が長くは逃げられないと気づいている。

さらに八キロ行った地点でバギーはガソリン切れで咳き込みながら停止し、ラバの通り道はそこから先、不毛な平地になっていて、三方をぎざぎざの峰に囲まれ、残る一方は崖になっている。

どこにでもあるような台地だが、ひとつ例外がある。ぼろ小屋だ、屋根が殺伐とV字にへこみ、ドアは半びらきになっている。最初は意味がわからない。こんなところに小屋？

そしてそれが何かを理解する。世捨て人の住処だ。話に聞いたことがある、こういう掘っ立て小屋や、文字どおり岩を掘り抜いた住処、それから地面に掘った穴以上のものではない住処。どれも人里離れたところにあり、さまざまな宗教に目覚めた男たち、正気を失った男たち、愛や人生に失望した男たち、あるいはたんに法を犯した男たちが、人間社会からできるかぎり遠ざかろうとして建てた小屋。

崖のへりに立ち、下を覗く。最初の勾配は険しく、仮に降りることができたとしても、コンドラッキーがここまで来れば俺は絶好の標的になってしまう。三方を囲むオレンジレッドの砂岩についても考えるが、登れるような体じゃない。

となるとあの小屋しかない。

押しあけるとドアは蝶番《ちょうつがい》から外れる。

内部は分厚い砂埃の層に覆われ、下手くそなグラフィティがいくつかと、壊れた家具が少々。床のカーペットは鼠にかじられ、暖炉は誰かが火を熾《おこ》したらしく、黒焦げの椅子の脚と火かき棒が落ちている。ドアのそばに打たれた釘には、ぼろぼろのファンベルト数本と分厚いゴム製タープストラップ数本が掛かっている。

戸口のほうを向く。太陽は低くなり、情け容赦なく沈みつつある。

脇腹の痛みは鎮《しず》まることを知らない。

疲労困憊し、血を大量に失っているせいで力が出ず、完全に丸腰だ。

文字どおりの行きづまり。

あいつは十五から三十分以内にここに来る。もっと早いかもしれない。

俺は椅子の残骸に身を沈め、待つ。

118

人を殺したことのない自分がどんなふうだったか、思い出そうとすることがある。すべてが変わってしまったあの夜のことを、怯えたあの子供のことを、その後のくその山のことを。

そうしたことが何も起きていなかったら、あの子供はいったい誰になっていただろうか。今ごろどんな人間になっているだろうか。彼の人生はどんなふうだろうか。

彼に会えたらと思う。いや、会いはしない、俺のような人間と出会ってほしくないから。だが彼を見る、たぶん車のなかから、そうだな、ブランコに乗った子供の背中を押している姿を、それかスーパーマーケットでカートを押しながら、買い物リストを確かめている姿を。牛乳、チェリオ、歯磨き粉、猫用トイレの砂。いや、三年前に買ったカローラを郊外の建売住宅の私道に駐め、すぐに降りてきて、肩は疲れで垂れさがり、早いとこ冷凍ピザをオーブンに入れ、缶ビールをあけ、《アメリカズ・ネクスト・トップモデル》を１シーズンぶっ通しで観たいと思っている、そんな姿かもしれない。

そして、そんなつまらない人生がどれだけ輝かしく、半端なくすばらしいかを想像する。

太陽が地平線の下に沈み、最後の炎の珠が燃え尽きる。

キャットのことを、モーテルの部屋の暗がりのなか、俺の隣にいた彼女の体を思い出す。薄明かりのなか、事務室のドアをノックしたときのことを思う。もしもあのとき、彼女がドアをあけていたら、俺はどうするつもりだった？　何を言うつもりだったのかすらわからない。

もしもあのとき、ガソリンスタンドに彼女を置き去りにしていなかったら？　どうなっていた？

もしもあのとき、もしもあのとき。

俺は考えをどこかに押しやる。キャットが今どこにいるにしろ、どこに向かっているにしろ、俺がいないほうがいい。コンドラツキーの娘という事実だけで、キャットには充分な重荷だ。

コンドラツキーがやってくるまで、何も考えず、ただここに座っているべきなんだろう。あいつにあいつの殺しをやらせよう。

バーブの言ったとおりだ。それで世界はもう少しまともな場所になる。

だとしても、ここであきらめたらやつらが勝つ。コンドラツキーだけじゃなく、やつら全員が。ハンドラーが、それから中東でどんぱちできるという、ただそれだけのために身内のふたりを、俺を、十万人以上の罪のない人々を犠牲にする価値があると判断した屍鬼《グール》どもが。

トミー・ハンボルトはいかれているかもしれないが、あの男が俺をかばってRPGのまえに立ちはだかったのは、俺に何か借りがあるからでも、俺の無事を願っているからでもなく、やつらを阻止するために、とにかく何かをやってみると俺が約束したからだ。

そして理解する。まだ死ぬわけにはいかない。今はまだ。ほかに道があるのなら。

119

音より先にトラックの気配、最初は軽い揺れ、それから震動、それから聞き慣れたV8のエンジン音。後方に雄鶏《おんどり》の尻尾のような砂埃を立て、あいつが太陽の最後の光線を受けながら、乗り捨てられたバギーを見つけ、車を停め、エンジンを切る姿が思い浮かぶ。

死んだように音が消える。一瞬の静寂、あいつが座り、考えている。俺がすでに脅威ではないと知っている。俺は踏みつぶされる虫けら、追いつめられた鼠、殺処分される野良犬だ。

トラックのドアがひらき、あいつの足が地面を打つ。乗り捨てられたバギーのまわりをまわる足音。あいつが立ち止まり、しゃがんで血痕を見つける。足音が遠ざかり、崖のふちまで血痕をたどったあと、戻ってくるにつれてまた大きくなる。立ち止まり、一瞬の静寂、血痕がどこに続いているかを眺めている。

トラックの後部ゲートがひらく音。金属製の容器があけられる。カートリッジが挿入される柔らかな音、銃尾がロックされる音、擲弾《てきだん》がするりと装塡される音。肩にランチャーを担ぎ、かまえ、標的を照準に捉えるまでの、悠々《ゆうゆう》とした短い間。

そしてそれは来る、ロケット火薬が爆ぜる音、その数分の一秒後、グレネード本体の爆発音。衝撃波は絶大、地震だ。俺の顔の上に滝のように砂が落ちてきて、次に小屋の残骸ががらがらと降り注《そそ》ぎ、木材、金属、レンガが百メートル四方に飛び散る。

音がこだまを響かせながら消える。俺は息を止める。コンドラッキーがRPGをトラックに戻すと、かつて小屋だったところまで足音がやってきて、破片や土台を足でどかし、俺を、もしくはかつて俺だったものを探している。

やがてその音がやむ。

コンドラッキーの心の声が聞こえる、実際聞こえている。

そして、彼は半径五百メートル以内の誰にでも聞こえるほどの声で言う。

「しくじったな、ジョーンズ。あるはずのものがないじゃないか。肉片があるはずなのに」

120

コンドラッキーは歩く。歩きに歩き、足音が大きくなり、小さくなり、また大きくなり、また小さくなる。やがて彼が何をしているのかわかる。格子状に歩いているのだ。文字どおり、敷地の一メートル四方ごとに捜索している。ときどき、音程の外れたジョニー・キャッシュを口ずさんでいる。ときどき、まるでその場にいない誰かに話しかけるように、俺には聞き取れない言葉をつぶやいている。最後に彼は止まる。トラックの後部ゲートがまたあけられる音がして、マッチをこする音、あいつの姿を完璧に思い描ける、後部ゲートの上に座り、煙草を吸い、考え、また吸い、答えを出そうとしている。吸い終えるのに五分かかる。それから彼が後部ゲートの上から滑りおりる音がして、さっきと同じ、よく響く声で言う。

「おい、ジョーンズ。わかったぞ。なかなかやるじゃないか、だが答えがわかった」

足音が近づく。瓦礫《がれき》が取り除かれる音、木片とガラス片が蹴飛ばされる音。頭上の木板にあいた数センチの穴から、にわかに星々が見える。その直後、百万カンデラの爆光が穴から俺の隠れ場所に射し込む。

「おやおやおやおや」コンドラツキーは言う。「これはいったい何かな」

小屋には、ここに住んでいた世捨て人を冬の数カ月間生きながらえさせたであろう唯一のもの、深さ五十センチ弱の、根菜を保存しておくための床下があった。俺は腐ったカーペットの下に粗末な落とし戸が隠されているのを見つけた。その後、小屋はRPGの直撃で吹き飛んだ。数時間経った今も衝撃で耳はがんがん、頭はくらくらしている。が、頭上の根太《ねだ》は老齢のモミ材で、手作業で削られており、象の肢のようにがっしりしている。このモミ材が、ここ百年かそこら、ほかのすべてを受け止めてきたように爆発を受け止め、結果としてまだ俺を生かしていて、同時に爆発のあとに落とし戸の上に降ってきた瓦礫によって、今の今まで俺を閉じ込め、隠している。

怪物じみた閃光が消える。俺の網膜が焼ける。それから別の何かが聞こえる。ジッパーがおろされる音だ。液体が跳ね、小さな穴を通して温かいものが俺の顔に流れてくる。あのくそ野郎は俺の顔に小便をかけていて、それについて俺にできることはひとつもない。

やがてそれは止まる。

「お気に召したか、ジョーンズ？　おまえのためにたっぷり溜めておいてやったんだ」

コンドラツキーは笑いをこぼす。

「で、思ったんだが。キャンプファイアも悪くないな」

121

コンドラツキーは暖炉の残骸のなかで火を熾《おこ》す。折り畳《たた》みのローンチェアをひらき、じじいが立ち疲れたときにそうするように、どっかりと腰をおろすのが聞こえる。ボトルがあく音がする。俺にも勧め、ジャック・ダニエルが穴からちょろちょろと垂れてくる。小便混じりでもうまい。コンドラッキーが銃を足元に置く音、万が一、俺がよからぬことをしようとした場合に備え、セーフティを解除する音。

遠くで、彼のトラックのラジオが、バーブが聴いているのと同じカントリー局を流している。

「ところで」彼は言う。「もうわかったのか、ジョーンズ。どうして連中がおまえに死んでほしいと思っているのか」

俺は黙ったままでいる。

彼は踵《かかと》で床を踏み鳴らす。砂埃がますます顔に落ちてくる。

「それがあんたとどう関係するっていうんだ？」

「さっき言ったように。これから人ひとり殺すとなれば、理由を知っておきたい。おまえがトミーのところに駆け込んだのもそれが理由だろ？　おまえが置かれた状況について、トミーならヒントをくれるかもしれないと思ったからだ。そうだろ？」

「ああ」

「それで？」

俺はくそったれの全貌を話す。彼は黙って聞き、途中何箇所かでうなり、驚きだか嫌悪だかを表現する。そして最後に言う。

「くそ野郎ども。おまえを売ったんだ。やつらはいつもそうだ」

彼の声にはざらついた暗さが、怒りが感じられ、それは癒《い》やされることのない古傷、語られるべき物語が存在することを示している。

こうなると一分一分がボーナスだ。そこで俺は口のなかに溜まっている砂を吐き出す。

「あんたの話を聞いてやろうじゃないか」

コンドラツキーはためらう。ジャック・ダニエルのせいか、何年もそれに身を焦がされてきたせいなのかはわからないが、彼は息継ぎ穴からさらにウィスキーを流し入れ、裏切りと復讐の物語を、彼自身が主人公の、《殺しの分け前／ポイント・ブランク》も真っ青の物語を語りはじめる。

いつか君にも話してやろう。

しかしまあ、そこはどうでもいい。彼がべらべらと話し、炎で暖を取り、星空の下、ローンチェアに背中を預け、ジャックをすすり、気が向いたら俺におこぼれを与えているうちに、ようやく俺はこいつの弱点を見つけたことに気づく。

こういう老害は自分の話をすることに飢えている。

122

だから好きにさせる。そしてようやく長話が終わると、俺は言う。

「なあ、コンドラッキー。どうだ、ひとつ提案があるんだ」

彼はくっくと笑う。「よほどの提案なんだろうな、ジョーンズ、おまえは俺が今まで交渉してきたやつのなかで、一番強い立場にあるとはいえない」

「最後まで聞かなきゃわからないだろ」

彼はため息をつく。「わかった。聞こう」

俺は深く息を吸う。「ふたりで手を組むのはどうだ？」

「なんだって？」

「俺たちふたりでやっていくんだよ。あんたと俺で世界を相手にする。俺の腕は知ってるだろ。あんたの腕もみんなが知ってる。組めば誰にも止められない。Aチーム中のAチームだ」

「俺が引退してることを忘れてやしないか」

「ほんとうに引退してるなら、今こんなところに座っちゃいない。あんたにもよくわかってるはずだ、あの自分のお山の上で、発狂しそうなほど暇を持て余してるってことに。あんなくそ小説ばかり書いてるのは、昔が懐かしくて、せめて栄光の日々にもう一度浸《ひた》りたいと思ってるからだ。認めろよ、マック、俺はここ数年であんたの身に起きた一番いいことだ。この三日間、自分でも忘れていた生の実感があったはずだ。なぜそう言い切れるかって？　俺もそうだからだ。さあ、答えを聞かせてくれ」

「答え？　そうだな……」

言葉が尻すぼみになる。背中でローンチェアをぎしぎしいわせているのが聞こえる。またジャック・ダニエルを呷《あお》る。

彼はほんとうに検討している。

もう一度椅子がきしみ、コンドラッキーが身を乗り出す。

「答えはこうだ。ひとつ、こういうくそみたいなことをやるには、俺は歳を取りすぎている。ふたつ、ゲームの終盤で勝つための策が、自分のケツを穴に隠すことくらいしかない仔犬のやかましい口車に引っかかるには、あまりに歳を取りすぎている。三つ、おまえと俺が手を組んでも、最初のチャンスでお互いの背中を刺してやろうってことになりかねない。そうならないと誰に言える？　確かに最初のうちは仲よくやれるかもしれないが、やがてどちらかが相手を妙な眼つきで見るようになり、気づいたときにはナイフが根元までぐっさり刺さってる。四つ、たぶんおまえの言ったとおりなんだろう。俺はおまえにすべてを話したわけじゃないんだろう。俺がゲームをやめたのには、おまえが理解のりの字もできないような理由があるんだろう。そして五つ――」

話はそこで終わる。コンドラッキーが立ちあがるのが聞こえる。重々しい足音が遠ざかる。トラックの後部ゲートがもう一度あく音がし、金属がこすれる音。コンドラッキーが戻ってくるが、足音の間隔とずっしりした感じからして、何か重たいものを運んでいるようだ。なんであれ、彼がそれを床板の上に置く大きな音、それからなんらかの金属製のキャップをねじってあける音。

「五つ――」その声は暗く、どす黒い棘がある。「五つ、俺の小説はくそじゃない」

それと同時に、何かが穴に注《そそ》がれる。今度は小便でもジャック・ダニエルでもない、ガソリンだ。顔じゅうにかかり、広がり、服に、地面に、喉にまで染み込み、その蒸気にむせる。俺は眼をきつくつむり、咳き込み、あえぐ。

頭上でジッポーがひらかれる音。

「終わりだ、ジョーンズ。出てきて男らしく死ね、でなければそこでケツまでバーベキューだ」

「わかったよ、老害」俺は呟き込みながら言う。「今出る」

俺は頑丈な根太を蹴り破る。コンドラツキーが根太を取り除くと、頭上の空間にまたがり、ジッポーを空高く掲げ、レッドネックの巨人のようにそびえる彼の姿が見える。

俺の手にあるものを見て、彼の両眼が見ひらかれる。

123

小屋に大したものはなかったが、それで充分だった。

ドアのそばのタープストラップは頑丈なゴム製で、長さが五十センチあり、両端にスチール製のS字フックがついていた。暖炉の火かき棒は鋳鉄で、頑丈な柄がついていて、先端は尖っていた。重さもあるので、適切な速度さえ出せれば、それなりのダメージを与えられるだろう。俺はその両方を床下の即席棺桶に持ち込んでいた。暗闇のなか、手探りで平らな石を見つけ、コンドラツキーがくっちゃべっているあいだ、銃声の聞きすぎでじいの耳が遠くなっていて、音が聞こえていないことを願いつつ、それを使って火かき棒の先端を鋭くしていた。

コンドラッキーが月明かりと星明かりの下で眼にするものは、鐙《あぶみ》のようにストラップの一本を左足に、もう一本を右足に巻きつけて固定し、その中間で三本目をぴんと張り、寝そべっている俺の姿だ。火かき棒を矢のようにうしろに引き、傷の激痛を無視し、まだ残っている力を一原子残らず使って彼の心臓に狙いをつける、人間クロスボウ。

火かき棒から手を離す。それは驚くべき速度と力で空を切る。狙いは良好だが、コンドラッキーはすでに自分の銃を取ろうと動きだしていて、それは心臓の代わりに左肩を、腋まで三、四センチのところを刺し、突き抜ける。その勢いで彼はバランスを崩し、手はまだ武器をつかもうとしているが、瓦礫《がれき》の山の上に大の字に倒れる。

俺が床下から跳び出すと、痛みが白熱する。俺もグロックめがけて突っ込むが、コンドラッキーはまだ戦意を失っておらず、弾みをつけて起きあがり、火かき棒にまっすぐ貫かれながらもジッポーに火をつけ、俺に向かって投げつける。

ガソリンの蒸気に引火し、燃料気化爆弾が俺を後方に吹き飛ばす。俺はまだガソリンまみれで、体に火がつき、人間火球と化す。砂の上に倒れ、転がって消火する。俺は痛みの水爆だ——着地の衝撃であばらが数本折れた気がする——が、ガソリンはすぐに鎮火し、そうこうするうちに衣服の火も消える。急いで立ちあがり、見ると、コンドラッキーはまだ貫かれ、銃に向かってよろめき歩いている。

ふたり同時に銃に到達する。

コンドラツキーはグリップに左手をかけている。俺は右手で彼の手首をつかみ、左手で銃身をつかむ。火かき棒のおかげでコンドラツキーの左半身は力が弱く、銃を奪い取れそうだが、その瞬間に思い出す。
コ、ン、ド、ラ、ツ、キ、ー、は、右、利、き、だ。
嫌悪を誘うぐじゅぐじゅという音とともに、彼が利き手で肩から火かき棒を抜き、俺めがけて振るう。銃を手放さないことには身を守るすべがなく、棒は俺の顔面に直撃する。血が眼に入り、俺は後方によろめく。コンドラツキーは立ちあがり、傷から血を流しながら銃をかまえようとするが、俺は肩から突っ込み、クォーターバックさながら彼を宙に吹き飛ばす。一緒に地面に激突すると、俺はありったけの力でコンドラツキーのタマに膝を入れる。

タマはどうやら鋼鉄製らしく、彼は銃を手放さない。

お互いの血で手を滑らせながら、必死に銃を奪い合う。じじいの口は加齢臭がするが、筋肉は針金そのものだ。顔と顔をくっつけんばかりにしてグロックを取り合い、どちらも痛みを遮断し、どちらもこれがどちらかの最期になるとわかっている。

そして、コンドラツキーはコンドラツキーだ。彼は16《シックスティーン》であり、最盛期には誰にも止められなかった。が、火かき棒の傷は深刻で、俺のほうはというと、もしほかに何もないとしても、若さを味方につけている。彼は銃をあきらめようとしないが、徐々に、数ミリ、また数ミリと、俺は銃の向きを変えていき、コンドラッキーがまだつかんでいるにもかかわらず、銃口が彼の顔のほうを向く。

そのとき、コンドラッキーの両眼が突然大きく見ひらかれる。一瞬、脳卒中か心臓発作でも起こしたか、もしくは加齢による重篤な医療事象に見舞われたのかと思うが、彼はこう言う。

「くそ」

彼の眼は俺の背後の何かに釘づけになっている。

おいおい、まじか？

「勘弁しろ、マック」俺はあえぎ、銃口を彼に向けたままにしようと力を込めながら言う。

「そんな手に引っかかると思うのか」

俺は自分の指で彼の指を覆い、引き金を絞ろうとする。

だが、そのとき聞こえる。

ヘリのブレードの音。

124

　軽量攻撃ヘリ、マーキングのない〈ボーイング〉AH6が尾根の背後から姿を現わし、飛んでくる。側面のポッドからハイドラロケット弾が俺たちめがけて放たれる。まだ五百メートルほどの距離があり、俺はぎりぎりのところでコンドラッキーを一緒に床下に引きずり込む。ロケット弾がすぐそばの地面にぶつかり、大地と岩と炎の塊が頭上に打ちあげられるが、塹壕《ざんごう》が俺たちを守る。

　コンドラッキーは仰向けになり、ヘリが頭上に急接近し、機体を傾け、もう一回通過しようとするところをグロックで狙い撃つ。

　コンドラッキーが俺のほうを向き、「トラックだ」と言い、俺は彼の考えを正確に理解する。

　俺たちが起きあがり、フォードSVTに向かって駆けると、ヘリがまた接近してきて、今度はそりのあいだのミニガンを発射する。砂漠の地下を進む獰猛《どうもう》な砂虫《サンドワーム》のように、弾痕《スキッド》が砂を蹴散らしながらこちらに向かってくる。俺たちはふた手に分かれ、的を絞らせないようにする。コンドラッキーが俺に銃を投げ、俺はコックピットウィンドウにたっぷり弾をお見舞いし、一時的にパイロットの眼をくらませてから横によけると、サンドワームの牙が俺のいた場所を引き裂き、コンドラッキーのトラックに向かって這《は》い進み、車体の赤い鋼鉄に密集した弾痕の筋をつける。

ＡＨ６が頭上で音をたて、もう一度急旋回しようとしていて、ヘリにはロケット弾を満載したポッドがまだひとつ残っている。コンドラッキーがグレネードと発射薬《ブースター》を投げて寄こし、トラックの荷台からランチャーを取る。俺はブースターをグレネードに取りつけ、セーフティを解除し、切り欠きを合わせてランチャーにセットしてやる。コンドラッキーはトラックの陰に引っ込み、ボンネットを利用して狙いを安定させ、そのあいだに俺は横っ跳びしてヘリの銃撃を引きつけ、くるったようにジグザグに動いて、近づいてくるヘリの攻撃を避ける。

「撃て、くそ野郎！」俺がコンドラッキーにそう叫ぶと同時に、ＡＨ６がロケット弾をいっせいに射撃する。俺は向かってくるヘリのほうに突っ込む。ロケット弾が頭上をかすめ、俺のうしろの岩礁に激突する。爆発で五メートルほど体が宙に浮き、ごろごろと転がりながら止まると、耳は歌い、肺のなかの空気が空《から》っぽになっている。

どうにか膝立ちになるが、ほぼ詰みで、息が切れている。ヘリはまっすぐ俺に向かってきて、ミニガンでの射撃を開始し、弾丸が砂面を切り裂きながら俺に近づいてくる。もはや何も残されておらず、確実な死を避けるすべはない。

ようやくコンドラッキーが撃つ。

狙いは完璧だ。ロケットはひと筋の線となってヘリに吸い込まれ、爆発する。ヘリは巨大な手裏剣《シュリケン》のように俺めがけて落ちてきて、ブレードを四散させながらねじれ、跳ねまわり、地面に激突して俺の横を転がっていく。機体はキャッチャーミットに吸い込まれる速球のように岩に突っ込み、爆発して火球となる。

俺は横になり、砂に顔を突っ込み、あえぎ、燃えさかる〈ボーイング〉の残骸の熱を感じながら息を整えようとする。脈拍が過去一の最高記録に低下するまで、ゆうに一分かかる。そのとき何かが聞こえる。転がって仰ぎ見るとコンドラッキーが俺の頭上に立ち、血と砂埃にまみれ、まだ煙のくすぶるRPG7を肩に担いでいる。

「まあ」彼は言う。「今のは楽しかったな」

彼は片手を差し出し、俺を助け起こす。

第六部

125

コンテナ内は暗く、金属製の壁の高所にある通気口からほんのかすかな光が射すばかりだ。バーブとキャットは向かい合わせの壁の、床の高さに手錠でつながれ、立ちあがることさえできず、ましてドアには手も届かず、仮に届いたとしても、ドアの内側に取っ手はついていない。与えられているのは水のボトルだけで、交互に飲めるよう、ボトルはふたりのあいだを往復している。

車に連れ込まれてからすでに数時間が経っていて、パトカーは乗り捨てられ、空《あ》き地の一画で燃やされ、そこに車の荷台に載せられた青いコンテナが待っていた。

ようやく目的地に到着するころには次の日になっている。コンテナのドアがあき、光が流れ込む。ふたりの眼が光に適応するより早く、今はワークパンツ、デニムシャツ、年季の入ったカウボーイハットという服装に着替えた制服男が乗り込んできて、ふたりに頭巾をかぶせて眼隠しする。制服男と丸刈り女がふたりの手錠を外し、外に連れていく。

　足に土の感触があり、空気のにおいもちがっていて、新鮮で、ほとんど香水のよう。頭巾の下の隙間に入ってくる光は彼女が見知った光よりも温かく、同時に硬質。

「ここはどこなの」彼女は尋ねるが、返事の代わりに背中をぐいと押されるだけだ。両手をうしろで手錠につながれ、脇腹に銃を突きつけられたまま、キャットとバーブは未舗装の道を歩き、太陽が肌に熱い。遠くで男たちがスペイン語らしき言葉で話しているのが聞こえる。

　やがてドアがあけられる音がして、ふたりは太陽の熱から、冷たく、暗い屋内に移動し、そこは木、コンクリート、金属のにおいがする。背後でドアが閉じられ、それからボタンが押される音、電動モーターが作動する音、がらがらとシャッターがあがる音。ふたりはふたつ目の空間に押し込まれ、そこは最初の空間よりはるかに冷たい。ドアが閉まる音がし、唐突に頭巾が外される。

　部屋は大きく、ほぼ何も置かれておらず、薄暗く、なめらかな壁をしたキューブのようで、天井高は二十メートル近く、三つの巨大なファンが奥の壁の高いところに設置され、床面から金属の天井を支える金属製トラスまで加圧パイプが何本か這《は》っているのを除けば、なんの特徴もない。ほかにあるのは暗い一角に積まれたパレットだけだ。

キャットはすぐに凍え、吐く息が眼のまえで白くなる。丸刈り女が手錠を外し、キャットは温まるために自分の体をかき抱こうとするが、丸刈り女にパイプのまえまで連れていかれ、そこで制服男と丸刈り女がふたりに手錠をかけ、手錠の一方を金属パイプの裏に固定されるため、ほとんど身動きが取れない。

制服男は新しい水のボトルを転がして寄こし、キャットは空いているほうの手でそれをつかむ。男はもう一度シャッターをあげると、外から運んできた折り畳《たた》み椅子をドアの内側に置き、〈カナダグース〉のパーカを丸刈り女に投げる。制服男は外に出ると、背を向けたままボタンを押してシャッターをおろす。

丸刈り女は折り畳み椅子に腰をおろし、ウージーを脇に置く。スマホを取り出し、何かをしはじめる。キャットにはそれが《ビジュエルド》というスマホゲームの効果音だとわかる。

「寒い」キャットは言う。「せめて何か温まれるものをもらえない？」震えているが、それが恐怖のせいなのか寒さのせいなのかわからない。

返答なし。

「わたしたちをどうするつもり？」

やはりなし。

「こいつらの思うつぼよ」バーブが静かに言う。「わたしたちが降参したと思わせておきなさい。あとで眼にもの見せてやりましょう」

丸刈り女が顔をあげる。「無駄話をするな《Pas de bavardage》！」

彼女は自分のゲームに戻る。

126

夜が明ける。コンドラッキーの傷も俺の傷も、トラックの応急キットで多少なりとも手当てしてある。コンドラッキーはときおり咳き込み、俺は少し不安になるが、彼はまだ何も言っていない。

俺たちは丘陵で夜を過ごし、敵の増援が来た場合にそなえて見張っていたが、増援は来なかった。ヘリの残骸からはなんの手がかりも回収できず、パイロットの死体は判別できないほど黒焦げになっていた。車体中央部に弾痕が帯を描いていたにもかかわらず、コンドラッキーのトラックはまだ動いたので、ソルトレイク・シティに午前中に着き、俺の別の緊急用物資から補充をした。今は西に向かっているが、とにかく動きつづけるためという以外に特別な理由はない。

俺たちが手を組むことになったのか、それともたんに同時に命を狙われているだけなのかいまいちわからず、それはコンドラッキーがまだ何かについて迷っていて、骨ばった手で必要以上に強くハンドルを握っていることからもわかる。

「言っていいんだぞ」俺は言う。「なんでもいいから言ってくれ。自分の言葉で」

彼は苦々しい顔をする。「俺の小説は」彼は言う。「くそじゃない」

「傷ついたっていうなら、それが真実だからだろ」

返答代わりに彼はラジオをぶん殴る。何かが、別の地質学的年代の音楽が流れる。AC／DC、あるいはスコーピオンあたりか。俺はダイヤルに手を伸ばすが、顔に銃身を突きつけられる。

「俺のトラックだ、ジョーンズ。俺のルールがある」

俺は座席にもたれる。「せめて自分がまちがっていたと認めてくれてもいいんじゃないか」

「なんの話だ？」

「ほんとうのターゲット。やつらが殺したがってたのは俺じゃなかった。あんたでもなかった。俺たちふたりだった」

コンドラツキーは例の潤《うる》んだ青い瞳で俺を見る。

「俺をあんたのもとに送り込み、高みの見物を決め込む。一石二鳥だ。どっちが勝とうと、勝ったほうが姿を現わす。注意は散漫、無防備になっている。アリとフレージャーに十二ラウンドやらせたあと、涼しい顔したソニー・リストンが乱入してみろ、TKOだ」

彼はこれについてしばらく咀嚼《そしゃく》するが、顔は確かにそのとおりだと言っている。やがて含み笑いを漏らす。

「やつらも気が利くじゃないか。いったい俺たちがどんなまずい情報を知ってるっていうんだ？　何か心当たりはあるか？」

彼はしばらくドラム代わりにハンドルを叩き、考え、やがて俺のほうを向く。

「さっきのおまえのオファー、あれはまだ生きてるか？」

俺たちは握手をする、こいつのような老害じじいならそうするだろうから、だが彼の手は力強く、本気が伝わってくる。俺は奇妙に心を動かされる。そのわけを理解するのに少し時間がかかるが、つまりはこういうことだ。あらゆるスパイ活動の基本的な構成要素は裏切りだ。信頼を勝ち取るのは、のちに裏切るためだ。君は何かのふりをしているが、実際は別の何かだ。あらゆる忠誠は一時的なものというだけでなく、取引もしくは演技、あるいはその両方だ。君は相手から何かを手に入れようとしているか、真実ではない何かを信じ込ませようとしている。信頼のようなものは存在しない。俺たちはひとりで生き、ひとりで死ぬ。

　だとしても、この握手には俺がコンドラッキーを信じられるようになる何かがある。たぶんハンドラーの言ったとおり、俺はヤキがまわりはじめているのかもしれない。たぶんキャットの言ったとおり、俺はロマンティストなのかもしれない。たぶんコンドラッキーの言ったとおり、こいつが自分で言ったとおり、俺が初めて背中を向けたそのとき、そこにナイフを埋めるつもりなのかもしれない。しかし、こいつはそんなことはしないという奇妙な確信がある。それはおそらく、俺たちふたりにとって、お互いを理解できるのは地球上に俺たちふたりしかいないからなのだろう。毎日の一瞬一瞬が死と隣り合わせで、よく熟《う》れたプラムがスズメバチにたかられるように、弱点を探して攻撃対象領域をうろつくワナビーの軍勢にたかられている俺たちにとって。

　そして、俺が心動かされたのは、カリフォルニア州ストックトンのモーテルのクローゼットのなかで、ジューンバグが俺の人生から消えるのを目撃して以来、ほんとうの仲間ができたと感じたことが一度もなかったからなのだろう。

127

「で、これからどう出る」コンドラッキーが言う。

俺はまだトミーと交わした約束に心を乱されているが、コンドラッキーには関係のないことで、だから代わりにこう言う。

「むしろ考えるべきなのは、やつらがこれからどう出るかだ」

コンドラッキーの顔が暗くなる。

「連中はもう次の動きに出ている」

「どういう意味だ？」

「やつらは電話で俺たちを追跡した、そうだな？」

「たぶん」だから今、俺のｉＰｈｏｎｅは電源を切り、電波を通さない全金属製の弾薬箱の底でがたごと揺れている。

「となると、やつらが追跡していたのは俺たちのスマホだけじゃないはずだ。バーブとキャットに電話してみろ」

「その瞬間にやつらに捕捉されるぞ」

「使い捨てスマホが二台ある。使い捨てのやつがあっただろ」コンドラッキーが言う。「それなら追跡されない」

ソルトレイク・シティで補給した物資のなかに使い捨てスマホが二台ある。使い捨てスマホは多ければ多いほどいい。

「あのふたりのスマホも監視されてるんだとしたら、電話した瞬間にこっちのSIM《シム》を特定されちまう、そしたら同じことだ」

「一台を犠牲にしろ。そうすれば向こうには一台分の情報しかわからない。さっさとやれ」

俺は手の甲を確かめる。そこにキャットの電話番号が書いてある。さっき弾薬箱にしまうまえにスマホから書き写しておいた。そのときは理由がよくわからなかったが、そういうことか。

俺は番号を押す。そのまま留守電につながる。

「くそ」コンドラッキーが言う。

「これだけじゃ何もわからない。電池が切れてるだけかもしれない。それか――」

俺が最後まで言い終えないのは、そこで使い捨てスマホが鳴るからだ。番号は非通知。

コンドラッキーに見せる。彼はうなずく。出ろ。

俺はスマホをダッシュボードに置き、コンドラッキーは通話を聞くために車を道端に寄せる。まわりは平坦な大草原《プレーリー》で、道路はまえもうしろもまっすぐ地平線まで続いている。少なくとも、すぐに奇襲を受けることはない。

「やあ、チャンプ」声が言う。

ハンドラー。

「なんの用だ」

「ただの確認だ。どんな状況かと思ってな」

「どうしてこの番号がわかった？」

「どうしてだと思う？」

やはりそうだったのか。

「やってくれたな、ハンドラー。あんたがしたことはわかってる。ベルリンでのことも全部。俺を売ったんだな」

「ちがうな、坊主。君が自分で自分を売ったんだ。君には良心が芽生えつつあった。まえにも見たことがある。いつも決まって同じ結果になる」

「何が言いたいんだ、ケツ穴野郎」コンドラッキーがうなる。

ハンドラーは笑う。「その声はまさかのまさかか？　どうなってる、父親ごっこか？　それとも君たちは結婚でもしたのか？」

「御託はいい、ハンドラー」コンドラッキーが吐き捨てるように言う。「何が望みだ？」

「というより、君たちの望みを聞こうじゃないか。ダイクストラとバーニエールが昨日、ラピッド・シティから東に二時間行ったところで、グレイハウンドのバスに乗っていた女ふたりを拉致した。ひとりは安雑貨店のドリー・パートンみたいな女で、もうひとりはグリーンの瞳をした負けん気の強い娘だ。ふたりとも無事だ、今のところは。しかし、そうした状況はあっという間に変化するものだ」

俺はコンドラッキーと眼配《めくば》せを交わす。「あのふたりのために俺たちが自分の命を差し出すと思うのか？」

「いや。なんにしろ君たちは死ぬ。それに個人的には、あの女たちのことはどうでもいい。たんにそのほうが話が早いからだ。ダイクストラのこと、君はなんと呼んでいたっけな？〝血を好む〟？　私も異論はない。バーニエールはもっとひどい。それを考慮に入れておけ」

コンドラッキーが電話を取る。

「俺たちに何をさせたいのか言え」

「君たちにＧＰＳの座標を伝える。書きとめろ」

取引は暴力的なまでにシンプルだ。明日の午後六時、俺たちはハンドラーが示した地点に行く、場所はデトロイトの工業地区、おそらく今は使われていない産業施設で、まわりを巨大な工場や肉処理施設の廃墟に囲まれている。着いたら両手を見えるようにして車から降りる。そのあとどうなるかについてハンドラーは明言しなかったが、あいつの言葉を借りるなら、俺たちが〝盤上から取り除かれた〟のち、バーブとキャットは解放される。俺たちが約束の場所に姿を見せなければ、もしくは人質を解放しようとしたり、人質の居場所を特定しようとしたりするなら、ふたりを捕らえているバーニエールとダイクストラに、明確な、取り消しのできない抹殺指示がくだされる。

「行ってやるさ」コンドラツキーが言い、電話を切る。

128

俺は電話を取り、ボタンを押して電源を切る。

「俺に言ってないことがあるんじゃないか？」

「あいつの言ったとおりだ」コンドラツキーが言う。「俺たちに勝ち目はない」

「何を言ってるんだ？　16《シックスティーン》と17《セブンティーン》。Aチーム。それが肝心なところだろ」

「大したAチームだ。おまえは脇腹に穴があいてる。それに、おまえのくそ火かき棒は俺の肩をもっていっただけじゃない。おそらく肺も駄目になってる」

　さっきから咳き込んでいるのはそういうわけか。

「かまやしない。俺たちならできるさ、コンドラツキー。わかるだろ、勝つのは俺たちだ」

「考えてみろ、ジョーンズ。やつらはAH6を送り込んできた。マーキングのないやつを、つまり連邦航空局の飛行許可を取ってるってことだ。やつらは俺たちのスマホを追跡した。おまえがキャットに電話したとき、ものの数秒で使い捨て携帯を特定された。ハンドラーは今回、単独で動いてるんじゃない。どこかの機関がバックについてる、それもおそらくひとつ以上の。それがどういうことかはわかるだろ」

　そのとおりだ、俺にもわかっている。

　君も知ってのとおりだ。もし君が、一個人が、モサドであれMI6であれCIAであれ連邦軍参謀本部情報総局《GRU》であれ、まあなんでもいいが、国家の安全保障機関に喧嘩《けんか》を売れば、君は負ける。彼らは何十億ドルという予算、実質無限のリソース、世代最高の頭脳、商業的に利用可能なテクノロジーの十年先をいくテクノロジーを持っている。これは彼らがもはや関与を否定できるかどうかに頓着《とんちゃく》していないことも意味している。つまり、この状況が解決するまでひたすらリソースを投入しつづけるということだ。

フェアな戦いどころか、戦いにすらならない。

俺はガソリンスタンドのレシートに書きなぐったGPS座標を見つめる。

「で、どうするんだ？　ほんとうにやるつもりか？」

コンドラッキーは車のエンジンをかけ直す。

「もちろんやらない」

彼は幹線道路に車を出す。

俺は彼を見つめる。「は？　じゃあ、さっき言ってたのは――」

「女たちのことで、あいつはブラフをかましていた」コンドラッキーはギアをあげながら、俺を遮《さえぎ》って言う。

「つまり、ふたりを確保していない？」

「もちろん確保してる。でも殺すつもりはない、殺せば、俺たちが失うものはなくなり、そうなればあいつはくそもちびれないほどびびる。当然だろう」

「なるほど、あいつはふたりを殺さない。けどダイクストラは、あの男はサイコパスだ。

バーニエールに関してもいろんな噂を聞いてる」

これについて考え、コンドラッキーは無言になる。「いいか」ようやく言う。「おまえも会ったからわかるだろ。彼女たちはサバイバーだ」

またその言葉。

「それだけ？　サバイバーだから大丈夫だってのか？」

「聞け、坊主。のこのこ出ていって、ふたりが解放されると思うか？　俺たちが死ねば、その瞬間にふたりも死ぬ。だから、そうだ、ふたりは大丈夫だ。それに明日の六時まで猶予がある」

「計画があるのか？」

彼は少し考え、二台目の使い捨てスマホを手振りで要求する。俺はそれを渡す。彼は諳《そら》で番号を入力すると、スマホを耳に当てる。声が応じる。何を話しているかは聞こえないが、女の声のようだ。

「俺だ」コンドラッキーが言う。「この番号、まだ通じると思ったよ」

女の声が何か辛辣なことを言っている。

「ああ、それはともかく。砂の城《サンドキャッスル》はまだ生きてるか？」

129

サンドキャッスルというのはワイオミング州ワムスッターのそば、幹線道路から十五キロ離れた地点にある、今は使われていない飛行場のことだった。オフィス棟は植物に覆われ、滑走路は穴だらけ、雑草が茂り、タイヤ痕からしてガキどもがここで即興のドラッグレースに興じているらしい。コンドラッキーが錆だらけの格納庫のそばに車を停めたときにはすでに遅い時間になっていて、ひび割れたコンクリートの駐機スペースは壮絶なまでにくそなスケボー広場になっている。彼は腕時計を見て、それから空を確かめる。

「ほんとうにいいアイディアなのか？」

「いや」彼は言う。

三十分後、ヘリのブレードの音がする。俺は身がまえるが、どこにでもあるコミューター機、民間のマーキングがついている〈エアバス〉だ。ヘリが朽ちかけの駐機スペースに降下してくると、スケーターたちがポイ捨てしていった空《あ》き缶やチップスの袋が吹き飛ぶ。ブレードの回転が収まり、タラップのついたドアがひらく。黒服に身を包み、サブマシンガンを持った民間警備の雄バチが降りてくる。コンドラッキーはジャケットを広げて丸腰であることを示し、俺も同じことをする。セキュリティガードが機内に向かってうなずくと、七十代の白人女性が降りてくる。彼女は男の手を借りてタラップから降りると、俺たちのほうにやってくる。杖を使い、片方の足がもう一方の足よりかなり弱っていて、半円形を描く奇妙なぶんまわし歩行、痛々しい感じがするが、実際はそうではないのだろう。髪は灰色、きっちりとボブカットされていて、フランスのオートクチュールらしき服を優雅に着こなし、まったく透けないサングラスをかけている。マリアン・フェイスフルがずっと歳を取ったらこんな感じだろうという気がする。顔には歳相応のしわが刻まれているが、その美しさは否定のしようがない。

「あれが誰なのか教えてくれないか」俺は小声でコンドラツキーに訊く。

コンドラツキーは俺を見ておもしろがる。「ほんとうに知らんのか?」

そうこうしているうちに、女が俺たちのまえに来る。

「ニコール」コンドラツキーが言う。

彼女はサングラスを取る。瞳は突き刺すようなブルーで、剃刀のように鋭い。その眼でコンドラツキーをにらむ。

「それで?」彼女は言う。「せめて説明はしてもらえる?」

コンドラツキーはにやりとする。ふたりのあいだに長い、複雑な歴史があるのを感じる。

性的な？　かもしれない。ロマンティックな？　なんともいえない。仕事上の？　それはまちがいない。

「あとでな、約束する」

「何がどうなってるのか、誰か説明してくれないか」俺は言う。

彼女はその眼を俺に向ける。

「ニコール、この坊主は——」

「知ってる」彼女は言い、握手しようと俺に手を差し出す。

それは冷たく、少し力ない。

「ニコール・オスターマンよ」彼女は言う。「うちで一番の娘《こ》を殺したのはあなたね」

130

オスターマンは女だ。彼女は戦争の直後、女たちがまだ弱いほうの性とみなされていた世界に生まれたが、第二次世界大戦中の最も危険なスパイの多くは女だった。イギリスの特殊作戦執行部《SOE》には三十九人の女スパイがいた。たとえばオデット・サンソムはサマセットの自宅に三人の娘を残し、占領下フランスでレジスタンスを動員した。彼女はゲシュタポに捕らえられ、食事を与えられず、打たれ、背骨を折られ、足の爪を剝がされ、焼けた火かき棒を押しつけられた。それでもかたくなに口を閉ざしたどころか、生き残ってラーフェンスブリュック強制収容所の所長の悪行を証言し、所長はのちに絞首刑にされた。

コンドラッキーからあとで聞いた話によると、オスターマンの身体障害は子供のころの感染症で筋肉が破壊されたのが原因らしく、現場のスパイとしては働けなかったが、それで立ち止まる女ではなかった。オスターマンはハンドラーの初期版になった。俺がハンドラーの秘蔵っ子だったように、16《シックスティーン》は彼女の秘蔵っ子だった。ふたりの会話からわかったのは、16が行方をくらましたことに対して彼女がいまだに途方もない怒りを抱いているのも、それが理由ということだった。

「あなたはわたしを裏切った」彼女は吐き捨て、俺たちが話し合いのために乗り込んでいるヘリの後部席から、よく手入れされた指の尖った爪を一本、彼に突きつける。

「俺には俺の理由があった」というのがコンドラッキーに言える、それも言いわけがましく言えるすべてだった。

「どんな？」

「どんな理由があったかはあんたもよく知ってのとおりだ」彼は言い、それから訂正する。

「乗り越えることもできたはず。わたしが言ったとおり。そのためには、ただ――」

「あるかは」

「ただなんだ？」

彼女はため息をつく。「わからない」

ふたりがなんの話をしているのかさっぱりわからないが、コンドラッキーは何かに取り憑かれたような眼をしている。そうか、俺の思ったとおりだ。彼は恐れている。オスターマンではなく、俺でもなく、ハンドラーでもなく、俺が知っている何かでもなく、何か別のものを。名前を持たず、暗く、奇妙なものを。

「でも、説明のひとつもなしに姿を消すなんて。わたしからコンタクトする手段をいっさい残さずに。それでわたしがどうなったと思う？　めちゃくちゃにやられた。それはもう、こてんぱんに」また怒りが込みあげてきている。「ハンドラーは、あの――あいつのことをなんと呼べばいいかすらわからないけど、あなたは彼のあれでしょ？」ニコールは責めるように俺を見る。

「今はちがう」

「そうね。今度はあいつがあなたを裏切った。それがあいつという人間だから。コヴァッチをあなたのところに送り込むようそそのかしたのもあいつだって知ってた？」

ハンドラーだったのか。ずっと。そもそもの最初から。

「きっと俺たちみんな、そういう人間なんだろう、根っこのところじゃ」俺は言う。

「いいえ」ニコールは言う。「この人がそういう人間だったことは一度もなかった」コンドラッキーのことだ。「だからこそ、わたしへの仕打ちはあまりに……残酷だった」

「おいおい」コンドラッキーが言う。「考えてもみろ。俺の居場所を知ってたら、あんたは俺を殺すための差し金を寄こしてただろ。そうすればハンドラーに代わって、自分の17《セブンティーン》を手に入れられていた」

ニコールが顔を輝かせる。「まあ、もちろんそうね、ダーリン。愛と戦争に禁じ手はないから」

彼女は煙草に火をつけ、あいているヘリのドアから灰を落とす。「どうしてわたしを呼び出したのか、そろそろ教えて」

「ハンドラーの鼻をへし折ってやれるとしたらどうだ?」とコンドラッキー。

「できることならとっくにそうしてると思わない?」

「今まではできなかった、このジョーンズが、17がいたから。だから誰も楯突けなかった。でも今はちがう。ずっとじゃないにしろ、あんたには俺たちふたりがいる。ハンドラーを始末するのに手を貸してくれたら、またトップに返り咲ける。あんたが最初からいるべきだった場所に。俺なりの借りの返し方だと思ってくれ」

「そう単純な話じゃない。この子はもちろん優秀だけど」彼女は煙を吐く。俺のことだろう。「でも、誰もハンドラーに喧嘩《けんか》を売らないのはこの子が理由じゃない」

「じゃあなぜだ」

「噂によると」ニコールは言い、〈エアバス〉の窓枠で煙草を揉み消す。「あいつにはデッドマンズ・スイッチがある」

131

イギリスはヴァンガード級原子力潜水艦四隻からなる艦隊を保有しており、そのいずれの艦もトライデントII核ミサイルを十六基搭載している。これがイギリスの核抑止力の全容だ。核戦争になった場合は一連の複雑な発射手続きがあり、それは指揮系統を滝のように流れ落ち、上は首相から、下は実際にミサイルを発射しなければならない哀れな男まで続いている。

しかし、もし先制核攻撃でイギリス政府そのものが破壊されてしまったら？　核攻撃を命令できる法的権限を持つのは首相と、いわゆる〝第二の人物〟しかおらず、それはたいてい副首相だ。首相と副首相の両方が死亡すれば指揮系統は消えてなくなるが、するとどうなるか？

答えはこうだ。各潜水艦の艦内には首相直筆《じきひつ》の手紙、いわゆる〝最終手段の書簡〟があり、潜水艦の艦長がどのように対処すべきかがそこに綴られている。内容は極秘で、書簡は首相が辞任した瞬間に読まれないまま破棄される。開封されるのは明らかな核攻撃があった場合、もしくはイギリス海軍の通信が四時間にわたって受信できない場合だけだ。ありえる選択肢は四つと言われている。すなわち、アメリカの指揮系統下に入ること、オーストラリアに向かうこと、報復すること、各自で判断すること。

この書簡がデッドマンズ・スイッチになっている。

132

「デジタルなの」ニコールが言う。「ハンドラーは自分が関与した全作戦の記録を残している。依頼主は誰で、ターゲットは誰で、どのように遂行されたのか、結果はどうだったか、報酬はいくらだったか、予算の出どころ、そういったすべてを。動画記録、音声、スプレッドシート、写真、何もかも。全部合わせると五十数ギガバイト。それを暗号化し、すべてをダークウェブにアップロードしてる。誰もがアクセスできる。情報機関だけじゃなく、ジャーナリストも、ウィキリークスも、アノニマスも、民間人も、誰も彼もが。ほとんどの人はそれがハンドラーのものであることも、それがなんなのかも、なかに何が入っているのかも知らない。でも、何かしらであることは知ってる」

「ハンドラーが死ねば暗号鍵が公開されるってわけか」俺は言う。

「そのとおり。その時点で、世界の全主要情報機関とほとんどの中小情報機関が、自分たちがいきなりくそまみれになっていることに気づく。彼らだけじゃなく、作戦を命じた政治家たちも。あなたがやったことも明るみに出る。あなただけじゃなく、ハンドラーのお抱えスパイの全員がやったことが。つまり――」

「――ハンドラーを生かしておくことが全員の利益になるということだ」とコンドラツキー。

「そう。たとえばロシアなら、中国がこれまでにやってきた汚いことを逐一《ちくいち》知りたがるでしょうけど、彼ら自身の汚い仕事も暴露されてしまう」

「じゃあ誰かに喧嘩《けんか》を売られても、ハンドラーは援護を要請できるわけだ……文字どおり全方面から」

ニコールはうなずく。「あなたたちふたりが組めば、それは優秀でしょう。でも、それほどまでに優秀な人間は存在しない」

俺はそのすべてを自分に染み込ませる。「わからないな。誰が鍵を公開するんだ？ そいつはハンドラーが死んだとどうやって知る？ もしそいつが先に殺されたら？ 勝手に鍵を公開しようと考えたら？ あいつのセキュリティがどれだけすぐれていようと知ったことじゃないが、そこは弱点だし、地球上のスパイというスパイがそいつを見つけ出そうとするだろう」

「詳しいことはわからない」ニコールは言う。「でも生体認証だと思う。すべてが自動化されている」

「そもそもそんなことが可能なのか？」コンドラッキーが尋ねる。

俺は考え込む。「体になんらかのインプラントを埋め込んでるんだな。どこかのサーバーに定期的にあいつの生体データが送られ、その送られてくるはずの情報をサーバー側で確認できない場合、つまりハンドラーが生きていることが確認できない場合、暗号鍵が公開され、くそがまき散らされる。つまり……馬鹿みたいな話だが、あのハンドラーのことだ。どんな可能性もありえる」

コンドラッキーが首を横に振る。「与太話にしか聞こえんな」

「まあな。でも、それでかまわないのかもしれない」

ニコールが興味をひかれて身を乗り出す。「それはどういう意味？」

「肝心なのは、みんながその可能性があると信じていることだ。あいつが実際にそんなものを仕込んでいるかどうかは関係ない。やっているかもしれないし、いないかもしれない。誰もリスクを取れなくなる。暗号化ファイルもただのごみかもしれない。インプラントも生体認証もサーバーも存在しないのかもしれない。けど、存在する可能性がゼロじゃないかぎり、巻き込まれる可能性のある全員があいつを助けるために騎兵隊を送らざるを得ない」

俺たちはしばらくのあいだ打ちのめされ、じっと座っているが、突然コンドラッキーが顔をあげる。

「俺に考えがある」

133

人々がびくびくと自分の肩越しに振り返りながら生きる世界にあって、ハンドラーは一度もそうしたことがない。彼はいつも誰かの肩越しに見ている。今ならその理由がわかる。あいつは誰も自分に手出しできないと思っていたのだ。

生活環境についても同じことが言える。正確な所在地を明かしたことはないが、あいつは自分の御殿について、俺が完璧に思い描けるほど情感たっぷりに、ぞっとするほど細かく説明していた。七つの寝室、十四のバスルーム、岩と滝を配した双子の池、うちひとつの向こう側にシンクつきのミニバー、アールデコ様式を模した色遣い、鏡張りの廊下、ネオンに照らされた映画館のような正面玄関、骨董品の二匹の龍に守られた正面玄関の自然石の石壁、エンターテイメント・パビリオン、ヒンドゥー教の女陰《ヨーニ》像、エキゾティックな魅力に満ちた車二十台分のガレージ、高さ三・五メートルの壁と装甲板のゲート。おそらくあいつが人生で最も大きな満足を感じた瞬間は、ある億万長者の武器商人が、この御殿の設計を担当した大物建築家の名前を口にしたときだっただろう。

「ほお」ハンドラーはさりげなく言った、少なくとも、俺にこの話をしたときの口ぶりはそうだった。「私もプールハウスの設計を彼に頼んだんだ」

オスターマンのエアバスが大きな音とともに離陸する。コンドラッキーは包帯を替え、咳はますます頻繁《ひんぱん》になっている。ごぼごぼという音がして、肺に血が溜まっているようだ。

俺はそれについて考えないようにして、二台目の使い捨てスマホでプールハウスの設計士をググる。名前で検索すると、〈ニューヨーク・タイムズ〉紙に掲載された高級住宅建築家たちのリスト（〝現代のフランク・ロイド・ライトは誰か？〟）が表示される。それぞれの氏名を画像検索すると、ようやく鉱脈にたどり着く。そこに写っているのはまちがいなくハンドラーの御殿で、栄光の光を、けばけばしく皮肉な栄光の光を放っている。それは八〇年代マイアミのショッピングモール以外の何ものにも似ていない。足りないのは〈サングラス・ハット〉の看板だけだ。写真は〈アーキテクチュラル・ダイジェスト〉誌のポスト・ポストモダニズム特集からの引用で、ハンドラーは〝隠遁の美術商〟と紹介されていて、それはある意味では真実なのだろう、死を芸術と捉えるなら。

ハンドラーのおぞましい御殿はカリフォルニア州インディアン・ウェルズ、山麓の砂漠の高級な居留地にあり、チャンピオンシップ・ゴルフコースがふたつと滑走路がひとつある。隣人にはコーク兄弟のひとりであるチャールズ・コークやビル・ゲイツがいる。七百エーカーの敷地の警備は元シークレットサービス長官が担当しているが、ハンドラー自身のチームもある。

写真からは大まかな平面図を描けるだけのディテールがわかる。俺が車を運転するあいだ、コンドラッキーがその作業をしている。写真のみではわからないこともあるが、グーグルマップから建物の輪郭がわかり、俺たちは一緒になって地勢の全貌を理解する。写真には写っていないもの、ハンドラーが明らかに誌面に掲載されることを望まなかったものもある。主寝室──俺が思っていたとおり、天井は鏡張りになっている──と、壁にフェイクの本棚が描かれた書斎のあいだにある空洞部だ。

この空洞部が懸念点だ。クローゼットかもしれないし、バスルームかもしれない。しかし、その位置からしてセーフルーム、つまり金属の壁に囲まれたパニックルームで、通信機器と何日か分の、騎兵隊が到着するまでまちがいなく持ちこたえられるだけの物資が蓄えられている可能性もある。

コンドラツキーと話し合い、戦闘計画を立てる。ほかの誰かとこんなことをするのは奇妙だが、奇妙に落ち着きもする。勝算はあまりにおぼつかなく、ほとんど笑えるほどだ。俺たちが潜伏状態から姿を現わせば、ハンドラーのセキュリティや居留地のセキュリティ、もしくは俺のようなエリート殺し屋連中を集めたハンドラーの拡大家族だけでなく、西海岸に出先を持つ全情報機関の連合軍を相手にすることになる。この状況をひっくり返すには、すべてを完璧に遂行し、おまけに運を味方につける必要がある。

それでも、チャンスはあるはずだ。

134

俺たちは何時間も黙ったまま車を走らせる。俺の脇腹は痛むし、左折するときのハンドルさばきからコンドラツキーの肩の傷も相当な深手だとわかる。隠そうとしているが、咳もひどくなっている。

夜が落ちる。ダッシュボードのぼんやりしたグリーンの光のなかで、彼は突然年老いて、いや、無力にすら見える。

どういうわけか彼はずっとバックミラーをちら見している。俺も何度かうしろを確かめるが何もなく、俺たちが今現在尾行されていると考える理由もない。コンドラツキーの体に染みついた状況認識能力のせいだと思いたいが、ミラーに視線を走らせる彼の瞳孔の動きには別の何かがある。俺が以前に垣間見た暗闇と関係ある何かが。

今訊かなければ、その正体は二度とわからないだろう。「おい、コンドラツキー」

沈黙が破られたことに驚いたのか、それともほっとしたのか、彼は俺のほうを見る。

「引退した理由を教えてくれないか？　引退したほんとうの理由を」

彼は前方を見つめる。たっぷり一分、たぶん二分の時間が流れ、ようやく答える。

「取引をしたんだ」彼は静かに言う。

「誰と？　悪魔と？」

今のは冗談だが、じっとりと俺を見つめる彼の眼つきは心底寒気がする。

「幽霊と」

「幽霊？　いや、どうやって？　つまりあれか、良心の呵責――」

「幽霊だ」彼はぴしゃりと言う。「本物のくそ幽霊だ」

彼はバックミラーを確かめる。「最初はゆっくりとだった。ちょっとした出来事が頭から離れなくなるだけだった。顔、におい、音。おまえもそういうことがあるか？」

怒りに歪んだ女の顔。

地下鉄の線路上で切りひらかれる男の胃。

浴槽の縁からだらりと垂れる欠けた爪。

「ああ」俺はうなずく。「誰にでもある」

「俺も自分にそう言い聞かせた。しばらくすると、ときどき恐怖を感じるようになった。誰かにあとを尾けられている、そう確信するようになった。いつも誰かが背後にいる感じがして、どの方向を振り返っても、それでもやっぱり背後にいるんだ。そのうち姿が見えるようになった。最初はちらりと見えるだけだった。鏡のなかとか、視界の端とかに。連中は大胆になっていった。仕事の最中、俺が殺すことになってる相手と俺がいる部屋に、いつの間にか別のやつもひとりいるんだ。それがやがてふたりになり、三人になった」

コンドラツキーは口のなかがからからになり、話を切る。

「最悪なのは誰かを殺したときだ。仕事を終わらせ、車で現場から離れようとしていると、決まって誰かが隣に座っている。今のおまえのように。後部席には殺したばかりの相手が座ってる。まだ血を流し、内臓をぶらさげ、まあ、なんでもござれだ。夜になると連中が大挙して押し寄せてくる。俺を取り囲む。だからそれを終わらせるために、自分の頭を撃ち抜こうと思ったこともある」

「なぜそうしなかった？」

「それがやつらの望みだったからだ。やつらは俺を待っていた。観察していた。ある日俺がミスを犯すか、命を絶つとわかっていたから。そうして、俺はやつらのものになる」

突然寒気がして、俺はジャケットをたぐる。どうしようもないくそ話だが、こうして暗闇のなか、この先に待っているものを考えると、このいかれたじじいの話が真に迫ってくる。

「でも、幽霊が実在しないことはわかってたんだろ？」

コンドラツキーは俺を見る、その眼は燃えるようだ。「もちろん実在する」

そう言って、ふたたび道路に視線を戻す。

「まだ見えるのか？」

彼はかぶりを振る。「それが取引だった。俺の最後の仕事はトルコのアンカラだった」

「拷問屋だな？」その話なら知っている。「バッシャール・アル＝アサド政権のためによく働いていた男」

「そうだ。ぶくぶくに太った大男でな。エレベーターに追いつめたが、必死に抵抗してきた。その夜、ホテルの部屋にやつらが現われた。全員が。もう耐えられなかった。で、言ったんだ、俺をひとりにしてくれ、そしたら仕事を辞める。二度と引き金は引かない。俺が死んだら、そのときはおまえたちのものだ。煮るなり焼くなり好きにしろ。だがそれまでは……」

「それで姿を消さなきゃならなかったのか。でなきゃ――」

「おまえみたいなくそ野郎が現われて、俺は取引を破らなきゃならなくなる」

俺は思い返す。「だからRPGでトミーを撃ったとき、外したんだな。それで頭じゃなく膝を撃った」

コンドラッキーはうなずくが、眼は取り憑かれている。そして、またバックミラーを見る。そのとき俺は気づく。

「くそ。取引を破っちまったんだな？　あのヘリの男か」

コンドラッキーはうなずき、またミラーを見る。

「この車の補助席に誰がいると思う？」

135

インディアン・ウェルズはゴルフコースとカントリークラブが組み合わさってみだらに膨張したジグソーパズルで、そこに民間警備員、監視カメラ、高給取りの警官がひしめいている。グーグルマップの衛星写真で見ると、とりわけ眼をひくハンドラーの敷地はそのなかでも最も閉鎖的かつ健康によさそうな環境で、三方を壁に守られている。残る一方はサン・ジャシント山脈とサンタ・ローザ山脈が交わる地点にある奇妙な、こぶのような低い山、アイゼンハワー山に接している。だから、そこが俺たちの目指すべき場所になる。

午前三時ごろに到着する。幹線道路からアイゼンハワー山の裏手にのぼるジグザグの緊急車両用道路を見つける。そこから山道らしきものを見つける。俺たちの唯一の勝算は奇襲だから懐中電灯は論外だが、装備のなかに赤外線ゴーグルがあり、コンドラッキーが興味を示すので着けさせる。コンドラッキーの先導で尾根までのぼり、そこで彼が赤外線ゴーグルを外すと頭上に天の川が輝き、眼下にインディアン・ウェルズが輝いている。

俺はバックパックから小型ドローンとVR機材一式を取り出す。グーグルの衛星画像はぎりぎり〝使える〟レベルのものでしかないし、おまけに三年前のデータなので、自分たちがこれから何に足を突っ込むことになるのか正確に把握しておく必要がある。

俺がVRゴーグルを着けているあいだ、コンドラッキーは岩に腰かけて休んでいる。俺たちが戦《や》り合ったことで、彼は多くを失っている。呼吸に混じる喘鳴《ぜんめい》はますます大きくなり、肘を膝の上にのせて座るその肩の角度から、彼に残されているものがあまり多くないことがわかる。

それで足りることを祈るしかない、俺たちのふたりとも、俺ひとりではできないとわかっているから。

黒い小型ドローンを起動するとVRゴーグルに映像が映る。ドローンのブラシレスモーターはほぼ無音、プロペラは剃刀のように鋭く、空気の乱れを最小限に抑えるように設計されている。ゴーグルはHD画質で、高感度カメラからの高出力な映像フィードを映し出し、映像は暗号化され、周波数を定期的に変更している。しかし、それだけのことをするには代償がともなう。飛ばせるのはせいぜい十分間で、ハンドラーの御殿はゆうに三キロは先にある。

ドローンが上昇し、遠ざかる。突然俺は鳥に、鷲になり、岩や茂み、川床や浸食部の上空を滑り、境界道路の高い鉄条網と管理棟を越え、ゴルフコースの南端を越え、ハンドラーの御殿がある袋小路に到達する。

「何が見える？」コンドラッキーが尋ねる。

「高さ三・五メートルの壁が取り囲んでる。五から十メートルおきにカメラ、壁に取りつけられている。正面に金属製のゲート、裏に通用口がある」

「警備は？」

「歩哨がひとり、見たところMP5を持っている。いや待て、ふたりだ。小屋から出てきた。警備の詰所だろう。屋敷のなかにもあとふたりはいそうだ」

「ズームできるか？」

「固定倍率だ」

「じゃあ、もっと近づけ」

「ドローンが見つかったら俺たちはおしまいだ」

「あの空洞部に何があるのか知っておかなきゃならん」

家の裏手、通用口のそばにまわり込み、ピンク色の漆喰壁に沿って曲がり、御殿の角、主寝室と書斎のあいだへ。

「今、北東の角だ」

「何が見える？」

「何も。北側にも東側にも窓はない」

「屋根はどうだ？」

「何もなしだ」

「くそ」コンドラッキーが言う。「セーフルームだ。呼吸循環装置《リブリーザー》までついてやがる。煙でいぶり出すことはできない。あいつがそこに逃げ込むまえに捕まえるしかない」

「寝室と書斎からまっすぐ駆け込めるはずだ。戦いながらの突入になれば、ハンドラーは余裕で逃げ込めるだろう」

「ゴーグルを貸せ」とコンドラッキー。

「バッテリーの残り時間が一分かそこらしかない」

「ならさっさとしろ」

ドローンをホバリングさせたままゴーグルを外し、コンドラッキーのハゲかけの頭に装着してやる。

「こりゃすごい」突然空中に飛ばされ、コンドラッキーが言う。「大したもんだ」

「一分だ」俺は念を押す。

「よし、左に行け。もっと左だ。上。いや、行きすぎだ。もう一度左。そのまま進め。ストップ」

「三十秒」

「映像がおかしい」

「バッテリーが切れかかってる」

「三百六十度見せろ」

「ドローンを戻さないと墜落する」

「三百六十度だ」

俺は回転させる。

「もう一度だ」

「もう遅い」俺は右スティックをうしろに倒し、左スティックをまえに倒し、ドローンを急いで俺たちのほうに、上空に向けて動かし、バッテリーの最後の一滴まで絞り出す。数瞬ののち、ドローンは敷地のフェンスの向こうにある濃い茂みに墜落し、死ぬ。

コンドラツキーがゴーグルを外す。

「C4はどれだけある？」

136

　太陽はまだ地平線の十五度下にあるが、星々は姿を消しはじめている。夜明けまえにあそこに行かなきゃならない。ふたりとも黒服に着替え、手と顔を黒いペイントで覆い、バックパックに荷物を詰める。C４爆薬、軽量の縄梯子、鉤縄、オートマティック銃、運べるかぎりの弾薬。また山の尾根を越え、谷に向かっておりる。ゆっくりした足取りだ――山道はなく、二度ほど崖に出てしまい、戻って別のくだりルートを探さなくてはならない。一時間後、俺たちは谷底にいるが、コンドラッキーの動きは鈍く、どんどん鈍くなっている。

「休憩したいか？」

「俺のくそ娘がさらわれてるんだ。いや、休憩したくない」

　ワイヤーカッターで境界のフェンスを切り、濃い茂みで切り口を隠す。フェンスをくぐるかくぐらないかのうちに、青い夜明けの光のなかからヘッドライトが現われる。警備のトラックだ。

「フェンスに振動センサーがあるんだ」とコンドラッキー。

俺たちは頭をさげ、身動きひとつせずにじっとしている。武装警備員たちがトラックから降り、こちらに近づいてきて、フェンスの並びをタクティカルライトで照らし、声がする。

「何もないな、そっちはどうだ？」

「コヨーテだろう。このまえもまた地面を掘ってフェンスを抜けていた」

ふたりはもう数秒、あたりを調べ、懐中電灯の光が一瞬俺たちをかすめる。

「何かあったか？」

息を殺す。光が遠ざかる。

「いや。印をつけておいて、一時間後に明るくなったら確認しよう」

ひとりが俺たちのそばを通り過ぎてフェンスに近づくが、俺がその足首をつかめるほど近い。男はオレンジのスプレー缶で、俺たちがフェンスを切った地点から三、四メートル離れた場所に印をつける。警備員たちはトラックに戻り、ふたりともひそかにファックしたいと思っている同僚について、下世話な話をしながら去る。

俺たちはふたたび息をつく。

境界のフェンスからメンテナンス倉庫、中継施設、水処理施設を迂回し、ゴルフ場の十一番ホールの端まで進み、そこからフェアウェイの側面を進めば、明るくなりつつある空から樹木が多少なりとも身を隠してくれる。突然の物音に俺たちは地面に体を投げ出すが、自動スプリンクラーシステムの作動音だ。九番ホールのグリーンから細長い森を抜け、険しい人工岩の断崖に向かい、見あげればハンドラーの御殿の壁がある。

夜明けまで十五分。コンドラッキーはぐったりしていて、眼のまわりのペイントされていない皮膚は蒼白、顔には痛みがそのまま表われている。俺も人のことは言えない状態だが、できるだけ隠している。彼を壁に寄りかからせ、バックパックからC４を出し、ざっくりと円柱状にし、片側にくぼみをつけ、遠隔操作できる起爆装置を挿入する。

「三分だ、いいな？」

彼はうなずくが、それができる状態かどうかわからない。判断する方法はひとつしかない。ふたりとも腕時計のタイマーをセットする。「よし……開始」

三分。コンドラッキーをその場に残し、俺は正面の入口に向かってまわり込む。ゲートの前方を一台の監視カメラがカバーしているが、分厚い凸レンズだから広範囲を映しているはずで、壁の角より先には近づけない。二台目は入口に向かう道をカバーしているが、視野角は一台目より狭い。ライフルで三十メートルなら、難しいことはない。MP９でも単発に切り替えればいけるかもしれないが、まだ隠密行動中だから、信頼できる古くからの相棒、ウェルロッドだけが頼りだ。
二分。狙いを定め、脈拍を落ち着かせ、引き金を絞り……動きを止める、手のひらが湿っているのを感じる。緊張が悪影響している。ズボンで汗を拭き、ふたたび狙いを定める。今度は発射する、ウェルロッドは手を叩く以上の音をたてない。丸いレンズが砕け、取付具についたままのカメラがだらりと垂れる。
ゲーム開始だ。
九十秒。壁沿いに金属製のゲートまで走り、二台目のカメラに映らないようにしながら、両びらきのゲートのまんなかにC４を固定し、また壁沿いにまわり込んでコンドラッキーを残してきた地点の真裏に向かう。
一分。超軽量縄梯子がついた鉤縄を投げあげる。三度目で引っかかった手応えがある。折れた肋骨の痛みに耐えながら縄梯子をのぼっていると、反対側の傷がまたもひらく。筋肉が裂けるのを感じるが、もう引き返すことはできず、コンドラッキーは俺より状態が悪い。
三十秒。壁の上によじ登る。下を見ると、ひとりの警備員が小屋から出てきて、無線に向かって愚痴を言いながら、歩哨たちに手で指示を出している。「カメラ４が故障だ。いや、侵入の形跡はない。カメラ５には何も映っていないが、今確認中だ。だからドイツ製のシステムを導入すべきだと言ったろ」

十五秒。ふたりの歩哨がリーダーの両脇を囲み、正門に向かうリーダーの左右をカバーしている。俺は反対側の壁を一瞥《いちべつ》する。コンドラツキーはどこだ？　そのとき彼の姿が見える、壁をどうにかしてよじ登っている。

コンドラツキーは手をあげ、テレビスタジオのフロアマネージャーのように静かに指でカウントダウンする。

三。

警備のリーダーがゲートに耳を当てる。

二。

「何も聞こえない」彼は言い、振り向く。

一。

137

成形爆薬の轟音《ごうおん》が夜明けをまっぷたつに裂くと、木々に止まっていた鳥たちが飛び立ち、やかましく鳴く。金属のゲートが裂ける。君が今夜ぐっすり眠れるように、警備のリーダーがどうなったかについては話さないでおく。ほかのふたりは脳震盪を起こし、血まみれになりながらも立ちあがり、正面攻撃にちがいないと考えて配置に就く。屋敷からもうひとりが駆け出てきて、さらに小屋から四人目が現われる。

彼らの注意は煙をあげるゲートの穴にしか向けられておらず、分厚い壁の上を猫のように進む俺たちのことを完全に見逃していて、俺たちが並行して家の正面玄関から裏手にまわると、ライトアップされた池とエンターテイメント・パビリオンが夜明けの薄明のなかで輝いている。

壁から一番近い池に跳びおりると、深さは約一メートル、コンドラッキーは噴水のまえにたどり着き、つるつるした人工岩をウォータースライダーのように滑り落ちる。落下の衝撃が大きく、コンドラッキーは一瞬よろめいて肩をつかむが、すぐに立ちあがる。俺たちは豆電球で装飾されたヤシの幹、高さ二メートルの女陰像、シンクつきのミニバー、屋外キッチンを走って通り過ぎ、屋敷に突入すると、お互いを援護しながらひとつずつ角を曲がっていく。家のなかでは警報がさかんに金切り声をあげ、光が点滅している。

角の背後に身を潜め、さらにもうひとりの警備員が正面に向かって走っていくのをやり過ごし、コンドラッキーがトラックのなかで描いた見取り図を見ながら前進する。すると北東の角、寝室と書斎がセーフルームと思われる空間を囲んでいる場所に出る。が、アールデコ調の鏡と金のアクセントで装飾されたショッキングピンクの廊下を駆け抜けると、そこで運が尽きる。

バスローブだけを羽織ったハンドラーが驚いて俺たちを見つめていて、その背後にはひらいたドアがあり、短パンも制服の一部らしきハンサムな警備員がどこからか現われて発砲する。どうやら能力よりも見た目重視らしく、この男の射撃の腕はお粗末で、銃を腰だめで撃ち、死ぬほどびびっているが、その隙にハンドラーは踵《きびす》を返し、ドアに向かって一目散に走りだす。

コンドラッキーが銃を撃ち、短パン警備員を一回のバースト射撃で倒す。ハンドラーは振り向きざま、テリー織りのバスローブから垂れているベルトに引っかかってつまずく。俺はハンドラーに飛びかかり、バスローブをつかむが、彼はローブを脱ぎ捨て、全裸で窓のない部屋に逃げ込む。寝台、デスク、トイレ、液晶テレビが一瞬だけ見え、次の瞬間、装甲板の金属製ドアがばたんと閉まる。

銃声を聞きつけたハンドラーの警備チームがすでに屋敷内になだれ込み、無線に向かって叫んでいて、俺たちは唐突に、サンドイッチに挟まれた肉になる。コンドラッキーと俺は振り向いて射撃し、銃弾が壁、窓、家具、芸術作品、絨毯、木工作品を裂き、やがて彼らは退却し、負傷者ふたりを引きずっていく。

コンドラッキーと俺が呼吸を整えると、床には空薬莢が散乱し、空気は煙で、口内は硝煙のにおいで満たされ、部屋はすっかり破壊されている。コンドラッキーの顔は灰色で、引きつり、空気をまともに吸うのが難しいというように、時間をかけてひと息ひと息を呑み込んでいる。

「あそこに入らなきゃならん」ようやく話せるようになると彼は言う、セーフルームのことだ。

「どうやって？　呼吸循環装置《リブリーザー》があるなら、いぶり出すことはできない。警察や屋敷の警備どころか、第七騎兵隊までもが一時間と経たないうちに総力を挙げてここに来る」

「C４だ」コンドラッキーは咳をこらえて言う。

頭までおかしくなったか？　「ゲートで全部使っちまったぞ」

「おまえはそれを知っているし、俺も知っている」とコンドラッキー。「でも、あいつはそれを知らない」

コンドラツキーはときおり思い出したように銃を撃ち、ハンドラーの手下たちを牽制している。俺はもう一度セーフルームに向かう。ドアの上に監視カメラがあるが、レンズは外を向いていて、俺はドアそのものが映っていないほうに賭ける。分厚い鋼鉄の扉を拳《こぶし》で叩く。

「ハンドラー」俺は言う。「聞け。ここに五百グラムのC４がある。こいつを成形して爆薬にして、ドアに取りつける」

耳を澄ます。何もなし。もう一度がんがん叩く。

「聞こえてるのはわかってる。いいか。鋼鉄のドアが吹き飛ぶかどうかはわからない。吹き飛べばおまえも一緒に死ぬ。吹き飛ばなかったらもっとひどいことになる。まず圧力波が来る。鼓膜と肺が破裂し、血液中の小さな気泡という気泡が圧縮される。その後に減圧波がやってきて、気泡が体内で爆発する。《トータル・リコール》のあのシーンを覚えているだろ？」

がさごそと音がする。ハンドラーの声がインターコム越しに聞こえる。

「そんな手に乗るか。どうせでたらめだろう」

戸口のほうから乾いた銃声がする、また突入しようとしてきた警備員たちとコンドラッキーが撃ち合っている。あいつはこのまま永久に持ちこたえられるわけではない。

「今、起爆装置を取りつけてる」

「そんなことをすれば女たちは死ぬ、おまえも死ぬんだぞ」

「今、避難してるところだ。爆破まで5、4……」俺はあとずさり、声を張りあげる。

「3、2……」これが駄目だったら、ハンドラーの言うとおり、俺たちは全員、四人とも死ぬ。

「1」と言おうとしたそのとき、ドアがひらく。一杯食わされたことにハンドラーが気づくまで一瞬、その一瞬は俺にとって充分な長さで、ハンドラーの顔に腕を巻きつけ、肩から体当たりし、全裸の彼を部屋に押し戻す。

「来い、早く」俺は叫ぶ。コンドラッキーはまた前進してこようとしている警備員たちに向け、最後の射撃をばら撒きながら廊下を後退し、頭を引っ込めて部屋に入る。俺は彼の背後でドアを閉める。その直後、強化鋼のドアに弾丸が撃ち込まれるが、もう手遅れだ。ハンドラーは俺たちと一緒にセーフルームに閉じ込められている。


コンドラッキーが引き出しをあける。Tシャツと下着が入っている。彼はベンチの上で小さくなり、片手で股間を隠し、もう片方の手で鼻血を拭《ぬぐ》っているハンドラーにそれらを投げる。「着るんだ、勘弁してくれ」

ハンドラーはシャツと下着を着る。外から怒鳴り声がして、警備員たちがドアを叩いている。監視カメラにその様子が映っているが、彼らは混乱し、どうすればいいかわからないようだ。

「どう収拾をつけるつもりだ？」ハンドラーはなまっちろい細脚に下着を引っぱりあげながら言う。「どれだけの騒ぎになるか、おまえたちはわかっていない」

「それを見越してやったんだ」俺は言う。「さあ、女たちの居場所を教えろ」

ハンドラーは大笑いする。「そのために来たのか？　白馬に乗ったランスロット卿とガラハッド卿が乙女たちを救いに？　笑わせないでくれ」

コンドラツキーがグロックの尻で彼を殴る。ハンドラーは壁に激突し、またベンチの上に崩れ落ちる。頬が砕け、視界がぼやけている。

外に残っているひとりの警備員が用心し、怯えながらドアに近づく様子が監視カメラに映る。

「ボス」彼は言う。「どうなってるんです？　何か言ってください」

「無事だと言え」コンドラツキーが言う。「退却して指示を待てと。すぐにここからひとり出ていくから、そいつを通せ。もし誰かが銃を撃ったり、想定外のことをしたりすれば、おまえは俺たちに殺されるとな」

ハンドラーはTシャツを引っぱり、顔の血を拭《ぬぐ》う。震えていて、虚勢は消えている。タイソンが言ったように、誰にだって計画がある、顔面を殴られるまでは。ハンドラーはコンドラッキーの指示を一言一句繰り返す。

監視カメラに映る警備員たちが退却する。

「よし」コンドラッキーは言う。「さあ、女たちはどこだ」

ハンドラーは黙ったままだ。

「いいか、聞け」俺は言う。「俺たちが何を知っているか教えてやろう。デッドマンズ・スイッチのこと。生体認証のこと。第七騎兵隊が救出に来るまで踏ん張れば生き残れるとあんたが思っていること。でもな、ひとつ問題があるんだ。デッドマンズ・スイッチのおかげであんたは完璧な人質になる。頼みの救出部隊が気にするのはあんたが生きているかどうかと、自分たちの秘密が守られるかどうかだけだ。つまり、ここにいるコンドラッキーはあんたを好きなようにできる。あんたの心臓が動いているかぎり、ほかの何がどうなろうと救出部隊は気にしない」

ハンドラーの眼に不安の色が浮かぶ。

「だから今話すか、あとで話すかのちがいだ。必ず話すことになる、それはまちがいない」

俺はコンドラツキーに一台目の使い捨てスマホ、やつらに追跡されたスマホを手渡す。

「番号は登録してある」

「健闘を祈る」彼は言い、俺と眼を合わせる。

「ああ」俺は少し黙る。最後の最後にいたるまで、あらゆる可能性を考え抜いてあるが、俺たちが意図したとおりにいく保証はない。「向こう側で会おう」

コンドラツキーはにやりと笑う。「どっちみちそうなる」

俺は銃をハンドラーに向ける。「ドアをあけろ」

ハンドラーは震える手でボタンに手を伸ばす。ロックが外れ、俺は外に出る。コンドラツキーがふたたびドアを閉める。

俺はガレージに向かう。途中、悲鳴が始まるのが聞こえる。

139

今回ばかりはブガッティ・ヴェイロンはオーバーキルじゃない。

クリムゾンレッドの車体、洞窟のようなハンドラーの駐車場にずらりと並んでいたエキゾティックな高級車のうちの一台。隣にはカナリアイエローの一九六四年式ポルシェ901が駐まっていたが、それをオシャカにする度胸はなかったし、高速道路でコネクティングロッドが外れて走行不能なんてことになっても困る。

ハンドラーの御殿から遠ざかっているということ以外、自分がどこに向かっているのかまだわからない。コンドラッキーの計画は見事だった。ハンドラーを人質に取り、どんな救出部隊がやってくるにしろ、それを足止めし、デッドマンズ・スイッチが発動すると脅して手出しができないようにしておき、俺たちのほんとうの目的から眼を逸《そ》らさせる。

バーブとキャットがどこに囚《とら》われているのか、そこに行くまでどれくらいの時間がかかるのか、まったく見当がつかない。が、ハンドラーのセーフルームには食料、医療品、水、内部タンクから酸素が補充される呼吸循環装置《リブリーザー》がそろっており、長期間の立てこもりができるよう設計されている。理屈の上ではコンドラッキーは一週間以上持ちこたえられるし、ハンドラーが殺されるようなことになれば、関係者全員にとって天が崩れ落ちるほどの大事態になるから、誰も突入しようとしない。

とにかくどこかに行かなければならないので、スティーヴン・スピルバーグが《激突！》を撮影したシエラ山脈を通り、古い金探鉱者たちの道、395号線を北上する。時系列からして、ダイクストラとバーニエールがパーム・デザートより南にいるはずはなく、となると最終的に彼女たちの居場所がわかったら、あとは東に向かうか西に向かうかの選択だ。

三十分後、ついに二台目の使い捨てスマホが鳴る。コンドラッキーだ。

「吐いたか？」

「ようやくな」

「どうやって吐かせた？」

「きっと聞きたくないだろう」彼の声は疲れている。

「まだ息はしてるんだろうな？」

「自分で聞いてみろ」

うめき声がする、コンドラッキーが電話をハンドラーに向けているのだろう。

「騎兵隊は？　来てるのか？」

「サイレンがわんわん鳴ってるよ。おそらく非常線を張り、歩兵を立たせておいて、そのあいだに上層部が死にものぐるいで打つ手を考えているところだろう」

古い車のエンジンをかけようとしているような音。いや、これはコンドラッキーの笑い声だ。肺が血でいっぱいになっているような音だ。彼がハンドラーに何をしたにしろ、相当な無茶をしたにちがいない。

「コンドラッキー、大丈夫か？　調子が悪そうだぞ。マック？」

「絶好調だ」

「踏ん張ってくれ。あんたがまだ脅威だとやつらに思ってもらわないと、足止めができない」

「俺が脅威じゃなかったことが一度でもあるか？」

「それで、彼女たちはどこにいる？」

「ソノマだ」

いいいいいいいい。

もちろんそうだろう。

ソノマ郡、ハンドラーはそこに千エーカーのくそったれ有機栽培ブドウ園を所有している。

コンドラッキーは俺に住所を言う。ブドウの低温・低酸素貯蔵施設、カリフォルニアのワイン生産地に何百とあるうちのひとつ、ハンドラー帝国のほんの一部分。施設は番号で区分けされている。どの区画か尋ねるが、返事を聞くまえから答えはわかっている。

17《セブンティーン》。

「ダイクストラとバーニエールについては？　人質に手出ししないようハンドラーから指

示させたのか？」

「それが悪い知らせだ」コンドラッキーは言う。

「ハンドラーにはできないんだ」

「できない？　どういう意味だ？」

「おまえと俺が死んだことが視覚的に確認でき、なおかつハンドラーが指示をしないかぎり、人質は解放されない。この命令は撤回できない。ハンドラーは俺たちに心変わりさせられる可能性も考えていたんだろう」

「じゃあ、ふたりを排除するしかない」

「命令はそれだけじゃない」

「言ってくれ」

「彼らが攻撃を受けた場合、最初に実行される戦闘命令は人質の抹殺だ」

140

バーブとキャットは凍えている。

はるか遠くの壁に掛けられた白いアナログ式温度計は霜点温度の少し上を指している。

しかし、彼女たちはそれに適した服装ではなく、ふたりで抱き合い、まだ自由なほうの手で互いの腕をこすっていなければ、震えが収まらなくなる。バーニエールに向かって叫んでみるが、彼女はドアのそばに座り、ウージーを脇に置いてスマホで《ビジュエルド》をプレイし、イヤフォンをはめてふたりを無視している。

ふたりとも一睡もしていない。バーニエールは夜の十一時ごろにダイクストラと交替し、夜明けごろ、最初の曙光のなかで金属の建物がきしきしと鋭い音をたてると、ふたたび交替した。見張りを交替する際のささやき声の会話と、自分たちのほうに投げられる視線から、キャットは自分がまるで大理石板の上に置かれた肉の塊のように品定めされているのを感じる。

ふたりの所持品はすべて取りあげられている。腕時計、スマホ、指輪。バーブは母親の形見の質素な金指輪を十年以上外したことがなかった。バーニエールがそれを無理やり外そうとした際、彼女は抗議し、顔面を殴られて左眼と唇が腫《は》れた。

キャットはバーブを心配している。バーブはタフなふりをしているが、やはり弱さがあり、キャットより若い時分にセントルイスに逃れてバーで働き、ジャンキーに恋して都合のいいように操られ、もっと早く別れるべきだったのに、それよりはるかに長いあいだ彼のもとに留まった少女のもろさがある。本人がそう言ったわけではないが、バーブはまだその男を恋しがっていて、彼女がマックに惹かれたのは頼りになるからではなく、危険だからだったのではないかという、奇妙な、強い感覚がある。

ふたりは腹が減り、喉が渇いているが、与えられているのは新しいボトル一本の水だけだ。キャットが思うに、これは自分たちが一時的に生かされているだけだと示すもうひとつの証拠であり、食料品店の水槽に入れられているロブスターのように、爪をゴムで縛られ、いずれ自分が選ばれて、コンロの上で煮えたぎる鍋に放り込まれ、生きたまま茹でられるのを待っているような気がする。

キャットには生きたまま茹でられるつもりはない。彼女の手首は細く、何時間もまえから、ふたりをパイプにつないでいる手錠から手を抜こうと、両眼を閉じ、手と親指の骨を脱臼させようとしている。そのために肌は赤く擦りむけ、手は腫れぼったくなってきている。バーブはその動きを逐一《ちくいち》感じ、微妙に手をひねったり引いたりするキャットの眼をしきりに見つめている。何かを伝えようとしているようだが、バーニエールかダイクストラがいるあいだは話すことができない。

これまでのところ、ふたりは一度ずつトイレに行くことを許されている。ダイクストラとバーニエールにその裁量があるなら、この場で垂れ流しにさせそうな気がする、キャットにはそんな気がするが、バーニエールは不服そうながらも彼女たちに頭巾をかぶせ、ひとりずつ大きなドアから連れ出し、トイレがある向こう側の空間に連れていく。バーニエールはそこで人質の手錠を外し、銃を向けたまま、人質が用を足して手を洗うのを眺め、また手錠をかけて連れ戻し、そのあいだ、ダイクストラがやはり銃を向けたまま、残されたもうひとりを見張っている。ダイクストラとバーニエールは明らかにプロフェッショナルであり、これがじりじりと長引くにつれ、キャットは自分とバーブが投げ込まれる鍋の水が沸騰しつつあるのを感じる。

141

ブガッティ・ヴェイロンはシエラネヴァダ山脈を着実に登っている。

ほんとうにこんなことをするつもりか？

コンドラツキーと俺が犠牲になることで彼女たちを解放できるなら、そうすべきじゃないのか？　こんな事態に巻き込まれたことについて、彼女たちに責任はない。コンドラツキーと俺が、その時期はちがえど、ミルトンに足を踏み入れていなければ、そもそも今回のことは何ひとつ起きていない。

コンドラッキーや俺のような男は混沌《こんとん》の運び屋だ。行く先々に有毒な破壊の痕だけを残し、ばっくれて、あとは運命に託し、ふたたびそれを眼にする日が来ないことを願う。いざその日が来たら俺たちは臆病者だ。その日、同じ運命のいたずらで、自分がしでかしたことを直視せざるを得なくなったとき、俺たちはどうするのか？　片をつける方法は、それは俺たちにも今すぐできるのだが、とても簡単で、我が身を差し出すことだとしたら？　いや、俺たちはすべてを正そうとする現実離れした試みのなかで、さらなる破壊、さらなる混沌をもたらし、自らを英雄と偽りながら、その実、とっくに救いようのない人間になっている。

コンドラッキーに電話して、そういう話をぶちまけようかとも考える。

だがそのとき思い出す、ハンドラーは大嘘つきで、卑怯で自己中なごみくそ野郎であり、俺たちが自分の首を皿にのせて差し出してやったところで、バーブとキャットを解放するつもりなどさらさらないだろう。今白旗をあげたら、文字どおり何ひとつ達成できない。そんな段階はとっくに過ぎている。

ソノマまであと四時間、ひょっとすると五時間。それまでコンドラッキーが持ちこたえてくれる、そう確信できたらまだましなんだが。前方にデッドマン峠の標識が見える。アクセルを踏み込む。

ブガッティの十六気筒が俺を座席に押しつける。

142

コンドラッキーはベンチに深々と腰をおろす。どうせ自分を殺すことはできないという考えに鼓舞されたのか、ハンドラーは思ったよりも抵抗した。今、ハンドラーの右手の指は一本残らず折れ、歯は今朝の時点よりも三本少なくなっている。左の膝は砕け、なかに弾丸が一発埋まっている。コンドラッキーがナイフを取り出し、顔の肉を削ぐぞと脅すと、ハンドラーはようやくおとなしくなった。

正味の話、彼は疲れきっている。歳を取れば元気なときでもしんどいものだが、ぱっくりとひらき、化膿した肺の傷があり、おまけにその肺が機能を停止しようとしているとなれば、なおさらだ。咳をし、鮮やかな赤の泡立った血を吐く。これはまずいと自分でもわかっているし、ハンドラーにもわかっていて、まだあいているほうの片眼でコンドラッキーを見ている。

空の空、伝道者は言う
空の空、いっさいは空である
前の者のことは覚えられることがない
またきたるべき後の者のことも
後に起る者はこれを覚えることがない

気づいたときにはすでに手遅れだが、コンドラッキーは伝道の書の一節を口ずさんでいて、意識が混濁するにしたがい、頭が縦に揺れ、銃は今にも手からこぼれ落ちそうだ。ハンドラーがこれほど負傷していなければ、すぐにコンドラッキーを取り押さえていただろうが、実際にはまだあいているほうの眼でじっと見ているだけで、コンドラッキーはハンドラーが時間稼ぎをしていることを知っている。

ドアを叩く音がする。コンドラッキーは監視カメラの映像を確かめる。黒い特殊部隊装備の一団、ボディアーマー一式、マーキングはいっさいなし。見たところ、ＣＩＡの特殊部隊だ。

コンドラッキーは通信ボタンを押す。「失せろ、さもないとこいつを殺す」

「生きているという証拠が必要だ」

コンドラッキーはハンドラーの砕けた膝を蹴る。ハンドラーが叫ぶ。

「これでいいか？」

「要求はなんなんだ？」黒ずくめの男が尋ねる。

「俺の要求はおまえたちが失せることだ。おかしな真似をしようとしている気配を感じたら、こいつの頭を吹き飛ばす。警告はなしだ。理解したか？　何か変更があったら、おまえたちに真っ先に知らせる」

途中で咳をこらえられず、コンドラッキーは通信をミュートにしなければならない。自分がどんな状態か教えてやる必要はない。

ハンドラーは寝台の上で少し上体を起こし、痛みに顔をしかめる。シーツは血でぐっしょりと濡れている。

「どうやって終わらせるつもりだ？」

「ジョーンズからすべて片づいたという連絡があったら」コンドラッキーは言う。「おまえはおまえの道を行け、俺は俺の道を行く」

ハンドラーは笑いのような何かをしようとする。

「彼らが見逃してくれると思うのか？」

コンドラッキーは姿勢を変え、楽な体勢になろうとする。「それは俺とやつらのあいだの問題だ」

「あいつにだまされていることは理解してるんだろうな？」ハンドラーが言う。

「どうしてそう思う？」

「あんたに子守を押しつけ、自分だけ逃げたじゃないか。あいつは女たちを助けるかもしれんし、助けないかもしれん。どっちにしろ、あんたは自分で逃げる方法を見つけなきゃならない」

コンドラッキーが咳をすると、また赤い泡が噴き出る。

「実際のところ」ハンドラーは手応えを感じて言う。「あんたはあいつになんの借りもない」

「俺に何か提案したそうな顔だな」

「かもしれん」

彼はコンドラッキーの沈黙を好意的に解釈し、話を続ける。

「なあ、コンドラッキー。知ってるんだろ。あいつはあんたの靴を勝手に履いた。自力で勝ち取ったわけじゃない。あんたは姿を消した——それなりの理由があって。でもこうして復帰した。少しも衰えていない。つまりだな、あいつなんてくそ食らえということだ。

17《セブンティーン》はくそ食らえだ。もう一度手綱《たづな》を握り、自分の靴を取り戻せ。私のところで働けばいい。今の自分を見てみろ、コンドラッキー。ひどい怪我をしている。このままじゃ長くはもたない。でも、あのドアをあけてくれれば、私たちが元どおりにしてやる。六百万ドルの男になるんだ。より手ごわく、よりうまく、より速くなって。どうだ、コンドラッキー？　考えを聞かせてくれ」

コンドラッキーは真紅のものを床に吐く。息は浅くなり、めまいは刻一刻とひどくなっている。

「俺の考えは」と彼は言い、金属の壁にもう一度頭を預ける。「もっと痛めつけてやるまえに、黙ったほうがいい」

143

ナパ郡とソノマ郡のあいだの丘陵を曲がりくねって抜ける長く風情ある道の突き当たりに、そのブドウ園はある。ハンドラーが古くからの家族農場をいくつも買収し、自らのワイン帝国に組み込み、まとめあげたものだ。メインエントランスにはレンガの大きな柱と監視カメラがあるが、周囲に衛星のように点在する個々のブドウ園はそこまで厳重に警備されていないはずだ。

なんの未練もなくヴェイロンを道端に乗り捨てる。ああいうしょうもない車はいまだに好きになれない。MP9用の弾薬をいっぱいに詰めたバックパックを背負い、フェンスを跳び越え、ふたつ向こうの畑で収穫作業中のメキシコ人たちの眼に触れないよう、姿勢を低くしてブドウ畑を抜け、グーグルマップで調べたメイン施設に向かう。

観光客ホイホイとして風情あふれるイメージを維持できるよう、貯蔵庫は道路から見えない場所にあるが、このあたりは風情もへったくれもない。灰色の金属製産業用貯蔵庫は三階建てで、全部合わせると市の一区画ほどの大きさがある。積みおろし場の地面はコンクリートで、平床式のトラックが二台、フォークリフトが一台、パレットの山がいくつか。一方の端を見ると、圧縮窒素の縦型タンクが地面から突き出し、すべての貯蔵庫に供給管がつながっている。平屋根の上は背の低い冷却装置で埋め尽くされ、ファンがまわり、コンプレッサーがうなっている。

ずらりと並ぶドアのまえを進み、トラクターや噴霧器に補給するための燃料と水のタンクの脇を通過する。警備は影も形もない。おそらく、目立たないことを重視した計画だったのだろう。

もしくはハンドラーが嘘をついたか。

全部で二十の区画がある。17はかなり奥まったところにある。そこまで行くと、もう一台の平床式トラックがあるが、こちらは荷台に鋼鉄製の輸送コンテナが積まれている。ナンバープレートを確かめる。さっきの二台のトラックはカリフォルニア州のナンバーだったが、これはミネソタ州《テンサウザンド・レイクス》と書いてある。ミネソタはサウスダコタにかなり近い。コンテナのドアはあいているが、なかは空《から》で、水のボトルが一本だけ落ちている。

ハンドラーは嘘をついていなかった。

今すぐコンドラッキーに電話し、作戦を相談することはできる。しかし、俺が知っておくべき情報があれば向こうから電話があるはずだし、俺たちふたりとも、互いの邪魔をしないほうがいいと承知している。これは俺がなんとかしなきゃならない。コンドラッキーはすでに自分の問題を充分抱えている。

姿勢を低くしたまま走る。メインドアは巨大で、高さが六メートルあり、横に点検扉と窓がある。なかは明るく照らされているが、見えるのはドアのさらに内側にあるシャッタードアだけで、おそらくその先は環境制御された貯蔵空間になっている。シャッタードアは閉じており、誰かがいる気配はない。

俺はためらう。女たちはここにいる――輸送コンテナがその証拠だ。しかし、それでも何かがおかしいと本能が言っている。バーブとキャットがなかにいるなら、バーニエールかダイクストラのどちらかがふたりを監視しているはずだ。だが、もうひとりはどこだ？もうひとりは外を見張っているはずだが、そんな気配は微塵もない。どこだ？　トイレに行った？　コーヒーを淹《い》れに行った？　評判はともかく、やつらはプロフェッショナルだ。

どうにもおかしい。

声がしないか耳を澄ますが、屋上の冷却装置がうるさすぎる。

ほかに方法はない。引き金に指をかける。一発は薬室に送り込まれていて、弾倉はいっぱいにしてある。点検口を静かにあけ、内部に滑り込む。猫のように静かに、シャッタードアにつながる大きなドアに忍び寄る。

ドアをあけるための赤いボタンがある。

もう一度、なかから音がしないか聞き耳を立てる。何もなし。

肩の力を抜く。深呼吸。ドアの垂直材に背を預け、突入ならびに射撃の準備をする。

赤いボタンを押す。すべてがくそになる。

144

爆発でバーブは弾《はじ》けるように眼を覚まし、キャットは跳びあがり、手首を痛める。金属の壁ががたがたと震え、爆発が終わった今も音が反響している。バーニエールも跳びあがると、一連のなめらかな動きで折り畳み椅子をうしろに倒しながらウージーをつかみ、セーフティを解除してフルオートに切り替える。彼女がドアを叩き、ダイクストラに向かって怒鳴ると、ドアがひらく。ダイクストラもシュタイヤーを持ち、いつでも撃てるかまえだ。ダイクストラはバーニエールに「行け、行け、行け！」と怒鳴るが、彼女はためらい、バーブとキャットを振り返る。

「やるべきことはわかっているな」ダイクストラが言う。キャットは彼がバーニエールの肩に手を置いていることに気づく。奇妙に親密な仕草で、たんにプロフェッショナルとしての関係以上の何かがあるように思われる。バーニエールはうなずく。ふたりとも表に出ていき、ドアが閉められ、鍵がかけられる音がする。ややあって、洞窟のような空間が暗闇に包まれたかと思うと、頭上から大きなぶおおおという音が聞こえ、キャットはそれが換気用のファンが最大出力で回転している音だと気づく。ふたりがつながれているパイプが突然、これまでよりもずっと冷たくなる。

残された光は、ふたりの手が届かないドアの上に赤く輝く〝非常口〟のサインしかなく、キャットはバーブのほうを見る。「今のは？ 何が起きてるの？」

「わたしたちを殺そうとしてる」バーブは言う。

145

巨大な子供のでっぷりした手のなかにある人形のように、幼子《おさなご》の癇癪《かんしゃく》で背後の壁に思いきり叩きつけられる。金属の支柱に後頭部を強打し、爆発の発作が金属製のドアをばらばらに裂き、鼓膜を破り、顔と手を焼き、貯蔵庫の前面をまるごと吹き飛ばし、そして、俺はなすすべもなく頭からコンクリートの地面に落下する。

意識が戻ると世界は一変している。貯蔵庫は崩壊し、そこかしこで瓦礫《がれき》が火の手をあげ、屋根は垂れさがっている。抜けた歯を吐き出す。鼻が折れ、たぶん頰骨も折れていて、腹部と脚に強烈な痛みがあり、見ると、爆発で引き裂かれた金属板の、長さ三十センチほどの破片が腹と腿に刺さっている。這《は》うのがやっとだが、どうにかして外壁の残骸のもとまで体を引きずり、横倒しになっている薬品用らしき漏斗状タンクの陰に身を隠す。

両眼を閉じ、腹に刺さっている金属片を一か八かで引き抜く。びっくりするくらい痛むが、内臓に損傷はないようだ。投げ捨てると金属片はからからと音をたてて止まり、俺は左手で傷口を押さえて出血を止めようとする。

脚の金属片はそうはいかない。大腿動脈が切断されているか、少なくとも損傷している可能性がある。血が噴き出していないので、今のところは生きていられるチャンスがある。が、金属片を抜くか、まちがった動かし方をすれば、状況は一変し、ものの三、四分のうちに出血多量で死ぬかもしれない。

慎重にバックパックをおろす。なかに必要なものが入っている。タクティカル・ターニケット。要は止血帯で、四肢に巻きつけるストラップと、締めて血流を止めるためのプラスティック製ハンドルがついている。止血すれば金属片を引き抜けるかもしれないし、運がよければ、少しはまともに動けるようになる。しかし、腿の上部にストラップを巻こうとしていると、何かが眼に入る。

ダイクストラが奥の貯蔵庫からやってきている、どこまでも狡猾なハンドラーは万全の準備をしており、この場所を白状しなければならなくなった場合に備え、ブービートラップを仕掛けていたのだと悟り、眼のまえが暗くなる。ダイクストラの後方百メートルの地点にバーニエールがいて、ふたりとも爆発で建造物の正面にあいた大穴めがけて疾走している。今のこの状態を見られるわけにはいかないので――閃光でなかば眼が見えず、脳震盪のせいでものがダブって見えるが――漏斗状タンクの上にMP9の銃口を持ちあげて発砲する。

ダイクストラはコンテナトラックの背後に隠れ、バーニエールは貯蔵庫の壁に向かって走り、視界から消える。俺は銃をできるだけ遠くに突き出し、バーニエールを押し戻そうとブラインドファイアするが、その隙にダイクストラがコンテナの陰から貯水槽に向かって走りだしている。

ひとりを牽制すれば、もうひとりに近づかれてしまう。

俺はまだ死んでいない、だが長くはないだろう。

146

「ここは低温貯蔵庫」バーブが言う。「いとこが果樹園をやってて。こういう場所にリンゴを保管してる。空気を吸い出して、何か別のものをポンプで送り込むの。窒素とか？

それで鮮度を保てる。でも、それをやると息ができなくなる」

外から銃声が聞こえる。「あの人たちかも」キャットが言う。「マックとジョーンズ」

キャットは自分の呼吸が速くなっているのを感じる。必死に手首をひねり、またも手錠の輪から手首を抜こうとする。

「やめて」バーブが言う。

「もう少しで抜けそう。親指をもう少し下に……」

キャットは力を込めて引き、ひねる。金属が肌に食い込み、血が出ている。

「本気よ」とバーブ。「やめて」

バーブの声は鋭いが、かすれていて苦しそうだ。やはりうまく息ができないのだ。

「大丈夫？」

バーブはその問いかけを無視して言う。「リラックスして。手錠を緩めて」

バーブは自分が何をしようとしているかちゃんとわかっている、そんな気がする。キャットは手錠を緩める。

「じっとしていて、動かないで」

外の銃声は容赦がない。キャットはそれを聞かないようにする。あいているほうの手で手首を支えていると、バーブが髪のなかから何かを取り出す。

「私が指輪のことに文句を言ったおかげで、あの女はこれを見逃した」

一本のヘアピン。バーブはそれをまっすぐに伸ばし、端のビニールを歯で剝がす。それから端をかくかくしたS字に曲げると、手錠の鍵穴ではなく、裏側の小さな丸穴に差し込む。

「セントルイスのケツ穴野郎が唯一いいことをしたとすれば、手錠の外し方を教えてくれたこと」バーブは少しのあいだ動きを止めなければならない。唇が変色し、黒ずんできている。赤い光のなかだから、実際は青くなっているのだろうとキャットは思う。

「ロックは二重になってる。みんな鍵穴をいじればいいと思ってるけど、まずこっちをやって、それから反対側をあける。こっち側が難しくてね、バネがあるから。くそ」

力の込めすぎでヘアピンが曲がる。バーブはそれをもう一度まっすぐに伸ばす。

「頭が少しくらくらしてきた」

バーブの呼吸はどんどん速く、浅くなっている。キャットも命の危険を感じるほどの倦怠感が這《は》いあがってくるのを感じている。ヘアピンがまたも曲がる。「このくそったれ！」

「落ち着いて」手首を動かさないようにしながら、キャットは言う。「大丈夫。あなたならできる」

「息ができない」バーブが言う。「眼もかすんできた」

バーブは二回深呼吸し、何度かまばたきをして視界をはっきりさせると、ピンの作業に戻る。

かちり、と小さな音。

「これでよし」バーブが言う。「最初の部分は終わり。次は手を反対側に向けて」

外では銃声が再開している。

キャットは手を裏返し、バーブは鍵穴にヘアピンを差し込む。バーブの唇は明らかにさっきより黒ずみ、顔は灰色になっている。キャットは頭が痛む。エヴェレスト登山中に高山病にかかった者は、雪の上に転がってそのまま眠ってしまいたくなるという話をどこかで読んだことを思い出す。きっとこんな感じだろう。

その刹那、ヘアピンがバーブの手を離れ、床に落ちる。

バーブはうなだれる。「できない、頭が……眼が……息ができない……ごめん」

「わたしがやる」キャットが言う。手錠でパイプにつながれたまま、手を下に伸ばし、真っ暗闇で何も見えないが、床に落ちたヘアピンを手探りする。指がセメントの上を進み、何かが見つかる……ただの建築資材のかけらだ。さらに指を動かしていくと、やがてパイプの裏に潜り込んだヘアピンが見つかる。

「バーブ」キャットは言う。バーブは眼をあけ、パイプに頭を預けるが、今にも意識を失いそうだ。「バーブ、どうすればいいか教えて」

「無駄よ」バーブが言う。「練習が必要。わたしも最初は一週間かかった」

「いいから教えて」

「ヘアピンを入れて、自分が鍵になったつもりで押す。でも正しい向きを見つけないと」

「正しい向きってどういう意味?」キャットは尋ねるが、バーブは答えない。彼女の頭ががくりと垂れる。

147

ダイクストラとバーニエールに焦りはない。自分たちが優位にあると知っている。俺たちは散発的に銃撃を交わし合っていて、一時間ほどの時間が経ったように感じるが、おそらくは十二分程度のものだろう。そのあいだに彼らはルーティンを進化させている。ダイクストラが貯水槽の裏のポジションから援護射撃をし、そのあいだにバーニエールが壁にぴったりくっつき、俺の視界外に消えて射線を外しながら距離を詰めている。

彼らがブービートラップを仕掛けた廃貯蔵庫は今や炎に包まれ、なかに保管されていた、からからに乾いた木製パレットはキャンプファイアのように激しく燃え、その熱が顔に感じられる。しかし、一番の懸念は頭上の屋根のことで、冷却装置とファンの重みで金属が曲がりはじめている。

どうにかしてこの場を離れなきゃならない。が、銃撃で釘づけにされており、止血帯のストラップを脚に巻きはしたものの、締めようとするたびにバーニエールがじりじりと近づいてくる。

止血帯なしで動けば、切れた動脈は死刑宣告だ。

そのとき思い出す。バックパックにあの愛らしい〈ナーモ〉のグレネードがまだ一発残っている。一発、それだけではどうにもならない。だが、漏斗状タンク越しに首を伸ばし、ダイクストラが身を潜めている地点を確認すると、その威力を何倍にも高めてくれそうなものが見つかる。

燃料タンク。ひとつには黄色いハンドルがあり、つまりは軽油ということで、非常に燃えにくく、植物油と大差ない。それでも、もうひとつがガソリンなら、まだ勝算はある。新しい弾倉に交換する。これがラストで、あらかた撃ち尽くすことになるだろう。こちらがまだ健在だと示すため、バーニエールに向けて何発かを壁沿いに発射し、続いてダイクストラに注意を向ける。彼の左側に軽油タンクがある。そこに数発撃ち、中身が満タンであることを祈りながら、その隣のタンクにも四発撃ち込む。ありがたいことに満タンだ。何かが勢いよく噴き出すが、それが何かは誰にもわからない。

ダイクストラが燃料タンクを一瞥《いちべつ》する。あれが何を意味するか、あいつにはわかっている、ような気がする。

よしよし。それが頼りだ。〈ナーモ〉のピンを抜くのは歯が折れそうになる。レバーを握ったまま、痛みと頭に忍び寄るめまいを遮断する。頭上で屋根がたわみ、揺れる。背後からは着実に火の手が迫っている。

ダイクストラがまだ俺の視界外にいるバーニエールと視線を交わす。ダイクストラがうなずき、彼女に向かって無言で口を動かしているのが見える。3、2……

1と同時に、俺はグレネードのレバーを離す。

ダイクストラが飛び出し、バーニエールに向かって駆ける。

バーニエールは壁から身を出し、漏斗状タンクに向かって援護射撃を叩き込む。

そして俺はグレネードを投げる。

148

キャットはヘアピンを鍵穴に突っ込み、ロック機構の感触を探る。何かが動いたように感じた気がするが、ロックをまわせない。バーブはすでに意識を失っており、眼を覚ましそうにない。なんて言ってた？　〝正しい向きを見つけないと〟だ。頭をすっきりさせようと何度か大きく息を吸い、ヘアピンを逆向きに差し込む。機構の感触がちがう。なんらかの溝があり、そこにヘアピンがはまっている。でもまだ動かない。手首が手錠の金属に食い込み、鎖がぴんと張っていることに気づく。手錠をたるませると、ロックがまわるのを感じる。

枷がひらく。手首が自由になる。

キャットはドアに向かってよろめきながら進む。赤い緊急避難ボタンがある。それを叩くと電動モーターが音をたてて始動する。ドアが数分の一センチ動き、止まる。モーターは踏ん張っているが、やがて停止する。緊急避難ボタンをもう一度押すが、ブレーカーが落ちてしまったにちがいない。

ドアの下にできた細い隙間から光が射し込んでいる。ドアの下に指を突っ込み、力いっぱい持ちあげようとするが、びくともしない。

部屋を見まわす。なんか、使えるものがあるはず。うしろ向きに倒れている折り畳み椅子。隅には木箱が載ったパレットがいくつか。換気ファンを見あげる。あそこまで登れるかも？　でも、外には通じていない。そのとき、ドアの下の隙間から射し込む光を受け、パレットの下で何かが光っていることに気づく。

頭がくらくらし、片手で体を支えながらパレットの山の裏にまわる。裏側にまわると、彼女はそれを見つける。パレット運搬用の、小型フォークリフトのような電動トラック。キーは差しっぱなしだ。まわすとダッシュボードに光が灯《とも》り、バッテリー残量計は八分の一以下を示している。これでも足りるかも？　どう操作したものかと少し頭をひねるが、操縦桿による単純な操作だ。操縦桿を手前に引くとフォークリフトが後退し、パレットの下からフォークがするりと出てくる。

外ではさらなる銃声。片頭痛がこめかみをがんがん叩く。フォークリフトをドアのほうに向け、操縦桿をまえに倒し、フォークをドアの金属にぶつける。ドアはへこむが、音《ね》をあげない。

バックしてもう一度。同じだ。

三度目は操縦桿をまえに倒しつづけると、ゴムのタイヤがつるりとしたコンクリート床の上で空転するかに思えるが、次の瞬間、ドアの薄い金属板が裂け、フォークが貫通する。

リフトレバーを引く。フォークが持ちあがり、ドアがくしゃくしゃになり、下の隙間が大きくなって、一番大きいところでは二、三十センチの高さになる。もう一度やろうとバックするが、フォークリフトは悲しげな音をたてて止まり、バッテリーが切れる。

キャットは跳びおり、バーブのもとに駆け寄る。激しく動いたせいで胸が締めつけられるように痛むが、バーブの腋の下に手を入れ、ドアまで引きずる。バーブをそっと寝かせると、隙間の下に滑り込み、外へ。

陽射しのまぶしさに眼が痛み、それでも暖かな空気を胸いっぱいに大きく吸うと、頭がはっきりする。手で体を支えながら立ちあがると、バールが閂《かんぬき》代わりに固定されていて、それでドアがひらかなかったことがわかる。バールを引っこ抜き、〝開〟ボタンを押す。

しかし、ブレーカーはまだ落ちたままだ。キャットは屈み、ドアの隙間からバーブを引きずり出そうとするが、痩《や》せているキャットがどうにか通れた程度の隙間だ。そこでドアの底部をつかみ、残りのありったけの力を振り絞ってドアを持ちあげる。

ドアはもう三十センチほどあがる。充分だ。バーブを光と空気のなかに引きずり出す。

「バーブ、バーブ、起きて」キャットは言い、バーブの凍える手を、指先が唇と同じくらい青くなっている手をこする。「しっかり」

バーブはぴくりと動き、酸素が体に入ると大きく眼をあける。

「大丈夫」キャットが言う。「とにかく呼吸して。大きく吸って」

149

投げた先は見えず、全身の力を使い果たす。が、グレネードが手から離れると、稲妻が俺を打つ。動物の苦悶の悲鳴が聞こえる、ただしそれは俺の声だ。何が起きたかわからないが、悪いことだというのはわかる。

グレネードは高い弧を描いて飛び、地面に落ちると数十センチ跳ね、燃料タンクの真横で爆発する。ガソリンだ。漏れたガソリンに火がつき、中身が半分残っているタンクが爆発して、火球がダイクストラを呑む。彼は全身を炎に包まれながら、よろよろと数十センチ進む。絶好の標的だ、すばやいバースト射撃でとどめを刺す。彼は地面に倒れ、まだ燃えている。

そのとき、稲妻の正体がわかる。

グレネードを投げようと力を込めたせいで大腿動脈が切れている。真紅の血がほとばしる。あと三十秒で意識を失う。あと三分で死ぬ。すでにめまいがする。武器を落とし、止血帯のハンドルを両手でつかみ、締めはじめる。

そうしていると、何かが崩れる音がする。屋根を支える一番太い梁《はり》が炎で弱くなり、冷却装置の重みで歪んでいる。梁は俺めがけて五メートル落下するが、奇跡的に引っかかり、止まる。が、いつ完全に崩落してもおかしくない。

そして、それが最悪の事態ではない。

バーニエールがまだ燃えているダイクストラの死体のそばにひざまずいている。立ちあがった彼女はスピーカーフォンを投げてきたあの女の顔、同じ憎しみと怒りの顔をしていて、俺は理解する。俺は彼女が愛した男を殺したのだ。

彼女はウージーをかまえ、自分の生き死になどもうどうでもいいとばかりに、俺に向かってまっすぐ歩いてくる。

止血帯から手を離すとハンドルが急速に緩む。ふたたび血が噴き出す。自分の血で滑る手で武器を探り、撃つ。

しかし弾倉は空だ。弾が切れている。

バーニエールは笑みのような顔をつくる。

彼女は俺から二メートル離れたところで立ち止まり、ウージーで俺の頭に狙いをつける。

150

また鋭い爆発音がして、キャットは顔をあげる。それから時をあけずに二回目のどんという音が響き、獣のような苦痛の声。

男の声で、その声質のようなものから、誰の声かわかる。

彼女は自分のなかで何かがかき混ぜられるのを感じる、これまでに一度だけ感じたことのある何かが。

151

大きな扉があいていて、その先は出荷場になっている。壁に掛けられているのはブドウの木を剪定《せんてい》したり、機械を修理したりするための道具で、バイザーとイヤープロテクターがついたオレンジ色のヘルメットと、オレンジ色のケヴラー素材の作業ズボンもある。

オレンジ色のヘルメット。ケヴラー素材の作業ズボン。

それらがなんのためにあり、ここにほかに何があるはずか、彼女は知っている。

バーニエールは小型ツーストローク・エンジンのくぐもった音が自分のまうしろで金切り声に変わるのを聞く。振り向くと、キャットがスチール社のチェーンソーを振りあげて走ってくるのが見える。

発砲しようとするが、キャットはあまりに近く、あまりに速い。チェーンソーがありったけの力でバーニエールの肩に振りおろされる。キャットの力に加え、自重によって加速したチェーンソーは下向きの弧を描き、服、皮膚、筋肉、骨を三十センチ削り取る。キャットは熱すぎて持てないというようにチェーンソーを投げ捨てると、ジャクソン・ポロックの抽象画のように血まみれのまま、恐怖のあまり反射的にあとずさる。

バーニエールは膝から崩れ、まえのめりに倒れ、ウージーが暴発し、積込場一面を弾丸が人畜無害に飛びまわり、やがて弾倉が空になる。

キャットはショックで立ち尽くし、チェーンソーはバーニエールの死体のそば、地面の上でまだ咳き込んでいる。そのとき、頭上から金属がこすれる音がして、屋根がついに崩落する。動脈が血という血を吐き出し、視界に霧がかかるなか、俺は彼女に這《は》い寄る。彼女も俺のほうに走り寄り、最後の数十センチを引きずる。一秒後、俺がいた場所に冷却装置が激突し、燃えさかる低温倉庫の送り火の光に包まれる。

俺は仰向けに転がり、止血帯のことを伝えようと口をひらくが、ひと言も発せないうちに世界が真っ黒になる。

152

ときおり監視カメラに人影が映り、交渉を申し出るが、コンドラッキーはそのたびに同じことを伝える。失せろ、さもないとこいつを殺す――それを繰り返すたびに彼の声は少しずつ弱々しくなっているが、暗号化されたハンドラーの脅迫ファイルが世に解き放たれるという恐怖が彼らを尻込みさせている。

コンドラッキーは決してデジタルに疎《うと》いわけではない。アナログに留まりつづけるという選択は、それだけの話、自分でそっちを選んだというだけの話だ。連中がプランＢを用意していることは承知している。アメリカのＮＳＡ、イスラエルのモサド、ロシアのＧＲＵの一流ハッキング部隊による有事プロトコル、ネットワークハブのルーターやスイッチに長期潜伏している使い捨ての傍受マルウェア、ＤＮＳ汚染《ポイズニング》、地球上のあらゆるモバイル機器と商用ＯＳに組み込まれた緊急用バックドア。必要に迫られれば、結果はどうあれ、やつらはネットワークインフラ全体を、インターネットそのものをクラッシュさせることができる。

しかし、そういったもろもろには時間がかかる。

だから今のところ、コンドラッキーとハンドラーはなんの邪魔も受けずにただ座っている。ハンドラーの寝台は乾いた血に覆われており、その出どころである傷口もすでに凝固している。コンドラッキーはうしろにもたれ、肌は青く、もはや無慈悲で制御不能な力ではなく、肺が死に、敗血症寸前のか弱い老人でしかない。

一度か二度、ハンドラーは彼が朦朧《もうろう》としている隙を見て、銃に近づこうとする。が、そのたびにコンドラッキーは眼を見ひらく。コンドラッキーは自らを犠牲にしなければハンドラーを殺すことはできず、それはハンドラーにもわかっているが、ボトックス注射で整形した両頬はまだ無傷のまま残っていて、できればそのままにしたいと思っている。

それでふたりは無言で座っていて、その様子はチェスの終盤、ひと駒《こま》のポーンが盤上を前進するのを見つめるキングたちを思わせる。

使い捨てスマホが鳴る。

コンドラッキーは一気に覚醒《かくせい》する。眼はハンドラーに向けたまま、指はトリガーにかけたまま、電話に出る。「ジョーンズ？」

「こっちは片がついた」俺は言う。

俺はトラックのなかにいる。キャットは止血帯を締めなければならないことを、何も言われずとも知っていて、どうやらミルトンのような場所では農業機械で手足が切断されるのは日常茶飯事で、動脈出血の手当ては田舎じゃジョーシキらしい。彼女はバーニエールのポケットからトラックのキーを見つけ、今は車を運転している。俺は後部席に寝かせられ、隣でバーブが止血帯の締まり具合を確かめている。サンドキャッスルへの行き方はキャットに伝えてある。オスターマンの番号は俺のスマホに入っている。

「無事だったか？」コンドラッキーが尋ねる。「バーブとキャットは」

「ハンドラーのせいで散々な目に遭《あ》ったけどな」

「何があった？」

「ブービートラップ。死ぬところだった。キャットがいなかったら……」

「キャットが何をしたんだ？」

「ああいうところは親父譲りだ、とだけ言っておく」

コンドラッキーは相好を崩し、残されている精いっぱいの笑みを浮かべる。

「そっちはどうだ？」俺は尋ねる。

「大丈夫だ」コンドラッキーは言う。

「計画どおりにやるんだよな？　ハンドラーを人質にして逃げるんだよな？」

コンドラッキーは静かにしている。

「マック。そう決めただろ」

「そうだな、小僧」彼は言う。「おまえにはおまえが決めたことがあり、俺には俺が決めたことがある」

153

コンドラッキーはハンドラーの脳天に弾丸を一発撃ち込む。

ハンドラーはどさりと崩れ、死ぬ。

コンドラッキーはしばらくその場に座っている。それから弾倉を確かめ、銃にはめ直すと、奇妙なことをする。マットレスに向けて一発撃ったのだ。

それからドアを叩き、ずっと見えないところに待機していた特殊部隊に向かって、これから出ていくと伝える。彼はドアをあけ、これ以上ないほど落ち着き払い、両手をあげて外に出る、片手に持った銃は高く掲げられ、天井を向いている。

識別章はつけていないものの、ＣＩＡと思われる部隊がドアのまえに現われる、ふたりが両側に、ふたりが膝をつき、全員がボディアーマーを着ていて、命令口調で〝伏せろ〟〝武器を捨てろ〟〝手は見えるところに〟と怒鳴っている。

だがコンドラツキーはそうしない。彼は銃をまえに向け、部隊の全員が彼に向かって発砲する。

154

大勢の死にざまを見てきたが、それでもこの場面だけは今も見られずにいる。

それ以外は一から十まで、俺が去った瞬間からのすべてを何度も見返した。映像はハンドラーのセーフルーム内部のカメラで撮影されたもので、一部始終が録画されていた。ニコールがヘリコプターでサンドキャッスルに派遣した外科医から応急手当てを受け、送り出されたあと、俺はその映像が入ったｉＰａｄを受け取った。

どうやって手に入れたかは訊かなかったが、ニコール・オスターマンのような女にはそれだけのリソースがあるということだ。

最初、マットレスに向けて撃った意味がわからなかったが、あとになってわかった。弾倉を確かめたとき、まだ薬室に一発残っているのを見て、それを捨てるために撃ったのだ。武器がちゃんと空《から》になるよう、念を入れたのだ。

それがほんとうに殺しを終えたことを示すための、ハンドラーが最後の犠牲者だと示すための、彼なりの方法だった。それですべてが、少なくとも彼にとっては終わり、幽霊たちと向き合う準備ができたということだ。

第七部

155

毎朝、コーヒーのあとにサイコロを振る。

1が出たら、卵を料理する。

2が出たら、犬たちを連れて森のなかを散歩する。母熊の棲み処がどこか、今ではわかっていて、熊も俺と犬たちのことをわかっていて、互いに節度ある距離を保っている。

3が出たら、街に向かって蛇行しながらおりる道のカーブをすべて点検し、人間がいた痕跡やカメラがないか確かめ、最初の三つのカーブ地点がきちんと切り拓かれているようにする。

4が出たら、武器を掃除する。

5が出たら、トレッドミルでもう十五キロ走る。

6が出たら、犬たちをトラックの後部に乗せ、ライフルをラックに掛け、ガソリンスタンドまで新聞を買いに行く。

ヴァーンはすでに引退しているが、彼に金を払い、変わったことがないかどうか眼を光らせてもらっている。暇を持て余した年金受給者とその妻たちのネットワーク——母さんが誰々の髪をトリートメントし、父さんが誰々の芝刈り機をトリートメントした——は最強で、何ものも彼らの注目から逃れることはできない。バーブは今、あのモーテルを経営している。もうキャットの母親の亡霊に縛られてはおらず、いくつかの変更が加えられている。バーブは一見客《いちげんきゃく》の情報を固定電話で俺に教えてくれて、俺はすべての部屋をあけられるマスターキーを持っている。彼女は煙草をやめた、ほとんどやめた。

バーブが固定電話を使うのは、俺がもうスマホもインターネットも使っていないからだ。恋しく思うことはない。コンドラッキーの驚くほど幅広いレコード・コレクションを少しずつ聴き進め、ニルソンやチープ・トリックの舌になりつつある。スティーリー・ダンはまだ受けつけないが、慣れる努力をしているし、物事は移ろいゆくものだ。カウチの下にはVHSテープやDVDの宝の山があった。アラン・パクラの初期作品や《スパイダーマン》の一番古いアニメを楽しんでいる。

今日は6が出たので、犬たちはトラックの荷台に跳び乗り、電子制御式のゲートが横にスライドしてひらき、俺はガソリンスタンドに向かってゆっくりと道をおりていく。四つ目のかすかなカーブ、暗殺者が身を隠せるようにあえて植物を伸ばしっぱなしにしている地点を曲がるとき、俺は頭を引っ込める。

ガソリンスタンドはまだヴァーンが所有しているが、経営はキャットがしている。客が来ない時間、彼女は母親との関係や、モーテルで父なし子として育った経験をもとに、グラフィックノベルのようなものを執筆している。絵柄はまさにキャットそのもの――棘があり、エキセントリックで、ときに毒があり、ときにセンチメンタル。物語がどこで終わるのか、俺が登場するのかはまだわからないが、登場するとしてもいい役まわりではないだろう。

執筆作業に疲れると彼女は建物の裏に行き、自分でつくった即席の射撃場を使う。着弾のまとまり具合は日ごとにタイトになっている。さすがにコンドラツキーの娘だ。すでに言ったように、初めて誰かを殺すとき、それまでの自分を殺すことになる。ディヴィッドを殺したときの俺がそうだったし、バーニエールを殺したときのキャットもそうだった。しかし、彼女にはコンドラツキーにも俺にもない長所がある。感傷に囚《とら》われず、あのときああしていれば、こうしていればという考えに縛られていない。キャットはおそらく、俺が出会ってきたなかでロマンティックから最もかけ離れた人間であり、たぶん最も恐れ知らずでもある。彼女は空《くう》を切る矢であり、今なお未知の標的《まと》に向かって飛んでいる。その標的がなんなのか、俺にはわかる気がするが、それは言わずにおこう。

ときどき、夜になると彼女は家に来る。明くる朝、俺はサイコロを振らない。彼女がいた痕跡を念入りに、ひとつ残らず消し、シャワーの排水口も外して、そこに入り込んだ髪の毛があれば取り除く。

ふたりでどこかに移住する話もしている。姿を消し、どこか別の地に、新しい名前と新しい顔でふたたび姿を現わす。メキシコかバリのビーチ、ジェイソン・ボーンそのままに。けど、俺はビーチと聞くだけで虫唾《むしず》が走るし、それはキャットも同じだ。ついでに言うと、行方をくらますというのはただのおとぎ話だ。二十年前、いや、十年前ならいざ知らず、今じゃそんなことはできない。どこに行こうと俺たちはどこかにいて、彼らはそのどこかで俺たちを見つける。だから俺たちは留まる。

16《シックスティーン》とのあいだに何があったのか、ダイクストラとバーニエールとのあいだに何があったのか、キャットは俺にすべてを話した。後者についてはあえて話さなかったことがあるようだが、無理に聞き出すつもりはない。いつか話したくなったら話せばいい。すべてが物語の一部になる必要はない。

キャットが俺を愛しているかどうかはわからない。まあ、かなり怪しい。というか好きですらないかもしれない。俺が彼女に対して抱いている感情には名前がない、少なくとも俺が操るいかなる言語にも、それにふさわしい名前はない。それでも、俺たちは互いの体を縛りつけ、樽に乗ってナイアガラの滝を越えようとしたふたりだ。滝を乗り越え、樽はばらばらに壊れ、今はお互いにしがみつきながら、引き波のなかをぐるぐるまわり、それでもまだ息をしている。

ガソリンスタンドに車を寄せる。犬たちは荷台の側面に跳びあがり、キャットに会うといつもうれしそうにする。彼女はレジ横の瓶に貯めている犬のおやつを取り出して与えると、ノズルをタンクに入れて給油する。料金はたったの数ドル。俺はほとんどどこにも出かけない。

車の窓越しに、クッション封筒に入った分厚い荷物をキャットに手渡す。

「これがそう?」

俺はうなずく。彼女は宛先を確かめる。

郵便番号1００２０、ニューヨーク州ニューヨーク、

〈フリードマン&フランクリン〉、ヘンリー・チュー様

「どこから送ったらいい？」

俺はサイコロを渡す。「隣接する六つの州。一回目の出目で州を決める。二回目の出目が1なら一番大きい都市から、2なら二番目に大きい都市から。そんな具合だ」

「ほんとにいい？」

「きっと彼の望みだったと思う」

「タイトルはどうなった？」

このまえの夜、ふたりで話し合った。『16番目の男』はいつ見ても冗長に思えた。

「変えたよ」

「なんに？」

『16《シックスティーン》』

彼女はそれについて考え、眼にかかった髪に息を吹きかける。

「いいじゃん。大して変わんないけど。でもよくなった」

ほかにもいくつか変更を加えてある、この小説を利用して彼を、もしくは俺を見つけようとする誰かの歯車に、砂を噛ませてやるために。

156

ハンドラーは、あとでわかったのだが、嘘つきではなかった。デジタル・アーカイブもデッドマンズ・スイッチもほんとうにあった。彼の死が引き金となって暗号鍵が公開されると、アーカイブが解除され、公《おおやけ》のものとなった。各国政府はアーカイブを閉鎖しようと躍起になり、ジャーナリスト、それをダウンロードした人間、流布した人間、コメントした人間、またはそこに含まれていた〝告発〟を他言した人間は告訴される、もしくは最悪死刑になると脅され、場合によってはそれ以上にひどい脅迫を受けた——告発をダブルクォーテーションでくくったのは、俺の知るかぎり、アーカイブに書かれていたことはどれもまったくの真実だったからだ。

彼らの試みはうまくいかなかった。情報は自由であることを望むもので、今やそのすべてが余すところなく世に出まわっている。

青くさい魂を持つ連中は、それがすべてを変えると考えた。諜報、暗殺、裏切りというスパイ戦《グレート・ゲーム》は永遠に、それもよい方向に変わるだろうと。まあ、そうはならなかった。何人かの首が飛び、数名の政治家が罷免《ひめん》されて辞任し、不運な、あるいは不人気なひとりふたりはハーグの国際司法裁判所で裁かれるか自殺した。多くのジャーナリストが本を書いたが、どれも実にひどい出来だった。諜報活動という黒魔術に関わる者は全員、まことに遺憾という顔をしつつ、これまでずっとやってきたことをいつもどおりに続けていた。

ニコールのｉＰａｄにはコンドラッキーの動画だけでなく、アーカイブのいっさいが保存されていた。業界の誰もがそうしたように、俺も真っ先に索引《インデックス》を見た。ハンドラーはご丁寧に、くそアーカイブにインデックスまでつけていた――俺は自分の名前を探した。俺はそこにいたし、いわゆる17《セブンティーン》も含め、これまでに使ってきたすべての偽名と、すべての仕事が詳細に記されていた。しかし、ざっと読んでいくうちに、こうしたそっけない記述だけではほとんど何も伝わらないことに気がついた。ブガッティ・ヴェイロンのうなり、俺に向かってスピーカーフォンをぶん投げた女の表情、ベルリンのうだつのあがらない地区の地下鉄駅のそば、暗闇のなかで、男のまだ温かい内臓に指を突っ込んでメモリーカードを探る感触。

キャットにそう話すと、彼女は笑って言う。「あんたも本を書いたら？」

もしかしたら、そうすべきなのかもしれない。

向こう側でコンドラツキーを待っていた幽霊はもうひとりいた。コンドラツキーがトミー・ハンボルトの命までは奪わず、膝を撃ち抜いた際、その痛みが強烈な心臓発作を引き起こした。聡明なダイナを捜していた〝兄弟〟の一員が見つけたとき、トミーは教会の残骸のなかに倒れ、呼びかけに答えず、唇と指先は青くなっていた。心肺蘇生は失敗し、病院に向かう途中で死亡が確認された。とはいえトミーはほんとうに正しいことをしていたのだろう、ユタ州の彼の教会で執りおこなわれた葬儀には、彼が救った少女たちが大勢詰めかけ、そのなかには、今では家族ができた者もいたという話だから。

トミーの最後の願いは叶った。イランへの侵攻は実行されなかった。ベルリンでのあの仕事、戦争を正当化できる偽情報を本物に見せかけるための偽ブラシパスは、ハンドラーの記録の最後から二番目に記載されていた。どちらかというと派手な記録ではなかったので、誰もほとんど注意を払わなかった。だが、開戦事由が根底から覆ったため、第六艦隊は引き返し、一発の銃弾も核も発射されないまま、アメリカの最後通牒はひっそりと期限切れを迎えた。

コンドラツキーは大勢を殺したが、ハンドラーに最後の弾丸を撃ち込んだとき、図《はか》らずも、これまでに奪った命よりも桁ちがいに多くの命を救ったのかもしれない。もしそうなら、幽霊たちも多少は大目に見てくれるかもしれない。

俺はそう考えたい。

157

ガソリンを満タンにし、〈ニューヨーク・タイムズ〉と〈USAトゥデイ〉、牛乳、卵、ビールを入れた袋を積んだトラックで丘をあがっていく。

この家の大きな窓が防弾かどうかはまだわからない。心のどこかでは知りたくないと思っている。家を眼下に見おろす森についても同じことが言える。初めてこの街にやってきて、初めてあの森を見たとき、ハンドラーなら〝清算不能なリスク〟と呼びそうな森が、なぜあんなところにあるのか理解できなかった。

あとになって、コンドラッキーが四つ目のカーブにあえてチョークポイントをつくっていたと悟ったとき、多少は理解できたが、それでもあの森が戦略的な泣きどころであることに変わりはなかった。

さらにあとになって、キャットの母親のことと、そもそもどうしてコンドラッキーがミルトンに流れ着いたのかを知ったとき、もっとよく理解できた。できるだけ彼女のそばにいたかったから、選択肢がかぎられていたのだ。おそらく森を含む土地区画を購入できなかったので、その状態での最善を目指さざるを得なかったのだろう。

けれど、それも見当ちがいだった。金庫を破ろうとみじめな三時間を費やしたあと、俺はコンドラツキーになりすますために必要な書類と一緒に、家の証書一式を見つけた。測量図には道路の反対側の森、約十エーカーも物件に含まれていることが記されていた。

彼はいつでも好きなときに森を切り拓くことができたのだ。

コンドラツキーはあえて自らをさらすという決断をしていた。彼の椅子に座り、これで九回目になる《エクスタシー》を聴いていると、その理由がだんだんと理解できるようになってくる。ある程度神経を張りつめた生活を何年も送っていると、それに慣れてしまうのだ。脆弱性の窓をひとつ残しておくことで、自分が直面する唯一最大の危険、すなわち危険に鈍くなることを予防できる。

引き出しのひとつに、ほとんど手のついていないマルボロ煙草を見つけた。一本だけが吸われていた。その意味はすぐにわかった。彼はある時点で煙草をやめ、最後の一パックを買い、最後の最後に一本だけを吸い、残りの十九本を引き出しに残すことで、もうそれを必要としないことをただ証明したかったのだ。

同じ引き出しにピストルが入っていた、両大戦のあいだの時代のくそみたいな制式リボルバーで、何年も掃除されていないようだった。一瞬、よくわからなかった。自分の武器をあんなにも念入りに手入れしていた男が、なぜこんなものを家のなかに転がしておいたのか。ぱっと見たところ、弾は入っておらず、さらにわけがわからなくなった。が、撃鉄は起こされていて、回転弾倉をあけてみると、一発だけ弾が込められていた。これが誰のために、なんのためにあるのかは天才でなくても理解できた。

　俺はそれをそのままにした。賢明な用心のように思えた。

158

　犬たちは眠り、キッチンで静かに寝息をたて、肢をぴくぴく動かし、夢のなかで想像のウサギを追いかけながら、くぐもった小さな鳴き声を漏らしている。しかし、俺には仕事がある。

　タイプライターのまえに座る。椅子は背もたれが硬く、容赦がない。いいね。

　まっさらな紙をレミントンに挿入する。

　タイトルはすでにわかっているから、それをタイプし、下線を引き、椅子に背を預ける。

地平線に入道雲が立ちこめている。すぐに大きな嵐がやってきて、雨の緞帳《どんちょう》が俺めがけて丘を駆けあがり、窓ガラスに無益な突撃をするだろう。

いつか、別の誰かが同じようにやってくるだろう。

俺のような誰かが。

そして俺は、そいつらへの備えをしているだろう。

謝辞

〝○○監督作品〟という表記が映画に携わるキャストやクルーの奮闘とスキルを翳《かげ》らせるように、本の表紙に記載された著者の名前は、ほかの無数の人々の仕事と貢献を見えなくしてしまう。しかし実際には多くの人々が、ときには本人も気づかないうちに、直接的な手助けはもちろん、励まし、信念、知識、助言を与え、手本を示し、編集し、便宜を図《はか》り、感情的なサポートを与え、あるいは海のものとも山のものともつかない作家志望者にただ賭けることで、創作に貢献している。

以下のリストは完全にはほど遠いが、彼らがいなければ、本書は現在のようなかたちでは存在しなかったし、おそらくはまったく存在していなかった。ロズウェル・アンジャー、故アイヴォン・ベイカー師、ジャイルズ・ブラント、ロバート・チャンドラー、ジョー・ディッキンソン、イヴ・ホール、サラ・ロッツ、フィリッパ・ロースロープ、クラウディア・ミルン、オリー・マンソン、ジェシカ・サイクス、故スティーブン・ウォール教授、キャロライン・ウッド。

しかし、ほかの誰よりもまずは家族に感謝したい。母のパット・ヤングは何十年ものあいだ、記事や短篇小説を書いて家計の足しにし、いかなることについても誰の許可も求めず、誰に反対されてもとにかく実行した。テッド、サム、ヒースという私の息子たちは、進化していくこの物語の無数の異なるバージョンを辛抱強く読んでくれた。そしてほかの誰よりも、私の愛すべき妻ヘザー・コール・ブロウンロウに感謝を。彼女は二十年以上にわたって私を無条件に支えてくれただけでなく、原稿という藪にどっぷり浸《つ》かった作家が貪欲に要求する自由を与えてくれた。

解説

ミステリ書評家
古山裕樹

本書『エージェント17』は「スパイというのは君が考えているような仕事じゃない」という文から始まる。

この文からいくつかのことが分かる。語り手はスパイの仕事について詳しい。少なくともそう自負している。そして「君」のことをスパイについてよく知らないと考えている。ところで、「君」とは誰だろうか？　この文章は、いったい誰に向けて書かれたものだろうか？　語り手の言葉は、どのような状況で記されたのか？

この人物が何者なのかは、すぐに語られる。だが、この文章がどんな目的で、どんな状況で記されたのかは曖昧なまま、物語は進んでいく。

語り手は通称17《セブンティーン》。ハンドラーという男の仲介で、諜報機関からの依頼を受けて暗殺などの汚れ仕事を手がけている。そんなエージェントの中ではトップクラスの腕前の持ち主だ。彼の前にこの業界でトップに君臨していた者は16《シックスティーン》と呼ばれていたが、あるとき突然姿を消して引退した。それ以前の者たち——1から15は全員故人だ。16を別にすると、自然死した者はいないという。

ベルリンでの暗殺を終えた彼は、街を出る間もなく新たな仕事を命じられる。ある荷物の受け渡しだ。どうにか目的のメモリーカードを入手したものの、任務の途中で遭遇した不可解な状況に17は疑念を抱く。そして、彼自身も命を狙われる。

パリで17と会ったハンドラーは、新しい仕事を提示する。暗殺の標的はなんと引退した先代の16ことコンドラツキー。この業界でのレジェンドともいうべき存在を殺す——そんな任務に躊躇する17だった。だが、ハンドラーに説得されてアメリカへと向かう。コンドラツキーは、自身の経験をアレンジしたスパイ小説を書いていた。彼の居場所を探るため、17はニューヨークの出版社を訪ねる……。

本書は二〇二三年のCWA賞スティール・ダガー賞を受賞した。その年の優れた冒険小説・スパイ小説・サイコスリラーに与えられる賞だ。最終候補に選ばれた時のインタビューで、作者ジョン・ブロウンロウは、自身にとって重要な作品を三つ挙げている。

筆頭はジョージ・マークスタインの『クーラー』（角川書店）。第二次世界大戦を背景としたスパイ小説である。英国情報部がいわくつきのスパイたちを収容した施設を舞台に繰り広げられる、ノルマンディー上陸作戦に関わる謀略の物語だ。

スパイたちを収容する施設という設定から、往年の英国のドラマ『プリズナーNo.6』を連想する方もいらっしゃるかもしれない。実は作者のマークスタインはこのドラマの企画立案にも参加していた（また、主人公No.6の上司としてオープニングにも姿を見せている）。

もう一つは、ジェフリー・ハウスホールドの『追われる男』（創元推理文庫）。一九三九年に刊行された冒険小説の古典だ。ヒトラー暗殺に失敗した英国人がどうにか英国まで逃げ帰るものの、ドイツからの追っ手が迫っていた……という物語（作中では暗殺の標的がヒトラーだとは記されていないが、続篇『祖国なき男』で明示されている）。追う者と追われる者が戦うシンプルな状況を、スリリングに描いた小説だ。ブロウンロウによると、『エージェント17』の中心にある17とコンドラッキーの対決は、『追われる男』へのオマージュだという。

最後の一つは、レイモンド・チャンドラーの『高い窓』（ハヤカワ・ミステリ文庫）。私立探偵フィリップ・マーロウを主人公とする長篇の第三作である。ブロウンロウは、フィリップ・マーロウについて「ハードボイルドを装っているが実は違う」と評し、チャンドラーの作品について「筋書きに惹かれて読み始めたが、登場人物のために読み続ける」と語っている。

作者が挙げた三つの作品に関わる、三つの観点から本書を見てみよう。スパイ小説として、冒険小説として、そしてキャラクターについて。

まずはスパイ小説として。作中で17が巻き込まれる謀略そのものはヒッチコックのいうマクガフィン（登場人物への動機の付与や、話を進めるための仕掛け）であり、その内容は代替可能だ。本書に描かれる謀略は、関わる国をロシアや北朝鮮などに置き換えたとしても、物語の根幹が揺らぐことはない。

本書のスパイ小説らしさは、謀略の内容よりも、謀略を仕組んだ者たちの思考、そして謀略が世界をどう動かすかというところにある。

諜報機関から仕事を請け負う外注先には、企みの全貌など見えるはずもない。知らないうちに思わぬ立場に置かれることもある。そんな五里霧中の状況を作り出して、錯綜した展開を構築している。本書のストーリーの主軸は実はきわめてシンプルなのだが、それを謎めいた迷宮に仕立てているのは、謀略という仕掛けの存在である。

冒険小説としてはどうだろうか。

本書の中心にあるのは、17とコンドラッキーの対決――卓越した殺しの技量を持つ者どうしの戦いである。ギャビン・ライアルの『もっとも危険なゲーム』（ハヤカワ・ミステリ文庫）などの系譜に連なる、シンプルでストレートな物語だ。

激しいアクションも随所にある。だが、単に派手な見せ場を作るためだけでなく、登場人物の行動が内面と響き合う様子にも重点を置いている。たとえば66章でのキャットの行動は、彼女の豪胆さを示し、クライマックスでの彼女の勇姿への助走となっている。92章では単なるアクションにとどまらず、17とコンドラッキーの腹の探り合いが、互いの動きを読みながら動く様子が描かれている。また、アクションそのものの場面ではないが、狙撃のためのカウントダウンと過去の回想が並走する、第二部の語りのスタイルも忘れがたい。

そして何より、キャラクターの造形は本書の魅力の源泉である。

主人公の17に負けず劣らず強烈なイメージを残すのは、彼と対決するコンドラッキーだ。その人物像を浮かび上がらせるのは、本人の言動だけではない。たとえば79章で、コンドラッキーの家に侵入した17が目にする品々。あるいは157章でも、煙草という品を通してコンドラッキーという人物のあり方を描き出している。

ヒロインにあたるキャットの人物像も鮮烈だ。第二部での17との駆け引きからもうかがえる思考の鋭さ。あるいは第三部の序盤で見せる豪胆さ。さらにはクライマックスの活躍。熾烈な戦いの物語にふさわしい、したたかな女性だ。

出番こそ少ないものの、17の「師」ともいうべき存在のトミーも記憶に残る。回想シーンでの姿はもちろん、17と再会する場面で見せる意外な姿も忘れがたい。

何より、主人公の17だ。殺人を生業としているが、不要な殺しは避ける。自らの手を汚しているけれど、冷笑的になることはなく、自己の信条を貫く姿も見せる。作者ブロウロウのマーロウ評のように、冷酷を装っているが実は違う、どこかで世界が正しくあることを望んでいる人物だ。そんな17の放つ言葉も忘れがたい。「初めて誰かを殺すとき、それまでの自分を殺すことになる」という台詞は、この小説のなかでも特に印象深いフレーズだ。

そうした言葉、あるいは語りもまた、この小説の大きな魅力だ。先に挙げた三つの観点に加えてもう一つ、語りのスタイルについても触れておこう。

本書を支えているのは主人公自身の語りである。解説の冒頭にも記したとおり、この作品の語りは謎を抱えている。17が語る彼自身の物語は、いったいどういう性質の文章なのか？

暗殺者を主人公に、その仕事を描きつつ、本人がその生い立ちを語る。まるで、コンドラッキーが自身の過去をもとにスパイ小説を書いていたように。そういう小説は他にもいくつか書かれている。

たとえば、スティーヴン・キングの『ビリー・サマーズ』（文藝春秋）がそうだ。小説家を偽装した殺し屋が、潜伏中に自らの過去を書き綴った小説は、物語の中で重要な役割を担っている。

シェイン・クーンの『インターンズ・ハンドブック』（扶桑社ミステリー）も同様。こちらは、暗殺組織に属する主人公が、後輩たちに向けて記した手引書として書かれている。主人公はプロの暗殺者ではないし、生い立ちへの言及はほとんどないけれど、前述の『追われる男』もまた、主人公自身が綴った手記という形をとっている。

本書も形態は異なるものの、暗殺者が自らの仕事と生い立ちを語るスタイルの小説だ。17の語りがいかなる状況のものなのかという冒頭に掲げた問いの答えは、ここにストレートに記すことは避けるが、本書の結末から十分に読み取れる。作者が小説という形式を強く意識していることは、最後まで読まれた方にはお分かりのことと思う。

作者について述べておこう。

ジョン・ブロウンロウは脚本家として知られている。映画《シルヴィア》、ドラマ《フレミング　007誕生秘話》、ジェシー・バートンの『ミニチュア作家』（早川書房）を原作とする同タイトルのドラマなどの脚本を手がけている。

　本書が小説家としての第一作だが、すでに第二作が刊行されている。その名も *Assassin Eighteen*。題名からうかがえるように、『エージェント17』の続篇である。すでに本書を読まれたかたにとっては、想像力を大いに刺激される題名ではないだろうか。

　ブロウンロウは本書で、シンプルでストレートな冒険小説に、現代的なスパイ小説の要素を加えて、錯綜した物語を仕上げてみせた。その土台を支えているのはキャラクターの造形と、小説としての仕掛けに満ちた語りの魅力だ。これからの活躍にも期待したい。

（参考ウェブサイト）

　CWA受賞の際に、イアン・フレミング財団のホームページに掲載されたインタヴュー記事 https://www.ianfleming.com/cwa-ian-fleming-steel-dagger-2023-interview-with-john-brownlow/

二〇二四年十一月

訳者略歴　英米文学・ゲーム翻訳家　訳書『父親たちにまつわる疑問』リューイン，『ポリス・アット・ザ・ステーション』マッキンティ，『駆逐艦キーリング〔新訳版〕』フォレスター（以上早川書房刊）他多数

HM=Hayakawa Mystery
SF=Science Fiction
JA=Japanese Author
NV=Novel
NF=Nonfiction
FT=Fantasy

エージェント17《セブンティーン》

〈NV1537〉

二〇二五年一月十日　印刷
二〇二五年一月十五日　発行
（定価はカバーに表示してあります）

著者　ジョン・ブロウンロウ
訳者　武《む》藤《とう》陽《よう》生《せい》
発行者　早川　浩
発行所　株式会社　早川書房

郵便番号　一〇一 - 〇〇四六
東京都千代田区神田多町二ノ二
電話　〇三 - 三二五二 - 三一一一
振替　〇〇一六〇 - 三 - 四七七九九
https://www.hayakawa-online.co.jp

乱丁・落丁本は小社制作部宛お送り下さい。
送料小社負担にてお取りかえいたします。

印刷・株式会社亨有堂印刷所　製本・株式会社フォーネット社
Printed and bound in Japan
ISBN978-4-15-041537-2 C0197

本書は活字が大きく読みやすい〈トールサイズ〉です。